그림자 인간

✦ 오야부 하루히코 문학상 수상작 ✦

그림자 인간

츠지도 유메 장편소설 장하나 옮김

존재하지 않는 자들의 유토피아

리드리드출판

[주요 참고 문헌]

- 아키야마 지카, 《호적 없는 일본인》, 후타바신쇼
- 이도 마사에, 《무호적 일본인》, 슈에이샤분코
- 이도 마사에, 《일본의 무호적자》, 이와나미신쇼
- 혼다 야스하루, 《유괴》, 치쿠마분코

차례

새장 문이 열린 후

1996년 5월, 리호코 나이 여섯 살.

그날의 거실은 유난히 어두웠다. 주홍빛 노을이 물든 레이스 커튼만 유일한 빛을 가지고 있었다. 리호코는 무릎을 껴안고 카펫 위에서 텔레비전 화면을 뚫어지게 바라보고 있었다.

—신주쿠 구내의 빌라에 갇혀 지내던 세 살 남자아이와 한 살 여자아이가 구조된 사건으로, 경시청은 오늘 두 아이의 어머니인 나토리 히로코 씨를 감금 용의자로 재체포했습니다. 이달 5일, 두 자녀만 두고 수일 동안 집을 비워 양육을 방임한 나토리 씨는 보호 책임자 유기 혐의로 구속됐습니다.

"아, 그 사건인가 보네."

부엌에서 엄마의 목소리가 들렸다. "엄청나군." 소파에 앉아 있던 아빠가 흥미롭다는 투로 말했다.

—현장에는 새의 사체들이 흩어져 있고, 아이들이 새의 모이와 물에 입을 댄 흔적이 있었습니다. 두 아이는 말을 전혀 하지 못했으며, 신체 발육도 또래 아이들보다 현저히 낮았습니다. 안쪽의 방문 손잡이가 제거된 점으로 보아, 나토리 씨는 수년간 아이들을 새와 함께 이 방에 감금한 것으로 보입니다.

"수년이라니, 태어나서 쭉 갇혀 있었던 거야? 어떻게 살았지?"

아빠는 더 아는 정보가 있으면 좀 알려주라는 듯 엄마에게 고개를 돌렸다.

"오늘 낮에 와이드 쇼에서도 나왔어. 이웃들 말로는 구조된 애들이 새 울음소리랑 날갯짓을 흉내 내는 게 고작이었대. 걸음걸이도 이상하고. 과거에 러시아였나, 인도였나 아무튼 거기서도 그런 야생아가 발견된 적이 있다던데, 일본에선 최초인가 봐."

"새와 함께 자란 애들이라, 그럼 조류 인간인가?"

"사람이야. 리호코가 들어. 못 하는 소리가 없어."

엄마가 나무라자 아빠가 킥킥 웃었다. 뉴스 앵커의 말은 어린 리호코에겐 절반밖에 알아들을 수 없었다. 하지만 낮에도 텔레비전에서 비슷한 이야기가 여러 번 흘러나온 데다, 지금 부모님의 대화까지 들으니 화면에 나온 빌라의 방에서 무슨 일이 벌어졌는지 똑똑히 알 수 있었다. 수년간 새장 같은 방에 갇혀 살았다니….

아직 여섯 살이지만 생각만큼은 무척 어른스러운 리코호에게 이 사건은 엄청난 충격으로 다가왔다. 리호코는 만약 자신이 그 집의 아이였다면 어땠을까 상상해 보았다. 작은 새와 함께 더러운 방안을 돌아다니며 어쩌다 한번 얼굴을 들이미는 엄마에게 먹이를 달라고 입을 달싹거리는 모습.

믿을 수 없었다. 그리고 용서할 수 없었다. 그런 짓을 저지른 어른이 지금 여기 일본에 있다니. 리호코는 자신도 모르게 두 주먹을 불끈 쥐었다.

"불쌍해, 그 엄마란 사람 왜 그래? 아이는 동물이 아니야. 새가 아니야. 너무해, 너무 심하잖아."

리호코는 솟구치는 분노로 펑펑 울었다. 깜짝 놀란 아빠의 목소리도, 자신을 달래는 엄마의 목소리도 리호코의 귀에는 들리지 않았다.

그로부터 일 년 후—.

아동복지시설에서 지내던 '새장 사건'의 두 피해 아동이 누군가에게 유괴당했다. 이 사건은 빌라에서 그 아이들이 구조되었을 때보다 더 크게 다뤄져서 몇 날 며칠 보도되었다. 하지만 시간이 흘러도 범인을 잡지 못했다. 결국, 시간이 흐르면서 미제 사건으로 수사본부가 해체되었다.

이 사실을 알았을 때, 유난히 정이 많았던 리호코는 또 한 번 불쌍한 그 새장 속 아이들이 떠올라 눈물을 하염없이 흘렸다.

#1

유토피아에 살다

오늘 밤만큼은 제발 아무 일도 없기를—.

형사들의 이런 간절한 소망은 언제나 무전기 음성이 들리는 순간 산산조각이 난다.

2021년 4월 19일 월요일. 아니, 날짜가 바뀌었으니 20일 화요일이다.

엿새에 한 번 있는 당직 날 밤.. 모리가키 리호코는 무전기를 들고 경찰서 밖으로 뛰쳐나갔다. 수사 차량의 조수석에 뛰어오르니, 신입 하야시베 가이토는 운전석에 이미 타고 있다. 형사과에 배속된 지 막 2주가 지난 참이라, 아직은 심야 현장 출동에 익숙지 않을 터였다. 필시 긴장하고 있겠거니 했는데 돌아보는 얼굴이 자신감으로 가득했다.

"부장님, 이번엔 완벽해요! 내비게이션이랑 경광등이랑 세팅 완료했습니다. 문도 닫았고요."

칭찬해 달라는 투정에 리호코는 한숨을 내쉴 뻔했지만 "응, 그래. 잘했어."라며 넘겼다. 차가 출발하자 화려한 엔진음을 울리며 속도를 냈다. 이윽고 환한 불빛이 교차하는 도로에 진입했다. 리호코는 요란한 사이렌 소리를 뚫고 운전석에 대고 소리를 질렀다.

"하야시베, 왜 이렇게 거칠어!"

"앗, 죄송해요. 살인 미수라는 말에 흥분해서."

하야시베는 속없이 웃었다. 살인 미수라는 말에 리호코는 반사적으로 머리를 감쌌다.

"무전에선 그런 말 없었잖아. 20대 남성을 누가 뒤에서 칼로 찔렀다고만 했지. 선입관은 금물이야."

"알고 있습니다. 가해자가 도주 중이라고 하니까, 어쩌면 흉악범일지도 모른다고 각오를 다진 것뿐이에요. 아니, 그건 그렇고, 피해자가 범인 얼굴을 못 본 것 같아 큰일이네요."

빨리 제 몫을 다 하는 형사가 되고 싶은 하야시베 마음은 이해한다. 하지만 아직 입에 익지 않은 형사 용어를 일일이 강조하다 보니, 하야시베의 말투가 묘하게 부자연스러웠다. 동의를 구하려고 슬쩍 쳐다보는 하야시베에게 리호코는 "그래그래." 하고 맞장구쳐 주고는 팔짱을 낀 채 앞을 봤다.

날 때부터 사랑만 받고 자란 요즘 세대에게 강압적 말투를 쓰면 역효과만 날 뿐이다. 그래서 교육 담당을 맡은 리호코도 나름대로 신경 쓰며 가급적 엄하게 꾸짖지 않는다. 과정이야 어떻든 속히 우수한 수사원이 되어 주기만 하면 그만이니까.

이 또한 시대의 변화일까. 리호코가 신입일 때는 윗사람에게 이렇게 허물없이 굴면 칭찬을 받기는커녕 까불지 말라며 심하게 혼이 났었다. 하야시베와 일곱 살 차이밖에 나지 않는데도 그때는 그랬다.

그래도 불평 한마디 없이 누구보다 잽싸고 육아 휴직으로 수사 감각이 둔해졌는데도 "모리가키 부장님, 모리가키 부장님." 하며 따른다. 그리고 신고가 들어오면 가장 먼저 수사 차량으로 달려간다는 점에서 신참치고는 충분히 우수하다. 그렇지 않고선 스물넷에 형사가 될 수 없었으리라.

사건 현장은 한적한 주택가였다. 이 시간대에는 취객 싸움이나 자전거 도난 피해 건으로, JR 가마타 역 주변의 번화가로 출동하는 일이 많은데 의외의 곳에서 사건이 터져 좀 의아했다.

"부장님. 오늘 밤은 아침까지가 아니라, 내일 밤까지 달리겠는데요. 범죄자한테 수갑을 못 채우면 수사본부가 차려져서 일주일은 집에 못 가겠죠? 아, 그럼 제 빨래는 어쩌죠?"

"그런 불상사를 막으려면 우리가 잡아야지."

경찰서 직원에게는 이미 긴급 배치 지시가 내려졌다.

이 사건의 담당자는 형사과 강력수사계이지만, 도주 중인 범인을 체포하기 전까지는 지역 경찰관을 비롯해 경찰서 사람들이 총동원된다.

리호코의 머릿속은 집에서 남편이 돌보는 딸 유나 생각으로 가득했다. 오늘밤 범인을 잡지 못한다면 수사는 몇 날 며칠 이어질 것이고, 이는 남편에게 엄청난 부담이 될 것이다. 아무리 재택근무하는 프로그래머라도 지칠 줄 모르는 한 살배기를 돌보는 것은 무리다. 이럴 때면 형사라는 직업이 원망스럽다.

리호코가 침울한 기분에 잠긴 사이, 하야시베가 운전하는 차가 주택가의 한적한 좁은 길로 들어섰다. 사람들의 왕래가 없는 새벽 시간이다.

형사 밥 먹은 지도 벌써 수년째이지만, 지금도 신고받고 출동하면 온몸에 긴장이 흐른다. 리호코는 이를 감추려고 조수석에서 창밖으로 몸을 쑥 내밀었다. 거동이 수상한 자는 없는지 신경을 곤두세우고 컴컴한 길을 주시했다. 다행인지 불행인지 현장에 도착할 때까지 범인의 모습은 보이지 않았다.

서둘러 경찰서를 나왔다고 생각했는데 파출소 순경과 기동대의 경광등이 주위를 비추고 있었다. 멀리서 구급차 소리가 들려왔다. 리호코는 사태를 파악하고자 길가에 서 있는 정복 차림의 경찰관에게 다가갔다.

"수고하십니다."

안면이 있는 지역과 경찰이다. 담벼락에 기대어 있는 통신 사령실의 무전에서 20대 남성이라고 했던 피해자 남성은 하야시베보다 나이가 들어 보였다. 금발에 가까운 갈색 머리에 숨을 쉴 때마다 만취한 입에선 술과 담배가 뒤섞인 냄새가 났다. 경박한 인상이다.

"이 근처 아파트에 사나 본데요. 갑자기 뒤에서 습격당했답니다. 흉기인 칼은 범인이 떨어뜨리고 갔고요. 저기."

파출소 순경이 근처 아파트를 가리킨 뒤, 피해자 남성의 발밑 언저리를 가리켰다. 형사가 도착할 때까지 증거품을 건드리지 않아 피가 묻은 칼이 길바닥에 나뒹굴고 있었다. 과도였다. 흉기가 현장에 남아 있다는 건, 당장 다음 피해를 막을 수 있다는 뜻이다.

"얼마나 다친 겁니까?"

리호코가 묻자 남자는 퉁명스럽게 대답했다.

"뭐, 발소리를 알아차리고 아슬아슬하게 피하긴 했어요. 피도 이제 멈춘 것 같고."

그는 얇은 후드티 어깨 부분에 잘린 옷가지를 손끝으로 잡아 올렸다.

"범인 얼굴은 봤습니까?"

"아아. 내가 순간 주저앉았다가 일어서서 뒤돌아보니 금세 도망쳐 버렸어요. 범인이 떨어뜨린 칼을 주워서 쫓으려 했는데, 지금 좀 취한 상태라서 어디로 갔는지 가늠이 안 되더라고요."

"그럼 신고 전화는 그 후에 한 건가요?"

"네. 15분 정도 지났나."

남자의 대답에 리호코는 낙담했다. 이런 긴급한 사건에서 15분은 치명적이다. 범인에게 화가 난 심정은 이해하지만, 사건이 일어났을 때 곧바로 신고하고 나머지는 경찰한테 맡기면 좋았을 것을. 이런 경찰 측 사정을 술에 취해 해롱거리는 이 피해 남성이 알아줄 리 없다.

사건 발생부터 신고까지 15분. 리호코와 하야시베가 이곳으로 출동하기까지가 또 15분. 총 30분 사이에 범인이 전철이나 택시를 타고 멀리 달아났다면 현장 주변에 긴급 배치를 내려도 소용없다.

"아, 범인 말인데요. 혹 그 사람일 수도…."

남자가 입을 뗐다.

"아까 술집에서 헤어지자는 얘기를 했어요. 이제 그만하자고, 끝내자고 했는데 가게를 나와서도 집요하게 쫓아와서는 일방적으로 몰아붙이고 갔거든요."

"그 사람 이름이 뭔가요?" 리호코는 빠르게 되물었다.

"인상이나 체격, 나이도요. 참고인 조사가 필요할 수도 있으니까요."

"가나우치 하나. 나랑 같은 스물여섯인데 동안이에요. 긴 갈색 머리에 말랐고 키는 작아요. 아마 처음부터 칼을 준비했을지도. 내가 헤어지자고 하면 죽일 생각으로."

남자는 갑자기 말을 끊더니 뒤를 돌아보았다. 리호코도 남자의 시선을 따라 홱 뒤돌아봤다.

5미터쯤 떨어진 사거리에 몸집이 작은 여자가 서 있었다. 밝은 하늘색 상의와 하얀색 롱스커트 차림에 긴 갈색 머리가 어깨에 드리워져 있다. 전봇대에 숨어 이쪽을 살피던 그녀는 리호코와 눈이 마주치자 뒤로 성큼 물러섰다.

"너! 이리 안 와? 젠장!"

남자가 소리치더니 몸을 비틀 움직였다. 리호코가 잽싸게 팔을 붙잡고 막아섰다. 눈치 빠른 하야시베가 황급히 달려가 여자에게 말을 건넸다.

"가나우치 하나 씨 맞으시죠? 협조 좀 해주시겠습니까?"

그 순간, 여자는 몸을 휙 돌려 달아났다.

"쫓아!" 하야시베는 이미 달리고 있었다. 리호코도 흥분 상태의 피해자를 다른 경찰에게 맡기고 하야시베를 뒤쫓았다. 여자는 의외로 발이 빨랐다. 구두를 신고 있다는 게 믿기지 않을 정도였다. 하지만 눈앞의 여자만 그런 것이 아니다. 위기에 내몰린 대다수 피의자가 초인적인 힘을 발휘한다. 몸집이 작은 여자는 필사적으로 발을 움직여 첫 번째 모퉁이를 돌아 추격자를 따돌리려 했다. 하지만 아무리 빨리 도망친들, 훈련으로 단련된 젊은 남자 형사를 어찌 이기랴. 하야시베가 빠르게 따라붙어 여자의 팔을 홱 낚아챘다. 여자는 고꾸라지면서 어둠 속 아스팔트에 착 달라붙었다. 메고 있던 커다란 검은색 가방이 그녀의 뒤통수에 덧씌워졌다.

"현행범으로 체포합니다. 이의 없으시죠?"

"잠깐만!" 리호코는 수갑을 꺼내는 하야시베를 제지했다. 경찰의 질문을 받고 도주하려는 자는 현행범으로 간주할 수 있지만, 아직 확실한 증거가 없으니 가능하면 임의동행으로 데려가고 싶었다. 현행범 체포와 중요 참고인 연행은 체포에서 송치까지 48시간이라는 제한 시간이 발생한다는 점에서 다르다.

"가나우치 하나 씨, 맞습니까?"

뛰던 실력에 비해 가냘픈 목소리로 여자가 "네."라고 대답했다. 아주 순순히.

"지금, 왜 도망치신 거죠?"

여자는 입을 다물었다.

"우리 경찰이 왜 여기 있는지는 알고 있습니까?"

"도시가 다쳤으니까요. 어깨를… 칼에."

리호코는 하야시베와 무심코 눈이 마주쳤다. 이건 자백이나 다름없는 발언이었다. 조금 떨어져 있는 전봇대 뒤에서 관찰한 것만으로, 피해자가 다친 부위나 범행에 사용한 흉기의 종류까지 알 수는 없다. 여자는 말실수를 깨달은 듯 덜덜 떨었다. 리호코는 여자가 입을 열기까지 기다렸다. 이런 유형의 범인을 잡는 가장 효과적인 방법은 힐난이 아니라 침묵이다.

"제가 죽이려고 했으…니까요."

모호한 표현이었지만 자백인 대답에 리호코는 내심 안도했다. 범인이 도주 중이라고 들었을 때는 장기전을 각오했는데 범인이 눈앞에 있는 이상 빨리 사건이 정리될 듯싶었다. 지금쯤 집에서 자고 있을 남편과 유나 얼굴이 떠올랐다가 사라졌다.

"왜 그런 짓을 했죠? 당신과 피해자가 연인 사이였다는 말은 이미 들었어요."

"도시가 헤어지자고 했어요. 난 정말 슬펐어요. 그래서 칼로…."

피해자가 말한 그대로다. 치정에 의한 돌발 범행. 흔히 있는 사건이다. 리호코는 3년 전 강력범 수사계에 배속된 이후 연인이나 부부간의 큰 싸움을 몇 번이나 경험했다.

"그럼 이제 서로 가서 계속할까요? 차가 저쪽에 있어서, 따라오시죠."

리호코는 여자의 등에 손에 대고 일어서라고 재촉했다. 그러자 그녀는 겁에 질린 듯 고개를 흔들더니 네 발 자세로 뒷걸음질쳤다.

"싫어! 경찰서는… 안 돼!"

하야시베가 어이없는 표정으로 그녀를 잡았다.

"부장님, 이번엔 수갑을 채워야 하지 않을까요?"

임의동행에 응하지 않는 이상 체포는 어쩔 수 없다. 뒤늦게 달려온 경찰관들이 지켜보는 가운데 하야시베가 현재 시각을 알리며 여자의 손목에 수갑을 채웠다.

그로써 긴급 배치는 해제됐다.

기동수사대는 순찰차를 타고 떠났다. 하필 당직 일에 살인 미수라는 귀찮은 사건을 맡게 된 리호코와 하야시베는 숨 돌릴 새도 없이 현장검증과 조사로 분주했다. 묻지 마 사건이 아니라서 수사본부가 차려지지 않은 것은 불행 중 다행이다. 이대로라면 리호코도 하야시베도 저녁에는 귀가할 수 있을 것 같다. 날마다 발생하는 수많은 사건 중 하나가 수사의 끝을 보이고 있었다.

그런데 조사가 시작되자마자 암초에 부딪혔다. 체포 후에 임의로 하는 DNA 채취를 거부당했을 때 리호코는 꺼림칙한 예감이 들긴 했다. 하지만 완전히 예상을 빗나간 전개가 기다리고 있을 줄은 꿈에도 몰랐다.

"호적이 없어?"

리호코는 진술조서의 첫 번째 항목인 '본적'조차 기재하지 못하고 있었다.

"말이 돼요? 본적을 모르면 우리가 알아볼 테니, 우선 신분증 좀 보여 주시죠. 면허증이나 주민등록증 주세요. 보험증 같은 거라도요."

"없어요. 아무것도."

"집에다 두고 온 건가요?"

"집… 없어요."

그녀는 고개를 숙였다. 조사실의 무미건조한 형광등이 그녀의 갈색 머리에 빛을 더했다.

"홈리스란 말이에요?"

"그냥 PC방에서 지내요."

"거기서 지내려면 신분증이 필요하잖아요?"

"필요 없는 자리도 있어요."

이건 그녀의 말이 맞다. 몇몇 PC방에는 신분증이 없어도 되는 자리가 있다. 떠보려 한 말이었는데 통하지 않았다. 리호코는 일단 넘어가고 우선 조서의 다른 항목들을 채우다 말실수가 나오면 그때 첫 번째 질문으로 돌아가자고 전략을 바꿨다.

"그래, 알겠어요. 주소가 없다는 말씀이시죠? 직업도 없으시고."

그녀는 대답하지는 않았지만 그렇다는 눈빛을 보냈다.

"이름은 가나우치 하나叶内花. 한자는 꿈을 이루다 할 때 가나叶, 안쪽 할 때…."

"아뇨." 단호한 부정이 돌아왔다. 리호코는 도통 종잡을 수 없는 상황이라 눈썹을 치켜올렸다.

"그쪽이랑 사귀었다는 사이토 씨가 그러던데요."

"설마 '이름도 없다'라고 하려는 건 아니죠?"

반은 농담으로 한 말이었다. 하지만 그녀는 몹시 진지한 얼굴로 고개를 끄덕였다.

"없어, 없어요. 하나라고 불리고 있긴 한데. 한자로 쓰진 않아요. 가나우치는 도시가 물어봐서 거짓말한 거예요. 성은 없어요."

"성은 없고 이름만 있다? 지금 그걸 말이라고 해요?"

리호코는 슬슬 짜증이 일었다.

"그럼 생년월일은?"

"몰라요."

"출생지는?"

"그것도…."

"성도, 생년월일도, 출생지도 본적도 죄다 모른다. 묵비권을 행세하겠다는 뜻인가요?"

리호코는 화가 난 나머지 책상을 내려치려던 걸 가까스로 참았다. 피의자 조사도 하야시베를 교육하는 과정과 비슷하다. 필요 이상의 무서운 태도는 대개 역효과를 부른다.

"본인 이름이 텔레비전이나 신문에서 보도되는 게 두렵겠지만, 일부러 신원을 숨기진 마세요. 성명을 밝히지 않아도 기소할 수 있거든요. 그렇게 되면 오히려 세간의 주목을 받게 될 거예요. 이걸로 검사나 법관이 내리는 형량에도 직접적인 영향을 미칠 수 있고요. 그러니 전부 솔직하게 말하는 게 좋아요."

"그게 아니라… 성도 출생지도, 정말 몰라요. 전 호적이 없으니까요."

"호적이 없다?"

또 같은 말이다. 기가 막히면서도 문득 짚이는 바가 있었다.

작년 이맘때 코로나19에 대응하는 긴급 경제 대책으로 정부가 1인당 십만 엔을 일률적으로 지급하는데 무호적자도 대상에 포함된다고 밝히는 뉴스를 봤다. 그때 부모가 출생 신고를 하지 않아서, 호적에 기재되지 않은 사람이 이곳 일본에 적어도 수백 명 넘게 존재한다는 사실을 알고 놀랐었다. 이 여자도 그중 한 사람인가?

본인이 그렇게 주장하는 이상, 가능성을 부정할 수는 없다. 그렇다고 "네, 그렇습니까?" 하고 곧이곧대로 받아들일 수도 없는 노릇이다. 신원을 숨기기 위해 거짓말을 하고 있는지도 모른다. DNA 채취를 거부한 것도 뭔가 찔리는 구석이 있어서가 아닐까?

고개를 떨군 그녀를 보며 리호코는 위압감을 주지 않도록 조심하면서 책상 앞으로 몸을 내밀었다.

"정말 호적이 없다면 지금까지 어떻게 살았어요? 길어도 좋으니 말해줄래요?"

만약 호적이 없다고 거짓말한 것이라면, 태어나서부터 지금까지 어떻게 살아왔는지 이야기하는 동안 모순이 생길 것이다. 이런 리호코의 마음을 아는지 모르는지 그녀는 자신이 살아온 날들을 더듬더듬 이야기하기 시작했다.

기억하기로 그녀는 어머니와 단둘이 방 한 칸짜리 빌라에서 살았다.

어머니는 밤에 일을 나갔기에 잘 때는 혼자였다. 밖에 나가는 것은 엄격히 금지되었다. 학교에는 한 번도 다녀본 적이 없고 공원 같은 데서 다른 아이들과 놀아본 적도 없다. 자신에게는 그게 당연한 일상이었다. 어머니는 자신을 하나라고 불렀다. 엄마의 이름도 모른다. 그저 '엄마'일 뿐이었다. 어머니의 성도 이름도 물어본 적이 없다. 매일매일, 둘만의 세계에서 텔레비전을 보거나 엄마가 사다 준 게임을 하면서 지냈다. 날짜도 요일 감각도 없었다. 생일 축하를 받은 적도 없어서 자신이 정확히 몇 살인지조차 알지 못했다. "우리는 존재하지 않는 인간이니까."라는 어머니의 말버릇이 당시에는 어떤 의미인지 잘 몰랐다.

열일곱 살 무렵 어머니가 갑자기 사라졌다. 냉장고에 있던 음식으로 버티며 한 달 정도를 기다렸다. 그래도 돌아오지 않자 두려움에 떨며 집 밖으로 발을 내디뎠다. 정처 없이 배회하다가 술집들이 즐비한 번화가로 들어섰다. 배가 고팠지만, 돈도 없고 먹을 것을 어떻게 사야 할지도 몰랐다.

그때 길을 가던 남자가 말을 걸어왔다. "배고프니? 밥 먹을래?"라는 남자의 말을 따라 식당에 들어갔고, 그날 밤은 그 남자 집에서 묵었다. 버림받으면 또다시 번화가를 돌아다니며 말을 걸어오는 남자를 따라갔다. 남자들로부터 돈과 먹을거리를 제공받았을 뿐만 아니라 일용직을 소개받기도 하고, 술집에서 아가씨로 일한 적도 있다. 집을 빌려보려고 했지만, 호적이나 주민등록등본은 물론 은행 계좌나 신분증조차 없어 불가능했다. 그래서 남자 집이나 PC방을 전전하는 생활을 계속했다.

"어머니와 살았던 빌라는 어디에 있어요?"

"가마타 역까지 걸어갈 정도였으니까, 그리 멀지 않았던 것 같아요."

"어머니가 '존재하지 않는 인간'이라고 했다고요? 그럼 하나 씨뿐만 아니라 어머니도 무호적자란 말인가요? 그렇다면 어머니는 어떻게 집을 빌렸을까요?"

"모르겠어요. 호적이 없어도 빌릴 수 있는 집이 있지 않았을까요."

"보험증도 없겠네요? 아프거나 다쳤을 땐 어떻게 했어요?"

"어렸을 때 병원에 딱 한 번 간 적이 있어요. 열이 40도까지 올랐거든요. 그때는 비용을 어떻게 냈는지 몰라요. 어쩌면 다른 사람의 보험증을 빌렸을지도."

믿을 수 없는 이야기였지만 일리는 있다. 이야기에 오류를 노리는 리호코는 의자에 기댄 몸에서 힘이 쭉 빠져나가는 것을 느꼈다. 이건 거짓말이 아닐지도 모른다.

성도 주소도 직업도 호적도 없다. 생년월일도 출생지도 모른다. 나이는 스물여섯 살이라고 했지만 어디까지나 추정일 뿐.

이렇게 긴 시간 조사하고 있는데 조서의 신분 관계란을 하나도 채우지 못했다. 이런 상태라도 검찰에 송치할 수는 있다. 하지만 진술의 진위를 확인해야 한다는 건 변함이 없다.

"아, 아가씨로 일했다던 술집 이름과 위치는요?"

"너무 오래된 데다 망한 곳도 있어요. 이름은 잊어버렸고요."

하나는 우물거리면서 그 가게의 대략적인 위치를 알려줬다. 몇 군데에서 일했는데, 모두 가마타 역 동쪽 출구의 번화가였다고 했다. 실제로 그 주변은 술집이 많은 곳이다. 리호코의 마음이 훅 가라앉았다.

"그럼 얹혀살았던 남자들 이름은요? 피해자인 사이토 도시키 씨 외에 더 말해줄 수 있는 사람이 있나요?"

"죄송해요. 모두 잊어버렸어요."

"한 사람도 기억이 안 나요?"

"최근에는 도시만 만나서…."

"휴대폰에 연락처가 남아 있을 거 아니에요?"

"없어요, 휴대폰. 신분증 없이는 계약할 수가 없으니까…."

한 대 얻어맞은 기분이다. 진실을 캐낼 셈이었는데 구체적인 이야기에 놀라움을 금할 수가 없었다. 진짜로 스물여섯 살이 될 때까지 호적 없이 지내왔단 말인가? 21세기 일본에서?

"저기, 호적이 없는 게… 죄가 되나요?"

그녀가 불안한 듯 물었다. 리호코는 순간 대답하지 못했다.

이쪽을 보고 있던 하야시베가 고개를 갸웃하며 팔짱을 낀 채 말했다.

"그럼 호적법 위반 아닌가요? 하지만 출생 신고 의무는 부모한테 있는 거잖아요. 다른 사람의 보험증을 빌려서 병원에 갔다면 사기죄가 되겠지만, 그렇더라도 이 사람과는 상관없죠."

"맞아. 나도 같은 의견이야. 하지만."

리호코는 하나를 보며 엄한 어조로 말을 이었다.

"당신은 살인미수죄에 대한 혐의를 받을 거예요. 그게 더 중한 범죄니까."

호적이 있고 없고의 문제는 그에 비하면 가벼운 범죄다. 미수에 그쳤다고는 하나 까딱하면 사람이 죽을 수도 있었다. 비록 한 순간이었더라도 그녀의 마음속에 깃든 살의를 그냥 두고 볼 수는 없다.

"다시 확인하겠습니다. 당신은 사이토 도시키 씨와 교제하고 있었죠. 그런데 오늘 밤 데이트 약속 장소인 술집에 갔다가 갑작스러운 이별 통보를 받고 화가 났어요. 그래서 사이토 씨를 몰래 따라가 죽일 생각으로 범행을 저질렀고요. 맞습니까?"

"네."

"흉기인 칼은 처음부터 준비했나요?"

"네."

"그 말은 오늘 사이토 씨에게 헤어지잔 말을 들을지도 모른다고 예상했다는 거네요?"

"얼마 전에 프러포즈를 받았는데 제가 무호적자라 혼인신고를 할 수 없다고 털어놓으니 갑자기 태도가 냉정해졌어요."

리호코는 그녀의 진술에 귀를 기울였다.

"도시는 아버지가 작은 회사를 경영하는 사장이라서 나중에는 그 회사를 물려받을 거래요. 그러니 어디서 굴러먹다 온 지도 모를 저 같은 여자랑은 함께할 수 없다고."

"그래서 욱하는 마음에 죽이려 했다는 건가요?"

"네. 도시를 무척 좋아했으니까요. 어차피 끝날 바에야 차라리 내 손으로 죽여야 했어요."

"그런데 범행 현장을 떠났다가 다시 돌아온 건 왜죠?"

"그렇게 도망치는 건 아닌 것 같아서요."

말주변은 서툰데 아주 솔직했다. 성과 본적을 확인하는 데 오랜 시간이 걸렸다는 게 거짓말 같을 정도였다.

리호코는 그 후에도 그녀의 신원을 특정할 자료를 얻기 위해 이리 뛰고 저리 뛰었다. 하지만 이렇다 할 정보를 찾지 못한 채 시간만 흘렀다. 공란투성이인 진술조서에 서명 날인을 했을 때는 이미 조사를 시작한 지 4시간이나 지나 있었다.

리호코는 하나를 경무과 유치계에 넘기고 형사실로 돌아왔다. 리호코와 하야시베를 마중 나온 건 창문으로 들어오는 상쾌한 아침 햇살이었다.

상상 이상으로 성가신 사건을 맡고 말았다. 엿새에 한 번 돌아오는 당직일. 그 24시간 이내에 발생한 사건은 기본적으로 파트너와 함께 담당한다. 그날 안에 해결하지 못하면 수사는 다음 날 이후의 출근일로 미뤄진다.

리호코와 하야시베는 눈 밑에 생긴 다크서클을 서로 모르는 척하면서 방금 출근한 직속 상사 노기 가즈히사 자리로 갔다. 강력범 수사계장답지 않게 온화한 인상의 그는 좋은 아침이라며 캔 커피를 든 손으로 인사했다. 그러나 곧바로 하나의 조사 결과를 듣고 노기는 골치 아프게 생겼다며 노골적으로 얼굴을 찡그렸다.

잠시 침묵이 흐른 뒤, 수사계 전원의 협조를 받아 송치 기한까지 가능한 한 모든 진술을 확보하라는 지시가 내려졌다. 주변 관청에 문의하고, 하나가 어머니와 살았던 빌라를 특정하고, 일용직으로 일했던 가게 탐문도 해야 한다. 또 피해자 사이토 도시키 사정도 청취해서 수사보고서를 작성해야 한다. 남은 40여 시간 동안 해야 할 일이 산더미다.

아침이 언제 왔는지도 모른 채, 당직일 연장전의 막이 화려하게 열렸다.

관청에 대한 문의와 사이토 도시키의 사정 청취는 다른 직원에게 맡기라는 노기의 지시에 따라 리호코와 하야시베는 온종일 가마타 거리로 내몰리는 신세가 되었다. 낮에는 집의 구조와 외관, 가마타 역까지 걸리는 시간과 걸어서 가는 길 등 하나에게 들은 모호한 정보를 바탕으로 그녀와 어머니가 17년간 칩거했다는 빌라를 찾아다녔다. 비슷한 동네들은 있었으나 지난 10년 사이에 새로 지은 주택도 많아서 하나가 말한 특징에 꼭 맞는 빌라는 한 집도 찾을 수 없었다.

저녁에는 가마타 역 동쪽 출구로 있는 번화가로 가서 바와 술집들을 탐문했다. '하나'라는 이름과 체포 당시 촬영한 사진을 내밀면 명확한 답을 얻을 수 있으리라 생각했지만, 생각처럼 잘 되지 않았다. "기억이 안 나요. 일당쟁이들은 금방 관두니까.", "이렇게 봐서 어떻게 알아? 여자는 화장하면 얼마나 달라지는데.", "이력서? 신분증 카피? 그런 걸 어떻게 다 가지고 있나?"라는 시큰둥한 대답만 돌아왔다. 그때마다 리호코와 하야시베는 다시 시끌시끌한 번화가 속으로 들어갔다.

경찰서 사무실로 터벅터벅 돌아오니 노기가 묘한 낯빛으로 기다리고 있었다. 리호코와 하야시베는 수사계 직원의 조사에서도 별로 건져낸 게 없다는 말을 들어야 했다.

오타구를 비롯한 주변 관청에 문의해도 호적, 주민표, 생활보호 수급자 명단 등에서 '가나우치 하나'의 존재를 확인할 수 없었다고 한다. 또 '오십 대 전후의 어머니와 이십 대 딸로 구성된 2인 가구 중 딸의 이름이 하나'라는 조건에 맞는 세대가 있는지도 문의했으나, 오늘 답변 온 곳 중에는 없었다. 마지막 희망이었던 피해자 사이토 도시키도 하나가 진술한 것 외에는 아는 정보가 없었다. 오히려 그는 "엄마한테 버림받아서 무호적인가 뭔가 그런 이상한 소린 들어봤지만, 뭐 노숙자? 내가 그런 년이랑 사귄 거야? 진짜 최악이네."라며 혐오감만 내비쳤다.

그런데 무호적은 확인되었지만, 어머니 이름도 모르고 빌라의 정확한 위치나 일했던 가게를 기억하지 못하는 점은 아무래도 수상쩍다. 하지만 적어도 신상에 대해서만큼은 정직하게 진술했을 가능성이 크다.

다음 날까지 주변 관청의 답변을 기다렸지만 별 소득 없이 하나의 신원에 대한 수사 기한이 종료되어 버렸다. 성씨나 본적 등 모든 것이 미상인 채 사건은 검찰로 송치되었다. 일말의 찝찝함은 남았으나 솔직히 크게 신경 쓰지 않았다. 피해자가 분명히 죄를 인정했으니까. 호적이 있든 없든 상관없이 살인 미수 혐의로 기소되어 처벌받게 될 것이다. 아니 그렇게 생각했다. 하나가 범행을 전면 부인한다고 검사가 전화하기 전까지는.

나는 사이토 도시키의 상해와 전혀 무관하다. 현장에 나타난 건 단순한 우연이었다—.

리호코와 하야시베는 "경찰이 너무 무서워서 자신도 모르게 거짓말을 해버렸다, 사건 현장에서 내 이름을 부르는 소리에 순간적으로 도망친 것도 그 때문이다, 피해자의 집 앞에 간 것은 자신들의 관계에 대해 다시 한번 이야기해보려 했기 때문이다, 피해자가 칼에 찔린 사실은 모르는 일이다."라는 하나의 검찰 조사 진술을 듣고 분노를 감출 길이 없었다.

자백이라는 가장 강력한 직접 증거가 사라진 건 치명적이다. 성명 미상과 주소 불특정으로 구류 청구는 순조롭게 통과되었지만, 솔직히 미심쩍은 부분이 많은 사건이었다. 흉기인 칼에 하나의 지문이 묻어 있지 않았다. 그 칼은 생산이 종료된 오래된 제품이라 구매 경로도 찾을 수 없었다. 상처가 비교적 얕아서인지 압수한 옷에서도 혈액이 검출되지 않았다. 피해자 자신은 물론 제삼자의 목격 정보도 없다. 하나가 유치장에 있는 20여 일 동안 리호코와 하야시베, 그리고 강력범 수사계원들은 검사의 지시 아래 다른 증거 수집을 위해 이리 뛰고 저리 뛰어다녔다.

"결국, 구류 만기로 풀려나는 겁니까? 처분 보류라지만, 이건 뭐 혐의 불충분으로 불기소된다는 소리죠? 피의자 주소가 어딘지도 모르니 새로운 증거를 찾으려야 찾을 수도 없고."

하야시베가 의자 등받이에 기댄 채 두 손을 머리 뒤로 돌렸다. 실망감을 넘어 체념이 얼굴에 짙게 드리워져 있었다.

"자백 철회가 타격이 크네. 현장에서 도망친 것도, 일단 죄를 인정한 사실도, 다 우리한테 공포심을 느껴서 그랬다고 주장하면 반박의 여지가 없어. 어디까지나 주관적인 이야기니까."

리호코는 체념한 듯 말했다.

"진짜 못 해 먹겠네, 모리가키 부장님이 무서우면 기노시타 경감이나 마쓰다 부장은 어쩌란 말이야. 천사 같은 형사한테 걸린 걸 다행으로 알아야지."

하야시베가 옆 조직범죄대책과의 형사들 이름을 짚었다. 조폭 관련 사건을 전문으로 처리하는 그들은 체격과 목소리가 크고 태도도 거칠어서 같은 층에서도 눈에 잘 띄었다. 그래서 배속된 지 얼마 되지 않은 하야시베도 자연스레 그들의 이름을 알게 된 모양이다.

"천사? 유감이지만, 난 피의자한테 상냥한 사람이 되고 싶은 마음은 없어."

"아니, 그런 뜻이 아니라요!"

리호코 말에 하야시베는 변명하듯 두 손을 좌우로 흔들었다.

"모리가키 부장님은 항상 논리적이고 동요하지 않으시니까 어떻게 보면 피의자 쪽에선 좀 어렵다고 느낄 수도 있을 것 같아요. 근데 이번에는 조사 중에 호적 취득 방법까지 알려주셨잖아요. 그것도 굉장히 친절하고 정중하게."

"그건, 진짜 호적이 없으니 도와주고 싶은 마음에."

방법을 알려줬다기보다 인터넷에 올라온 대로 법무국이나 구청 상담창구를 알려주며 최대한 빨리 찾아가라고 했을 뿐이다. 하나는 성장 과정에서 국가나 지자체에 의존하는 법을 모른 채 살아온 것 같았다. 그래서 간단한 방법을 직접 알려줘야겠다고 판단한 것이다. 별것 아닌 친절이었는데 당사자인 하나와 하야시베는 적잖이 놀란 모양이었다. 구류 기간이 끝날 무렵부터 말을 하지 않던 하나가 그때만큼은 얼굴을 들고 감사하다고 말했다. 리호코도 자신이 제공한 정보로 그녀의 인생이 나아질 것이라고 생각하니 슬쩍 기분이 좋았다.

"솔직히 깜짝 놀랐어요. 조사란 어쨌든 캐물어서 죄를 실토하게 하면 그만이라고 생각했거든요. 그런데 저렇게 피의자에게 다가가려는 형사도 있구나 싶더라고요. 피의자 표정도 바뀌던걸요. 모리가키 부장님이 말을 걸면 기분 탓인지 좋아하는 것 같기도 했고?"

하야시베가 새로 알게 되었다는 듯 고개를 까딱이며 말했다.

"그럼 뭐해. 결과적으로는 범행을 인정하지 않으니까. 의미가 없지."

리호코가 무호적자의 상담창구를 알아보고 가르쳐준 건 단순히 그녀의 장래를 걱정해서지 자백을 다시 받아내기 위한 거래 방편은 아니었다. 그런데 노기가 이쪽 대화에 귀를 기울이고 있어서 처음부터 그런 전략이었던 것처럼 해두고 싶었다. 그 후 하나의 태도가 부쩍 부드러워진 것 또한 사실이다. 그때까지만 해도 입을 꾹 닫고 있다가 리호코에게 사과의 말을 전했으니까. 그렇다고 해서 범행을 시인한 건 아니었다. 아쉽게도 "이렇게나 오래 …형사님, 죄송합니다."라든지 "말을 바꿔서 정말, 죄송합니다."와 같은 영양가 없는 말뿐이었다.

벽시계를 보니 여섯 시 반을 지나고 있었다. 리호코는 슬슬 석방 절차가 끝났겠다 싶어 일어났다.

"엇, 모리가키 부장님. 어디 가십니까?"

하야시베가 황급히 물었다. 하나 씨 데리러 간다고 하자 작은 동물 같은 그의 두 눈이 더욱 동그래졌다.

"굳이요? 어차피 불기소라 우리한테 이익될 게 하나도 없는데요?"

"거참, 조금만 더 에둘러서 말할 순 없어?"

"아, 죄송합니다. 하지만 아무리 탈탈 털어도 아무것도 나오지 않잖아요. 진범이 따로 있을지도 모르니 다시 수사하라는 지시도 내려왔고요."

"그건 그렇지만 그녀가 가장 유력한 용의자라는 점은 변함이 없어. 주소를 밝히지 않은 피의자가 어디로 돌아가는지 생활권을 특정해두지 않으면 향후 수사에 지장이 생길지도 몰라."

리호코는 자기 행동이 범죄자에 대한 선행으로 보이지 않길 바랐다.

"네, 본인이 기적적으로 마음을 고쳐먹고 자수하지 않는 한은 계속 어중간한 상태로 남아 있겠죠. 아, 저도 가는 게 좋을까요? 그런데 아까 CCTV 영상 다 편집을 못 해서요."

지금 그걸 질문이라고 하나 싶었다. 내가 혼자 다녀올 테니 너는 수사보고서를 작성하라고 지시한다면 모를까 신참이 선배에게 할 말은 아니다. 리호코는 잔소리가 목구멍까지 치밀어 올랐지만 참았다.

조사는 반드시 2인 1조로 한다는 기존 방침이 최근 들어 변화한 건 사실이다. 직속 상사인 노기도 늘 안티테제를 외치고 있다. 수사비용과 월급이 국민의 세금에서 나오니 국고를 아끼는 측면에서 혼자 할 수 있는 일은 혼자서 하라고. 리호코는 시대의 변화를 실감하며 노기에게 말했다.

"그 무호적자 피의자한테 다녀오겠습니다. 혹시 모르니 어디에 묵는지 확인해 두려고요. 하야시베한테는 다른 보고서를 맡겼으니 혼자 다녀오겠습니다."

"응, 그래. 근데 그냥 적당한 선에서 마무리하고 와. 자네는 뭐든 너무 열심히 해서 문제야. 무른 구석이 있어서 상대의 복잡한 사정에 끼어들고 싶겠지만 말이야. 다른 방침으로도 해결이 안 되면 이 건은 이제 끝이니까."

리호코는 속마음을 간파당한 것 같아 뜨끔했다. 사실 처음부터 호적이 없다는 특수한 사정의 하나에게 강한 흥미를 느끼고 있었다. 꼭 사건 담당 수사원이라서가 아니다. 한 사람의 인간으로서, 여자로서, 엄마로서 그녀가 마음에 걸렸다. 어떤 곳에서 지낼까? 어떤 사람과 교류할까? 무엇을 먹고, 어디서 장을 보고, 어떤 식으로 일상생활을 할까? 그건 단순한 걱정인가, 위선적인 동정심인가, 그저 호기심인가. 20일이 넘도록 조사를 진행하는 동안 점차 부풀어 오르는 한마디로 설명할 수 없는 그 감정은 이제 무시할 수 없을 정도로 커졌다.

"피의자가 여성이라 자네 마음이 갈지는 모르지만, 우리가 안고 있는 사건이 이 건만은 아니잖나. 너무 깊이 쫓지 않도록 해. 남편과 귀여운 딸이 집에서 기다리고 있으니까."

리호코는 그 말에 마음이 흔들렸다. 하지만 스스로 원해서 강력범 수사계 형사가 된 이상 당연히 그녀에겐 늘 일이 먼저였다.

복잡한 마음으로 형사과가 있는 3층을 빠져나왔다. 계단을 내려가 유치계로 가자 안면이 있는 여성 담당관이 맞아 주었다.

"이제 막 짐 반환이 끝난 참입니다."

하나는 커다란 검은색 가방을 메고 무료하게 서 있었다. 체포할 때 입고 있던 밝은 하늘색 니트에 흰색 꽃무늬 롱스커트 차림이다. 밝은 갈색 머리카락을 빼면 수수한 인상이다. 26세라는 추정 나이는 작고 동안인 그녀에게 어울리지 않았다. 주뼛주뼛하는 모습이 부모가 마중 나오기를 기다리는 가출한 여고생처럼 보였다.

"갈까요?" 리호코는 가벼운 어조로 하나를 계단으로 이끌었다.

밖으로 나가자마자 그녀는 넓은 길 한복판에 섰다. 눈이 부신지 눈을 가늘게 뜨고 도로를 오가는 차를 잠시 바라본 후 리호코를 돌아보았다.

"저, 어디로 가나요?"

"어디든요. 이제 석방됐으니까 자유예요. 난 하나 씨가 평소 어디서 지내는지만 확인하면 바로 돌아갈 테니까."

올 때 경찰차를 타고 와 방향을 모르는 모양이었다. 하나는 잠시 망설인 뒤, JR 가마타 역으로 가는 길을 물었다. "저쪽!" 하고 리호코가 앞서 걷자 하나가 조심스럽게 뒤를 따랐다. 경찰서에서 JR 가마타 역까지는 도보로 약 10분. 둘은 간파치 도로를 잠시 걸은 뒤 횡단보도를 건너 옆길로 들어갔다.

낮에 산책하기 좋은 거리다. 매연은 좀 거슬렸지만, 큰길의 보도는 넓게 뻥 뚫려 있다.

오타구민홀 주변의 공원에서는 아이들이 놀고 있었다. 깔끔한 프렌차이즈 카페와 편의점이 많아 잠깐 쉬거나 쇼핑하기에도 좋다. 시나가와 역까지 9분 거리에 3개 역이 들어서 있으니 가족 단위 이용객에게 주목을 받는 거리이다. 하지만 역에 가까워질수록 싸구려 주점이 많아졌다. 길가에 버려진 담배꽁초와 쓰레기도 눈에 띄기 시작했다. 술꾼들이 그냥 지나칠 수 없는 거리라고 하는데 술을 좋아하지 않는 리호코는 이해가 되지 않았다.

가마타에 부임해 온 4년 전, 처음으로 밤거리를 걸었을 때는 진저리가 났었다. 술에 취해 고래고래 소리를 지르는 직장인 집단, 혼자 있는 여자를 보자마자 말을 걸어오는 호스트 클럽 호객꾼, 길바닥에 침을 뱉고 있는 노숙자. 지독한 담배 냄새. 치장한 외국인 여성들은 지나가는 남자를 불러 세우고, 그 사이를 자전거를 타고 맹렬히 달려가는 학생들. 바와 카바레, 유흥업소의 네온사인이 눈을 자극하고, 노래방과 파친코 가게에서 흘러나오는 소음이 귀를 관통했다.

지금은 신종 코로나 바이러스 비상사태 선언으로 주류를 제공하는 가게들이 휴업 중이라 꽤 조용해졌지만, 근본적인 치안이 개선된 것은 아니다. 가마타는 PC방 격전지이기도 했다. 집 대신 PC방에 머무르며 일용직 일을 하러 나가는 난민도 많아 세간에서는 간이 여관이라고도 불린다. 그래서 신분증이 없는 하나도 이 주변에서 지낼 수 있었던 모양이다.

취객이나 호객꾼의 모습은 보이지 않았지만, 여느 때처럼 이

거리는 행인이 많았다. 전차에 몸을 싣고 돌아왔을 많은 직장인이 스쳐 지나갔다.

리호코는 이 번화가를 몸집이 작은 그녀의 속도에 맞춰 천천히 걸었다. 행인들의 눈에는 슈트 차림의 리호코와 캐주얼하게 입은 하나가 어떤 관계로 비칠까. 시각은 저녁 일곱 시를 향해 가고 있었다.

"PC방에 묵고 있댔죠?"

말을 걸 줄 몰랐는지 하나가 깜짝 놀라며 고개를 끄덕였다. 긴 갈색 머리가 바람에 살랑거렸다.

"늘 가던 데로 가나요?"

"대개는요. 저 같은 사람이 들어갈 수 있는 데는 한정되어 있으니까."

지역의 조례에 따르면 인터넷 단말기가 설치된 공간에는 신분증을 제시한 사람만 들어갈 수 있도록 규정돼 있다.

"첫 긴급 사태 선언 때는 PC방이 줄줄이 문을 닫았잖아요. 어떻게 지냈어요?"

"그때는 도시랑 사이가 좋았으니까…."

그녀는 씁쓸한 표정을 지었다. 풀려났다고는 하지만 아직도 가장 유력한 피의자이자 앞날이 걱정되는 무호적자이기도 하다. 리호코는 그런 그녀에게 어디까지 거리를 좁혀야 할지 갈등하면서 다시 입을 열었다.

"난 게임방이나 만화방엔 사적으로 가본 적이 없어요."

"네? 하긴 형사님은 그런 데 전혀 안 가실 것 같아요."

리호코는 하나가 형사 사생활을 얼마나 알까 싶었다. 20일이 넘도록 매일 조사실에서 얼굴을 맞대다 보면 이렇게 피의자가 친근감을 느끼는 일이 더러 있다. 단순 접촉 효과다.

"신분증이 없으니 컴퓨터는 사용하지 못할 테고, 만화책을 보나요?"

"네. 만화책을 보거나 무제한 음료를 끝에서부터 한 종류씩 마셔보거나."

"생활비는 늘 현금으로 가지고 다니죠? PC방은 도난이 잦은 곳인데 피해 본 적은 없어요?"

"딱 한 번요. 계산할 때 놀라서 새파랗게 질렸었죠. 다행히 가게 전화로 도시를 불러 계산은 확실히 했지만요."

비용을 냈다는 점을 하나는 강조했다. 다른 범죄를 끌어낼 생각은 추호도 없지만 질문이 범죄 관련으로 쏠리는 것은 직업병이다.

"오늘 묵을 PC방은 정했어요?"

"동쪽 출구 쪽 로터리 바로 옆이요. 제일 많이 가는 곳이에요."

"그럼 PC방 앞까지 바래다줄게요. 형사가 따라와서 기분이 썩 좋진 않겠지만."

"아니, 전혀요!"

그녀가 눈을 부릅뜨며 필사적으로 부인했다. 리호코 나름대로 웃자고 던진 말이었는데, 잘 전달되지 않은 듯하다. 리호코는 '동쪽 출구 로터리 옆 PC방이라면….' 하고 근처를 떠올리다가 "거기라면 오타구청 바로 옆이네. 오늘은 이미 문 닫았으니 내일 아침 구청에 가봐요. 호적 신청이 별다른 어려움 없이 만들어지면 좋겠네요."라고 말했다.

그녀는 보일 듯 말 듯 고개를 까딱였다.

"그리고 만약 생활이 어려워지거나, PC방에서 무슨 일이 생기면 부담 없이 경찰서로 찾아와요. 강력계 모리가키를 면회 왔다고 접수하고요."

빈말이 아니라 진심이었다. 그녀와 같은 사회적 약자는 범죄에 연루되기 쉽다. 건드리기 쉽다는 말이 될 수도 있겠다. 이번에도 증거가 나오진 않았지만 사이토 도시키를 찔러 죽이려고 한 건 사실일지 모른다. 기소하지 못한 건 여전히 분하고 어리숙해 보이는 하나가 전략적으로 범행을 부인한 점은 뜻밖이지만 의심만으로는 처벌할 수 없는 노릇이다. 그렇다면 적어도 앞으로 일어날 범죄는 미리 방지하고 싶었다. 리호코는 그것이 경찰관의 역할이며 사회를 위해 마땅히 해야 할 의무라고 믿었다.

피의자에게 이렇게 호의적이면 상사나 동료 형사에게 너무 착하다는 야유를 꼭 받는다. 왜 사서 고생하느냐고 진지하게 어르기도 한다. 하지만 죄를 범한 사람들을 닥치는 대로 잡아들여 유치장에 처넣는 것만으로는 사회 평화가 이루어지지는 않는다고 리호코는 믿는다.

"저…, 고마워요."

리호코를 보고 있던 하나가 입을 열었다.

"조사 때 형사님이 무호적자를 위한 창구가 있다고 친절하게 가르쳐 주셨잖아요. 보통은 그렇지 않죠? 나 같은 용의자한테 자세하고 친절히 조언해주는 거, 흔치 않은 일인 것 같았어요."

"글쎄, 특별한 건 하나 씨가 처한 상황이 아닌가요? 나도 누구한테나 친절하지는 않아요."

"하지만 경찰이 호적 문제로 나를 걱정해주리라고는 상상도 못 했어요. 너무 놀랐지만 기뻤어요."

수줍어하는 하나의 얼굴을 보니 리호코는 의문이 들었다.

"그런데 왜 처음에 자백을 강요받았다는 뉘앙스로 말했어요?"

하나가 고개를 떨궜다.

"잡혔을 땐 이젠 어쩌지 싶었어요. 유치장은 싫었지만 조사 담당이 모리가키 형사님이라서 정말로 다행이라고 생각했어요. 다른 사람도 아닌 형사님께 이런 친절을 받다니 잊지 못할 거예요. 진심으로 감사드립니다."

리호코는 "네."라고 의례적으로 대답하면서 한편으론 어리둥절했다. '다른 사람'이라니, 어떤 의미일까? PC방 밖에 사는 사람. 다른 일을 하는 사람. 무호적이나 가난처럼 생명을 위협하는 문제에 직면하지 않은 사람이라는 의미일까. 리호코는 그 독특한 언어 선택이 괜스레 마음에 걸렸다. 그리고 자신에게 이렇게 쉽게 마음을 여는 게 뭔가 꺼림칙했다.

리호코는 형사로서 지금도 그녀를 살인 용의자로 강하게 의심하고 있다. 이렇게 목적지까지 데려다준 것도 석방된 피의자의 생활권을 특정하기 위해서다. 물론 무호적 여성의 새 출발을 지켜보고 싶다는 순수한 마음도 있었지만.

리호코는 두 가지 상반된 감정 사이에 낀 채 PC방 좁은 입구 앞에 이르렀다. 검은색 가방을 멘 하나가 꾸벅 허리를 숙였다.

"형사님, 데려다주셔서 감사해요."

"뭘요. 수사 과정에서 궁금한 게 생기면 이리로 오면 되겠네요."

"아, 네. 매일은 아니더라도 일주일에 최소 한 번은 이용하니까요."

"그럼 됐어요. 무슨 일 있으면 PC방 사람한테 전해달라고 부탁할게요."

리호코가 2층을 가리키자 하나는 고개를 끄덕이고는 가벼운 발소리를 내며 노란 계단을 뛰어 올라갔다. 꽃무늬 롱스커트와 흰색 구두가 시야에서 사라지자 리호코는 '후우!' 하고 숨을 내쉬었다.

PC방을 탐문해 볼까 하는 생각이 스쳤지만 무슨 의미가 있을까 싶어 관뒀다. 여기 단골인 하나가 어떤 만화를 읽는가 하는 정보를 얻는다고 살인 미수 사건이 해결될 리 없다. 범행 시간대의 알리바이가 없으니 사건 당일의 이용 시간을 묻는다 한들 의미가 없다. 범인이라는 직감은 드는데 증거가 없다는 이유만으로 풀려나는 순간은 언제나 참기 힘들다.

더구나 이번 사건에서 느낀 무력감은 단연 최고다. 범인이냐, 아니냐 이전에 그녀의 신상조차 알아내지 못했기 때문이다. 성명도, 출생지도, 생일도, 정확한 나이도, 정말 무호적자인지도 미궁인 채 수사는 끝나간다.

그녀는 누구일까? 성이 없어서 정식 표기조차 할 수 없는 이름의 '하나'. 만약 그녀가 정말 아무런 연고도 없는 무호적자에 다양한 사회 제도를 피해 살아왔다면 하루라도 빨리 구청에서 호적을 취득해 지금부터라도 행복했으면 하는 바람이다.

리호코는 왔던 방향으로 발걸음을 돌렸다. 그런데도 어딘가 찜찜한 기분을 떨칠 수 없어서 주춤거렸다. 리호코는 모퉁이를 돌기 직전에 멈춰서서 조금 전 하나가 사라진 PC방 입구를 멍하니 바라봤다.

그대로 얼마나 있었을까.

계단을 내려온 여성을 보고 퍼뜩 정신이 들었다. 낯익은 흰색 꽃무늬 롱스커트가 밤바람에 펄럭이는 것을 보고 형사의 습성상 재빨리 몸을 숨겼다. 잠시 숨을 죽이고 역 쪽으로 걸어가는 인파 속에서 키 작은 하나의 뒷모습을 찾아냈다. 리호코는 황급히 뒤쫓았다. 반은 뛰다시피 역 앞 로터리의 횡단보도를 건너면서도 리호코의 머릿속에서는 오만가지 생각이 떠돌았다.

PC방에 들어가기에는 아직 이른 시간이었을까. 리호코와 헤어질 구실을 만들려고 일단 들어가는 척했으나 아침까지 싸게 묵을 적당한 상품이 없어서 거리를 누비며 시간을 때우는 것인지도 모른다. 어쩌면 남자를 헌팅해서 오늘 밤 숙소비를 아낄 생각인지도. 아니다, 리호코는 고개를 흔들어 생각을 바꿨다. 저건 틀림없이 목적지가 있는 발걸음이다. PC방에 들어가는 척 형사를 따돌리고 갈 수밖에 없는 곳.

리호코는 미행이 예상되었으면 '하야시베를 데려오는 건데'라고 후회하면서 하나의 모습을 놓치지 않기 위해 발걸음을 재촉했다. 수사 때 항상 2인 1조로 움직인다는 규칙은 바로 이런 경우를 위해 있는 것이다.

하지만 일몰 후의 가마타 역 주변은 통근객들로 북적북적해서 저런 풋내기에게 들킬 위험은 거의 없다.

하나는 세련된 느낌의 역으로 들어가 에스컬레이터를 탔다. 전철을 타는가 싶더니, JR 개찰구 앞의 광장을 그냥 지나쳐 서쪽 출구로 향했다. 도큐 다마가와 노선, 이케가미 노선의 안내 표시를 살피며 로터리 앞에서 왼쪽으로 꺾었다. 재개발이 진행되고 있는 동쪽 출구 앞과 달리 이쪽은 어딘지 모르게 어수선했다. 어린이집도 여럿 있지만 술집도 많아서 로터리나 아케이드 거리에는 취객이 많았다. 조금만 안쪽으로 들어가면 수상한 가게와 호텔도 들어서 있다. 가출 '난민'이 지낸다는 PC방도 이쪽에 몰려 있다. 그런데 풍경이 옆으로 벗어나면 확 바뀐다.

같은 도쿄도 내에서 스미다구나 고토구의 거리와도 비슷한 번화가 분위기의 빌라촌. 게다가 도큐 선의 선로를 넘어 남쪽으로 향하면 차도와 보도가 점점 넓어지면서 새로 지은 단독주택도 많다. 제법 살기 좋은 동네 분위기의 모습이다. 하나가 발길을 돌린 곳은 남쪽 방면이었다.

길을 헤매는 기색도 없이 빠른 걸음으로 나아갔다. 그리고 어느새 구두에서 운동화로 갈아 신고 있었다. 체포 당시 가방에 들어 있던 신발이다. 하나가 예비 신발과 여벌 옷을 가지고 다닌다는 것은 무호적자로 노숙 생활한다는 진술을 뒷받침하는 증거가 되었다.

대낮이나 심야였다면 미행이 어려웠을지도 모른다. 하지만 인파가 많아지는 귀가 시간대라는 점이 유리하게 작용했다. 부모 손에 이끌려 걷는 아이들과 몇 대의 자전거가 스쳐 지나갔다. 주민들 틈에 섞여 걷는 하나 역시 바쁜 하루를 마치고 집으로 돌아가는 사회인이나 학생처럼 보였다.

설마 무호적자도 노숙인도 아니었을까? 평범한 집이 있을까?

그런 사실을 조사에서 알아내지 못했다면 형사로서 불명예스러운 일이다. 주택가는 역전의 소란함을 망각한 듯했다. 하나는 그곳을 빠르게 걸어갔다. 주택들 사이로 옛날부터 있었던 작은 공장들이 드문드문 들어서 있다. 이런 풍경은 '제조 지역'이라고 불리는 가마타만의 특징이다. 대부분은 기계 금속 가공 공장으로 일본의 제조업을 뒷받침하고 있다.

그녀가 땅거미에 휩쓸리듯, 한 공장 부지로 사라진 것은 역에서 15분 남짓 걸은 후였다. 리호코는 발을 멈추고 문기둥에 표시된 회사 이름을 확인했다.

"가나우치 식품 주식회사."

하나가 전 남자친구 사이토 도시키에게 알려준 가나우치 하나라는 풀네임이 떠올랐다. 인근 주택가에 한적하게 자리하고 있지만 공장 부지는 꽤 넓어 보였다. 키가 큰 흰색 간이 벽이 좁은 길을 따라 길게 이어져 있다. 문 너머 주차장에는 트럭 몇 대를 세울 수 있는 공간이 있다. 그 안쪽에 자리 잡은 네모난 공장 건물은 일반 체육관 크기 정도 됐다. 리호코는 이런 곳에 중규모의 식품 공장이 있는 줄은 몰랐다. 여기는 가마타 역이라기보다 게이큐 선의 조시키 역에 가깝지만 가마타 경찰서 관내이기는 하다. 4년이나 형사과에 근무하면서 한 번도 와본 적이 없다는 것은 치안 상태가 좋은 지역이라는 뜻일 테다. 그런데 하나는 이 공장에 무슨 일로 왔을까? 설마 석방되자마자 일용직 일을 하러 온 걸까?

문은 약간 열려 있었지만 부지 내에 인기척은 느껴지지 않았다. 사유지이기에 무작정 들어갈 수는 없었다. 하지만 들어가지 않으면 이곳에 온 하나의 목적을 알 수 없다. 망설인 시간은 고작 2, 3초였다. 리호코는 공장 사람에게 들키면 둘러댈 변명을 생각하면서 부지 안으로 들어섰다. 철골 게이트를 지나 주의를 기울이면서 주차장을 가로질렀다.

건물 옆에 있는 직원용 주차장에는 자전거 십여 대가 세워져 있고 형광등 불빛이 공장 정면 입구를 희뿌옇게 비추고 있었다. 유리문 안쪽에 학교의 중앙 출구에나 있을 법한 신발장이 있지만 역시나 사람은 보이지 않는다. 하나가 공장 안으로 들어간 건 아닌 듯했다. 그렇다면 어디로 갔을까?

건물 옆에는 창고 몇 개가 늘어서 있었다. 리호코는 그쪽으로 달려가 인기척을 살폈다. 부지의 가장 안쪽으로 눈을 돌리는 순간, 어둠 속에서 하얀 롱스커트가 건물 모퉁이를 돌아 사라졌다. 하나다. 리호코는 숨을 죽이고 뒤를 좇았다. 중간에 출입을 막는 줄이 처져 있었지만 개의치 않고 넘었다.

건물 그늘에 멈춰 공장 뒤편을 들여다봤다. 유난히 허름해 보이는 창고가 눈에 들어왔다. 밤인데도 벽이 녹슬어 붉게 변한 것을 알 수 있었다. 대형 컨테이너 트럭 세 대를 이어붙인 크기로 다른 창고보다 배는 컸다.

하나가 입구의 미닫이문을 열었다. 따스한 느낌의 노란 빛이 확 밝혀지더니 "하나!", "돌아왔구나!"라는 남녀의 함성이 들려왔다. 리호코는 미닫이문이 닫히자마자 창고 앞으로 달려갔다. 입구의 문은 오랜 세월 탓에 헐거워져 빼꼼 열려 있었다. 그 틈새로 한쪽 눈을 대고 창고 안을 들여다봤다. 청년부터 중년까지 다양한 나이대의 남녀 대여섯이 돌아온 하나를 둘러싸고 기쁨을 나누고 있었다. 좌탁 위에는 휴대용 가스레인지가 놓여 있고, 올려진 냄비에서 익어가는 채소 냄새가 먹음직스럽게 풍겼다. 컵라면 용기, 나무젓가락, 음식 쓰레기 등이 어지럽게 널려 있다. 회색 카펫이 깔린 바닥에는 3인용 소파가 놓여 있고 그 위에는 만화책이 엎어져 있다. 시야에 들어오지는 않지만 텔레비전 소리도 들려왔다.

공간 안쪽에는 하얀 커튼이 드리워져 있고 바닥과 커튼 사이 틈으로 이불 몇 채가 비어져 나와 있었다. 천장에 로프를 둘러쳐 커튼을 십자 형태로 나눈 몇 개의 방이 있었다. 아무리 봐도 사람이 사는 공간이었다.

리호코는 지금 식품 공장 부지의 구석에 있는 허름한 창고가 아니라 대가족이 모인 밝은 거실을 들여다본 듯한 착각에 사로잡혔다.

"진술이… 거짓말이었다는 거야? 주소 미상의 홈리스가 아니라 여기서?"

리호코는 무심코 작은 소리로 중얼거렸다.

"누구시죠?"

등 뒤에서 들려오는 낮은 목소리에 리호코는 소름이 끼쳤다. 황급히 미닫이문에서 획 물러서 뒤를 돌아봤다. 짧게 턱수염을 기른 남자가 서 있었다. 섬뜩하리만치 차가운 눈빛의 남자였다.

수염 탓에 나이를 짐작할 수 없지만 리호코가 보기에 자기 또래쯤으로 보였다. 남자치고는 긴 검은 머리카락이 얼굴 옆으로 흘러내리고 얇은 입술은 느슨하게 풀어져 있다. 그 색채 없는 눈이 리호코의 전신을 관찰하듯 위아래로 움직였다. 리히코는 식품 공장 관계자에게 들켰을 때를 대비해 변명거리는 생각해뒀는데 식은땀만 흐를 뿐 말이 나오지 않았다. 그만큼 묘한 아우라를 내뿜는 남자였다.

잘생긴 얼굴인데 멋있다는 말은 떠오르지 않았다. 눈을 마주쳤을 뿐인데 리호코는 자기 존재가 말살된 듯한 공포심을 느꼈다. 그는 숨을 작게 내쉬더니 "경찰?" 하며 한쪽 눈썹을 치켜들었다. 자신도 모르게 내뱉은 리호코의 혼잣말을 들은 모양이었다.

"하나가 미행당한 건가. 그렇게 조심하라고 일렀는데."

남자는 체념한 듯 천천히 미닫이문을 열었다. 창고 안의 따스한 노란 빛이 남자와 리호코에게 쏟아졌다. 떠들썩하던 소리가 단박에 조용해졌다. 좌탁 옆에 앉아 있던 중년 남성이 리호코를 보고 "누구야!"라고 겁먹은 듯 소리쳤다. 무리의 중심에 있던 하나의 얼굴이 순간 하얗게 질렸다.

"형사님이 어떻게!"

비명에 가까운 목소리가 그녀의 가느다란 목구멍에서 터져 나왔다. 리호코의 옆에 서 있던 수염 난 남자가 낯빛을 잃은 하나에게 말했다.

"하나, 설마 했는데. 석방되고 경찰서에서 여기로 바로 온 거야?"

"아니야! 일단 PC방에 들어갔다고. 나올 때도 형사님이 돌아갔는지 분명 확인했어."

"그럼 예상이 빗나간 거네. 경찰이 여기까지 왔으니."

남자가 냉정하게 말했다.

리호코는 자신이 위험에 처했다는 걸 자각했지만 호기심을 이기지 못했다. 그래서 양해를 구하지도 않고 창고로 한 걸음 더 들어가 주위를 둘러보았다. 커튼으로 칸칸이 분리된 안쪽 공간과 벽 가에는 낡은 텔레비전이 놓여 있었다. 반대편 구석에는 도마며 칼꽂이 같은 조리 도구가 늘어선 기다란 탁자와 오래돼 보이는 세탁기가 있다. 돌아보니 입구 옆 벽에 가느다란 글씨로 쓰인 종이가 붙어 있었다.

여기는 수호받는 유토피아.

형제의 은혜에는 은혜를,

원수에게는 자애를,

힘을 제하고 합을 유지하라!

—유토피아.

온몸에 소름이 끼쳤다. 그 말의 울림이 어쩐지 불길했다. 현실에는 존재하지 않는 이상적인 사회. 종종 신흥 종교 단체들이 즐겨 쓰는 말이 아니던가? 그들은 폐쇄된 사회의 이상한 집단생활을 자신들만의 이상향 '유토피아'라고 부른다.

"언니, 하나 언니, 누구야?"

리호코는 천진난만한 목소리가 들리는 창고 안으로 시선을 던졌다. 천장에서 내려온 하얀 커튼을 밀어젖히고 얼굴을 내민 건 아직 어린 여자아이였다. 세 살 아니 두 살쯤 되었을까. 발음은 또박또박했으나 몸집은 리호코의 딸 유나와 비슷해 보였다. 저런 어린아이가 이런 데서 살다니. 아무리 생각해도 이상했다.

"하나 씨. 여기가 사는 곳이에요? 왜 조사 당시 말하지 않았죠?"

리호코의 말투에는 경계심이 배어 있었다.

"그게… 그러니까…."

"이 사람들은 가족? 가나우치란 성이 혹시 여기 창업주와 가족이라서?"

"아니, 아니에요. 그건 제가 멋대로 붙인 성이에요."

"술집을 전전했다는 것도 거짓말이었어요? 여기 식품 공장에서 일하는 건가요?"

"죄송한데 나가서 얘기해요!"

하나가 리호코의 어깨를 밀며 창고 밖으로 데리고 나왔다.

5월 중순치고는 찬 공기가 리호코의 목 언저리로 파고들었다. 하나는 수염 난 남자를 안으로 들여보낸 뒤 미닫이문을 세게 닫았다. 새어 나오는 빛이 희미해지고 주변은 어둠으로 뒤덮였다. 이곳은 주변에 공장 건물이 우뚝 솟아 있고 키가 큰 간이 벽에 둘러싸여 있어 주위 주택의 불빛도 거의 들지 않았다.

"모리가키 형사님, 부탁이에요. 여기 일은 비밀로 해주세요. 다른 형사님들도 데려오지 말아 주세요. 형사님이 부르시면 언제든 경찰서로 갈게요. 절대로 조사를 거부하거나 도망치지 않을 거니까. 그러니 제발 부탁이에요."

두 사람만 있게 되자 하나는 애원했다. 하지만 리호코는 눈물에 넘어가지 않았다.

"단도직입적으로 묻겠는데 '유토피아'라는 게 대체 뭐죠? 종교? 이 창고에서 신자들이 집단생활하는 건가요?"

"아니에요! 종교!" 하나는 강하게 부인했다.

"같은 처지인 사람들끼리 모여서 함께 살고 있을 뿐이에요. 정말 그게 다예요."

"같은 처지? 무호적자?"

"맞아요. 바깥세상에서는 평범하게 살 수 없으니까, 서로 도우며 살고 있어요. 여기 공장에서 일하고 부지 내 창고에서 지내는 것뿐이라고요. 나쁜 건 아니잖아요?"

나쁜 건 아니다. 무호적자들이 사회 보험도 없이 공장에서 일한다, 거주용이 아닌 건물에서 생활하고 있다, 그중에는 미취학 아동까지 있다.

이 몇몇 가지만 봐도 저촉되는 법률이 수두룩하다. 건축기준법, 소방법, 근로기준법, 건강보험법, 소득세법, 호적법, 학교교육법 등 리호코가 대충 생각해낸 법만도 이만큼이다.

그런데 하나를 포함해 그 차가운 눈빛의 남자와 창고 안에서 본 예닐곱 명의 남녀가 전원 무호적이라니. 사실인 것 같지만 지금 사회 제도를 생각하면 믿기 힘들었다.

무호적자의 유토피아. 세상의 도움 없이 자기들끼리 하루하루를 살아가는 폐쇄된 이상향.

"우리가 안심하고 살 곳은 여기밖에 없어요. 제발 못 본 척해주세요. 안 그러면 저, 료한테 되게 혼나요."

하나는 겁먹은 목소리로 거듭 고개를 숙였다. 료는 조금 전 창고 앞에서 리호코에게 말을 건 그 수염 기른 남자를 말하는 것 같았다. 몇 번이고 오르내리는 그녀의 갈색 머리를 보며 리호코는 잠시 망설인 후 턱에 손을 갖다 댔다.

"좋아요. 일단은 그렇게 하죠. 내가 알고 싶은 건 하나 씨가 사이토 도시키를 찔렀느냐는 사실뿐이니까."

안이한 약속의 배후에는 영장 없이 사유지에 침입한 부담감도 있었다. 법률에 어두운 유토피아의 주민들이 그 일을 문제 삼지는 않겠지만 경찰서에 알려지면 곤란하다. 하나는 리호코의 말을 듣더니 안심했다는 듯 숨을 내쉬었다.

"고맙습니다. 형사님은 이해해주실 줄 알았어요!"

"단, 다들 조사는 받아야 해요. 오늘은 늦었으니 내일 다시 올게요. 그때도 나 혼자 올 겁니다."

하나는 체념한 듯 어깨를 축 늘어뜨렸다.

"몰래 뒤를 밟아서 미안해요. 그럼 내일 봐요."

리호코는 일방적으로 말하고 자리를 떴다. 건물 모퉁이를 돌 때 뒤를 돌아보니 하나가 어둠 속에서 가만히 이쪽을 바라보며 서 있었다.

—여기는 수호받는 유토피아.

리호코는 평범한 주택가로 나와 한숨 돌렸다. 아까 본 게 현실이었나 싶을 만큼 그 창고 안의 풍경은 이질적이었다. 리호코는 왔던 길을 되돌아 터덜터덜 경찰서로 걸어갔다.

머리가 이상하게 무거웠다.

*

벽시계가 6시 15분을 가리켰다. 책상 위 서류를 정리한 뒤 어깨에 가방을 걸쳤다. 리호코를 지켜보던 노기가 웃으며 말했다.

"오래 살고 볼 일이야. 모리가키가 이 시간에 퇴근을 다 하고."

"좀 더 남아 있을까요?"

리호코는 발끈했다.

"아니, 그게 아니라, 오늘은 따님께서 서운해하지 않으시겠다고. 육아 휴직 끝나기가 무섭게 강력계로 돌아와서 가뜩이나 힘들 텐데 급하지 않은 건 다른 사람한테도 좀 맡기고 그래."

순간 리호코는 자신이 그렇게 할 수밖에 없는 이유가 떠올랐다. 경찰은 아직도 남성 우위의 조직이다. 돌발 사건이 많은 형사과는 특히 그렇다. 그런 집단에서 엄마와 형사, 두 역할을 자처했다. 그러니 자신이 온전히 감당해야 할 몫이다. 다만 자신을 이해해주는 직속 상사가 있는 건 매우 고마운 일이었다. 하지만 오늘만큼은 그 친절이 독이 되어 리호코의 죄책감을 짓눌렀다.

"모리가키한테는 하야시베가 있잖나. 신참은 일이 많을수록 업무가 빨리 느니까 수족처럼 부려먹으라고. 안 그런가 하야시베?"

"네, 얼마든지요! 이미 충분히 맡기신 것 같지만 말입니다."

매일 산더미 같은 수사보고서 작성에 허덕이는 하야시베가 에

둘러 포기를 선언했다. 서류 작성을 하느라 잔업하는 하야시베에게 리호코로는 익숙해지면 빨라질 테니 힘내라는 말밖에 할 수 없다. 리호코도 다 지나온 길이다.

하야시베가 쓰고 있는 보고서는 그 살인 미수 사건이 아니다. 그 사건에 관해서는 피해자의 주변 인물을 재조사해야 한다. 또 하나가 아닌 다른 범인이 있을 가능성을 염두에 두고 CCTV를 다시 돌려보는 등 관련 수사를 계속하고 있다. 하지만 당직일에 일어난 다른 사건들도 처리해야 하는 현실적인 문제와 마주쳐 아무래도 세심하게 관심이 미치지 못하는 실정이다. 리호코를 포함해 다들 하나가 진범이라고 믿기에 다른 가능성이 희박한 이 사건의 수사는 점점 뒷전으로 밀려나고 있었다.

"하야시베, 너무 늦게까지 하지 마. 괜히 남아 있다가 야간 사건 처리에 휘말리지 말고."

"아, 그럼요. 그건 이미 몇 번이나 경험했죠."

하야시베의 한숨 섞인 목소리와 곧장 귀가할 것으로 믿는 노기의 배웅을 받으며 리호코는 형사과 사무실을 나왔다.

리호코는 가마타 경찰서 정문을 통과하며 남서쪽으로 향했다. 퇴근 후에는 수사 차량을 쓸 수 없으니 도보로 이동할 수밖에 없다. 식품 공장까지 곧장 가면 20분이 채 걸리지 않을 것이다. 결국, 어제 발견한 무호적자 공동체 이야기를 리호코는 노기에게 보고하지 않았다. 집이 없는 하나가 어디로 갈지 망설이는 바람에 시간은 좀 걸렸지만, 무사히 역 앞 PC방에 데려다 주고 왔다고만 했다. 상사에게 허위 보고를 한 건 처음이다. 출세를 노리는 형사 중에는 공로를 독차지하기 위해 단독 수사에서 얻은 정보를 의도적으로 숨기는 사람도 있다고 들었다. 하지만 팀플레이를 중시하는 리호코에게는 언감생심이었다. 그래서일까. 더 죄책감이 마음을 짓눌렀다. 노기에게도 하야시베에게도. 집에서 리호코가 돌아오기를 기다리는 남편과 딸에게도.

그런데도 멈출 수 없다. 지금 리호코 마음에서는 두 가지 감정이 치열하게 다투고 있다. 하나의 정체와 현재 상황이 밝혀지면 담당 사건의 실마리가 될 거라는 기대. 또 다른 하나는 순수한 흥미였다. 무호적자 공동체라니? 더 알고 싶다는 호기심이 강하게 일었다.

7시가 조금 넘어 리호코는 식품 공장 문 앞에 도착했다.

밤빛으로 물들어가는 공장 부지로 들어가 뒤편 창고로 발길을 옮겼다. 정면 입구를 나서는 직원이 "수고하셨습니다!" 하고 외치는 바람에 리호코는 가슴이 철렁 내려앉았다. 직원끼리 의례적으로 하는 인사였는지 밖으로 나가는 직원은 리호코의 얼굴을 보지도 않고 스쳐갔다. 낯선 사람의 출입이 잦은지도 모른다.

공장의 정문 외에는 불빛이 적었다. 어둠 속을 빠르게 지나 출입 금지 로프를 넘어 붉게 녹슨 허름한 창고에 다다랐다. 리호코는 정중하게 세 번 노크하고 "실례합니다."라면서 미닫이문을 열었다. 거실에 모여 있던 남녀가 리호코를 쳐다봤다.

젊은 남자가 둘. 하나보다 어려 보이는 여자가 한 명. 그리고 중년 남녀가 각각 한 명. TV 앞 바닥에서 장난감 블록을 쌓고 있던 여자아이까지 해서 모두 여섯이었다. 전부 낯익은 얼굴. 어제와 똑같은 멤버다. 다만 그 속에 료와 하나의 모습은 없었다.

"하나 나갔는데?"

입을 연 사람은 좌탁 옆 방석에 앉아 있는 뚱뚱한 중년 여성이었다. 위아래 모두 회색 뜨개옷이라 흡사 유치장에 있는 피의자처럼 보였다. 턱이 목살에 파묻혀 말을 할 때마다 축 늘어진 피부가 출렁거렸다.

"아까 도망치듯 나갔어. 여기 있는 게 불편했겠지. 자기가 여기로 형사를 끌어들였다며 어찌나 자책하든지. 내내 훌쩍거리더라고."

"어디로 갔나요?"

"뭐 죽고 못 사는 PC방이나 갔겠지. 걔가 만화를 좋아하거든."

하나가 리호코를 따돌리려 했던 가마타 역 앞 PC방을 떠올렸다. 일주일에 한 번은 이용한다는 게 거짓말은 아니었나 보다.

"하나 씨 없어도 괜찮습니다. 오늘은 여러분의 이야기를 들으러 온 거예요. 하나 씨 조사는 경찰서에서 충분히 했으니까요."

"들었어. 조사하러 온 거죠? 우리도 형사 나리한테 반기를 들 생각은 없어요. 하나 말이 당신은 일단 믿을 만한 사람이라던데.

경찰을 적으로 삼으면 어떻게 될지 모르니까 일단 앉아요."

관록 있는 중년 여성이 맞은편 방석을 가리켰다. 해져서 군데군데 솜이 삐져나온 닳고 닳은 방석이었다. 리호코는 굽 낮은 구두를 가지런히 벗고 카펫 위 방석에 앉았다. 등 뒤의 미닫이문에서 바람이 들어왔다. 지금은 5월이라 괜찮지만 한겨울에는 어떻게 지낼까 걱정되었다. 한여름에도 뜨거운 지옥이 따로 없을 것 같았다. TV와 세탁기가 있을 정도니까 히터나 선풍기 같은 가전도 있을까 싶어 주위를 둘러봤다.

"경찰 취조라니, 긴장되네."

중년 여성은 누런 치아를 보이며 호쾌하게 웃었다. 취조가 아니라 참고인 사정 청취다. 게다가 조서를 받을 것도 아니라서 비공식적인 대화에 불과하다. 하지만 리호코는 굳이 정정하지는 않았다.

"성함이 어떻게 되십니까?"

"나? 요시코. 이봐 테페이. 당신도 이리로 와."

큰소리로 호명되자 옆에 서 있던 마른 체구의 중년 남성이 흠칫 어깨를 들썩였다. 그는 애매하게 고개를 끄덕인 뒤 요시코 옆에 책상다리 자세로 앉았다. 그러고는 흰머리 섞인 부스스한 머리카락을 정돈하며 인정 많은 웃음을 지어 보였다. 나머지 세 명의 젊은이는 리호코를 경계하듯 한구석에 모여 앉았다. 상황을 모르는 여자아이의 즐겁게 떠드는 소리만이 팽팽한 공기를 살짝 누그러뜨렸다.

리호코는 두 사람의 성을 물으려다 관뒀다. 그들에게는 호적도 주민표(현재 거주하는 주소가 적힌 일본의 문서. 한국의 주민등록초본과 비슷한 개념이다)도 없다. 극히 소수로 구성된 이 공동체에서 개인 식별을 위한 성씨나 한자 표기가 필요할 것 같지도 않았다. 하나는 하나, 요시코는 요시코, 테페이는 테페이. 이 작은 세계에서 이름은 단순한 호칭, 소리의 나열에 지나지 않는다.

요시코, 테페이, 리호코가 둘러앉은 좌탁에 어제는 가스레인지와 냄비가 놓여 있었는데 지금은 깨끗이 치워져 있었다. 리호코의 방문을 준비한 것 같았다.

"여기에는 여덟 명이 살고 있나요? 여기 계시는 여섯 분과 하나 씨, 그리고 어제 본 료 씨."

"아뇨, 열다섯. 이곳은 주간과 야간 2교대제니까. 나머지 절반은 아까 일하러 갔고."

요시코가 말하며 공장 쪽을 가리켰다. 주민 수가 예상보다 많아서 리호코의 눈이 커졌다. 열다섯 명이 살기에는 이 창고는 무척 좁아 보였다. 하지만 모두 한꺼번에 다 모이는 게 아니라면 가능할지도 모른다.

"그럼 여기 사는 분들은 모두 이 공장에서 일하나요? 가나우치 식품 주식회사?"

"맞아. 초콜릿과 쿠키 제조 일을 하고 있지. 그래봤자 우리는 박스 포장이랑 검품만 담당하지만."

리호코는 정규직이냐고 물어보려다 관뒀다. 어차피 이 사람들에게 그런 개념은 필요 없을 것이다. 어느 회사이고 신분증 하나 없는 사람을 정식으로 고용할 리 없다. 리호코 쪽에서 물을 것도 없이 요시코가 공장에서 하는 업무를 술술 말했다.

과자 포장은 경험이 중요한 일이라는 것. 왼손으로 플라스틱 케이스를 잡고 오른손으로 초콜릿을 집어 바둑판 모양의 구멍에 채워 넣는 작업을 한 케이스당 20초 만에 해야 한다는 것. 방에는 스톱워치를 든 리더가 있는데 느리면 재촉한다는 것. 요시코는 오랫동안 이 일을 해 와서 손이 빨라 어느 공정에나 투입된다는 것. 다만 제조번호 확인 작업은 눈이 피로해서 요즘은 젊은이들에게 맡기고 있다는 것.

깊게 말하는 걸 꺼릴 줄 알았는데 요시코는 의외로 기분 좋게 말했다. 식품과 벨트 컨베이어를 상대로 작업하는 단순 노동, 공장 부지 내에서 모든 것을 해결하는 생활, 평소 사람과의 관계에 굶주린 상태이기에 리호코 같은 불청객일지라도 새로운 사람을 만났다는 기쁜 감정이 앞선 것일지도 모른다.

"실례지만 일에 대한 급여는 제대로 받고 있나요?"

악덕 경영자가 사회적 약자인 무호적자를 모아 창고에 살게 하는 대신 무임금 노동을 시키는 건 아닐까. 그런 리호코의 우려는 요시코의 대답에 의미를 잃어버렸다.

"적당한 급여를 다달이 받지. 먹을 것과 일용품, 전기세나 난방비 같은 비용은 회사 측에서 대고 있으니까 그걸 뺀 금액인 거지."

"현금으로요?"

"그렇지. 은행 계좌 같은 건 아무도 가지고 있지 않으니까. 료가 한꺼번에 받아서 잘 관리해주고 있어. 안쪽에는 금고도 있어서 든든하지."

요시코는 자랑스워했다. 하지만 리호코가 보기에 여러 가지 문제가 있었다. 경영자는 무호적자들의 급여를 어떻게 비용 처리하고 있을까. 생활비를 제하고 주는 거라면 그 금액은 도에서 정한 최저임금에 못 미치는 수준일 것이다. 이들은 애당초 직원 수에 포함되어 있기나 할까? 이런저런 생각에 리호코가 인상을 쓰고 있었던 모양이다. 테페이가 리호코를 안심시키려는 듯 처음으로 입을 열었다.

"여기 가나우치 사장님은 마음씨가 좋은 분이세요. 우리같이 사회 제도권 밖에 있는 사람을 일하게 해주고 생활이 불편하지 않게 신경 써주고 계시죠. 게다가 월급까지 주시고요. 그걸 30년이나 해오고 있다니 참 대단하지요. 사장님은 아니 지금은 회장님인가?"

"독지가야. 그분이 아니었다면 우린 모두 어디서 객사했을 거야."

리호코는 경영자인 가나우치를 자세히 조사할 필요가 있다고 생각했다. 하지만 그보다 테페이가 별생각 없이 말한 대사가 걸렸다.

"30년이요?" 리호코는 잘못 들었나 싶어 되물었다. 테페이는 천천히 고개를 끄덕였다.

"내가 스물세 살 때였으니까 31년이네. 그때는 나만 굴러들어 왔어요. 요시코는 나 다음. 그래서 여기 들어온 지 두 번째로 오래된 사람이죠."

요시코가 냉큼 말을 받았다.

"업소에서 청소하던 무호적자 남자가 평범한 식품 공장에 취직했다는 소문을 들었지. 거기다 숙식 제공이라니. 반신반의하며 여기 왔는데 가나우치 씨랑 이야기하다 울었다니까. 아아, 나도 이제 술집 이모라는 굴레에서 도망칠 수 있겠구나 싶었거든."

"두 분 다 여기 오기 전에 업소에서 일하셨나요?"

"그럼 어딜 가겠어. 생각만 해도 치가 떨려. 부모의 무지와 태만 때문에 출생 신고조차 받지 못한 우리네가 있을 곳은 그런 곳밖에 없었으니까. 그렇잖아, 테페이?"

"그렇지. 그럴 수밖에 없지."

어쩌면 부모가 정신질환이나 경도의 지적장애를 안고 있었다는 뜻일지 모른다고 말해주려다 리호코는 입을 다물었다. 여기는 피의자인 하나와 관련된 사정 청취 명목으로 와 있는 것이다.

이야기를 들려주는 상대를 어느 정도 알아두는 건 중요하지만 살아온 이력까지 파고드는 것은 지나치다. 아니나 다를까 요시코가 한쪽 눈썹을 올리며 좌탁에 턱을 괴었다.

"그러고 보니, 하나에 대해 궁금한 거 아니었나? 아까부터 우리 얘기만 떠들어댔네."

"죄송합니다. 본론으로 들어갈게요."

리호코는 등을 펴고 준비한 질문을 머릿속에 떠올렸다. 사정 청취는 한 명씩 불러내서 하는 것이 통례지만 이 창고에는 소리를 차단할 만한 방이 없다. 그래서 모두에게 동시에 질문할 수밖에 없다.

"우선, 이번 사건의 피해자는 하나 씨가 교제하던 전 남자친구입니다. 그 남자가 하는 말이 하나 씨한테 헤어지자고 했다가 원한을 사서 습격당한 거라더군요. 그 남성에 대해 하나 씨에게 뭐 들은 거 없나요?"

"당연히 우리한테 얘기할 리가 없지. 외부인 관련 이야기는 금지니까. 애인을 만들었다면 중대한 규칙 위반이잖아. 안타깝지만 하나는 이제 당분간 급여도 못 받겠네."

요시코가 비난하듯 말했다. 옆에 앉은 테페이와 리호코를 에워싸고 있던 젊은 세 사람도 동의하듯 고개를 끄덕였다.

유토피아에는 독자적인 규칙이 존재하는 모양이다. 이를 어기면 급여가 삭감되는 처벌을 받는다. 그러니 PC방을 일주일에 한

번 이상 드나들며 외부인과 교제했던 하나는 공동체의 폐쇄성에 염증을 느꼈을지도 모른다.

"여러분은 피해자 남성에 대해 아는 바가 전혀 없다는 말씀이시죠? 살해 동기나 사건 계획에 대해서도 아무런 말을 듣지 못했고요."

"그래, 사건이 터지기 전까지 하나가 밖에 남자를 만든 것도 몰랐다니까. 다음 날 아침 뉴스에서 '가나우치 하나 용의자, 살인 미수 혐의로 체포'라고 나오는 걸 보고 대충 때려 맞춘 거지."

리호코는 벽 쪽 주방으로 시선을 던졌다. 긴 탁자 위에 나무 칼꽂이가 놓여 있었다.

"칼은 어땠나요? 사건 전후로 숫자가 부족했던 적이라든지."

"글쎄, 난 요즘 요리를 안 해서. 이번 달 당번이 루미카지. 루미카 뭐 아는 거 있어?"

요시코가 천천히 돌아본 곳에는 이 중에서 가장 나이가 어려 보이는 여자가 있었다. 아직 앳된 생김새로 보아 스무 살 언저리 정도로 보였다. 어깨 길이로 다듬어진 검은 머리에 눈썹을 그린 정도의 옅은 화장이 하나보다 수수한 인상을 주었다.

"그러고 보니 작은 칼이 한 개 없어진 것 같아요."

작은 칼이라는 표현에 리호코는 몸을 쑥 내밀었다.

"어떻게 생긴 칼인가요? 색깔은? 길이는?"

"그게… 칼자루는 검은색이고, 칼날은 은색…."

"과도지? 우리가 당번이었을 때부터 없었어. 너무 낡아서 누가 버린 줄 알았는데."

루미카 옆에 있던 호감형 인상의 청년이 거들었다. "지난달에는 있었던가?"라고 또 다른 젊은 남자를 쳐다봤다. 질문을 받은 남자는 투박한 인상이다. 곱슬머리인지 밤새 까치집을 지은 건지 검은 머리가 여기저기 뻗쳐 있다. 호감형 청년한테서는 수수한 분위기가 감돌았지만, 이 남자는 약간 동남아 쪽이랄까. 피부색이 짙고 이목구비가 진했다. 그는 시무룩한 얼굴로 고개를 갸웃했다.

"글쎄. 과일 같은 건 거의 안 먹으니까. 전혀 몰랐지."

"3월에는 있었어요. 사과를 깎았던 기억이 나."

가장 연장자인 테페이가 초등학생처럼 똑바로 손을 들었다. 흉기가 과도였다는 사실은 공개하지 않았다. 즉, 그들이 칼의 형태를 뉴스에서 봤을 가능성은 없다. 분실 추정 시기도 사건이 발생한 달과 일치했다. 하나가 유치장에 있는 동안 아무리 탐문을 해도 밝힐 수 없었던 제삼자의 증언이다. 문제는 이들의 발언에 어떻게 증거 능력을 부여하느냐다. 흉기의 입수 경로는 밝혀졌지만, 이 사실을 보고하면 리호코는 유토피아에 대해 발설하지 않겠다는 하나와의 약속을 어기는 꼴이 된다.

리호코는 '수사를 위한 일이다. 그런 약속쯤이야 깨버리면 그만이다.'라고 자신을 다독였다. 하지만 마음은 갈팡질팡했다.

"사건 당일 하나 씨의 행동은 어땠나요? 뭔가 짚이는 건 없었나요?"

"사건이 한밤중에 일어났잖아? 여기는 11시면 불을 다 꺼버리니까. 그 시간에는 다들 곯아떨어져 자고 있었지. 하나는 통금시간을 어기는 상습범이거든."

요시코가 얼굴을 찡그렸다. 그러고는 '료는 하나한테만 관대하다니까.'라고 푸념하듯 중얼거렸다. 그러다 뭔가 생각난 듯 청년들을 향해 돌아섰다.

"근데 다쿠로가 봤댔지? 그날 밤 하나가 여기 왔었다고."

그 말인즉 하나에게 사건 당일 밤 알리바이가 있다는 뜻인가?

다쿠로라고 불린 남자가 짙고 또렷한 눈을 깜빡이며 성가신 듯 말했다.

"그날 일 끝나고 계속 이불에서 뒹굴었더니 밤에 잠이 안 왔어. 불이 꺼진 뒤에도 물 마시고 야식거리를 찾는데 하나가 슬쩍 들어오더라고."

"몇 시쯤인가요?"

"불 꺼지고 30분 정도 지났으니까, 11시 반?"

애매한 시간이다. 피해자에게 신고 전화가 들어온 것은 밤 12시 5분. 사건 발생 시간은 거기서 약 15분 전인 오후 11시 50분 전후다. 현장은 게이큐 가마타 역의 동쪽이니까 여기서 도보로 가면 30분은 걸린다.

"뉴스에서 봤는데 사건이 일어난 게 자정 전이잖아. 그러니까 평소의 하나라면 무리야. 그 녀석 분명히 그때 구두 신고 있었으니까. 오래 달리는 건 꿈도 못 꾸지."

다쿠로가 퉁명스레 말했다. 그 말에 찬성하듯 루미카가 천천히 손을 들었다.

"저도 들었어요. 하나 씨가 들어오는 문소리. 그렇지, 아쓰시?"

"응. 그것 때문에 미라이가 깨서 한동안 보챘잖아. 나도 루미카도 자다가 깨서 정확한 시간은 모르겠지만 아마, 11시 반 전후였지. 두 번이나 잠이 깨서 다음 날 일하는 데 얼마나 힘들었다고. 하나가 갑자기 빠지는 바람에 일손도 모자라고."

호감형 청년의 이름은 아쓰시, 어른들은 신경 쓰지도 않고 혼자서 블록을 맞추고 있는 두 살가량의 여자아이의 이름은 미라이인 모양이다. 두 번이나 잠이 깼다는 건 하나가 일단 돌아왔다가 잠시 후 다시 나가는 바람에 미닫이문이 두 번 여닫힌 것을 말하는 것이리라.

하나가 범행 전 이곳에 돌아온 이유는 쉽게 이해가 갔다. 갑작스러운 이별 통보에 분노해서 사이토 도시키에게 강한 살의를 품고 흉기로 쓸 과도를 가지러 온 것이다.

리호코는 다쿠로에게 다시 물었다.

"하나가 11시 반 전후로 귀가한 사실은 몰랐어요. 귀가 후 몇 분 정도 머물다 다시 여기를 나갔는지 기억해요?"

"음. 그러고 나서 곧장 내 방에 돌아가 잤으니까. 한 50분 정도 되지 않았으려나?"

"11시 반에 한 번 봤을 뿐 그 후로는 하나 씨를 보지 못했다는 말씀이시군요."

"아아, 그렇죠?"

다쿠로의 대답에 리호코는 가슴을 쓸어내렸다.

"그렇다면, 죄송하지만 하나 씨의 알리바이가 되지는 않겠네요. 그녀가 11시 반 시점에 이곳에 있었더라도 자전거나 택시를 이용했다면 현장에 도착하는 데 15분 정도밖에 걸리지 않았을 테니까요."

그 순간 다쿠로가 '흣!' 하고 코웃음을 쳤다.

"여기 가마타에서 자전거를 타? 도둑맞거나 불심검문이라도 당하면 어쩌려고. 택시 같은 고급 교통수단은 이용할 줄도 모를 거고."

다쿠로의 말대로 가마타는 도내에서도 자전거 도난 건수가 월등히 많은 지역이다. 당연히 불심검문에 의한 검거 수도 많다. 신분증이 없는 이들은 경찰이 불러세울 만한 위험을 모조리 피하며 살아가고 있다. 그렇지만 반론치고는 약하다. 젊은 세 사람의 증언은 있지만 하나가 이곳에 들른 시간이 애초에 정확하지 않아 알리바이가 성립할 수 없다.

그 전에 하나와 가족이나 다름없는 이들의 관계를 간과해서는 안 된다. 하나를 감싸려고 셋이서 입을 맞췄을 가능성도 적지 않다. 리호코의 의심을 눈치챘는지 다쿠로가 불쾌한 듯 혀를 찼다.

"쯧, 괜히 경찰을 달고 와 사람 성가시게 하네. 다 하나 때문이야. 그 녀석이 연애한답시고 외간 남자랑 사귀지만 않았어도 이런 일도 없었을 거 아냐. 멍청하긴. 다 들통나겠어."

리히코는 다쿠로의 불평을 들으며 뭔가 석연치 않은 느낌이 들었다. 아까부터 하나가 여기 없는 것을 기회로 요시코도 다쿠로도 하나를 질책하는 말을 거침없이 내뱉고 있다. 하긴 바깥세상과 단절된 곳에서 열다섯 명이 공동생활을 하다 보면 서로 부딪히는 일도 적지 않을 것이다. 그러기에 이곳 주민들의 감정이 서로 엉켜 있을 것이라고 리호코는 짐작했다.

그리고 이들이 진실을 말하고 있다 한들, 데이터상으로는 모두 일본에 존재하지 않는 사람들이다. '만약 그게 나라면?'이라고 생각하자 리호코는 상상만으로도 소름이 끼쳤다. 자신은 태어나 부모의 보호를 받으며 당연하게 학교에 다니고, 직장에 취업해서 사회 보험을 들고, 세금이며 연금을 내며 산다. 수년 전에 주민등록증 통지 카드를 받았을 때 '고작 이런 종이 한 장이 다구나.'라는 생각을 하긴 했어도 국민으로 충실하게 살고 있다. 그런데 법적으로 존재하지 않는 사람들이 버젓이 살고 있다니.

"저, 세 사람 외에 하나 씨와 료 씨도 모두 20대인가요?"

리호코는 말문이 막히자 다쿠로, 아쓰시, 루미카 세 사람에게

요시코가 아무렇지 않은 듯 말했다. 리호코의 눈이 휘둥그레졌다.

"루미카 같은 케이스는 흔하지. 어머니가 폭력 남편과 이혼하지 못한 상태로 가출했고 다른 남자랑 하룻밤 사랑해서 아이를 낳았어. 근데 출생 신고를 하면 폭력 남편의 호적으로 들어가서 들통나게 되니까 딸의 존재를 숨길 수밖에 없지. 루미카는 어머니가 죽고 이곳에 들어왔어. 오갈 데 없던 루미카를 하나가 거리에서 우연히 보지 못했다면 어떻게 됐으려나. 그래서 루미카는 하나를 진심으로 좋아해. 따지고 보면 걔의 그 싸돌아다니는 버릇도 나쁜 것만은 아니라니까."

그때 아쓰시가 홱 돌아보며 쏘아 붙였다.

"요시코 씨, 이것저것 다 말하지 마요. 료 씨도 너무 깊게는 얘기하지 말라고 했잖아요. 료 씨가 들으면 화낼 거예요."

요시코는 "난 그저 유토피아에 대해 형사님에게 알려주려고 그런 거지."라고 얼버무렸다.

리호코는 그보다도 아쓰시의 어투에 담긴 열기가 뭘까 궁금했다. 신앙심 아니, 충성심이라고 하는 게 적당할까? 료 씨라고 이름을 말하는 순간, 그의 창백한 뺨에 붉은빛이 돌았다.

리호코는 무심코 입구 옆에 붙은 종이를 쳐다봤다. '여기는 수호받는 유토피아'로 시작되는 글귀를 주의 깊게 읽었다.

"료 씨가 여기 리더인가요?"

시선을 마주치기만 해도 소름이 돋던 묘한 분위기의 눈동자. 동요 없는 목소리와 단정한 이목구비. 턱을 덮는 짧은 수염. "료한테 되게 혼나요.", "오늘 아침에 료가 당부했잖아."라는 하나와 테페이의 말. 추정 나이 스물일곱 살은 유토피아 안에서는 젊은 부류에 속한다. 하지만 그가 이곳을 통치한다더라도 리호코는 놀랍지 않았다. 료에게는 리더의 품격이 있었다.

"료 씨가 여기 리더인가요?"

"맞아요!"

밝고 경쾌하게 대답한 이는 수다쟁이 요시코가 아니라 조금 전까지 배타적인 분위기를 풍기던 아쓰시였다. 아쓰시의 말투에서 료의 존재가 반신격화되어 있음을 알 수 있었다.

"료 씨는 여기 협상계예요!"

"협상계?"

"가나우치 씨나 외부인과 이야기해서 우리가 여기서 계속 살 수 있도록 힘쓰고 있어요. 맞아, 료 씨는 여기 수호신이에요. 우리는 료 씨의 인도 아래 살아가고 있어요!"

이 창고가 식품 공장 부지 내에 있으며 일본 안에 있는 이상, 무호적자 공동체의 존속에는 일반인의 협력이 필수적이다. 유토피아의 중심인물인 료가 이곳의 생활과 비밀을 지키기 위해 외부와의 협상을 담당하고 있는 모양이다. 단순한 리더가 아닌 것 같다. 묘하게 열기를 띤 아쓰시의 말투에서 역시 료의 존재가 반신격화되어 있음을 알 수 있었다.

협상계란 이 공동체에서 그만큼 성스러운 직책인가? 아니면 료에게 사람을 끌어당기는 엄청난 힘이 있는가?

"수호신이요? 그렇게 젊은데?"

"원래는 최연장자이자 최고참인 테페이가 협상계를 맡았었지. 근데 4년 전에 료에게 양보했어. 그렇잖아?"

요시코가 옆에 있는 테페이의 옆구리를 쿡 찔렀다. 테페이는 순간 놀란 표정을 짓더니 이내 흐뭇한 미소를 지었다.

"왜냐하면 료와 하나는 이곳의 상징과도 같으니까요. 어릴 적부터 여기서 쭉 자라왔으니. 우리 중 어릴 때부터 유토피아에서 산 사람은 료와 하나, 그리고 미라이 셋뿐이에요."

"상징? 어릴 때부터?"

리호코의 반문에 테페이는 크게 고개를 끄덕이더니 가슴을 쫙 펴며 말했다.

"료와 하나는 버려진 아이였어요. 옷에 붙은 상표까지 잘려져 있어서, 어디서 온 아이인지 전혀 알 수는 없었지만, 료의 바지 주머니에 편지가 들어 있었어요. '호적이 없는 아이입니다. 키울 수 없는 사정이 있어서요. 부탁합니다.'라는 내용이었죠. 그래서 어린 남매를 내가 이 창고에 데려와 애지중지 키웠어요."

"무슨 소리야. 아이 재우는 법도 모르면서. 저 애들을 키운 건 나지."

요시코가 테페이에게 따졌다. "그건 그렇지만." 하고 그는 겸연쩍은 듯 머리를 긁적였다. 리호코는 그런 테페이를 멍하니 바라보았다.

'료와 하나가 남매?'

리호코는 두 가지가 머릿속에 걸렸다. 하나는 일단 생각 밖으로 몰아내고, 다른 하나를 입 밖으로 꺼냈다.

"잠깐만요. 하나 씨가 버려진 아이였다고요? 조사에서는 술집에서 일한 무호적 어머니와 열일곱 살까지 빌라에서 살았다고 했는데."

"아아, 그건 아쓰시 이야기인데. 버려졌다고 솔직히 말하면 이야기가 복잡해지니까 이력을 빌려 썼나 보네."

리호코는 조금 전, 아쓰시가 무호적자 2세라고 했던 말이 생각나서 사실이냐고 되물었다.

바로 그때, 뒤에서 문이 열리는 소리가 났다.

"호랑이도 제 말 하면 온다더니. 오라버니 오셨네."

요시코가 농담조로 말했다. 뒤돌아보니 입구에 료가 서 있었다. 어제처럼 섬뜩하리만치 표정 없는 얼굴로 리호코라는 외부인의 존재를 유심히 살폈다.

"꽤 들뜬 분위기군. 난 형사에게 모든 걸 털어놓으라고 말한 적은 없는데."

"미안해. 적대시하기보다는 호의적으로 대하는 게 좋을 것 같아서."

요시코가 얌전히 대답했다.

"불필요한 말까지 할 필요는 없잖아. 그쯤 해둬."

지금까지 대화를 듣고 있었다는 듯 료가 담담하게 말했다. 그는 리호코에게 흘끗 시선을 던진 뒤, 거실 구석으로 걸어가 들고 있던 가방의 내용물을 세탁기에 넣었다. 식품 공장에서 착용하는 작업복인 것 같았다. 그런 일상적인 동작마저 어딘가 성스러워 보였다.

료가 리호코 쪽을 돌아보며 짧게 말했다.

"이제 그만 돌아가 주시겠습니까? 그리고 오늘이 마지막 방문이었으면 합니다. 열다섯 명의 삶을 존중하는 마음이 당신에게 조금이라도 있다면."

리호코는 그 말을 듣고서야 그의 의중을 겨우 이해했다. 무호적자의 상황이 어떤지, 주민들 스스로 털어놓게 만들어 리호코의 동정심을 불러일으키려 했던 게 틀림없다. 그래서 요시코와 테페이는 그런 료의 의도를 헤아리고, 불청객인 리호코에게 자신과 동료들의 처지를 술술 불었던 것이다.

그들은 리호코의 양심에 호소하고 있었다. 이곳을 잃으면 자신들은 아무 데도 갈 곳이 없다. 그러니 더 이상 끼어들지 말아 달라고. 이 작지만 완벽한 사회를 파괴하지 말아 달라고.

리호코는 천천히 일어나 료의 눈을 똑바로 쳐다봤다.

"또 오겠습니다. 다음에는 료 씨의 이야기도 직접 들려주세요."

"거절하겠단 말씀인가요?"

"죄송하지만 이것도 수사의 일환이라서요."

리호코는 굳은 의지를 보이고자 눈에 힘을 줬다. 가볍게 고개를 숙인 다음 검정 구두를 신고 밖으로 나왔다. 그리고 긴 숨을 내쉬었다.

이곳에 도착했을 땐 해 질 녘이었는데 벌써 깜깜한 어둠이 내렸다.

리호코는 출구 쪽으로 걸으면서 아까 일단 생각 밖으로 내몰았던 '걸리는 점'을 머릿속으로 다시 홱 끌어당겼다.

—그날, 거실은 유난히 어두웠다.

지금으로부터 25년 전의 일이다. 당시 여섯 살이었던 리호코는 믿을 수 없는 학대 뉴스를 봤다. 인간을 인간으로 여기지 않는 부모의 육아 방임. 그날 리호코는 부모님이 그 뉴스를 보며 농담하는 것을 듣고 속이 울렁거렸다. 화면을 가리키며 가엾다고 소리쳤다. 펑펑 울면서 솟구쳐 오르는 분노를 터뜨렸었다.

그 사건은 너무 충격적이어서 세월이 흘러도 트라우마처럼 낙인으로 찍힌 탓인지, 버려진 아이들만 보면 자동으로 '새장 사건' 후 실종된 남매가 떠올랐다.

새와 함께 좁은 방에 갇혀 사육된 남매는 리호코보다 조금 어렸다. 분명 오빠인 남자아이가 세 살, 동생인 여자아이가 한 살이라고 보도되었다. 뉴스에 반복적으로 나온 그 충격적인 학대 내용은 일본 전역에서 남녀노소 할 것 없이 모든 이의 입에 오르내렸다.

구조된 아이들은 아동복지시설로 보내졌다. 하지만 일 년 뒤, 심리상담사를 가장한 누군가에게 끌려가 행방불명되었다. 유괴 사실을 뒤늦게 발견해 신고가 늦어지는 바람에 경찰 수사는 난항을 겪었고, 필사적으로 수사에 나섰던 특별수사본부도 점차 축소되더니 끝내 범인의 덜미를 잡지 못한 채 해체되었다.

학대, 유괴, 그리고 미궁에 빠진 사건.

사건은 해결되지 않은 채로 세상 사람들 기억에 각인되었다. 어린 남매를 봤다는 목격자가 단 한 명도 나타나지 않은 일본에 남매가 살아 있을 가능성은 없었다.

범행 목적이나 동기 등 밝혀진 것 하나 없이 '새장 사건' 남매 사망설만이 곳곳으로 퍼져나갔다.

리호코도 그렇게 생각했다. 새장 사건은 이미 25년 전에 끝난 사건이고, 유괴된 남매가 이제 와 살아서 발견될 리 없다고.

하지만 혹 '그 창고에서라면….'

식품 공장 부지 안에 있는 유토피아.

오래전부터 존재했던, 무호적자들을 수호하는 공간. 그곳에서라면 누구에게도 발견되지 않고 자랄 수 있었을지도 모른다.

우연인지도 모르지만 나이도 거의 일치한다. 스물일곱, 스물여섯. 하지만 그건 당시 체격으로 미루어 역산한 추정 나이일 뿐이다. 정확한 출생 연도는 본인들도 모른다.

리호코의 심장이 갑자기 쿵쾅쿵쾅 격한 소리를 냈다.

밤의 어둠 속으로 리호코의 거친 숨이 빨려 들어갔다.

불투명한 신원과 성장 과정, 연령과 성별의 조건이 딱 맞아떨어지는 무호적 남매.

몇 번을 생각해도 답은 하나다.

단순한 우연일까? 혹 료와 하나가 그날 누군가에게 끌려가 행방불명된 '새장 사건'의 피해 아동은 아닐까? 평소에도 여러 가능성을 떠올리며 수사 방향을 넓게 잡는 리호코답게 오늘도 생각의 실타래는 끝없이 이어졌다.

무호적자에 대하여 조사하면 제일 먼저 이 조문과 맞닥뜨리게 된다.

민법 제772조.

1. 아내가 혼인 중에 임신한 자녀는 남편의 자녀로 추정한다.
2. 혼인이 성립한 날부터 200일이 경과 한 후 또는 혼인 관계가 종료된 날부터 300일 이내에 출생한 자녀는 혼인 중에 임신한 것으로 추정한다.

이른바 친생 추정 제도에 관한 조문이다. 법무성이 임신한 여성을 위해 홈페이지에 공개하는 리플릿도 이 케이스를 대전제로 하고 있다.

혼인 중에 남편이 아닌 다른 남성 사이에서 임신한 자녀를 출산하려는 분. 혹은 이혼 후 300일 이내에 전남편이 아닌 다른 남성 사이에서 임신한 자녀를 출산하려는 분. 출생 신고 때문에 고민하고 있지는 않으신가요? 아이를 무호적자로 만들지 않고 싶다면 주저하지 말고 상담해 주십시오.

그만큼 이런 사례가 많은 것이다. 하기야 충분히 있을 법한 일이다. 혼인 중이거나 이혼 후 300일 이내에 다른 남성과의 사이에서 자녀가 태어난 경우, 이를 관청에 신고하면 친부가 아닌 관계가 단절된 남편이나 전남편이 아버지로 호적에 기재된다. 이 사실을 알고 있는 어머니라면 출생 신고를 보류할 것이고, 그렇게 태어난 아이는 무호적이 된다.

단, 민법 제772조에 해당하는 경우는 조정이나 재판의 절차로 해결할 수 있다.

이혼이 성립된 후, 전남편에게 자식에 대한 '친생 부인 절차'를 청구받는 것이다. 그게 어렵다면, 전남편을 상대로 '친생자 관계 부존재 확인 절차'나 자녀의 친아버지에 대해서 행하는 '강제 인지 절차'라는 선택지도 있다. 그러면 태어난 아이는 전남편이 아니라 어머니의 호적에 기재되게 된다.

리호코는 재판 절차 등에 관한 상세한 설명은 글자를 쫓기만 해도 머리가 아파서 읽다가 관뒀다.

아무튼 대부분의 무호적 문제에는 길이 마련되어 있다. 제도와 법률에 대한 지식, 변호사를 선임할 수 있는 자금, 그리고 자녀에게 깊은 애정을 가진 친부모가 있다면 태어난 아이가 무호적인 채로 남아 있는 일은 없을 것이다.

하지만 그들은 어떤가? 요시코와 테페이는 부모의 '무지와 태만'을 넌지시 비쳤다. 다쿠로는 어머니가 출산 비용을 낼 수 없을 정도로 빈곤한 가정에서 태어났다.

아쓰시는 무호적 2세, 미라이는 무호적 3세다.

료와 하나는 출신에 대해 아무것도 모르는 버려진 아이라고 한다.

민법 제772조에 해당하는 루미카도 유일한 혈육인 어머니가 이미 죽고 없는 상황이다. 그녀가 계속 모자가정에서 자랐다면 친부의 얼굴과 이름을 모를 테고, 가정 폭력을 일삼았던 어머니의 전남편에 관한 신상은 더더욱 모를 것이다.

호적을 새로 만들려면 일본인임을 증명해야 한다고 다쿠로가 말했다.

어머니의 호적등초본. 의사의 출생증명서. 모자건강수첩. 초등학교 등의 재학 증명. 모자가 함께 찍힌 어린 시절 사진. 친모가 건강히 살아 있고, 협조적인 태도로 DNA 감정에 응해준다면 그게 가장 강력한 증거가 된다.

리호코가 그들의 처지를 조금이라도 진지하게 생각했다면 사전에 알았을 것이다. 그 천애 고아인 유토피아 사람들이 그런 자료들을 가지고 있을 리 없다고. 자신이 누구에게서 태어난 사람인가. 그걸 증명할 길이 없어서, 그들은 결국 사회에 발견되지 못한 채로 어른이 되어 그곳으로 모였다. 그래서 이렇게 무호적자로 살 수밖에 없었던 것이다.

—그렇게 된 것이었다.

집으로 향하는 전차에 몸을 실은 리호코는 스마트폰 화면을 보는 동안 자신의 무지가 부끄러웠다. 참고인 이야기를 듣기 전에 상대방의 신상이나 처지를 미리 꼼꼼히 조사해두는 것이 형사의 기본이다. 법무성 홈페이지를 대충 뒤적거린 고식지계 같은 지식 따위는 꺼내지 말았어야 했다. 그러니 다쿠로가 비웃을 수밖에.

다마치 역에서 야마노테 선으로 갈아타 내선 순환 전차에 올랐다.

무호적자. 새장 사건.

같은 단어가 아까부터 리호코의 머릿속을 맴돌았다. 료는 더 이상 관여하지 말라고 충고했다. 리호코는 그 충고를 거절했다. 이유는 여러 가지가 있지만, 그중 하나는 그 무호적자 공동체가 위법 상태에 있다는 것이다. 요시코는 독지가라는 말을 썼지만, 가나우치라는 경영자가 아무리 그들을 돕는다는 명목으로 그곳을 마련해준 것이라 하더라도, 창고에 사람을 살게 하는 건 엄연히 법률 위반이다. 보고도 못 본 체하는 건 경찰관인 리호코에게 있을 수 없는 일이다. 공동체에 관한 일을 발설하지 않겠다는 하나와의 약속은 어디까지나 담당 사건 수사를 유리하게 끌고 가기 위한 일시적인 방편에 불과했다.

그렇더라도 리호코는 망설여졌다. 리호코가 언젠가 본청에 유토피아를 보고해서 식품 공장의 경영진이 적발된다면 그들은 어디로 갈까?

경찰이 개입한다고 해서 그들이 호적을 취득할 수 있는 건 아니다. 사회적 약자인 그들의 처지는 그대로 유지될 것이다. 창고와 공장을 오가는 단조롭고 소박한 삶에서, 돌아갈 집과 직장을 동시에 잃고 의지할 곳 없이 바깥세상에 툭 내던져질 것이다.

이는 정의를 앞세운 일개 형사의 행동이 그들의 삶을 파괴하는 일이 될 것이다. 그들은 딱히 누구에게 폐를 끼치지도 않았는데, 이 도쿄의 한구석에서, 조용히 살다가 조용히 죽어가려 했을 뿐인데.

리호코는 이제껏 법을 지키는 것과 자신의 양심을 따르는 일은 같다고 생각해왔다. 하지만 지금 리호코는 태어나 처음으로 그렇지 않을지도 모르는 일에 직면했다.

싱숭생숭한 마음을 안고서 고마고메 역에 내려 귀가를 서둘렀다. 역에서 도보로 10분만 가면 집에 도착한다. 평소 같으면 아파트의 자동문에 들어가는 순간 어깨의 짐을 내려놓은 듯한 기분이 들 텐데, 오늘은 온몸의 근육이 단단하게 뭉쳐 있었다. 살며시 현관문을 열고 신발 소리가 나지 않도록 조심하면서 구두를 벗었다. 짧은 복도를 지나니 식탁에서 노트북 키보드를 두드리고 있는 남편 요스케의 등이 보였다.

"다녀왔어. 유나는 벌써 잠들었어?"

"방금 막. 15분만 더 깨어 있었으면 좋았을걸. 그럼 엄마를 봤을 텐데."

요스케가 아쉽다는 표정을 보였다. 눈썹을 찡그린 표정이 언짢을 때의 유나와 묘하게 닮아서 리호코는 자기도 모르게 미소를 지었다. 하지만 요스케가 똑같이 미소로 화답하는 일은 없다. 그는 그대로 휙 돌아 노트북 키보드를 두드리기 시작했다.

화면에는 알 수 없는 코드가 나열되어 있다. 딸아이를 재웠으니 마저 일을 하려는 것이다.

대학을 졸업하고 IT계열 기업 프로그래머로 일한 요스케는 유나가 태어나면서 프리랜서로 전환했다. "컴퓨터만 있으면 어디서나 할 수 있는 일이니까, 그 장점을 한껏 살려보지 뭐."라고 남편은 강조했지만, 리호코는 그것이 형사과로 복귀하고 싶었던 아내를 배려한 결과였음을 말하지 않아도 알 수 있었다.

유나에게 아침을 먹여 어린이집에 보내는 일은 리호코가 겨우 맡아서 하고 있지만, 나머지는 모두 요스케에게 맡기고 있다. 어린이집에서 데려와 저녁을 챙겨 먹이고 씻기고 재우는 건 남편 몫이다. 그뿐만이 아니다. 리호코의 당직 날 아침 준비도, 주말에 당직을 서야 하거나 긴급호출이 있을 때 종일 아이를 보살피는 일도 남편이 한다. 양가 부모님은 멀리 있어서 의지할 수 없다. 유나가 열이 날 때 병원에 데려가는 일도, 어린이집 알림장을 체크해서 다음 날 준비물을 챙기는 일도 모두가 남편 몫이다.

리호코와 요스케는 고등학교 친구의 소개로 만났다. 첫 만남에 말이 잘 통했지만 대학까지 졸업한 엘리트인 그가 고졸에 경찰인 자신과 용케도 결혼까지 했다는 생각이 든다. 같은 대졸 출신이거나 아니면 고등학교만 졸업한 사람 중에서도 더 가정적이고 시간적 여유가 있는 여자라면 세상에 얼마든지 있을 텐데.

사귄 지 2년이 지나 결혼이라는 단어가 그의 입에서 나왔을 때 리호코는 귀를 의심했다. "근데 나, 지금 하는 일을 그만둘 생각은 없는데…."라는 리호코의 걱정을 "내가 그런 것도 모를까 봐. 내가 어떻게든 해볼 테니 얼마든지 해."라고 웃으며 자신만만해하던 요스케의 표정이 지금도 생생하다. 그는 여전히 그렇게 생각하고 있을까?

"저녁은 벌써 먹은 거야?"

"어어."

"그럼 잘 먹을게. 냄비에 있는 거 먹으면 되는 거지?"

리호코가 주방에서 말을 걸었지만 대답이 없다. 그는 등을 구부린 채 컴퓨터를 향하고 있었다. 집중하면 주위 소리를 거의 듣지 못하는 것도 늘 있는 일이다. 요스케는 유나가 잠들어야만 일을 할 수 있으니 평일 밤에는 부부간 대화가 거의 없다. 토요일도 사정은 마찬가지다. 어쩌다 리호코가 유나를 돌볼 때면 요스케는 옆방에 틀어박혀 일을 한다.

딸을 축으로 부부는 날마다 엇갈린다. 리호코도 요스케도 매일 일과 일상 사이에 파묻혀 응어리만 쌓여가고 있었다.

요스케의 일을 방해하지 않도록 조심하면서 리호코는 된장국 냄비가 올려진 가스레인지에 불을 켰다. 생선 토막과 채소볶음이 담긴 접시는 전자레인지에 넣었다. 리호코는 멍하니 요스케를 보며 생각에 잠겼다.

—육아 중심으로 흘러가는 자신의 생활을 요스케는 어떻게 생각하고 있을까?

—불만이 쌓이진 않았을까? 아니면 의외로 즐겁게 생활하고 있을까?

—일할 시간은 충분한가? 프리랜서로 전환하고 수입이 떨어

지진 않았는가?

—유나는 오늘 어떻게 지냈을까?

—그런 것조차 모르는 리호코를 엄마로서 실격이라고 생각하진 않을까?

딸의 잠든 얼굴이라도 들여다볼까 하고 침실 문고리에 손을 얹는 순간, 톡 쏘는 요스케의 말이 날아들었다.

"관둬, 이제 막 잠들었는데. 다시 재우려면 힘들어."

"앗, 미안." 리호코는 황급히 침실 문에서 벗어나 주방으로 돌아왔다. 요스케가 컴퓨터 화면을 향해 작은 한숨을 내쉬었다. 리호코는 자신에게 불만을 표하는 게 아니라, 그저 일 때문에 지쳐 있어서 그런 거라고 생각하고 싶었다.

부엌에 선 채로 거실의 둥그런 조명을 멍하니 바라봤다.

은은하고 따스한 오렌지빛. 결혼해서 이 임대아파트에 살기 시작했을 때 "좀 더 가정적인 느낌을 주고 싶어서."라며 요스케가 원래 있던 낡은 형광등을 떼어내고 단 LED 전등이다. 그 부드러운 빛이 바닥에 깔린 조인트 매트를 비추고 있다. 어질러 있는 나무 블록과 그림책이 리호코의 가슴을 날카롭게 찔렀다.

'퇴근하고 그 창고 같은 데 가지 말고, 좀 더 일찍 돌아왔어야 했나?'

아니, 하지만.

오래전 그날, 어둑한 거실에서 아나운서의 목소리를 들으며 상상했던 '새장' 광경이 리호코의 뇌리를 스쳤다.

—새가 바닥에 툭 떨어져 있다. 몇 마리는 힘이 없고 나머지는 죽어 있다. 먼지, 똥오줌, 침, 음식 찌꺼기, 찢긴 날개. 바닥에 떨어져 있는 것들이 끈적끈적 발바닥에 달라붙어 바닥에 흔적을 남기고 있다.

—문이 살짝 열리고 오물을 보는 듯한 눈으로 어머니가 방안을 살핀다. 아이들은 파닥거리는 작은 새와 함께 기어가 가능한 한 많은 먹이를 받아먹으려고 경쟁하듯 입을 크게 벌린다.

생각이 여기까지 이르자 갑자기 한기와 구역질이 리호코를 덮쳤다. 그날과 같다. 지금 자신이 바라보고 있는 광경이 평범한 일상일수록 '새장'은 리호코의 감정을 북받치게 했다.

그 아이들처럼 가여운 사람들을 구하고 싶다. 그것이 리호코가 형사가 되고 싶었던 이유였다.

새장 사건의 피해자인 남매가 누군가에게 끌려갔지만, 결국 사건은 해결되지 못한 채 수사본부가 해체되고 말았다. 그 사실을 알게 된 아홉 살 겨울부터 리호코는 경찰이 되겠다는 꿈을 품었다. 그리고 고등학교를 졸업하자마자 경찰이 되었다.

하지만 오늘 같은 이런 선택을 압박받는 날이 올 줄은 꿈에도 몰랐다.

지금이라면, 그 아이들 같은, 아니 그 아이들을 구할 수 있을지도 모른다.

어떡할 생각이냐고 리호코는 자신의 가슴에 대고 물었다.

유토피아에서 발견한 료와 하나를, 나는 대체 어떻게 하고 싶은 것인가?

리호코는 새장 사건의 수사 담당이 아니다. 그래서 사건을 파고들려면 오늘처럼 업무시간 외에 움직여야 한다. 하지만 그렇게 되면 남편 요스케에게 강한 부담을 떠안기게 된다. 유나도 보기 힘들어진다.

애당초 이 수사에 의미가 있을까? 그때 그 피해자인 남매가 지금도 범인에게 감금된 상태라면, 범죄는 수사 대상이 된다. 하지만 그들이 자유의지로 살고 있다면 이야기는 달라진다. 미성년자 약취의 경우, 유괴로부터 5년이 지나면 시효가 만료된다. 만약 료와 하나가 정말로 새장 사건의 피해 아동이고, 그들을 납치한 범인을 특정할 수 있다 하더라도 체포하여 벌을 받게 할 가능성은 희박하다.

필요한 정보에 접근할 수 없다는 문제도 있다. 리호코는 새장 사건과 1년 뒤 발생한 피해 아동 유괴사건과 관련된 당시 수사보고서를 훑어보고 싶은 마음이 굴뚝같지만, 사건이 발생한 곳은 신주쿠구다. 오타구 관할서에 근무하는 리호코가 정보를 조회할 이유는 어디에도 없다. 상사를 통해 정식 루트로 의뢰하려면 하나와의 약속을 깨고 유토피아의 존재를 공개해야 한다.

리호코는 부엌에 서서 머리가 지끈거릴 때까지 생각하고 또 생각했다. 일개 관할서 형사인 자신이 일본을 떠들썩하게 한 유괴사건을 해결할 실마리를 찾은 것일 수도 있지 않은가. 심지어 자신이 경찰이 되고자 결심했던 그 대형 사건이다.

딸에게는 미안하지만, 리호코의 머릿속에는 료와 하나에 대해 더 깊이 알아보고 싶다는 생각이 점점 강해지고 있었다. 결과적으로는 시효가 완결되었더라도 새장 사건의 진실은 밝혀내고 싶었다. 친모에게 그토록 끔찍한 학대를 당한 끝에, 누군가에게 끌려가 사라진, 그 가여운 아이들을 위해. 그들의 억울함을 풀어주기 위해!

하지만 역시 지금 당장 유토피아의 존재를 만천하에 공개하는 일만은 피하고 싶다. 료와 하나가 새장 사건의 피해 아동일 수 있다는 것은 현시점에서는 그저 '추측'일 뿐이다. 확실한 증거도 없는 시점에서 리호코에게 열다섯 명이나 되는 무호적자의 인생을 파괴할 스위치를 누를 용기는 없었다.

'그럼 어떻게?'

리호코는 천장의 조명에 눈길을 주며 필사적으로 생각했다. 비록 수사본부는 해체되었지만, 유괴 살인이나 현재도 감금의 가능성이 남아 있는 이상, 지금도 어딘가에 담당 수사원은 있을 것이다.

본청 수사1과에는 미제 사건을 전담하는 부서가 있다. 특명수사대책실. 아마 그곳에는 현재도 새장 사건을 쫓고 있는 전담 수사원이 있지 않을까?

"된장국 끓지 않았어?"

초조함이 섞인 요스케의 목소리에 리호코는 정신을 차렸다. 서둘러 가스레인지의 불을 끄고, 바짝 졸아 건더기만 남은 된장국을 그릇에 부으면서, 리호코는 고개를 작게 끄덕이며 마른 입술을 앙다물었다.

*

눈을 깜빡일 때마다 위아래로 투박하게 움직이는 길고 굵은 속눈썹. 긴 은발을 쓸어 올리는 손끝에 발린 화려한 네일아트. 조용히 조사를 진행하고 싶었을 뿐인데, 시신경을 자극하는 정보가 너무 많아 리호코는 자신도 모르게 눈을 감고 싶어졌다.

"뭐야, 장난치나."

짙은 체릿빛 입술이 밉살스럽게 툴툴거렸다.

정신을 가다듬고 갸루(소녀나 성인 여성을 뜻하는 영어 속어 Gal을 일본식 발음 '갸루'로 읽은 데서 유래한 말로, 특유의 화장법으로 화장을 한 여성을 뜻한다)들이 애용하는 옷가게에서 일한다는 가가 고토네의 화려한 얼굴을 쳐다봤다.

"아르바이트하면서 뮤지션 준비를 한다기에 바쁘겠구나 싶어서 요리나 청소를 해줬는데. 도시한테 쏟아부은 내 돈과 시간, 물어내라 해야겠네. 진짜."

"사건이 일어날 때까지 사이토 씨와 피의자인 여성의 관계에 대해서는 아무것도 몰랐단 말씀이신가요?"

"당연하죠. 도시를 찌른 게 여자라니까 당장 따졌죠. 빡쳐서 동거고 뭐고 다 때려쳤어요. 진짜 애인이 나인지 그 여잔지 분명히 할 때까진 만나지 않겠다고 했어요."

하나가 처분 보류로 풀려난 뒤, 리호코와 하야시베는 만약을 위해 사이토 도시키의 주변 인물을 다시 조사했다. 사이토에게 하나 이외에 짐작 가는 범인이 있는지 끈질기게 캐물었다. 그가 괴로워하며 겨우 이름을 댄 사람이 이 스무 살의 바람 상대 고토네였다.

"도시는 좀 허술한 데가 있어요. 그 범인이란 여자도 대충 놀다 버리려 했겠죠. 하지만 상대가 무식해서 살해당할 뻔했다던데. 다친 것도 모자라 뉴스 때문에 나한테 바람 핀 것도 들키다니. 불쌍한 도시. 뭐, 동정하는 건 아니지만."

"오늘 이야기 들려주서서 감사합니다. 무슨 일 있으면 또 연락하겠습니다."

"아, 이게 끝? 상대가 어떤 년인지 더 알고 싶었는데. 뭐 됐어요. 그럼 안녕히."

손을 흔드는 가가 고토네의 배웅을 받으며, 리호코와 하야시베는 그녀의 아파트를 뒤로 했다.

가메도 역 방향으로 되돌아가며 혹사당한 시신경을 달래기 위해 눈 주변을 손끝으로 마사지했다. 옆에서 걷는 하야시베도 피로가 몰려오는지 깊은 한숨을 내쉬었다.

"요즘 시대에 갸루라니, 멸종위기종 아니었어요? 꼬락서니가… 거참."

"그런데 그 여자, 양다리라는 사실을 진짜 몰랐나 봐. 사건이 터질 때까지."

"단단히 열받았던데요. 먼저 알았으면 범인보다 먼저 도시를 손봐 줬을 거라느니, 나 같으면 확실히 숨통을 끊어놨을 거라느니, 그런 무서운 소리를 해대는 걸로 봐선 분명 범인은 아니에요."

"일단 그 여자는 친구와 아침까지 술을 마셨다는 알리바이도 있는 것 같고."

"그러니까… 역시…."

"하나 씨가 가가 고토네라는 양다리녀의 존재를 알았다면, 그것도 유력한 살해 동기가 되겠네."

하야시베가 하려던 말을 리호코가 대변하자 그는 안심한 듯 고개를 끄덕였다. 기한까지 증거를 찾지 못해 처분 보류로 풀려났지만, 역시 범인은 무호적자인 하나 그녀다. 선배 형사인 리호코와 의견이 일치한 것에 안심하는 것 같았다.

"이 수사, 언제까지 잡고 있어야 해요?"

"계장님이 이제 됐다고 할 때까지."

리호코의 대답에 하야시베는 어깨를 축 늘어뜨렸다. 가장 유력한 피의자인 하나는 불기소될 게 뻔하고, 별다른 수상한 그림자도 보이지 않는다. 모든 것이 헛수고로 끝나는 씁쓸함은 형사라면 누구나 맛보는 감정이다. 신참 하야시베도 지금이 바로 그 시련을 맛볼 때인가 보다.

시각은 오후 5시 15분을 지나고 있었다. 리호코는 서로 돌아가 사무 업무를 정리하겠다는 하야시베와 환승역인 아키하바라에서 헤어졌다. 하야시베는 퇴근 시간이 지났으니 바로 집으로 가겠다는 리호코의 말을 그대로 믿었다. 리호코는 혹시라도 하야시베에게 수상한 낌새를 보이지 않기 위해 화장실로 들어가 5분 정도 있다가 집으로 가는 방향과 반대쪽 홈으로 향했다

목적지는 시나가와였다. 원래는 지금 만나려는 상대가 근무하는 후카가와 분청사 근처까지 갈 생각이었다. 그런데 그가 '어차피 집 방향은 그쪽이니까'라며 역에서 가까운 곳에서 만나자고 했다.

리호코는 넓은 카페 레스토랑의 맨 뒷자리에 앉았다. 대화 내용이 들리지 않도록 테이블끼리 충분히 떨어져 있는 가게를 선

택했는데, 아무리 생각해도 장소 선택을 잘못했을 수도 있겠구나 싶어 불안해졌다. 가게엔 온통 직장 여성이나 젊은 커플들뿐이다. 배경음악도 도시의 밤과 어울리는 환하고 세련된 느낌이다. 본청의 꾀죄죄한 남자 형사를 불러낼 장소는 아무리 봐도 아니었다.

그렇게 생각한 것도 잠시 "모리가키 씨?"라는 저음이 들려 리호코는 황급히 일어섰다.

놀랍게도 눈앞에 서 있는 사람은 꾀죄죄함이란 눈 씻고 찾아볼 수 없는 단정한 외모의 남자였다. 마스크를 쓰고 있어도 범상치 않은 외모라는 게 느껴졌다. 흰 피부, 날렵한 콧날, 머리카락 끝을 살짝 세운 깔끔한 검은색 머리. 올려다봐야 할 만큼 키가 훤칠하고 회색 정장이 매우 잘 어울렸다. 나이는 리호코보다 조금 더 많아 보였고, 은행원이나 컨설턴트 같은 직업이 더 잘 어울릴 것 같은 분위기다. 매처럼 날카로운 눈빛만이 이 세련된 레스토랑에 녹아들 것 같지 않은 그의 정체를 가늠하게 했다.

"가마타 경찰서의 모리가키 리호코입니다. 오늘 나와주셔서 감사해요."

"네, 뭐. 특명수사대책실의 하야마 게이지요."

형사의 밀회 장소로서는 틀림없이 위화감이 들 터인데, 하야마는 가게의 분위기를 전혀 아랑곳하지 않고 리호코의 맞은편에 아무렇지 않게 앉았다. 메뉴를 설명하려고 다가온 점원에게 눈길도 주지 않고 "블랜드로."라고 담담하게 툭 내뱉었다. 리호코는 그 합리주의자적 말과 행동에 다소 당황하면서 자신도 같은 것을 부탁했다.

"갑자기 이런 곳으로 불러내 죄송합니다. 우리 서에서 조사 중인 폭행 사건의 피의자가 새장 사건에 대해서 진술했다고 연락드린 건 말인데요."

"거짓말이지 그거."

하야마가 짧게, 그리고 의외로 거친 어투로 받아쳤다. 리호코가 무심코 눈을 깜빡이자 어이없다는 듯 눈썹을 찡그렸다.

"거짓말은 수단이었을 것 같고, 가마타 경찰서에서 날 호출한 것도 아니고 후카가와까지 굳이 찾아와 분청사 근처에서 만나고 싶다고 하니, 무슨 사정이 있겠구나 했어. 어차피 나와 만나는 거 상사한테도 보고하지 않았잖아?"

"맞아요. 죄송합니다."

리호코가 자신의 휴대전화로 경시청 수사1과 특명수사대책실로 전화를 건 것은 오늘 오전의 일이었다. 처음 전화를 받은 상대에게는 '진술이 모호해서 진위 여부는 불분명하지만, 새장 사건에 대해 진술한 피의자가 있다. 혹시 모르니 담당 수사원의 판단을 들어보고 싶다'라며 거짓말을 했다. 전화를 받은 하야마에게는 구체적인 이야기는 만나서 하고 싶다는 말만 전했다.

전화로는 별다른 질문이 없어 전한 내용을 그대로 믿어주는 줄 알았는데, 본청 형사를 우습게 본 모양이다. 그 자리에서 엄하게 추궁하지도 않고, 이렇게 리호코의 의도를 헤아려 만나러 와준 것만으로도 감사해야 할 지경이었다.

"그럼, 진짜 용건은?"

커피가 아직 나오기도 전에 하야마는 팔짱을 끼고 물었다. 리호코는 마음을 단단히 먹고, 무호적자 여성에 의한 살인 미수 사건에서 비롯된 이런저런 일들에 대해서 소리를 낮춰 말하기 시작했다.

"…식품 공장 부지 내에 있는 허름한 창고에서 남몰래 집단생활을 하는 무호적자들이 있습니다. 그 공동체의 리더인 20대 후반의 남자는 버려진 아이였는데, 그 무호적자들 손에 거둬져 한 두 살 어린 여동생과 함께 어릴 때부터 그곳에서 지냈다고 합니다…."

이야기가 료와 하나 남매에 이르자 하야마는 테이블에 팔꿈치를 괴고 몸을 쑥 내밀고는 눈을 반짝였다.

"버려진 아이였는데 남몰래 길러져 왔고, 신원이 불분명한 20대 후반쯤으로 보이는 남매? 그것도 23구 내에서? 무호적자에 대해서는 문외한이지만, 모든 무호적자가 부모의 얼굴이나 이름을 모르는 건 아니지. 그렇다면 우연으로 치부할 수 없는… 아니, 이런 우연이 있을 수 있나?"

최근 몇 년간 찾은 단서 중 가장 유력하다고 하야마는 진지한 얼굴로 말했다. 그의 반응에 리호코는 일단 가슴을 쓸어내렸다. 영장 없이 사유지에 들어간 일을 비난하거나, 증거도 없으면서 억측하지 말라고 딱 잘라 말하면 어쩌나 불안했는데 기우였던 것 같다.

"참, 여동생이 살인 미수로 체포됐다며? DNA는 채취했나?"

"아뇨, 거부당했습니다. 혹시 전과 사실을 숨기고 있는지도 모른다는 생각에 법원에 신체검사 영장을 청구했는데, 흉기와 사건 현장에서 DNA가 검출되지 않아서 '사건 수사에 직접 관계가 없다'는 이유로 기각당했어요. 지문이라면 체포 당시 강제로 채취했습니다만."

"지문은 안 돼. 유괴 당시 피해 아동은 100명 정도 있는 시설에서 집단생활을 했거든. 그런 곳은 아동들 이동이 잦아. 게다가 유아들은 개인 물품이랄 것도 없어서 시설 직원이나 다른 아이들이 뭐든 만지니까. 지문 감정을 의뢰할 만한 게 없으니 지문을 특정할 수 없었어."

"DNA는요?"

"아. 시설에서 사용하던 칫솔에서 검출했어. 깨끗이 씻은 거라 과학수사연구소에서 애 좀 먹었다고 하더라고. 냉동보관 돼 있을 거야."

하야마는 얼굴을 찡그리며 말을 이었다.

"새장 사건의 남매는 태어나 한 번도 부모한테 양치질을 받은 적이 없다는군. 그래서 충치투성이라고. 당시에 두 사람을 돌보던 시설 직원이 양치질을 시키려고 입을 들여다봤다가 비명을 질렀을 정도라고 하니까. 벌써 24년이나 흘렀으니 이 정보도 의미가 없겠지. 유치가 다 빠지기 전에 발견했으면 좋았을 텐데."

"비참하네요."

대답은 그렇게 하면서도 리호코는 딴생각을 하고 있었다. 새장 사건 피해 아동의 DNA 데이터는 본청에 보관되어 있다. 그렇다면 료와 하나를 설득하면 되지 않을까. DNA 채취가 강제로는 불가능하니 임의로 협조 요청하면 된다. 만약 DNA 일치가 확인되면 사건은 70% 해결된 셈이다. 납치범이 누구였느냐는 문제는 남지만 24년 전 사라진 남매가 무사히 발견됐다는 기쁜 소식은 순식간에 퍼져나갈 것이다.

하지만 하나에게는 이미 한 차례 DNA 채취를 거부당했다. 경계심이 강한 료를 설득하기란 그 이상으로 힘들 것이다. 그래도 사정을 말해볼 가치는 충분했다. 그들도 자신들이 어디서 왔는지 궁금하지 않을까?

"얼굴은 어때? 어릴 때 모습이 남아 있나?"

"인터넷에 떠도는 사진과 비교해 보니 피부색과 눈매가 비슷한 것 같기도 해요. 다만, 사마귀나 점 같은 눈에 띄는 특징이 있는 게 아니어서 어디까지나 주관적인 느낌에 불과해요."

"그건 어쩔 수 없지. 그때는 둘 다 유아인 데다 특징 있는 사진이 한 장도 없어서. 게다가 남자는 커가면서 골격도 커지고 여자는 화장 하나로도 인상이 확 달라지니까, 24년이 지났으니 완전 딴사람이 됐겠지."

"역시 DNA 감정만이 답일까요?"

"그게 가장 빠른 방법인 건 확실해."

막 나온 커피를 마시려고 하야마가 마스크를 벗었다. 높고 날렵한 코, 얇고 예쁜 입술이 나타났다. 다소 거친 손놀림으로 잔을 받침대에 내려놓은 하야마는 뭐라고 중얼거리며 만족스럽게 고개를 들었다.

"이건 그쪽 이야기를 듣고 지금 내가 막 세운 가설인데, '새장 사건의 남매를 납치한 건 종교성을 띤 무호적자 공동체의 구성원이었어. 동기는 일본을 들썩이게 한 유명한 학대 사건의 피해 아동을, 연고 없는 사람들이 모여 있는 유토피아를 상징적인 존재로 영입해서, 훗날 교주로 추앙하기 위한 작업' 아니, 아니지."

하야마는 갑자기 말을 끊고 고개를 갸웃하며 자신의 가설을 수정했다.

"종교는 어떤 교의를 중심으로 공동체를 형성한 거잖아. 그렇다면 이건 경우에 맞지 않아. 그렇다면 국가인가?"

"국가?"

"무호적자라는 일본의 소수민이 제멋대로 독립을 꾀하며 자신들의 나라를 만들려 한 거지. 호적은 일본을 비롯한 일부 국가에만 있는 제도잖아? 호적이 없다는 이유만으로 인간으로서의 존엄이 부정되고 배척당한다면 자신들이 주권을 행사할 수 있는 사회를 자력으로 만들면 되니까 국가란 거지. 종교보다 별로인가?"

리호코는 고개를 끄덕였다. 듣고 보니 그럴싸했다. 료는 유토피아의 수호신이라고 아쓰시가 열정적으로 말했다. 그 말에서 짙게 뿜어져 나온 인상은 신앙이라기보다 군주를 향한 뜨거운 충성심에 가까웠다.

"리더인 료가 소국의 왕이란 말인가요?"

"흐음, 무호적자들은 서로 의지하며 조용히 살고 있었어. 그러다 어머니한테 버림받고 동물처럼 취급받던 불쌍한 남매에게 깊은 동정심과 동질감을 느낀 거지. 그래서 두 사람을 가혹한 일본 사회에서 구해내고자 자신들 무리 안에 넣은 거야. 그렇게 시간이 흘러 기구한 운명을 딛고 훌륭한 어른으로 성장한 오빠를 신성시하며, 나라의 왕으로 추앙하기 시작한 거지. 음, 좀 엉뚱하지만 그럴듯한 가설이지 않나?"

리호코는 가설의 내용보다 본청 형사가 관심을 보인다는 것에 먼저 안도했다. 비로소 자신이 지금 바로 그 새장 사건 수사에 관여하고 있다는 실감이 났다.

"그래도 아직 그 공동체를 발견한 경위를 공개적으로 말할 단계가 아니라서요. 일단 이런 식으로 보고할 수밖에 없었습니다."

"사정은 이해한다. 앞으로 수사는 나 혼자서 진행할 테니 걱정 마. 그 두 사람이 새장 사건의 남매라는 확증을 얻기 전까지는 위에다 보고하지 않을 테니. 식품 공장 이야기도 마찬가지고."

"혼자서?"

잘못 들은 줄 알았는데, 하야마는 커피를 한 모금 마시더니 무뚝뚝하게 대답했다.

"새장 남매 유괴 사건의 전담 수사원은 나밖에 없으니까."

"팀 수사 아닌가요? 파트너는요?"

"없어. 공교롭게도 나 혼자야."

하야마가 자조하듯이 코를 찡긋했다.

"개인플레이를 하다 간부한테 미움을 샀어. 자리도 창가로 밀려났고. 특명수사대책실은 50명이서 백 건의 미제 사건을 취급해. 그것들 중 가장 골칫덩이를 나한테 막무가내로 떠넘긴 거지. 잘 해결되면 대박 날 건이라면서 말이야."

"아무리 그래도 새장 사건을 혼자서 수사하다니요."

"내가 도저히 혼자 못 하겠다고 사표를 내면 옳다구나 하겠지. 반대로 열정적으로 수사를 하다가 실마리를 찾으면 팀이나 계를 정식으로 붙여 공을 가로챌 테고. 간부들 진짜 쪽팔린다니까. 조용히 물밑 작업하다가 멋지게 공을 세워 외무성 강력범 수사계로 복귀할 거야."

처음 만난 상대에게 푸념을 늘어놓는 그를 보고 리호코는 당황했다. 아무리 24년이 지난 미제 사건이라고는 해도 이토록 유명한 유괴 사건에 배당된 수사원이 한 명이라는 게 말이 되나? 해가 갈수록 미제 사건이 늘고 있어 인력이 부족한 건 알겠는데 그래도 충격이었다.

"가만, 시효가 만료되고 있잖아."

하야마의 낮고 진지한 목소리에 리호코도 무릎 위에 올려놓은 양손을 꽉 쥐었다.

"그쪽이 발견한 남매는 살해당한 것도 아니고 감금된 것도 아니잖아. 물리적인 구속이나 협박도 없고 본인들 의사로 그곳에 있는 거라면, 미성년자 약취나 체포 감금의 공소시효는 5년이니까, 설령 범인을 찾는대도 먼저 죄를 물을 순 없어. 이런 거면 모를까. 사실은 호적이 있는데 없다고 속은 거야. 식품 공장 외에는 살 곳이 없다고 세뇌를 당한 거지. 즉, 심리적 구속으로 인해 현재도 감금 상태가 계속되고 있다면 아니, 그래도 안 될 것 같은데."

"어려울까요?"

"백 퍼센트 어렵다고 확신할 순 없지만, 상황이 안 좋긴 해. 이제 가족이나 다름없을 범인을 피해자들이 감싸기라도 하면 끝이거든. 젠장, 시효가… 아, 차라리 죽였으면 편했잖아."

리호코는 이 말 같지도 않은 발언은 못 들은 걸로 했다. 출세욕이 강한 수사1과의 형사가 되면 사건을 대하는 자세가 이런 식이 될지도 모른다.

유괴 사건이 발생한 1997년 당시 살인죄의 공소시효는 15년이었다. 그 후 2010년 법 개정으로 시효가 폐지되었다. 시효 폐지 대상은 그 시점에서 아직 시효가 성립하지 않은 1995년 4월 28일 이후의 살인사건. 사건 발생 시기로만 보면 새장 남매 유괴 사건은 문제없이 여기에 해당된다.

이상한 이야기다. 살인이면 재판할 수 있는데, 미성년자 약취라면 시효 완성. 둘 다 범죄라는 점에선 똑같은데?

현재 두 사람의 심리 상태가 어떻든지 간에, 그건 유괴의 결과니까 본래 이름이나 거주지를 빼앗은 범인은 당연히 처벌을 받아야 한다. 그게 자연스럽지 않은가?

"이야기 끝났나? 그럼 식품 공장 위치를 알려줘. 이 건은 내가 이어서 수사할 테니."

"저도 협조해도 될까요?"

리호코가 머뭇머뭇 말하자, 하야마는 예쁘장한 눈썹을 의아한 듯 찌푸렸다.

"협조? 내 수사에? 그쪽은 그쪽대로 관할 서의 일이 있지 않나?"

"애초에 제 피의자를 쫓다가 발견한 공동체예요. 여동생은 새장 사건의 피해 아동일 수도 있지만, 제가 담당하는 살인 미수 사건의 피의자이기도 합니다. 그쪽 수사에 도움이 될진 모르겠지만, 딱히 해가 될 일도 없을 거예요."

이건 어디까지나 표면상의 이유다. 하야마도 그 정도는 분명 간파했을 것이다. 그가 '왜 새장 사건의 조사에 가담하고 싶은지?'라고 대놓고 묻는다면 대답하기 어렵다. 새장 사건은 리호코가 경찰이 되고자 한 이유였다. 그 해결의 실마리를 자신이 잡았을지도 모르는 상황이니 심장이 뛰는 건 분명하다. 하지만 그걸 곧이곧대로 하야마에게 말하기란 굉장히 유치하다. 대신 리호코는 진심을 내보였다.

"그곳에 그 아이들을 내버려 둘 수 없어요."

"무호적자들을?"

리호코는 머뭇머뭇 고개를 끄덕이고는 커피를 한 모금 마셨다. 새장 사건이 아니더라도 그곳에 사는 무호적자들이 아무래도 마음에 걸렸다.

"그 공동체에 사는 무호적자들은 모두 비참하게 살아온 것 같아요. 그들이 모여 가까스로 손에 쥔 소박한 생활을, 우리가 무턱대고 부숴도 될까요. 물론 유토피아가 불법 상태라는 건 알고 있죠. 하지만 제가 처음 발견한 이상 손 놓고 지켜볼 수만은 없어요."

"흐음."

"유토피아를 해체한다고 해서 그들의 호적이 보장되는 것도 아니고, 그렇다고 불법체류자처럼 추방당하지도 않겠죠. 그저 아무런 해결책도 없이 일본이란 나라 안에서 붕 떠 있을 거예요. 그런 그들의 삶을 지켜낼 방법을 찾고 싶습니다."

"열심이시네. 괜찮겠어?"

하야마가 의자에 등을 기대며 어이없다는 듯 말했다. 리호코는 거절당할까 봐 어금니를 꽉 깨물었다.

"뭐, 좋아. 혼자보다는 둘이서 수사하는 게 낫겠지. 근데 그쪽 협조는 비공식이야. 공훈은 다 내가 받을 거니까."

"물론이죠. 상관없어요."

"그럼, 계약 성립."

하야마의 말을 듣자 리호코는 갑자기 긴장이 풀렸다. 최악의 경우 본청 쪽에서 수사를 가로채 리호코가 영장 없이 사유지 침입한 사실을 밝혀내고, 무호적자 공동체를 엉망진창으로 만들어 하나에게 겨우 얻은 신뢰를 잃게 될 위험도 있었다. 이제 그럴 염려는 없어 보인다.

한편으로는 집에서 자신을 기다리고 있을 요스케와 유나를 생각하니 미안해졌다. 이 사건만 마무리되면 쉬는 날 꼬박 시간을 내서 쇼핑몰이라도 가야겠다.

"하야마 형사님, 저기…."

"난 경사 부장, 그쪽도?"

"그렇습니다."

"그럼 계급 따질 필요 없겠네."

말을 끝내기도 전에 하야마는 리호코의 궁금증을 간파했다. 혹시 몰라 입청 연차를 물었더니, 리호코보다 1년 늦었다. 대졸에 나이는 서른넷. 근무 경력은 리호코보다 짧지만 나이는 세 살 위다.

"그럼 하야마 형사님은 언제부터 새장 사건을 맡았나요?"

"4년 전부터. 정년이 된 수사원에게서 인계받았으니까."

"지금까지 어떤 수사를 했어요?"

그냥 가볍게 질문했는데 하야마는 얇은 입술을 불쾌한 듯 일그러뜨렸다.

"손에 잡히는 건 뭐든. 두 눈을 감고 어둠 속을 걷는 것 같았지. 현장 주변 탐문을 처음부터 다시 시작하고, 같은 참고인을 몇 번이고 불러내 조사하고, 수천 명에 이르는 피의자 명단에 보류 중이던 인물을 닥치는 대로 조사했어. 대부분은 사건 발생 당시 특별수사본부가 했던 일을 반복했지. 매번 상대방 심기만 건드릴 뿐 당연히 새로운 단서는 아무것도 찾지 못했지만."

"그걸 혼자서?"

"60군데나 있는 도내 아동복지시설을 일일이 다 돌면서 시치미를 떼고 인근 주민에게 탐문한 적도 있었고."

"범인이 범행을 저지르기 전에 사전 답사하러 왔을지도 몰라서겠죠."

"어. 그 사건은 애초부터 구출된 피해 아동에 대해 언론이 너무 떠들어댄 게 탈이었어. 범인한테 애들이 어딨는지 힌트를 준 꼴이지. 그런데 모자이크한 사진이 일부 주간지에 실린 정도고, 시설의 구체적인 이름과 주소를 공개하진 않았어. 그래서 범인은 애들을 찾기 위해 다른 아동복지시설도 찾아갔을 거야. 하지만 이것도 아무런 성과는 없었지만."

리호코의 기억이 정확하다면 몇몇 아동 시설에서 수상한 자가 목격된 건 사실이었다. 당시 뉴스에 안경과 마스크를 쓴 수상한 남자가 "새처럼 걷는 애들이 여기 있느냐?"라고 물었다는 어린이의 증언도 있었다고 했다.

납치 사건이 터진 뒤 사람들은 언론에 싸늘한 반응을 보였다. 특히 집중 타깃이 된 곳은 한 대형 출판사가 발행하는 주간지였다. 대리 상담사로 위장해 시설에서 두 아이를 데리고 나간 범인의 대담한 수법은 아이들의 건강 관리를 위해 임상심리사가 자주 면담하고 산책도 종종 함께했다는 그 주간지의 기사에서 힌트를 얻은 것이기 때문이었다. 국민이 새장 사건의 피해 아동을 안타까워할 때도 '일본 최초의 야생아' 등 선정적인 제목의 자극적인 기사를 계속해서 주간지에 실어 많은 비판을 받았었다.

언론 보도가 난리만 피우지 않았어도 유괴 사건은 일어나지 않았을지도 모른다. 그것이 모두의 공통된 생각이며 팩트다.

"CCTV 영상이라도 남아 있으면 좋을 텐데, 그때만 해도 흔치 않았으니까. 범인으로 보이는 중년 남자를 목격한 것도 대부분 어린아이들이라 이제는 기억도 흐릿할 테고."

"그러면 할 수 있는 일이 거의 없겠어요."

"그래도 집요하게 사건을 파고드는 게 내 일이니까. 포기한다든지 다른 부서로 넘기는 선택지는 없어. 특명수사대책실은 사건의 무덤 같은 곳이야."

리호코는 그 말에 깜짝 놀랐다. 이 하야마라는 남자는 평소 어떤 마음으로 하나의 미제 사건을 온종일 마주하고 있는 걸까?

"그리고 다른 사안과의 관련성도 반드시 확인하지. 신원을 알 수 없는 시신이 발견됐다고 하면 얼굴 사진을 요청해 추정 연령과 성별을 확인하고, 조금이라도 찜찜하면 DNA를 대조해. 일본 어디선가 40대 이상의 남자에 의한 유괴 사건이 발생하면 일단 새장 사건과의 연속성을 의심하고 현지 수사에 참여하지. 작년에 치바에서 일어난 사건 기억나? 학교 끝나고 집에 가는 길에 초등학교 4학년 여자아이가 근처에 사는 트럭 운전사에게 끌려가 살해당한 사건?"

"아, 네. 범인의 아내가 뭔가를 눈치채고 신고했다는…."

"사실 나도 한때 그 수사본부에 있었어. 치바현경찰서에 부탁해서 조사나 사정 청취 등에 참여하고 싶다고 했거든. 결국 다 헛수고였지만."

"그렇게까지 했군요."

"당연하지." 하야마가 코를 살짝 찡긋했다.

"또 뭐가 있더라. 아, 그러고 보니 아이가 죽은 사고 기록을 닥치는 대로 조사한 적도 있어. 경시청뿐만 아니라 전국의 경찰 본부에도 협조를 요청해서 10년 전부터 20여 년 전까지의 사고 정보를 최대한 긁어모았지."

"아이가 죽은 사고? 왜죠?"

"24년 동안이나 감감무소식이잖아. 피해자를 이미 사망한 것으로 가정하는 게 자연스럽긴 하니까. 눈에 보이는 살인이 아니라면, 사고로 위장해 살해했을 수도 있으니."

"하지만…."

무슨 말을 해야 할지 몰라 리호코는 말꼬리를 흐렸다.

"아이 사망 사고는 의외로 흔해. 가장 흔한 건 교통사고. 자전거로 횡단보도를 건너다 넘어져서 숨진 일도 있고, 고령자가 운전하는 차가 인도로 돌진한 일도 있어. 가족끼리 드라이브를 하던 중에 신호를 무시한 차량이 뒷좌석을 들이받은 사고도 있고. 뭐 그것뿐이게. 음식을 잘못 삼키거나 비닐봉지에 의한 질식사. 의료 사고. 사고라기보다는 사건이지만 학대로 인한 사망도 무시할 수 없지. 초등학생 이상이 되면 자살도 있고."

그렇게 따지면 건수가 너무 많아서 끝이 없을 것이다.

"남매가 한꺼번에 죽은 케이스도 있었어. 이바라키에 사는 여섯 살 누나와 네 살 동생이 집에서 목욕 놀이를 하다 물에 빠져 숨진 사고. 초등학교 6학년과 3학년 남매가 태풍이 오기 직전에 교토의 강에서 물놀이를 하다 떠내려간 사고. 엄마는 밤에 일 나가고 없는데 새벽에 불이 나서 초등학교 1학년 쌍둥이 남매가 불에 타 숨진 사고. 대여섯 살배기 남매가 손을 잡은 채 아파트 베란다를 기어 올라가 7층에서 추락한 시즈오카 사고."

리호코는 터져 나오는 신음을 가까스로 참았다. 하야마가 반은 짓궂게 늘어놓는 가슴 아픈 사고 퍼레이드에 귀를 틀어막고 싶었다.

"그런데 전부 아무런 관계가 없었던 거죠? 당연히 부모도 있었을 테고, 이름도 보도됐을 거니까요. 그런데도 왜 수사를 아, 아니다. 신원 미상의 아이가 죽었다면 더 큰 뉴스거리가 될 거고, 새장 사건과의 관계도 의심할 수 있으니까?"

"알지. 그런 수사 별 의미 없다는 거. 그래도 실낱같은 가능성에라도 희망을 거는 게 미제 수사야."

기분 탓인지 그의 말에 근심이 묻어 있었다.

"적어도 그때 난 그렇게 믿었어. 실제로는 아이가 없는데 죽은 아이가 자기 아이라고 속인 건 아닐까? 그걸 멍청하고 무책임한 형사가 놓치진 않았나? 언론에서 크게 다루지 않고 무호적으로 비밀스럽게 처리된 아이는 없었을까? 범인이 현지 유명인사라 경찰에 압력을 행사한 건 아닌가? 하지만 전부 빗나갔어. 죽은 아이들은 각자 가정에서 자란 평범한 아이들이었지. 물론 호적도 있고 사망신고도 제대로 됐고. 그냥 안타까운 사고였어. 모든 게 헛수고였어. 괜히 유족을 들쑤셔 내 마음만 안 좋았지."

하야마가 그 수사본부에서 수사를 그만둔 건 욕조와 강에서의 익사, 화재로 인한 사망, 남매가 동시에 사망한 사고의 유족을 차례로 만난 다음, 마지막으로 아파트 추락 사고의 어머니에게 연락했을 때였다고 한다.

"전화 너머로 띄엄띄엄 쉰 목소리로 말하더군. '이제 와 뭐요.' 라는 말에 정신이 번쩍 들었어. 난 특명수사대책실이니 미제 사건 전담이니 그런 직함에 취해 불필요하게 남의 삶을 휘젓고 다녔을 뿐이야. 정의의 영웅 행세를 하면서."

"불필요했던 건 아니잖아요."

"이후로는 억측투성이인 수사는 관뒀어. 납치 현장 부근 탐문과 당시 참고인 조사로 돌아가기로 했지. 별다른 성과 없이 삽질만 했지만. 창가로 딱 내몰리기 쉬운 일이지."

그의 말을 들으니 특명수사대책실에 막연히 품었던 환상이 점점 무너져내렸다. 미궁에 빠진 사건에 맞서는 정의의 집단이라고 생각했지만, 실상은 수사를 계속하고 있다는 보여주기식 부서에 불과한가? 물론 다 그렇지는 않겠지만, 성과 없는 수사를 몇 번 반복하면 하야마처럼 참고인의 반발에 부딪혀 의욕이 꺾이는 형사가 많을 것 같긴 하다.

경찰서에서 경험을 쌓고, 언젠가는 본청의 간판 부서로 옮기는 야망을 꿈꾸는 관할 형사들이 하야마의 이야기를 듣는다면 어떨까? 리호코도 그중 한 사람이다. 언젠가 본청 형사부로 이동해 지금보다 더 중대한 사건을 맡으며 많은 사람을 구하고 싶다. 그런 희망을 은밀히 품고 있었지만 얘길 들어보니 너무 기대하지 않는 게 좋을 듯했다.

"어쨌든 그런 내 헛수고도 방금 입수한 새로운 정보로 보상받게 됐네. 유괴 살인이 아니라면, 아까 말한 가설대로 그 유토피아 안에 범인이 있고 현재도 감금 범죄 사실이 계속되고 있는 것이 이상적이겠지만…. 으음."

하야마는 작은 신음소리를 내더니 매끈한 턱을 쓰다듬던 손을 멈추었다.

"어차피 시효라는 벽에 부딪히겠지만, 어찌 됐건 이 사건이 해결되기만 한다면 좋겠군. 4년은 길어. 이젠 질렸어."

진저리가 난다는 듯 말하며 하야마는 자리에서 일어섰다. 리호코도 황급히 계산서를 들고 일어났다. 출구로 걷기 시작하던 하야마가 불쑥 리호코를 돌아봤다.

"모리가키 형사. 그 유토피안지 뭔지 하는 곳으로 안내하시지."

"지금, 말입니까?"

"당연하지. 미리 말해두지만 관할서 업무가 바쁘든, 집안 사정이 있든 난 봐주는 거 없어. 수사가 수월하도록 돕는 게 파트너의 몫이니까. 발목 잡힐 일이 생기면 그 자리에서 버릴 거야. 수사에 방해되면 안 되니까."

리호코는 꼬박꼬박 형사님을 붙여서 부르는데 하야마는 리호코를 함부로 불렀다.

새장 사건의 파트너가 되자마자 '그쪽'에서 **'모리가키'**로 부르는 것도 하야마라는 남자의 될 대로 되라는 식의 성격을 보여주는 듯했다. 이런 별난 성격 탓에 수사1과 내에서 외면받는 것인지도 모르는데 리호코는 왠지 기뻤다. 하야마가 리호코를 여자가 아닌 동료로 봐주는 느낌이 들어서다. 아니면 가장 관심 있는 대형 사건의 수사에 참여하게 되어서인가.

계산은 리호코가 했다. 그게 당연하다는 듯 앞서가는 하야마가 새삼 마음에 들었다. 리호코가 하나와 한 약속을 존중해주고 새장 사건 수사 협조도 흔쾌히 허락하겠다는 뜻이다. 그렇다면 커피값을 계산하는 정도는 기꺼이 부담할 수 있었다.

*

내부가 탁 트인 가게였다. 달콤한 냄새가 감돌고, 각 테이블에는 새하얀 티포트가 놓여 있다. 창문에 걸린 하얀색 블라인드는 석양이 비쳐 주홍색으로 빛나고 있다.

가마타 경찰서에 근무한 지 4년이 되었지만, 역사와 연결된 상업 시설에 이처럼 인기 있는 팬케이크 카페가 있는 줄은 몰랐다.

눈앞에서 초콜릿 시럽이 듬뿍 뿌려진 팬케이크를 하나가 맛있다는 듯 입안 가득 넣고 있다.

"몰랐어요. 이런 예쁜 가게에 혼자 와도 되는 줄. 다음부턴 용기 내서 여기저기 가볼까 봐요."

이 가게를 지정한 것은 하나였다. 리호코가 밥값은 낼 테니 가고 싶은 곳 있으면 어디든 말하라고 하자 망설임 없이 이 카페 이름을 댔다. 역 근처에서 간판을 보고 계속 와보고 싶었다고 했다. 하나를 설득하기 위한 목적이긴 하지만 리호코 개인적인 만남이다. 처분 보류로 풀려난 피의자에게 경비를 들여 팬케이크를 먹일 정도로 경찰 조직은 관대하지 않다.

상사인 노기나 파트너인 하야시베에게는 하나와 개인적으로 만나는 것을 알리지 않았다.

오늘은 리호코의 비번이라 근무는 오전 중에 끝났다. 리호코는 하나가 쉬는 날이라고 해서 지친 몸을 이끌고 나오긴 했지만, 당직을 선 후 먹기에 팬케이크는 역시 거북했다.

"근데 무슨 일로 저를?"

"어때요? 사건에 대해 얘기할 마음이 좀 생겼나요?"

질문을 질문으로 받아치자 하나는 단숨에 얼굴빛이 흐려졌다. "또 조사하는 건가요?"라며 하나는 불안한 듯 눈을 움직였다. 담당 사건에 진전이 있길 바라며 밑져야 본전이라는 생각으로 물었는데 예상했던 반응이다. 20일이 넘게 조사실에서 범행을 부인한 하나가 팬케이크 정도로 돌아설 리가 없다.

리호코는 항복하듯 두 손을 들어 보이면서 농담이라며 미소를 지었다.

"오늘은 컴퓨터로 조서를 받는 사람도 없고 녹음도 안 할 거예요. 이렇게 불러낸 건 하나 씨를 좀 더 알고 싶어서예요. 창고보단 둘만 만나서 얘기하는 게 더 편할 것 같아서."

하나의 마음이 움직이길 바라며 리호코는 말에 한껏 호의를 실어 보냈다. 그러자 하나는 안심한 듯 볼에 힘을 뺐다.

"다행이다! 한결 마음이 편해졌어요. 오늘은 다른 형사님도 안 보이시네요."

"다른 형사라면, 하야시베?"

"얼마 전에 창고에 데려온 사람이요. 다짜고짜 DNA 채취에 협조하라고 해서 너무 무서웠거든요. 료도 요시코 씨도 모리가키 형사님이 돌아간 후에 얼마나 화냈는지 몰라요."

하야마 게이지를 말하는 것이다. 나흘 전 시나가와의 카페 레스토랑에서 나오자마자 유토피아로 향했었다. 처음이라 장소만 확인할 줄 알았는데, 하야마는 "어차피 볼 거면 빠를수록 좋지."라며 부지 안으로 무작정 들어가 료와 하나를 비롯한 유토피아의 주민들을 대면했다.

남매를 발견했다고 보고했을 때 하야마가 리호코의 불법 침입을 나무라지 않은 이유를 알 것 같았다. 수사를 위한다는 대의명

분만 있다면 조금쯤 법을 어겨도 상관없다고 생각하는 것이다.

"어차피 그 사람들은 우리를 못 꼰질러. 은신처가 적발되면 위험하니까."라는 하야마의 말은 합리적이면서도 냉철했다.

"그 사람은 싫어요. 모리가키 형사님이랑은 완전 딴판이에요."

"응?"

"우리를 무시했잖아요. 무서운 얼굴로, 자기 하고 싶은 말 다 하고. 데려오지 말지."

"미안해. 수사상 어쩔 수 없었어요."

"그 무서운 형사님도 비밀은 꼭 지켜주시는 거죠?"

"걱정 마요. 약속했으니까."

리호코는 오른손 새끼손가락을 들어 보였다. 하나가 '휴우' 하고 숨을 몰아쉬며 세트로 나온 홍차를 한 모금 마셨다.

하나가 석방되던 날, PC방까지 데려다줄 때도 느꼈지만 하나는 사람을 잘 따른다. 리호코가 조사 중에 그녀에게 한 일이라고는 호적 신규 취득에 대한 조언뿐이었다. 그마저도 별 도움은 안 되었다. 원망을 받으면 받았지 딱히 감사받을 만한 일을 한 기억은 없는데, 외부인과의 건전한 관계가 거의 없었던 하나의 눈에는 리호코의 배려가 특별한 것으로 비쳤는지도 모른다.

하지만 어디까지나 형사와 피의자다. 묘하게 친근하게 구는 그녀의 태도에 리호코는 살짝 거부감이 들었다. 너무 가깝게 느껴지는 이 거리도 기분 탓이 아니라면, 그건 분명 그녀의 외로움에서 오는 것이리라.

"있잖아요. 형사님."

"하나가 리호코 앞으로 몸을 숙였다.

"아까 저에 대해 잘 알고 싶다고 했잖아요. 제가 유괴당한 아이일 수도 있어서인가요? 20여 년 전의… 새장 사건, 맞죠?"

리호코가 꺼내려던 본론을 하나가 조심조심 먼저 꺼냈다. 하나 자신이 저지른 치정에 의한 살인 미수 사건과 24년 전 일본 전체를 떠들썩하게 했던 새장 남매 유괴 사건, 그 두 사건을 관할 형사인 리호코가 동시에 수사하고 있다는 사실에 별다른 의문을 품고 있지 않은 듯했다.

"지난번에 모리가키 형사님이 얘기하셨을 때 깜짝 놀랐어요. 만약 제가 나토리 모모카이고, 료가 쇼타라면 엄청 유명인인 거죠?"

"그런 셈이죠."

"우와. 뭔가 특별하고 기뻐요."

하나가 입꼬리에 힘을 빼고 천장을 올려다봤다.

"계속 창고에 숨어 지냈는데, 사실은 전 국민이 나랑 료를 이미 알고 있는 거잖아요. 전 25년 전의 새장 사건이라니까 전혀 감이 안 왔지만, 요시코 씨와 테페이는 사건에 대해서 들어봤는지 눈을 동그랗게 떴어요. 그건 굉장한 일이잖아요!"

하나는 흥분을 감추지 않았다. 자신이 처참한 환경에서 자란 학대 아동이라는 사실을 알면 혹 충격을 받지 않을까 걱정했는데 기우였던 모양이다. 그동안 사람들의 눈을 피해 창고에서 살아온 버려진 아이가, 처음으로 바깥세상과의 연결고리를 실감했을 때의 기쁨이 얼마만큼인지 리호코로서는 알 길이 없다.

료와 하나가 새장 사건의 피해 아동일지도 모른다고 리호코가 유토피아 거주민에게 알린 것은 나흘 전 하야마와 함께 그 창고를 방문했을 때였다. 하나는 지금처럼 기대에 부풀어 눈을 반짝였다. 료는 눈썹 하나 까딱하지 않고 리호코와 하야마를 계속 노려봤다. 다쿠로는 관심 없다는 듯 부스스한 머리를 긁적였다. 아직 20대 초반인 아쓰시와 루미카는 가만히 고개를 갸웃거렸다. 새장 사건을 모를 리 없는 연장자 요시코와 테페이는 기분 탓인지 하얗게 질린 것 같았다.

유괴 당시 네 살배기 나토리 쇼타와 두 살배기 모모카. 료와 하나라는 이름은 아이들을 발견한 테페이가 붙인 것이라고 했는데, 그 울림과 의미가 묘하게 비슷했다.

"대단하네, 테페이 아저씨. 비슷해."라며 우연을 믿는 모습의 하나와 "순 우연이지. 내가 좋아하는 이름으로 지었을 뿐이야."라며 당황한 듯 리호코 쪽을 바라보는 테페이의 대조적인 표정이 리호코의 눈꺼풀 뒤에 박혔다.

"하나 씨가 나토리 모모카와 동일 인물인지 바로 알 수 있는 방법이 있는데."

"네? 뭔데요?"

"DNA 감정."

리호코가 찻잔을 한 손에 들고 짧게 말하자, 하나는 낙담한 듯 눈꼬리를 내렸다.

"그건… 료가 안 된댔어요."

"그렇겠죠. 저번에도 하야마가 직접적으로 얘기해도 아무 소용 없었으니까."

"료는 그런 거에 엄격해요. 경찰한테 절대로 개인 정보를 넘기지 마라, 우리가 살아있다는 흔적을 어디에도 남기면 안 된다고 늘 주의를 주거든요. 이번에도 DNA 데이터를 넘기면 뭐에 쓰일지 알 수 없다고 불같이 화를 냈어요."

체포 후 하나가 DNA 채취를 거부한 것은 료의 압박이 원인이었다. 료뿐만이 아니다. 일본에는 공권력에 개인 정보를 빼앗길까 봐 극도로 두려워하는 음모론자들이 있다. 경찰이 DNA 데이터베이스를 활용하는 것은 재범자를 특정할 때뿐이다. 상습범이 아니면 별다른 불이익이 없는 데도 그들은 쉽게 믿지 못한다.

그들은 '알려지는 일' 자체를 꺼린다. 아무런 관계가 없는 사건의 피의자로 꾸밀까 봐 경찰을 계속 의심한다. 그래서 권력 쪽에 서 있는 하야마나 리호코가 아무리 설득해도 료의 마음을 움직일 수 없었다.

"악용하려는 게 아니에요. 약속할게요. 모든 수사가 끝나면 데이터를 파기하겠다고. 료 씨의 협조를 구하기 힘들다면 우선 하나 씨만이라도 좋아요. 물론 료 씨에게는 비밀로 하고. 어때요?"

"하지만… 역시 안 되겠어요. 죄송해요."

하나가 힘없이 고개를 숙이며 좌우로 흔들었다.

"이 이상 료를 거스르거나 규칙을 어기면 전 유토피아에 있을 수 없어요. 살 곳이 없어지면 어떡해요. 저한테는 이곳이 전부인데. 도시한테도 차였으니까."

역시 팬케이크는 협상 재료로 약했던 걸까? 오늘 하나가 DNA 채취를 허락했다면 사건 해결이 빨라졌을 텐데 그리 호락호락하지 않을 듯하다.

'하나의 갈색 머리 한 올이라도 몰래 가져가 감정할 수 있다면.'이라고 위험한 생각이 리호코의 뇌에서 고개를 들었다. 하지만 그 사실이 탄로 나면 리호코와 하야마 모두 징계를 면치 못한다. 설령 그렇게 해서 납치범을 체포한다 해도 재판에서 수사의 위법성을 제기 받아 무죄가 내려지면, 오히려 허위 수사보고서를 쓴 하야마가 공문서 위조로 형사 처벌을 받을 가능성이 있다. 이미 불법 침입을 저질렀으니 더는 위험한 다리를 건너선 안 된다. 리호코는 작전을 바꾸기로 했다.

"미안해요. 지금 한 얘기는 잊어요. 아까도 말했지만, 오늘은 하나 씨에 대해 더 알고 싶어서 부른 거니까. 다른 이야기들을 좀 들려줄래요?"

"저에 대해 어떤?"

"유토피아에 처음 들어갔을 때, 기억해요?"

예상대로 모른다는 부정의 말이 돌아왔다.

"전 너무 어렸으니까. 료도 저도 말을 거의 못 했대요."

"거의라면, 조금은 할 수 있었다는 건가요?"

"안녕이나 맘마 정도?"

새장 사건의 남매는 구출 당시 세 살과 한 살이었다. 당시에 둘 다 일본어를 전혀 하지 못했다고 한다. 그때부터 유괴되기까지 일 년 동안 간단한 말을 배웠을까? 좀 더 자세히 알아봐야 할 것 같다.

"하나 씨 기억에 예전엔 유토피아에 몇 명이나 살았어요? 요시코 씨와 테페이 씨는 이미 있었겠죠?"

"맞아요. 아마 총 일곱 명 정도 됐을 거예요. 제가 어렸을 때 같이 살았던 사람들은 나가버려서 이젠 없어요."

흐음, 숨이 새어 나왔다. 유토피아의 현재 멤버 중에선 료와 하나가 왔을 당시의 일을 기억하는 사람은 요시코와 테페이뿐이라는 건가.

"실례되는 말이긴 한데 생활하면서 불편한 점은 없어요?"

"음, 거기서만 자랐으니까 불편한 건 딱히…."

하나가 고개를 갸우뚱하며 팔짱을 꼈다. 감이 잘 오지 않는 듯

한 그녀에게 리호코는 '예를 들면' 하고 운을 띄웠다.

"그런 공장이라면 소방 검사 같은 것도 있잖아요?"

"아, 있어요. 일 년에 한 번 정도."

"안 들켰어요?"

"소방 검사가 있는 날엔 미리 날짜를 알려줘요. 그러면 소방 검사가 끝날 때까지 커튼이나 이불 등을 전부 정리해서 사람이 산 흔적을 없애요. 소파나 세탁기 같은 게 있어서 좀 의아할 순 있겠지만, 낡은 가구와 함께 사장이 창고에 처박아둔 거라고 생각할 거예요."

누런 커튼들이 매달린 창고 안을 떠올리며 리호코는 그럴 수 있겠다고 수긍했다. 단단한 판자를 이용해 칸막이를 만들지 않은 것은 소방 검사나 기타 유사시에 쉽게 제거할 수 있도록 하기 위함이었던 것이다.

"식재료나 생필품은 회사 사람이 한꺼번에 넣어줘요. 책이나 옷 등은 새것보단 가나우치네가 쓰던 헌것이 대부분이지만, 그런 것들도 넉넉하게 줘요. 텔레비전도 마음껏 볼 수 있고요. 컴퓨터로 인터넷도 쓸 수 있어요."

"창고 안에 화장실이나 욕실은 없죠?"

"공장 안에 있는 걸 써요. 우린 뒷문 열쇠를 가지고 있어서 언제든 들어갈 수 있으니까."

"공장에 욕실이?"

"아니, 샤워실이에요. 초기에는 목욕탕에 다녔는데 가나우치 씨가 그럼 힘들지 않느냐며 공장 안에 만들어줬대요. 우리뿐만 아니라 공장 직원들은 누구나 쓸 수 있어서 여름엔 꽤 인기예요."

복리후생의 일환이라는 말인가. 땀을 많이 흘리는 헬스클럽이나 건설업체라면 몰라도 식품 공장에 샤워실이 있는 건 좀 의아하지만 수상하다고 할 정도는 아니다.

"그래도 어린아이가 드나들면 다른 직원들이 이상하게 여길 텐데."

"식품 공장 일은 휴식 시간이 세 시간에 한 번밖에 없어요. 10분간 휴식 시간과 식당에서 밥 먹는 시간을 피하면 들킬 염려는 없어요. 만약 들킨다 해도 가나우치 씨의 친척이라고 하면 되니까."

과연 철두철미하다. 식품 공장이면 입퇴실 시에 손 씻기나 작업복 갈아입기, 에어샤워 같은 엄격한 위생 체크가 요구될 테니, 직원이 불쑥 화장실을 찾는 일은 없을 것이다.

"어릴 때는 요시코 아줌마가 평일 대낮에 돌아다니지 말라고 엄하게 주의를 줬어요. 지금은 통금시간이 있어서 보통 생활할 때는 외부인과 접촉할 일이 전혀 없어요."

"다른 직원과도?"

"네. 우린 장애인 고용 범위에 있어서요. 상대방이 말을 걸어도 못 들은 척해요."

'장애인 고용 범위' 문제가 있는 발언이지만 상대가 하나인 이상 지적해도 어쩔 수 없다.

"그럼 업무에 지장 있지 않아요?"

"괜찮아요. 공장에는 우리 전용 공간이 있거든요. 우린 거기서만 일해요. 직원이나 다른 공간에서 작업 중인 사람과 접촉하는 건 리더인 료뿐이에요. 작업 시프트를 만들거나 월급을 나눠주는 일도요."

"일이든 일상생활이든 모두 료 씨가 이끌어 가고 있군요."

"맞아요. 료는 협상계니까."

당연하다는 듯 하나가 대답했다. 하지만 료를 반신격화하며 열정적으로 말하던 아쓰시와 달리 그녀의 얼굴에는 어두운 그림자가 드리워졌다. 조금만 생각해 봐도 알 수 있다. 일주일에 한 번은 역 앞 PC방에 드나들며 만화책을 보고, 다른 주민들 몰래 사이토 도시키라는 외부인과 교제했던 하나가 폐쇄적이고 제약 많은 유토피아에 아무런 불만이 없을 리 없다. 앞서 딱히 불편한 게 없다던 하나의 발언은 어디까지나 '생존에 있어서는'이라는 최소한의 전제가 깔린 것이다.

"그래도, 다른 고충들이 좀 있지 않나?"

리호코가 일부러 가벼운 어투로 던지자 하나의 갈색 눈동자가 반짝 빛났다.

"그게요."

"뭐든 말해 봐요. 비밀을 아는 외부인이라 해봤자 나랑 하야마 정도니까. 같이 사는 사람들한테는 말하기 힘든 부분도 있잖아요."

하나는 머뭇거리다 이내 불만을 털어놓기 시작했다.

첫 번째는 통금시간이 엄격하다는 것. 거리에 사람이 많은 출퇴근 시간대에만 부지 밖으로 나가는 게 허용되었다. 원칙은 오전 7시부터 10시까지와 저녁 6시부터 10시까지 총 7시간뿐이다. 심야에는 경찰의 불심검문이나 취객과 얽히는 문제를 피하기 위해 외출이 금지되어 있다.

두 번째는 일에 선택지가 없다는 것. 식품 공장에서는 아침부터 저녁까지 단순 작업을 쉴 새 없이 해야 한다. 초콜릿을 칸에 넣고, 스티커를 붙이고, 기계 출구에서 생산 번호를 눈으로 확인한다. 료는 부지런히 업무 배치를 해주며 일주일에 이틀 정도는 쉴 수 있도록 신경 써주지만 하루 일과가 끝나면 거의 미칠 지경이 된다.

세 번째는 병원에 갈 수 없다는 것. 부상을 당하거나 질병에 걸려도 시판 약으로 어떻게든 버틸 수밖에 없다. 심한 중병인 경우는 협상계를 통해 가나우치 집에 얘기하여 누군가의 보험증을 빌려 병원에 가게 되어 있다. 하지만 불행인지 다행인지 아직까지 전례는 없다.

네 번째는 입고 싶은 옷을 마음껏 입고 돌아다니지 못하는 것.

이웃 주민에게 수상쩍어 보이면 안 되니까 나갈 때는 눈에 띄지 않는 차림이어야 한다. 지금 이 갈색 머리로 염색할 때도, 료와 요시코에게 엄청난 잔소리를 들었지만 끝까지 밀고 나갔다. 화려한 색깔과 무늬가 있는 옷은 물론, 걸으면 또각또각 소리가 나는 굽 높은 신발도 금지다. 그래서 데이트 전에는 숨겨둔 옷과 구두를 가방에 담아 들고 나와 일부러 역 건물의 화장실에서 갈아입는다.

다섯 번째는 외부인과의 관계가 일절 금지되어 있다는 것. 만일 접촉했다면 그 상대의 신원과 대화 내용을 신속히 협상계에 보고해야 한다. 경우에 따라서는 규칙을 어긴 일로 벌을 받게 된다. 폭력이나 식사를 거르는 일처럼 신체를 손상시키는 행동은 유토피아에서 가장 죄스러운 행위이기 때문에 금지되어 있다. 이를 어길 시에는 급여 삭감 또는 근신 등의 처벌을 받는다.

"전 열일곱 살 때야 비로소 밤에 혼자 외출할 수 있었어요."

나이프와 포크를 움켜쥔 채 하나가 씁쓸한 듯 말했다.

"그때 역 앞에서 말을 걸어 준 남자가 있었어요. 같이 술을 마셨는데 돈이 없다고 하니까 다 사주더라고요. 정말 좋았어요. 몰래 외출했다가 여러 남자한테 헌팅 당한 적도 있고요. 그중 한 명이 PC방이란 데를 알려줘서 만화도 실컷 봤고요. 그러다 작년에 만난 사람이 도시였어요."

"그랬군요."

"통금이 있어서 밤 10시까지는 집에 돌아가야 하고, 핸드폰도 없어서 연락이 안 될 거라고 했더니 오히려 흥미를 보였어요. 한 남자를 몇 번이나 만나는 건 처음이라 설레었어요. 도시는 내가 몰랐던 바깥세상에 대해 많이 가르쳐 줬어요. 술집 아르바이트나 취미로 치는 기타 같은 거요."

이쯤에서 사이토 도시키에 대한 살인 미수를 자백할 셈인가 싶었다. 하지만 하나의 이야기는 리호코의 예상과는 다른 방향으로 흘러갔다.

"도시랑 사귀는 동안 계속 궁금했어요. 유토피아 사람들 중에는 저나 료, 미라이처럼 어릴 때부터 창고에서 살았던 게 아니라 밖에서 살다 온 어른들이 많아요. 바깥세상이 이렇게 재밌고 자유로운데 왜 그렇게 하찮은 생활을 꾹 참고 있는 걸까 싶어서요. 그런데 도시에게 차여 보니 겨우 알겠더라고요."

하나의 오른손에 힘이 들어갔다. 나이프가 접시에 닿아 '챙' 하고 소리가 났다.

"내가 있을 곳은 유토피아밖에 없구나. 바깥세상은 나 따위를 절대로 받아주지 않는구나."

"그렇지 않아요."

"그래요!" 드물게 하나가 발끈하며 말했다. 리호코가 아무 말이 없자, 그녀는 "아, 죄송해요." 하고 당황하며 말했다.

"형사님께선 저에 대해 좀 더 알고 싶다 하셨는데 이런 얘기나

하고. 잘한 건지 모르겠네요."

"충분해요. 하나 씨와 오빠가 자라온 환경에 대해 더 잘 이해할 수 있을 것 같아요."

"정말요? 다행이다! 그럼 이번에는 형사님 얘기 좀 해주세요."

"나?"

아마 화제를 바꾸고 싶었을 것이다. 하나는 포크와 나이프를 손에 든 채 테이블 앞으로 몸을 기울이며 말했다.

"이렇게 외부인하고 느긋하게 얘기해본 적 거의 없거든요! 그것도 여자라니, 형사님이 태어나 처음이에요."

"태어나 처음…?"

그래서였구나, 리호코는 이제야 이해했다. 구류 중에 끈질기게 조사를 거듭하며, 지금까지 하나를 의심하는 데도 그녀가 리호코를 따른 것은 하나에겐 기념비적인 상대였기 때문이다. 외부인에 대한 그녀의 강한 흥미는 형사와 피의자라는 관계를 단숨에 뛰어넘었다. 그럼에도 리호코는 하나가 아무렇지도 않게 말해서 더 염려되었다. 폐쇄된 곳에서 20년 넘는 세월을 보낸 그녀가 무호적자 동거인과 지원자인 가나우치를 제외하면, 제대로 대화를 나눠 본 사람은 길거리에서 말을 걸어온 질 나쁜 남자들뿐이었다. 그녀가 생각하는 바깥세상은 소수의 편향된 인간으로 구성되어 있다. 반면, 리호코에게 하나는 그저 무수히 쏟아지는 범죄자 중 한 명이었다.

갑자기 자신이 전 세계 여성을 대표로 처신을 똑바로 해야 할 것 같아서 리호코는 자세를 바르게 했다.

"형사님은 몇 살 때 경찰이 됐어요?"

"열여덟. 고등학교 졸업하자마자."

"그럼 초등학교, 중학교, 고등학교를 차례로 다닌 거죠? 대학은 안 가도 되는 거구나. 아, 초등학교 전에 어린이집도 있죠?"

"맞아요. 난 초등학교 입학하기 전까진 엄마가 전업주부라서 유치원에 다녔어요."

"전업주부가 뭐예요? 직업인가요?"

하나의 질문은 놀랍도록 다양했다. 그리고 끝이 없었다.

—에? 전업주부는 밖이 아니라 집에 있는 거예요? 아, 형사님은 아빠도 있어요? 직업은? 교사면 학교 선생님? 중학교? 굉장해요! 선생님이라니 역시 다들 머리가 엄청 좋은가 봐요? 도쿄대학 나온 거 아니에요? 알아요, 드라마에서 잠깐 본 적 있거든요. 항상 칠판에 뭔가를 쓰고 공부를 가르치다가 학생이 큰일을 당하면, 곧바로 달려 와주는 정의롭고 영웅 같은 사람들이잖아요. 아니에요? 그럼 선생님이 뭐예요?

—교복은 왜 종류가 여러 개예요? 같은 교복을 입은 아이들은 같은 학교라는 거예요? 학교에 셔츠나 치마를 파는 곳이 있어요? 형사님이 다녔던 고등학교는 어땠어요? 텔레비전에서 야구경기를 본 적이 있는데, 학교 코스랑 스포츠 코스로 나뉘는 거예요?

동아리? 나였다면 공부하기 힘들었을까요?

—병원에 가본 적 있어요? 열은 안 나고 기침만 해도 가요? 대기 시간은 길어요? 그건 싫다. 의사를 늘리면 좋을 텐데. 왜요, 무리인가요?

—형사님의 할아버지랑 할머니는 아직 살아있나요? 당연히 아버지 쪽 어머니 쪽에 두 명씩 있는 거죠? 그럼 호칭은 어떻게 해요? 같아요? 그럼 헷갈리지 않나요? 돌아가시기 전에는 같이 살았어요? 보통 집은 어떤 느낌이에요? 2층? 3층? 자기 방도 있어요? 텔레비전에서는 슬리퍼도 많이 신던데 형사님도 그래요? 앗, 결혼했어요? 와, 한 살짜리! 미라이보다 한 살 동생이네요.

꼬치꼬치 캐묻는다는 말이 딱 들어맞았다. 일반 사회에 사는 리호코 입장에선 생각해본 적이 없는 당연한 일들을 차례차례 물어왔다.

리호코는 하나하나 진지하게 대답했다. 자신의 이야기를 하면서도 정보가 너무 주관적이지 않도록 주의했다. 자신이 무심코 한 말이 그녀가 생각하는 바깥세상의 이미지가 될 걸 생각하니 중압감이 어깨를 짓눌렀다. 하나의 질문 공세가 겨우 잦아들었을 무렵, 아직 접시에 절반 가까이 남은 팬케이크는 완전히 식어 있었다.

"오늘밤에도 갈게요."

리호코가 아무렇지도 않게 말하자, 팬케이크 조각을 입에 넣으려던 하나가 "앗, 그래요?"라며 눈을 동그랗게 떴다.

"또 그 형사님이랑 같이요?"

"하야마 형사예요. 미안하지만 둘이서 방해 좀 할까 하는데."

"하아, 싫다."

하나의 직설적인 말투가 귀여워서 리호코는 입가에 손을 댔다. 호적이 있건 없건 요즘 20대는 다 이런가? 어딘지 모르게 신참 하야시베를 보는 것 같다.

팬케이크를 다 먹자마자 하나와 가게 앞에서 헤어졌다. 회색 파카에 검정 스키니 팬츠, 밋밋한 흰색 스니커즈. 리호코는 하나의 단조로운 뒷모습을 배웅했다.

가나우치 식품 공장 주변에 약속 장소로 정할 만한 곳은 없다.

밤빛이 짙어지기 시작한 오후 7시 30분. 어두운색 정장을 입은 리호코와 하야마는 공장 문 앞에서 만났다.

"여기 방문한 지 나흘 됐네요. 어떻게 시간을 내셨네요?"

"모리가키 비번 날짜에 맞춘 거야."

"주말도 상관없어요. 당직일만 제외하면 밤에는 아무 때나 움직일 수 있다고 말씀드렸는데요."

"실은 상사와 간부에게 큰소리쳤어. 한 달 안에 새장 남매 유괴 사건을 해결하고 강력범 수사로 돌아가겠다고 호언장담했지."

"한 달 안이라니, 무리하셨네요."

"그런 식으로 간부에게 언질을 받아두면 나중에 강하게 나갈 수 있거든. 수사는 언제 어떻게 진전될지 알 수 없으니까. 시효가 지나서 범인을 잡지 못할 경우라도 남매를 무사히 발견한 내 공적은 인정받아야 할 거 아냐."

"그래서 언질은 무사히 받아두었나요?"

"아, 이제 최선을 다해야지. 부서 이동이라도 할 수 있으려면 최소한 그들이 새장 남매라는 걸 주장할 만한 증거를 한 달 안에 찾아내야 해."

리호코는 네 번째, 하야마는 두 번째다. 이쯤 되니 불법 침입도 익숙해졌다.

유토피아의 주민들은 일근과 야근 두 그룹으로 나뉘어 식품 공장에서 일한다고 했다. 일근이 아침 7시부터 저녁 7시까지 12시간, 야근이 남은 12시간이다. 본인이 특별히 희망하지 않는 한 근무시간대는 고정되어 있다. 공장 부지 내에서 생활의 모든 것이 해결되는 이들에게 낮에 일하느냐, 밤에 일하느냐는 별문제가 안 되었다.

료와 하나는 모두 일근이라서 수사는 필연적으로 밤에 진행할 수밖에 없었다. 하야마는 불만이 있어 보였지만, 낮엔 자신의 업무를 해야 하는 리호코에게는 잘된 일이었다.

리호코는 군데군데 녹슨 창고 앞에 서서 미닫이문을 두드렸다.

"네." 문을 열고 나온 이는 아쓰시였다. 리호코와 하야마의 얼굴을 보자마자 노골적으로 얼굴을 찡그렸다. 리호코와 하야마가 신발을 벗는 사이에 아쓰시는 소리도 없이 멀찍이 떨어졌다. 텔레비전 앞에서 인형 놀이를 하고 있는 딸 미라이와 함께 어울려 놀고 있는 다쿠로의 곁으로 허둥지둥 돌아갔다. 투박하게 생긴 젊은 남자가 자기 딸도 아닌 두 살배기와 노는 모습이 얼핏 낯설어 보였다. 여기서는 이런 식으로 서로 돕는 일들이 다반사일 것이다.

루미카는 한쪽에 자리한 기다란 탁자에서 저녁을 준비하고 있었다. 그녀가 이번 달 취사 당번이라고 했던 말이 생각났다. 오늘 밤은 카레인가 보다. 채소 익는 냄새가 가득했다.

좌탁 주위에는 뚱뚱한 요시코, 멍해 보이는 테페이, 그리고 처음 보는 남자가 한 명이 차를 마시고 있었다. 평소에는 야근 담당이지만 오늘은 휴일인가 보다.

정작 료와 하나가 보이지 않는다. 어디 갔느냐고 리호코가 묻자 요시코가 귀찮다는 듯 대답했다.

"료는 아직 일. 하나는 안쪽에서 자고 있고. 낮에 나가면 안 된다고 했더니 형사님이 불러서 나가는 거니까 이건 규칙을 어긴 게 아니라면서 좋다고 나가던데? 그러니 오죽 피곤하시겠어."

요시코가 눈을 고양이처럼 가늘게 뜨고 리호코를 쳐다봤다.

하나는 출퇴근 시간에만 외출할 수 있다며 불만을 토로했다. 나흘 전 이곳에 왔을 때, 밖에서 천천히 이야기하고 싶다는 리호코의 말에 하나는 두말없이 승낙했다. 심지어 쉬는 날과 가고 싶은 가게를 서슴없이 말했다. 그건 낮에 당당하게 외출하고 싶어서였을까? 팬케이크 가게는 보통 낮에 가는 곳이니까.

"오히려 잘됐네. 물어보고 싶은 게 있었는데."

하야마는 다짜고짜 좌탁 앞에 털썩 주저앉았다. 일전에 방문했을 때, 료가 DNA 채취를 완강히 거부하고 다른 주민들과 이야기도 못 하게 하는 바람에 별 수확을 얻지 못했다. 이 공동체의 리더가 만만치 않은 존재임을 하야마도 깨달았다. 그래서 기회는 이때다 싶은 모양이었다.

"모리가키한테 듣기로, 료와 하나가 버려진 아이라던데. 누가 주웠지?"

"아, 나예요."

위압적인 태도에 기가 눌렸는지 테페이가 위축된 듯 손을 들었다.

"그게, 아침 일찍 편의점에 가려다 발견했어요. 문 바로 앞 박스 안에 버려져 있더라고요. 그때는 아직 통금 같은 건 없었으니까."

"박스?"

하야마가 매 같은 눈을 가늘게 떴다.

"그들이 새장 사건의 피해 아동이라면 유괴 당시 네 살, 두 살이잖아. 아무리 학대 영향으로 신체 발달이 늦어졌다 해도 상자에 얌전히 있을 나이는 아닌 것 같은데."

"상자가 되게 컸어요. 가전제품 넣는 용도 같았다고요. 게다가 두 아이 모두 자고 있었고."

"자고 있어? 바깥에 둔 상자 속에서? 곁에 부모도 없는데?"

"그래요. 내가 말을 걸었는데도 깨질 않았어요. 진짜로."

"참 이상하네. 개나 고양이도 아니고."

하야마의 툭 내뱉는 말투에 테페이가 몸을 움츠렸다. 그러자 요시코가 못 참겠다는 듯 끼어들었다.

"안아서 여기로 데려왔는데도 한참을 곤히 잠들어 있었어. 수면제라도 먹였나 싶었지. 그때는 이상하다고 생각했는데, 걔네가 유괴 사건 피해자라면 이제야 좀 이해가 가네."

일리 있는 말이다. '흠' 하고 하야마는 지겹다는 듯 턱을 문질렀다.

"그런데 그런 상황이라면, 보통은 경찰에 신고하지 않나? 왜 여기서 키우자는 결론이 난 거지?"

"이런 곳에서 사는 우리가 경찰 앞에 당당히 나설 수 있겠어요?"

"아동 상담도 있잖아. 신원을 숨기고 싶었다면 가나우치라는 이곳 사장한테 신고를 부탁했을 수도 있고. 어쨌든 당신들은 두 아이를 내보내지 않고 세상의 눈을 피해 키운 거네. 이것만으로도 충분히 유괴가 성립된다고."

"유괴라니, 말도 안 돼!"

테페이가 좌탁에 두 손을 내리쳤다.

"나는, 나는 좋은 마음으로 여기에 데려왔어요. 료의 바지 주머니 속에 들어 있던 편지에 이렇게 적혀 있었다니까. '누구의 도움도 받지 못하는 무호적 아이'라고. 시설에 보내긴 싫으니 제발 돌봐달라고. 그래서 이름도 지어주고 지금까지."

"거 참 묘하네. 그렇다면 두 아이를 상자에 버리고 간 인물은 여기가 무호적자의 근거지라는 걸 알고 있었다는 말이잖아. 아무도 찾지 못하게 쥐죽은 듯 살고 있었던 거 아니었나. 아무래도 이상해."

하야마의 공격에 테페이는 기가 꺾였다.

"당신들이 그 남매를 아동복지시설에서 납치해 온 거 아냐? 아이들이 박스에 버려져 있었다느니, 친부모가 쓴 편지가 있었다느니 전부 거짓말이지? 아니야?"

"납치라니! 우린 절대로 그딴 짓은 안 해!"

"신문이야." 요시코가 불쑥 또 끼어들었다.

"가나우치 씨가 신문에 투고한 적이 있었어. 자신은 예전부터 무호적자를 지원하고 있다고, 곤란한 사람이 있으면 언제든 찾아와도 좋다고. 그래서 한때 상담이 끊이질 않았어. 그렇다고 해도 신문을 본 무호적자는 거의 없어서 숫자는 많지 않았지만. 료와 하나가 이곳에 버려진 건 그 여파가 조금 가라앉았을 때였지."

"그러니까 그 신문 투고를 읽은 사람이 이 창고의 존재까지는 모르더라도 가나우치 사장이 무호적자를 적극적으로 지원하고 있었다는 건 파악할 수 있었다는 거죠?"

리호코가 만약을 위해 확인하자 요시코는 목살을 떨며 고개를 끄덕였다. 바닥에 책상다리로 앉아 있던 하야마가 불편한 표정으로 투덜댔다.

"투고 같은 게 그렇게 쉽게 실릴 리가 없는데."

요시코는 차분하게 대꾸하기로 마음먹은 듯 입을 열었다.

"빈곤 문제와 관련해서 잘 썼던 것 같아. 새장 사건 이후에 모든 신문이 그런 이야깃거리를 즐겨 다루지 않았나? 가나우치 씨가 분명 그런 말을 했었어."

"어디에 실렸더라? 요미우리? 아사히?"

"몰라. 가나우치 씨가 아무리 은인이라고 해도 마음대로 신문 따위에 투고하는 바람에 우리도 곤란했었지. 행여라도 이웃들 눈에 띌까 봐 부지에서 한동안 한 발짝도 못 나갔다고. 그래서 실제 기사는 못 봤지."

"그럼 우리 쪽에서 파 보면 되겠네. 투고가 실린 게 언제지?"

"잘 기억은 안 나지만. 새장 사건 전이냐 후냐 따지자면 후겠네."

"학대 현장을 막 발견했을 때? 아니면 유괴 후에?"

"그보단 전이었던 거 같은데. 유괴 후에는 새장 사건이 단순히 가난이니 학대니 하는 문제가 아니었잖아?"

요시코가 느릿느릿 대답했다. 심하게 동요했던 테페이와 달리 그녀는 하야마의 기세에 꺾일 것 같지 않았다.

료와 하나 남매는 문 앞에 버려져 있었다. 요시코와 테페이가 둘을 유토피아로 데려와 키운 건 그러기를 희망한다는 내용이 편지에 적혀 있었기 때문이다. 가나우치 사장의 무호적자 지원에 대해서는 어떤 신문에서 정보를 얻었을 것이다. 세세한 부분에서 의문은 남았지만 일단 이야기는 성립한다. 그렇다고 증거가 있는 것은 아니다. 하야마의 강단 있어 보이는 눈썹 사이에 아직 주름이 잡혀 있었다.

"질문을 바꾸지. 당신들이 그 남매를 발견한 게 구체적으로 언제였다고?"

"음, 그래. 막 따듯해지려던 참이었으니까…."

"분명히 '구체적'이라고 물었는데."

"벌써 오래전 일인데. 떠올리는 게 그리 쉽겠어요!"

테페이가 변명하듯 말했다.

"지금 료가 스물일곱이고 하나가 스물여섯이잖아. 그럼 24년 전이야. 여름은 아니었으니까. 6월 아니, 5월인가? 음, 더 전일지도 모르겠네."

하야마의 눈이 번뜩였다. 새장 남매 유괴사건이 일어난 건 지금부터 24년 전, 1997년 4월의 일이다. 료와 하나가 이곳에서 살기 시작한 대략적인 시기와 완벽하게 일치한다. 이것으로 확실해졌다.

리호코가 발견한 무호적자 남매의 정체는 나토리 쇼타와 모모카다. 여기까지 모든 요소를 종합해본 바로는 역시 그렇다고밖에 생각할 수 없다. 하야마가 주먹을 불끈 쥐었다. 전담 수사원이었지만 출구 없는 곳에서 쓸데없는 수사에 시간을 낭비했던 지난 4년. 매일매일 쌓여가는 초조함과 불안에 시달렸는데 지금 테페이의 발언으로 자신감을 갖고 공세를 펼쳤다.

"그때는 수백 명으로 꾸려진 수사본부가 남매의 행방을 찾고 있었어. 텔레비전이며 신문에서 연일 크게 보도돼 매일같이 두 사람의 얼굴이 공개됐지. 전국의 경찰서나 파출소 앞에 포스터도 붙여졌고. 그런데 당신들은 눈치채지 못했나? 자신들이 주운 아이들이 유괴된 새장 사건의 남매일 수도 있다고?"

"그땐 여기에 텔레비전도 신문도 컴퓨터도 아직 아무것도 없었어!"

테페이가 필사적으로 호소했다.

"포스터는 길에서 얼핏 본 적이 있을지도 모르지만, 그 정도로 어떻게 알아. 밤에만 외출하고 파출소 앞은 웬만하면 피해 다니는데. 게다가 아이 얼굴은 하루게 다르게 금방 변한다고."

"답답한 변명이군."

하야마가 혀를 찼다. 쿡 찌르면 금방이라도 진실이 튀어나올 것 같은데 결정적인 한마디를 끌어내지 못해 답답했다.

"형사님이야말로 우리들 신원이 불확실하다고 너무 지나치게 의심하는 거 아닌가요? 지금 테페이가 한 말이 전부야. 우린 여기 유토피아에서 사회에 설 자리가 없는 무호적자들끼리 서로 도우며 그 아이들의 성장을 지켜봤어. 이게 뭐가 잘못됐다는 거야?"

"맞아! 유괴라니 말도 안 돼. 버려진 애들을 거둬 애지중지 키운 게 다라고. 뭐, 료도 하나도 너무 얌전해서 딱히 고생하진 않았지만."

"듣던 중 반가운 정보네."

하야마가 팔짱을 끼고 테페이를 힐끗 쳐다봤다.

"오빠도 여동생도 자신을 극도로 억눌렀나 보군. 수사 자료에 의하면 나토리 쇼타와 모모카는 평소에도 거의 말을 안 했어. 소리치거나 울면 맞거나 밥을 못 먹는 신체적인 벌을 받은 그 영향으로."

"으음, 아냐." 갑자기 테페이가 불안한 표정으로 안절부절못하며 말했다.

"료와 하나는 건강했어. 친해지니까 말도 많이 했고. 장난을 쳐서 혼낸 적도 있었어. 막 왔을 때는 긴장했을 거야. 얌전한 건 처음뿐이었어."

"아까랑 말이 다른 것 같은데? 왜 증언을 번복하지? 이제 와 두 사람이 새장 사건의 피해 아동과는 다른 사람이라고 주장하려는 건가?"

"아냐, 아니야! 형사님이 그렇다면 아마 그렇겠죠."

테페이가 항복한 듯 두 손을 들었다. 그의 등 뒤로 천장에 매달린 누런 커튼이 흔들렸다.

커튼 사이로 얼굴을 내민 것은 하나였다. 피곤해서 자고 있다는 말이 진짜였는지, 얼굴이 부석부석하다.

"아, 죄송해요. 형사님." 하나는 잠이 덜 깬 목소리로 비척거리며 거실로 나왔다. 회색 후드티에 검은색 스키니 바지를 입고 있었다. 낮에 팬케이크 카페에서 만났을 때와 같은 차림새였다.

"요새 잠을 잘 못 자서요. 깜빡 잠들었네."

"이렇게 떠들썩한데, 잠이 오나?"

"뭐, 늘 시끌시끌하니까요."

하나가 하야마에게 불쾌한 시선을 보냈다. 좌탁의 대화에 낄 것인가, 미라이와 놀아주는 아쓰시와 다쿠로의 곁으로 갈 것인가, 아니면 루미카를 도와 식사 준비를 할 것인가 망설이고 있는 하나에게 하야마가 추궁하듯 물었다.

"생각 좀 해봤나? 자신이 진짜 누구인지 궁금할 거 같은데."

"모리가키 형사님께도 말했어요. DNA 감정이라면 하지 않겠다고."

"장단점을 잘 따져 봐. 피해 학대 아동이었다는 과거가 괴로울진 몰라도, 정식으로 나토리 모모카와 동일 인물이라는 사실이 증명되면 바라던 호적을 얻을 수 있어."

"그건 그렇지만…."

"이런 곳에서 제한된 생활을 하지 않아도 될 텐데. 직업 선택도 자유, 거주지도 자유. 왜 이런 절호의 찬스를 거부하지?"

호적을 얻을 수 있다는 말에 하나가 조금 흔들리는 듯했다. 하야마가 이런 식으로 계속 압박을 가한다면 곧 꺾일지도 모른다. 리호코가 그런 기대를 품고 있는데 뒤에서 미닫이문 열리는 소리가 났다.

"또 시작인가."

공장에서 돌아온 료가 리호코와 하야마를 차갑게 흘끗 보며 한숨을 쉬었다. 료와 눈이 마주치자 리호코는 온몸에 한기가 돌았다. 역시 보통 사람과는 분위기가 다르다.

"실례 좀 하지. 당신이랑 동생한테 오늘 또 DNA 감정을 권하러 왔어. 이제 슬슬 마음 좀 바꾸라고."

"몇 번을 찾아오든 대답은 똑같아요. 감정은 하지 않겠습니다."

"새장 사건이 신경 쓰이지 않나? 진짜 부모가 누군지, 여기에 어떻게 오게 됐는지. 호적 얻고 싶은 마음이 굴뚝 같을 텐데?"

"난 내게 호적이 있든 없든 유토피아를 나올 생각이 없습니다. 리더로서의 소명을 다할 책임이 있으니까요."

"기특하군." 하야마가 빈정거리는 투로 말하며 하나를 돌아봤다. 오빠의 등장으로 그녀의 표정은 완전히 굳어 있었다. 경찰을 불신하는 료를 설득해 DNA를 채취하기란 상당히 어려울 듯하다. 리호코는 머릿속으로 다른 가능성을 살피며 천천히 입을 열었다.

"DNA가 힘들다면 유소년기 사진을 보여줄 수 있나요? 증거로는 부족할 수 있지만 몇 장만 보여주시면 나토리 남매의 사진과 대조할 수 있을지도."

"그런 게 어딨어?" 요시코가 냉큼 쏘아붙였다. 리호코는 어안이 벙벙한 얼굴로 그녀를 돌아봤다.

"사진이란 과거를 추억하고 싶은 인간들이나 찍는 거야. 살기 바쁜 우리한테 그럴 여유가 있겠어? 애초에 나도 테페이도 부모가 아이 사진이나 찍어 주는 그런 가정에서 태어나지 않았는데. 앨범? 52년 동안 살면서 한 번도 못 봤네."

"지금 생각해보면 돈을 모아서 카메라 한두 개쯤 사두는 건데."

테페이의 목소리에 후회가 묻어났다.

"아쓰시와 루미카가 미라이의 사진을 찍어 주는 거 보면."

"그야 자기 아이니까 그렇지. 지금은 굳이 사진관에 가지 않아도 컴퓨터에 쉽게 저장하나 보던데."

"나도 료와 하나를 내 아이라고 생각하며 키워왔어."

"그건 피차일반이지. 당신 말대로 사진 한두 장 정도는 남겼어야 하는데. 이제 와 후회해봤자 소용없지만."

리호코는 요시코와 테페이의 말에 자신도 모르게 말문이 막혔다. 어린 시절 사진이 하나도 없다. 요즘 시대에 그런 일이 있을 수 있다니. 료와 하나뿐만이 아니다. 요시코나 테페이를 비롯한 다른 주민들도 자신의 어릴 적 모습을 알지 못할 것이다.

리호코가 당연하다 여겨온 일들이 여기서는 차례차례 무너지고 있었다.

"나와 하나의 정체를 확인하고 싶은 건 경찰 측 사정이죠. 이제 와 내가 누군지 밝혀진다고 달라질 건 없어요. 우리는 지금 문제없이 여기서 살고 있고 앞으로도 그럴 거니까. 이상입니다."

료가 단칼에 무 자르듯 딱 잘라 말했다.

"부탁이니 우리 유토피아를 더럽히지 마세요. 그만 헤집어 놓으라고요."

"그런 말 해봤자 소용없어. 수사는 수사니까."

"당신들은 우리를 어떻게 할 작정입니까?"

날카로운 질문에 리호코는 저도 모르게 숨을 삼켰다. 료가 말한 대로다. 자신들은 새장 사건의 진실을 밝혀 어떻게 하고 싶은가. 하야마의 목적은 단순히 공을 세우기 위함이다.

그렇다면 나는?

"유토피아라고?"

료의 물음에 직접적인 대답을 하지 않고 하야마가 등을 젖히며 말했다.

"유토피아란 이상향이지. 대개 낙원이라는 의미로 사용되잖아."

"그게 뭐요?"

"여기가 정말 그런 곳이냐는 말이지."

하야마가 비웃듯 콧방귀를 뀌며 녹슨 창고의 지붕을 올려다보며 말했다. 무시당했다는 걸 알았는지 료의 얼굴이 갑자기 시뻘개졌다.

"우리 삶에 외부인이 이러고저러고 할 문제가 아닙니다."

"외부인이 아니라 경찰이지. 수사가 필요해서 온 건데. 네 여동생은 아직 살인 미수 사건의 피의자라고."

하야마의 거침없는 말에 료의 눈빛이 한층 험악해졌다. 이 공동체의 협상계인 그에게서 바깥세상에 대한 적의가 강하게 느껴졌다. 냄비 속 내용물이 바글바글 끓는 소리만이 주위에 울려 퍼졌다. 긴 침묵이 이어지고 두 형사와 여덟 명의 무호적자 주민들이 지켜보는 가운데 료가 체념한 듯 입을 열었다.

"두 분과는 앞으로도 보게 될 것 같네요. 다음부터는 차라도 내드리죠. 좀 더 계실 거면 지금이라도 내올까요? 아니다. 코로나 때문에 그만두는 게 좋겠네요. 두 분과는 다르게 우리는 병원에도 갈 수 없는 몸이니까."

말속에 비아냥이 들어 있었다. 뻔뻔함으로 무장한 하야마에게도 그 진의가 전해진 것 같았다.

료의 제안을 거절하고 두 사람은 창고 밖으로 나왔다.

공장 밖으로 돌아나가자 긴 그림자와 짧은 그림자가 하나씩 아스팔트에 희미하게 비쳤다. 건물 입구의 흰 빛이 옆에서 걷는 하야마의 갸름한 얼굴을 어슴푸레 비췄다.

"어떻게 생각해요?"

리호코가 작은 소리로 묻자, 그는 눈만 날카롭게 리호코 쪽을 향했다.

"어떻게 생각하냐니? 그 남매가 진짜 새장 사건의 피해 아동인지? 아니면 유괴범이 누군지?"

"후자요. 전자는 확실한 것 같고."

하야마가 고개를 끄덕이며 동감을 표시했다.

"오늘 다들 좀 수상하긴 했지."

"황당한 이야기가 많고 파고들면 동요하더라고. 상황이 불리해지면 꼭 말이 바뀌어. 그건 뭔가 구린 구석이 있다는 거지."

"테페이 씨는 그렇다 쳐도 요시코 씨의 이야기는 논리정연하던데요."

"내 귀에는 억지로 짜낸 변명처럼 들렸어. 범인이 당시 30대에서 50대 남성으로 알려졌던 것을 생각하면 실행범은 남자야. 그 여자가 뒤에서 조종했을지도 모를 일이지. 아, 신문 투고 건 말이야. 진짜인지 좀 캐봐."

하야마가 아무렇지도 않게 리호코에게 일을 맡겼다. 하지만 담당 외 수사에 끼워줬으니 리호코는 불평할 수 없었다.

"그 남매가 새장 사건의 피해 아동이라는 전제하에 하는 말인데."

하야마가 문 앞에서 문득 멈춰 서더니 상의 주머니에 손을 찔러넣었다.

"유괴범이 유토피아와 관련된 인물이라는 건 거의 확정이야."

"확정? 어째서요?"

"그자들 말처럼 설령 버려진 아이라고 쳐보자. 그러면 납치범은 그 남매를 아동복지시설에서 유괴한 뒤 별다른 몸값을 요구하거나 폭행하지도 않고, 신문 투고를 통해 알게 된 가나우치라는 지원자 곁에 두고 갔다는 말이잖아. 왜 그런 의미 없는 짓을 외부인이 일부러 감수했을까? 제삼자 입장에선 남매가 아동복지시설에서 크든 무호적자 지원 활동가 밑에서 크든 별 차이가 없을 텐데."

"하긴 그렇네요."

"그렇다면 역시 유토피아 내부자 혹은 그 관계자가 남매를 유괴했다는 쪽이 자연스러워. 아이 둘을 공동체에 끌어들이는 것

자체에서 의미를 찾지 않으면 이런 수수께끼 같은 범죄는 성립하지 않을 테니까."

하야마는 사건을 대하는 태도가 냉정했다. 본청, 그것도 수사1과의 형사와 대등하게 의견을 나누려니 리호코는 뇌가 평소보다 배는 피로했다. 하야마는 생각에 잠긴 채 등 뒤의 공장을 돌아보았다.

"여기 경영자가 궁금하네."

"현 회장인 가나우치 조 말인가요?"

리호코와 마찬가지로 그도 인터넷에서 조사했을 것이다. 가나우치 식품 주식회사의 홈페이지는 생각보다 제법 그럴듯했다. 연혁이며 중역들의 간단한 프로필이 게재되어 있었다.

최고 경영자, 가나우치 조. 1942년생. 가나우치 식품 회사의 창업자. 현재는 아들 가나우치 마사루가 뒤를 이어 대표 이사장직을 맡고 있다. 아버지가 40대인 아들에게 사장 자리를 내준 것은 불과 5년 전 일이다.

당연히 무호적자 지원에 대해서는 홈페이지에 아무런 기재가 없었다.

"유토피아는 가나우치 조의 조력 없이는 존속할 수 없어. 그리고 지원자인 그가 24년 전 갑자기 들어온 미취학 남매에 대해 몰랐을 리 없지. 그렇다면 가나우치 조도 유괴에 연루됐을 가능성이 있겠지? 동기까지는 파악할 수 없지만."

"거슬리는 부분이네요. 순수한 선의로 무호적자를 지원하고 있는 건지 아니면 다른 속셈이 있는 건지."

"가는 날이 장날이라잖아. 당장 가지."

공장 입구로 발길을 돌린 하야마를 리호코는 당황하며 불러 세웠다.

"벌써 8시가 넘었는데요? 아무리 공장이 24시간 가동되고 있다고 해도 회장이 근무 중일 리는 없겠죠. 회사의 실세인 아들도 매일 출근할 것 같진 않은데."

"알고 있어. 그 실세를 캐보려는 거야."

"가나우치 마사루를?"

"실은 어제 낮에 여기 사무실에 찾아와서 가나우치 조 회장을 만나고 싶다고 했는데 단박에 거절당했어. 병세가 안 좋아서 출근 안 한 지 꽤 됐다고. 그럼 아들을 만나게 해달라고 했더니 간사이로 출장 중이라고 하잖아. 즉석에서 전화 연결을 시도했는데 받지 않았어."

나도 모르게 하야마는 독자적으로 수사를 진행하고 있었다. 토요일, 일요일을 낀 나흘간 한 일은 자신의 인사이동과 관련된 사전 협의뿐만이 아니었던 모양이다.

"돌아오면 전화 좀 부탁한다고 명함을 줬는데도 지금까지 연락이 없어. 대충 짐작하고 머리를 굴리고 있겠지. 부지 내 건물 이용 용도의 문제라고 일러두었으니까."

"하긴 실무에 직접 종사하는 사장이라면, 이 시간에도 회사에 남아 있을지 모르겠네요."

"못 만나면 계속 방문을 해야지, 뭐."

낮은 계단을 올라 유리문 앞에 선 하야마가 어깨에 힘을 주며 인터폰을 눌렀다. 잠시 후 졸린 듯한 여자의 목소리가 들려왔다.

"경시청의 하야마라고 합니다. 가나우치 마사루 사장님 계십니까?"

"엇, 사장님이요?"

"수사 중인 사건에 대해 이야기를 듣고 싶다고 전했는데 연락이 되질 않아서요. 지금쯤 출장에서 돌아오실 때가 된 것 같은데."

"아, 네…. 확인해볼 테니, 잠시만 기다려 주세요."

당황한 여자의 목소리가 흘러나오자 스피커에서 나던 희미한 잡음이 뚝 끊겼다. 잠시 기다리자 옛날 풍 유니폼을 입은 중년 여사무원이 유리문 너머로 나타났다. 당황한 기색으로 얼굴을 내민 여자의 안내를 받으며 안으로 들어섰다.

"없는 척할 용기는 없었나 보군." 하야마가 만족스러운 듯 혼잣말을 중얼거렸다.

리호코와 하야마는 신발장 한쪽에서 그녀가 꺼내온 손님용 슬리퍼로 갈아 신고 회색 카펫이 깔린 복도를 따라갔다. 1층이 식품 공장이고 2층에 작은 방들이 있었다. '무사고 연속 184일'이라고 쓰인 벽보를 흘겨보며 긴 계단을 오르니 사무실과 탈의실이라는 표기가 보였다. 사장실은 직원들이 사용하는 탈의실이나 식당과는 반대편 복도 끝에 있었다. 사무원이 가볍게 노크를 하고 문을 열었다. 사장실이라고 해서 딱히 화려하지 않은, 조금 여유로운 공간의 1인용 집무실 같은 인테리어가 눈에 들어왔다.

가나우치 마사루는 어리둥절한 모습으로 방 한가운데에 서 있었다. 흰머리를 부자연스러울 정도로 새까맣게 물들이고, 네모난 은테 안경을 쓴 허약해 보이는 인물이었다. 홈페이지에 적힌 대로라면 아직 마흔 후반일 터인데 50대는 족히 돼 보였다.

"이쪽으로 앉으시죠." 격앙된 사장의 목소리를 따라 두 사람은 응접 공간인 소파에 앉았다.

"차는 괜찮습니다."

하야마의 말에 여자 직원은 정중히 인사를 하고 사장실을 나갔다. 방에 세 사람만 남게 되자 가나우치 마사루가 연신 고개를 숙였다.

"죄송합니다. 출장에서 집에 돌아온 게 오늘 저녁 무렵이라 명함과 메모를 전달받긴 했는데, 지금까지 너무 정신이 없고 시간도 늦고 해서 내일이라도 연락드릴 참이었습니다."

"우리한테는 늦은 시간도 아닌데요, 뭐."

"죄송합니다. 일부러 이런 곳까지 두 번이나 찾아오시게 해서."

중소기업 총수다운 품격이 전혀 없는 남자였다. 이미 궤도에 오른 회사를 부모에게 물려받아 2대째 운영하는 거라면 이런 유형의 남자라도 사장직을 완수할 수 있을지도 모른다. 실무를 떠받쳐주는 오래된 직원들도 있을 테니까.

"여기까지 오신 용건이?"

"이 공장 뒤편에 있는 창고 문제로 왔습니다."

하야마가 단도직입적으로 말을 꺼내자 상대의 얼굴이 눈에 띄게 창백해졌다.

"아아, 죄송합니다. 정말 죄송해요. 저런 데다 사람을 살게 하면 안 된다는 거 잘 알고 있습니다. 그런데 이건 아버지의 뜻이라…."

"가나우치 조?"

"네! 전 그냥 이어서 하는 것뿐입니다. 일 년 전까지만 해도 아버지가 그 사람들을 지원했는데 갑자기 몸이 안 좋아져서요. 그래서 어쩔 수 없이 아버지 말씀대로 음식이나 생필품을 넣어주고 있습니다. 물론 그러면 안 된다는 건 알고 있지만."

"단지 아버지를 대신하고 있을 뿐이다, 이 말씀인가요?"

"그런 셈이죠. 환자인 아버지의 부탁을 모른 척할 수가 없어서…."

가나우치 마사루가 고개를 숙였다.

"아버님은 지금 어디에?"

"아, 병원에 계세요. 오랫동안 입원 중이시라."

"내일이라도 면회할 수 있을까요? 창고 거주자들 일로 자세한 이야기를 좀 듣고 싶은데요."

가나우치 마사루가 괴로운 듯 얼굴을 일그러뜨린다.

"어려울 것 같습니다. 요즘 병세가 너무 악화되셔서."

"수사상 필요합니다."

"시국이란 게 있잖습니까. 병원 측이 감염 예방을 철저히 하고 있어서 가족 면회조차 제동이 걸린 상태입니다. 무엇보다 아버지가 건강을 부쩍 조심하고 있어서요."

"그래도 해야 할 것 같은데."

하야마는 기분이 언짢은 듯 눈썹을 치켜올리며 집요하게 같은 부탁을 반복했다. 하지만 가나우치 마사루도 물러나지 않고 죄송하다며 완강히 고개를 저었다. 코로나19를 방패 삼으면 아무리 경찰이라도 함부로 공권력을 휘두를 수 없다. 수사는 생명에 우선하지 않는다. 가나우치 마사루도 그 사실을 알기에 세게 나오는 것이다. 증언 관련해 입원 환자를 조사하고 싶다고 병원에 직접 말하는 방법도 있지만, 임의수사로는 본인이나 가족의 뜻을 무시하고 진행하는 데 한계가 있다. 하야마의 입씨름은 병원 이름을 알아내는 데 그쳤다.

"그럼 당신이 알고 있는 사실만이라도 알려주세요. 24년 전에 그 무호적자 공동체에서 일어난 어떤 사건에 관해서 말입니다."

"24년 전?"

가나우치 마사루는 생각지도 못했다는 듯 눈을 깜빡이며 고개를 살짝 갸웃했다.

"그러죠. 도움이 될진 모르겠지만. 무호적자 지원은 아버지가 아무도 모르게 하시던 일이라 저도 정식으로 입사하기 전까지는 아무것도 몰랐습니다. 설마 그런 식으로 무호적자들을 숨겨주고 있을 줄이야."

"실례지만 나이가? 24년 전이면 이미 20대 중반쯤 아닙니까?"

"지금 마흔일곱입니다. 그러니까 그 당시 스물셋이죠. 대학을 1년 재수하고 1년 유급해서 스물넷에 겨우 입사했으니까요."

"그럼 그 후의 일이라도 상관없습니다. 알고 있는 범위 내에서 무호적자 공동체에 대해 알려주시죠."

하야마가 재촉하자 가나우치 마사루는 주뼛주뼛 창고에 사는 주민들에 대해 이야기하기 시작했다. 그 이야기에 귀를 기울이던 하야마의 낯빛이 점점 흐려졌다. 가나우치 마사루의 이야기는 극히 표면적이고 거주민들에게 들은 정보에서 벗어나지 않았다. 아버지 가나우치 조가 무호적자 지원을 시작한 계기도 료와 하나를 비롯한 거주자가 늘어난 경위도 아는 바가 없다고 했다.

놀라운 건 유토피아라는 공동체의 이름조차 그의 입에서 나오지 않았다는 점이다. 하야마가 그 이름을 언급하자 "허어, 거기 사람들이 거길 그렇게 부른단 말이죠?"라며 가나우치 마사루는 이해할 수 없다는 표정을 지었다.

"아버지가 쓰러질 때까지 전 여기 사장인데도 공장 뒤 출입이 금지되어 있었어요. 창고 앞에 밧줄이 쳐져 있죠? 그건 아버지가 오래전부터 쳐 둔 거예요."

"그렇군요. 그럼 아들인 당신 외에 그 공동체에 대해 아는 분이 있습니까?"

"아버지가 무호적자 지원에 대해 털어놓은 건 가족뿐이었어요. 저와 어머니. 어머니는 3년 전에 돌아가셨고요."

"예전부터 일하던 직원은요? 아무리 무호적자들이 남의 눈을 피해 살고 있다고는 해도 같은 부지 내에 30년이나 근무했다면 숨길 수 없지 않을까요?"

"몇 명 있어요. 대놓고 이 문제에 대해 이야기한 적은 없지만요. 공장 뒤쪽에 사람이 살고 있는 것도, 지금 제가 어떤 지원을 하고 있다는 것도 대충 알고 있지 않을까요? 공공연한 비밀 같은 거요. 하지만 24년 전의 일은 구체적으로 모를 겁니다. 밧줄 저편으로 출입이 금지된 건 그들도 마찬가지니까요."

"혹시 모르니 직원과 개별적으로 이야기를 들어보고 싶습니다. 내일 다시 방문하겠습니다."

"그러시죠. 도움이 될 만한 이야기가 있을지는 모르겠지만."

"오늘 감사했습니다."

하야마가 소파에서 일어나자 리호코도 황급히 일어섰다. 가나우치 마사루는 소파에 앉은 채로 입을 반쯤 벌리고 하야마와 리호코를 올려다봤다. 형사의 방문 목적이 24년 전의 무호적자 공동체에 대한 조사뿐이라 맥이 빠진 것 같았다.

두 사람은 사장실에서 나와 사무원에게 인사를 건넨 뒤 계단을 내려갔다.

"저래서야 어디 무호적자 열다섯 명의 이름이나 제대로 알겠어."

하야마가 작은 소리로 불평을 토했다.

"그러게요. 중요한 증언은 나오지 않았네요."

"결정적 인물인 가나우치 조는 입원 중인 데다 아내는 이미 죽었고, 사장인 아들은 별 아는 것도 없으니. 직원들을 캐봐야겠어. 병원에는 내가 내일 중으로 가보지. 뭐 새로운 정보는 딱히 없을 것 같지만."

막다른 골목이었다. 결국 새장 남매 유괴 사건의 진상을 밝혀내려면 유토피아 거주민들을 자주 찾아가 그들이 알고 있는 비밀을 파헤칠 수밖에 없단 말인가?

하야마와 리호코는 나란히 공장 문을 빠져나와 주택가로 나왔다. 가죽 구두와 펌프스의 뒤축이 일정한 간격으로 아스팔트에 닿는 소리가 주변에 울려 퍼졌다.

"하야마 형사님, 저…."

"어?"

"료 씨와 하나 씨에 대해서 한 가지 걸리는 게 있어요."

"뭔데? 말해 봐."

"새장 사건의 남매는 구출 당시 말을 아예 못 했어요. 주간지 보도에 따르면 식사는 전부 손으로 집어 먹었고, 걸음걸이도 새 같았다고 했어요. 그런 상태였던 남매가 지금의 료 씨나 하나 씨처럼 특별히 눈에 보이는 장애도 없이 평범한 일상생활이 가능할까요? 해외 야생아를 알아본 바로는 단 한 번 서지도 말하지도 못하고 숨졌다고 하던데."

"좋은 지적이군."

하야마가 담담한 미소를 흘리며 상의 주머니에서 휴대전화를 꺼냈다.

"실은 나도 같은 생각을 하고 있었어. 그 궁금증을 풀어줄 만한 인물에게 지금 막 연락한 참이야. 9시 30분에 만나기로 약속했어. 모리가키도 같이 갈 건가?"

"9시 30분이라면, 설마 지금?"

하야마가 태연히 고개를 끄덕였다. 조금 전 그가 거리낌 없이 가나우치 마사루의 탐문을 시도한 게 빈 시간을 유용하게 쓰기 위해서였다는 것을 리호코는 이제야 이해했다.

"늦은 시간이 상대도 편할 거야. 낮에는 일하고 퇴근 후에는 고등학생 아이에게 저녁밥을 지어 먹여야 하니까."

아이라는 말을 듣자 리호코는 반사적으로 유나의 얼굴이 떠올랐다. 지금쯤 요스케가 재우고 있을 것이다. 그 사랑스러운 얼굴을 머릿속에서 억지로 밀어내며 하야마에게 짧게 질문했다.

"그런데 누군가요?"

"임상심리사. 24년 전 유괴 사건 발생 당시 아동복지시설의 비상근 직원으로 나토리 남매의 발달 지원과 상담을 담당했지."

하야마의 보폭이 기분 탓인지 굉장히 빨랐다. 멀어져 가는 등을 리호코는 빠른 걸음으로 쫓았다.

하야마의 발걸음이 멈춘 곳은 작은 주상복합건물 3층에 있는 대여 회의실이었다. 화이트보드, 테이블과 의자만 놓여 있는 살풍경한 공간에서 참고인을 기다렸다.

검은색 짧은 단발이 잘 어울리는 온화해 보이는 중년 여성이 약속한 시간보다 몇 분 일찍 도착했다. 40대로 보이지만 24년 전에 임상심리사로 일했으니까 아마 쉰은 넘었으리라. 약간 긴장한 얼굴로 다가온 그녀는 같은 여성인 리호코의 모습을 발견하고 안심했는지 "안녕하세요?"라며 미소 지었다.

"이토 씨, 이게 얼마 만인가요. 이쪽으로 오세요."

창고에서 보이던 건방진 태도가 믿기지 않을 만큼, 하야마가 정중히 허리를 굽히며 맞은편 의자를 권했다. 경찰은 직업상 이런 전문가와 접할 기회가 많다. 자백받아야 할 피의자와 수사에 유용한 정보를 제공하는 전문가에게 갑자기 태도를 확 바꾸는 일은 형사에겐 흔히 있는 일이다.

“늦은 시간인데도 오늘 이렇게 나와주셔서 감사합니다. 4년 전쯤에 한 번 찾아뵀는데. 경시청 수사1과 하야마입니다. 이쪽은.”

“가마타 경찰서의 모리가키입니다.”

리호코는 테이블 너머로 명함을 건넸다. 경시청 마스코트 캐릭터가 인쇄된 명함을 본 이토가 신기한 듯 미간을 모았다. 가마타라는 지역이 사건과 어떤 관계가 있는지 가늠하기 어려울 것이다. 새장 사건의 무대는 신주쿠구, 아동복지시설이 있던 곳은 하치오지구, 그리고 이곳은 이토의 자택이 있는 세타가야구.

하지만 그녀는 별다른 질문 없이 리호코의 명함을 테이블 끝에 놓았다. 그 무심한 행동에 총명함이 배어 있었다.

“전화로 얼핏 들었는데 쇼타와 모모카가 발견됐다고요?”

“조심스럽긴 한데 그럴 가능성이 상당히 큽니다. 사실 24년 전 봄 무렵에 유기된 아이가 도내 어떤 곳에서 지내고 있다는 신원불명의 남녀가 발견됐어요. 두 사람은 남매 관계이고 연령도 20대 중후반으로 추정됩니다.”

“아, 세상에 이런!”

이토가 양손으로 입을 막으며 떨리는 목소리로 말했다. 좀처럼 말을 잇지 못했다.

“24년 전 봄이라면 유괴 사건 직후란 거네요. 그 애들이 살아 있었구나. 다행이다. 정말 다행이야."

그녀의 눈가가 순식간에 촉촉해졌다. 24년 동안 앓던 아픔과 고통이 해소되는 순간을 보면서 리호코는 새삼 자신이 발견한 일의 크기를 깨달았다.

나토리 쇼타와 모모카에게는 변변한 부모가 없었다. 아버지는 없고 어머니가 두 사람을 새와 함께 방에 감금하고 최소한의 식사만 던져 주었다. 25년 전 그날, 이상한 냄새가 난다는 빌라 주인의 신고를 받고 출동한 경찰관의 손에 구출되기 전까지, 두 사람은 부모의 따스한 온기는 물론 포만감과 위생이라는 걸 모르고 자랐다. 하지만 나토리 남매의 치유에 심혈을 기울이며 따듯한 눈으로 성장을 지켜보던 이들이 있었다. 그중 한 사람이 지금 눈앞에 있는 이토 유우다.

유괴범은 대리 상담사를 가장해 접수대 직원을 교묘하게 속이고 어린 남매를 시설에서 빼낸 것으로 알려졌다. 아무것도 모르고 다른 데서 일하고 있던 이토는 연락을 받고 무척 당황했을 것이다. 그런데 24년 후 나토리 남매가 발견되었다는 소식에 그녀는 한시라도 빨리 안부를 묻고 싶었으리라. 밤 9시 반이라는 늦은 시간에도 이토가 약속에 응한 이유다.

하야마에 따르면, 이토는 유괴된 남매와 관계가 깊던 인물 중 한 사람으로서 사건 직후에 많이 시달린 모양이었다. 하지만 범인과는 성별이 다른 데다 그날은 다른 아동복지시설에서 근무 중이었다는 알리바이가 성립되어 피의자 누명을 빨리 벗었다. 수사본부가 해체된 뒤에도 전담 수사원이 바뀔 때마다 그녀는 흔쾌히 조사에 응해주었다.

"대단히 번거로우시겠지만, 오늘 다시 한번 당시의 일을 자세히 들려주시겠습니까. 특히 시설에서 두 사람을 처음 봤을 때는 어떤 상태였고, 이토 씨가 발달 지원을 했던 1년 동안 얼마나 성장을 했는지도요."

하야마가 정중하게 묻자 이토는 눈을 반짝이며 가방에서 노트 한 권을 꺼냈다.

"이건 쇼타와 모모카의 성장기록이에요. 사실 개인 정보라 직장에서 반출을 금했지만, 이것만은 가지고 있고 싶었어요. 그래서 24년간 쭉 우리 집 책장에…."

이토가 보물을 다루듯 살며시 페이지를 열었다.

"봐도 될까요?"

하야마가 손을 뻗자 리호코도 옆에서 들여다봤다. 성장기록이라고 해서 키나 몸무게 변화가 적혀 있나 싶었는데, 내용은 이토를 비롯한 직원들의 일기 같았다.

"쇼지가 처음으로 싫어하지 않고 숟가락으로 밥을 먹었다."

"모모카가 이제야 눈을 맞추고 활짝 웃는다."

아이들의 발달 단계를 보여주는 문장이 날짜와 요일과 함께 적혀 있었다.

14개월 된 딸아이가 있으니 리호코도 잘 안다. 여기에 적힌 내용은 보통 아이들이라면 생후 반년 안에 다 떼는 것들이다. 보호받을 당시 쇼타는 세 살, 모모카는 18개월이 넘었다. 두 사람은 이토 유우와 다른 직원들의 도움을 받아 천천히 인간의 생활을 터득해 나갔을 것이다.

하야마가 팔랑팔랑 페이지를 넘겼다. 마지막에 "쇼타가 차를 보고 '부웅' 하고 말했다.", "모모카에게 '주세요'라고 했더니 블록을 건넸다." 등의 기록으로 보아 1년 사이에 눈부시게 성장했음을 알 수 있었다.

"이걸로 봐선…." 이토 씨에 대한 조사는 하야마에게 맡길 생각이었지만, 절로 미소가 떠오르는 성장기록을 마주한 리호코는 저도 모르게 입을 열었다.

"두 사람은 잘 자라고 있었나 봐요."

"네. 처음 만났을 때는 쇼타도 모모카도 바닥만 기어 다닐 뿐 웃지도 않았어요. 자기 머리카락을 뽑거나 얼굴을 긁는 자해 행위도 보였고요. 그랬는데 일 년 동안 천천히 많은 경험을 쌓게 되면서 표정이 풍부해졌어요. 일주일에 두 번 정도 상담했는데 만날 때마다 성장하는 게 느껴져서 얼마나 기뻤는지 몰라요."

"전문가에겐 실례가 될 수도 있겠지만 좀 의외네요."

리호코는 노트에서 눈을 떼고 그리움에 젖은 듯한 이토를 바라보았다.

"나토리 남매는 새와 함께 빌라의 한 방에 갇혀 거의 야생아처럼 자랐어요. 말을 할 줄 모르고 잘 걷지도 못했는데 일 년 만에 그렇게 변할 수가 있나요?"

"야생아…." 이토가 테이블에 시선을 떨구고 작게 고개를 끄덕였다.

"맞아요, 그랬어요. 그때도 두 아이에게 어찌나 관심들을 보이던지 쫓아내기 바빴죠."

"주간지 기자였나요?"

"언론에서도 나왔고, 대학 연구자들도 있었어요."

의외의 대답에 리호코는 눈을 깜빡였다. 생각해보면 숲이나 정글에서 짐승에 의해 길러진 진짜 야생아는 일본에서 발견된 전례가 없다. 그러니 그런 존재에 무척 가까운 새장 남매에게 호기심이 빗발친 것도 당연할 것이다.

"새처럼 걷는다느니, 새가 우는 소리밖에 흉내 내지 못한다느니, 손으로 날갯짓을 한다느니 '일본 최초의 야생아'라고 일부 주간지에 이상하게 보도되었죠. 아 그 늑대 소녀 같은 아이들을 상상했을 거예요. '아말라와 카말라'라고 아세요?"

"네, 알아요."

해외의 야생아 사례 중 가장 유명한 인도 자매다. 사실 야생아가 아니라 숲에 버려진 자폐아였다는 설도 있지만, 이 일화는 책으로 나오기도 해 많은 사람이 알고 있다.

아말라와 카말라가 발견됐을 당시의 추정 연령은 여덟 살과 한 살 반. 늑대와 함께 살다가 목사의 보호를 받았다. 서 있거나 걸을 수 없어서 항상 네 발로 이동했다. 식사는 날고기와 우유를 좋아하고 땅에 놓인 접시에 얼굴을 대고 먹었다. 한밤중이 되면 하울링을 하지만 그 외에는 일절 소리를 내지 않았다.

리호코에겐 가물거리던 내용을 이토는 술술 이야기했다.

"쇼타와 모모카의 상태는 그 정도로 심하지는 않았다고 생각해요."

"주간지 보도가 잘못됐다는 말씀인가요?"

"적어도 심하게 과장되긴 했었죠. 두 아이의 지적 발달이 늦은 감은 있었어요. 앞서 말씀드린 자해 행위나 자신의 배설물을 집어 던지려는 등의 행동은 조금 이상하게 보일 수는 있어도, 평소에는 그렇게까지 이상하다고 여길 만한 행동은 하지 않았어요. 머리도 좋고, 흡수력도 뛰어나서 여러 가지 행동이나 간단한 단어를 금방금방 외웠어요. 감금 당시 옆방에서 말소리나 텔레비전 소리를 들어서일지도 몰라요. 유괴되기 직전에는 이상 행동도 거의 사라져서 평범한 아이 같았던 걸로 기억해요."

"호오." 옆에서 하야마가 맞장구를 쳤다.

"그러니까 성인이 된 남매에게 지능 문제나 장애가 보이지 않대도 이상할 게 없다는 거죠?"

"네. 아마도요."

두 사람이 품고 있던 의문이 이토의 증언으로 풀렸다.

빌라에서 구조된 남매는 사람들이 생각하는 이미지만큼 심한 상태는 아니었다. 아동복지시설에서 지낸 일 년 동안 식사법을 배우고 언어를 외웠다면 육아 경험이 없는 유토피아 거주민이 별문제 없이 키웠다는 말도 수긍할 만하다.

하지만 약간의 위화감은 남아 있었다. 말에 두서가 없던 테페이는 역시 수상하다.

"쇼타와 모모카, 지금 어디 있나요?"

이토가 생각에 잠긴 표정으로 말했다. 하야마와 눈이 마주친 리호코는 "죄송합니다. 그건 말씀드릴 수 없어요."라며 질문을 뿌리쳤다. 그러자 이토는 얼굴을 일그러뜨렸다.

"부탁할게요. 쇼타와 모모를 만나게 해주세요. 두 아이가 건강하게 지내는 모습을 보고 싶어요. 제가 직접 사과도 하고 싶어요."

"사과? 왜 이토 씨가."

"그때 제가 아이들과 자주 산책만 하지 않았어도, 주간지 기사의 느닷없는 질문에 안이하게 대답만 하지 않았어도, 범인이 결정적인 정보를 얻지 못했을 거예요. 설마 내가 없는 날 대리 상담사를 자칭해 두 사람을 당당히 밖으로 데리고 나갈 줄은…. 그 둘이 유괴당한 건 다 저 때문이에요."

"아니요. 자신을 비난하지 마세요."

"학대를 받고 자란 아이는 애착 장애가 있어서 사람과의 거리에 서툰 경우가 많아요. 사람을 지나치게 멀리하든가 아니면 아무에게나 꼭 달라붙죠. 그 애들은 후자 쪽에 가까웠어요. 분명 유괴범도 아무런 경계심 없이 따라갔을 거예요. 그런 특성을 누구보다 잘 알고 있었는데…."

"범인이 나쁜 놈이죠. 이토 씨가 죄책감을 느낄 필요는 없어요. 전혀."

리호코가 강한 어투로 다시 한번 위로했다.

나토리 쇼타와 모모카는 시설에서 이렇게 사랑받으며 성장의 기대를 한몸에 받고 있었다.

그런데 도대체 누가, 그 어린아이들을 유괴해 유토피아에 가두었을까.

"이토 씨의 생각은 잘 알겠습니다."

하야마가 두 손을 깍지끼며 조용히 말했다.

"두 사람의 어린 시절을 잘 아는 이토 씨가 간절히 만나고 싶어 한다. 그렇게 말하면 그들도 응할지 몰라요. 자기 과거가 궁금하지 않은 사람은 없으니까. 우리가 설득해 보겠습니다."

자신감 있는 어투였다. 하야마의 속셈이 빤히 보였다. 이토와의 만남으로 료와 하나의 마음을 흔든 다음 최종적으로 DNA 감정을 받아내려는 것이다.

과연 료와 하나는 응할 것인가? 이토의 기쁨에는 그들의 감정도 동요시킬 만한 힘이 있을까?

"고맙습니다. 정말 기뻐요! 아, 쇼타와 모모카, 지금쯤 어른이 됐겠네요."

이토 유우가 감격한 듯 말하며 회의실의 천장을 올려다봤다.

—처음으로 싫어하지 않고 숟가락으로 밥을 먹었다.

—이제야 눈을 맞추고 활짝 웃는다.

성장기록 노트에 또박또박 쓰인 문장은 그날 리호코가 집에 돌아가 잠자리에 들어서도 여전히 뇌리에 박혀 있었다.

지도 모른다. 예를 들면 내연의 아내나 애인 같은.

이들이 야근 작업을 나간다는 건 료와 하나가 퇴근한 지 얼마 되지 않았다는 뜻일 테다.

리호코는 밀려드는 밤의 어둠에 섞여 그들을 기다렸다.

일곱 시가 넘자 잠시 후 공장 뒷문에 몸집이 작은 사람이 나타났다. 언뜻 봐도 퇴근 시간을 고대한 가벼운 발걸음이 이쪽으로 다가왔다.

"하나 씨." 하며 한 걸음 내딛자 깜짝놀란 그녀가 '악!' 하고 괴성을 질렀다.

"깜짝이야! 모리가키 형사님이구나. 어두워서 몰랐어요."

미닫이문 틈에서 희미하게 새어 나오는 노란 불빛에 의지해 하나의 얼굴을 보니 생글생글 웃고 있었다.

"엇, 오늘은 형사님 혼자예요? 앗싸."

"어쩌다 일찍 도착했을 뿐이에요. 하야마 형사님도 오고 있어요."

하나는 못마땅한 듯 입술을 부루퉁하게 내밀었지만, 이내 웃는 얼굴로 같이 들어가자며 미닫이문을 열었다. 가장 친한 친구를 처음으로 집에 초대하는 초등학생 같은 말투에서 리호코는 그녀가 평생 안고 살아왔을 외로움을 떠올렸다.

'어쩌다'라고 한 건 거짓말이다. 오늘은 신입 교육을 핑계로 나머지 업무를 하야시베에게 떠넘기고 하야마와의 약속보다 일부러 일찍 왔다. 하야마가 있으면 분위기가 아무래도 싸해지기 때문이다.

15분이든 20분이든 좋다. 리호코는 유토피아 주민들과 '대화'를 하고 싶었다. 당근과 채찍은 수사에서 흔히 쓰이는 기법이다. 그들을 일방적으로 을러대며 죄를 실토하게 하려는 하야마의 방식도 틀렸다고는 할 수 없다. 하지만 리호코는 그들을 한결같이 진심으로 대하고 싶었다. 상대가 피의자든 피해자든 그들과 거리를 좁혀야만 보이는 게 있을 거라고 우직하게 믿고 있다. 가능하면 그러한 노력이 새장 사건의 진상 규명으로 이어졌으면 하는 바람이다.

창고 안으로 들어서자 텔레비전 앞에 앉아 있던 여자아이가 환한 얼굴로 달려왔다.

"하나 언니, 어서 와!"

"나 왔어. 아빠랑 엄마도 곧 올 거야."

피식 웃으며 미라이의 머리에 손을 얹고 나서 하나는 엉거주춤한 자세로 리호코를 돌아보았다.

"아, 모리가키 형사님. 거기 앉으세요."

"괜찮아. 난 서 있을게요."

"그러지 마시고요." 하나의 권유로 방석에 앉았다. 어수선한 창고 안을 다시 쓱 둘러보면서 저녁에 하야마에게서 온 전화 내용을 되새겼다. 하야마는 오늘 낮에 가나우치 식품 회사에서 오래 일한 직원과 유토피아의 야근 멤버, 공장 주변에 사는 주민을 탐문했다고 했다. 사건의 개요나 무호적자들의 존재는 일단 덮어두고 조사했는데, 24년 전 버려진 아이들에 대해 아는 사람은 없었다. 야근 멤버도 료와 하나 다음으로 들어온 사람들뿐이어서 건질 만한 증언은 얻지 못했다고 한다. 역시 열쇠는 주요 멤버들이 쥐고 있는 게 아닐까?

우선 잡담이라도 건네자고 리호코는 스스로 다독였다. 외부인에게 배타적인 그들의 마음속으로 어떻게든 파고들어야 한다.

하나가 가지고 온 흰옷을 세탁기에 넣고 발걸음을 옮기려는 순간 미닫이문이 열렸다. 아쓰시, 루미카, 다쿠로, 테페이, 요시코. 리더인 료를 제외한 나머지 일근 멤버들이 속속 모습을 드러냈다.

미라이가 달려가 아쓰시의 다리에 매달렸다. 리호코를 본 루미카는 말없이 고개를 숙이며 어린 딸의 머리를 쓰다듬었다. 다쿠로는 리호코를 보더니 들으라는 듯 혀를 찼고, 요시코는 "오늘도 수고가 많으시네."라며 빈정거렸다. 그중 한 사람만 기대에 부푼 표정을 짓고 있었다. 테페이다. 양손을 옆으로 벌리며 "드디어 만났네요."라면서 반가운 얼굴로 다가왔다.

"형사님, 기다렸어요."

어제 하야마의 추궁에 평정심을 잃었던 테페이가 왜 형사의 방문을 손꼽아 기다렸을까? 그런 생각을 할 겨를도 없이 "창고 뒤로 좀 가실래요?"라며 테페이가 조르듯 말했다.

"창고 뒤요?"

"보여주고 싶은 게 있어서요. 제대로 된 증거가 있거든요."

테페이는 다시 신발을 신고 입구에 나뒹굴던 손전등을 들었다. 순간 따라가도 되나 싶었지만 이내 리호코는 일어나 구두를 신었다. 창고 뒤에 이른 테페이는 손전등으로 긴 수납함을 비추었다.

"이게 뭔가요?"

"당장 안 쓰는 물건은 여기다 넣어두고 있어요. 아무리 창고가 넓다 해도 열다섯 명이 살다 보면 물건 둘 곳이 마땅치 않거든요."

"그럼 증거라는 게?"

테페이는 몸을 웅크리고 수납함 뚜껑을 열더니 작은 목소리로 "이거예요. 이거!"라며 너덜너덜한 것들을 리호코에게 건넸다.

어두워서 잘 보이지 않았다. 테페이가 손전등을 리호코의 손 쪽으로 돌렸다. 불빛에 비친 건 아이 옷이었다. 긴팔 티셔츠와 긴 바지가 각각 두 장씩 있다. 티셔츠는 큰 쪽이 공룡 무늬, 작은 쪽이 하트 무늬였다. 전체적으로 지저분하고 옷감이 해진 것처럼 보였다.

"료와 하나가 여기 버려졌을 때 입었던 옷이에요."

태페이가 득의양양하게 가슴을 젖히며 말했다.

"어제 형사님의 의심을 받고 억울해서 열심히 찾았는데 있더라고요! 언제 친부모가 다시 찾아올지도 모른다는 생각에 보관해 뒀죠. 이제 료와 하나가 버려진 아이였다는 걸 믿어주시는 건가요?"

기대에 찬 시선을 느꼈다. 리호코는 집중해서 아이 옷을 다시 내려다보았다. 혹시나 해서 공룡 무늬 긴 팔 티셔츠를 뒤집었다. 브랜드명이 있어야 할 목 뒤의 태그도, 왼쪽 옆 부분의 세탁 태그도 모두 잘려나가고 없었다.

"이거 태그 없었나요?"

테페이는 불안한 듯 얼굴을 일그러뜨렸다.

"처음부터 없었는데 혹 태그가 없으면 증거가 안 되나요?"

"아뇨, 그걸 떠나서…."

테페이가 무슨 생각으로 이 옷가지들을 보여줬는지는 모르겠지만, 태그가 있든 없든 두 사람이 버려진 아이였다는 증거는 되지 않는다. 다만 이것이 나토리 남매의 유괴 당시 복장과 일치한다면 료와 하나가 쇼타와 모모카임은 거의 기정사실화된다.

가장 먼저 태그의 유무를 확인한 건, 제조사와 연락처를 알면 제조연도를 산출할 수 있지 않을까 싶어서였다. 없으면 없는 대로 상관없다. 나토리 남매가 유괴 당시 입었던 옷가지 등에 대해서는 당연히 하야마가 정보를 가지고 있을 것이다.

"죄송합니다만, 이건 증거가 되지 않습니다."

"네? 왜요?"

"료 씨와 하나 씨가 납치 당시에 입었던 옷이라고 할 수 없으니까요. 설령 그렇더라도 테페이 씨가 납치범일 가능성을 배제할 이유는 되지 않습니다."

"잠깐만요. 어떤 유괴범이 이렇게 옷을 소중히 보관해 둬요!"

"최근 구매한 옷의 태그를 자르고, 일부러 더럽혀 낡은 옷으로 만들었을 가능성도 있으니…."

날카롭게 들리지 않도록 리호코가 말끝을 흐렸다. 망연자실한 테페이가 어쩔 수 없다는 듯 고개를 설레설레 흔들었다.

"형사란 사람들은 의심이 참 많군요."

"죄송합니다. 의심하는 게 제 일이니까요."

리호코가 대답하자 테페이는 멍하니 리호코 쪽을 바라보았다. 그러더니 잠시 뒤 '허허' 하고 웃었다. 그 반응을 보고 리호코는 그제야 자신이 사과한 것에 테페이가 놀랐다는 것을 깨달았다.

"사과할 줄 아는 사람은 좋은 사람이에요."

그는 무언가를 그리워하듯 감회에 젖어 말했다. 뭔가 말을 이어가겠거니 했는데, 테페이는 멍한 얼굴로 잠자코 있었다. 리호코는 조심스럽게 입을 열었다.

"그럼 이 옷 가져가도 될까요?"

"아니, 그건 안 돼요." 테페이가 순간 당황했다.

"료가 안 된다고 할 거예요. 음, 개인 정보를 악용한다나 뭐라나."

그러자 리호코는 곧바로 스마트폰을 꺼내 손전등에 비친 아이 옷을 사진에 담았다. 마음 같아선 더 밝은 곳에서 촬영하고 싶었다. 하지만 창고로 돌아가면 테페이보다 경계심이 강한 사람, 이를테면 요시코나 다쿠로의 원성을 살 것이다.

리호코가 다 찍을 때까지 테페이는 묵묵히 손전등을 비추며 기다렸다.

"개인 정보라니 우리한테 그런 게 있기나 한가."

테페이가 머리를 긁적였다. 불평이라기보다 씁쓸함이 묻어 있는 자조였다.

"정보고 뭐고, 우린 원래 등록되지 않은 '존재하지 않은 인간'인데 뭘. 하지만 료가 그렇다면 그렇겠지."

'그래, 파고들어야 한다면 바로 지금이다.' 리호코는 직감했다.

"'존재하는 인간'이고 싶은가요?"

두 사람 사이에 미적지근한 밤바람이 불었다. 잠깐의 침묵 후 '그런가 봐요.'라는 중얼거림이 돌아왔다. 몇 초간의 정적이 흐르고 테페이가 입을 열었다.

"결혼하고 싶은 여자가 있었어요."

그는 손전등 불빛 아래로 진노 후미코라는 이름을 허공에 그리며 말했다.

"똑똑해 보이는 이름이죠? 정말 그랬어요. 여기 오기 전 내가 스물한 살 때였어요. 그때 내가 청소 일을 하던 유흥업소 근처에 작은 술집이 하나 있었는데, 후미코가 거기서 일했어요."

그녀는 동갑이었다고 한다. 후미코가 일하는 가게는 싸구려 술집이 많은 가마타 안에서도 1, 2위를 다툴 정도로 싼 집이었기에, 청소 일로 쥐꼬리만한 월급을 받던 테페이도 이 주일에 한 번 정도는 한잔하러 갈 수 있었다. 두 사람이 가까워진 건 후미코가 술에 취한 손님이 다리를 걸어 넘어지면서, 나르던 맥주를 테페이의 셔츠에 왈칵 쏟아버린 해프닝 때문이었다. 세탁비가 든 봉투를 억지로 쥐여주고 그걸 다시 돌려주면서, 가게에 갈 때마다 사과를 주고받고, 그런 김에 이런저런 이야기를 나누는 동안 둘은 점점 친해졌다.

테페이가 사는 낡은 빌라보다 좀 더 넓은 후미코의 방에 거의 살다시피 하며 일 년 정도를 교제했다. 자신이 무호적이라는 사실을 주뼛대며 털어놔도 후미코의 태도는 변하지 않았다. 자신도 가출한 몸이고 결혼 생각도 없으니 상관없다고 했다. 그녀는 그렇게 말하며 테페이의 곁에 있어 주었다.

"후미코는 '고마워', '미안해'를 입에 달고 사는 상냥하고 배려심 많은 여자였어요. 그런데 언제부턴가 '미안해'라는 말밖에 하지 않았어요."

"왜요?"

"내가 날마다 팼으니까."

리호코는 놀라서 숨을 멈췄다.

"의외네요. 테페이 씨는 온화해 보이는데."

"그땐 안 그랬어요. 나 같은 걸 쓰는 유흥업소는 대개 깡패 소굴이었어요. 주인이나 직원도 다 엉망진창인 놈들이죠. 청소가 조금이라도 잘 안 되어 있으면 마구 두들겨 팼어요. 그래서 그만두는 신입들이 많았지만, 나는 달리 도망갈 데가 없으니. 청소부는 손님 앞에 나서지 않는다고 얼굴이 부어오를 때까지 맞은 적도 있었죠. 그래도 살려면 거기 붙어 있을 수밖에. 신분증 없이 할 수 있는 일은 별로 없으니까."

"그 말은 테페이 씨가 일터에서 폭행을 당할 때마다 그 스트레스를 풀려고 화살을 돌린 게?"

"네. 후미코였죠. 함께 지내다 마음에 안 드는 게 있으면 내가 일터에서 당한 것처럼 때리고 걷어찼죠. 어느 날 정신을 차려 보니 후미코가 보랏빛 얼굴로 방구석에 주저앉아 있더라고요. 얼빠진 듯 '미안해'만 반복하는 후미코를 보니 졸렬한 짓을 한 것 같아 후회가 밀려왔어요. 일하러 갈 시간이라 집을 나서긴 했는데 돌아와 보니 방이 깨끗해져 있더라고요. 후미코와의 추억은 그게 다예요."

괴로운 추억이라 그런지 테페이는 빠르게 말을 마쳤다.

일터에서 두들겨 맞는다. 하지만 달리 일자리가 없어 도망칠 수 없다. 저런 놈은 맞아도 된다는 소리를 들으며 또 두들겨 맞는다. 울분이 쌓인다. 집에서 애인을 때린다. 애당초 어릴 적 가정 환경도 열악했다. 일을 해결하는 방법을 폭력 외에는 알지 못한다. 전형적인 악순환의 고리였다. 머리로는 이해된다. 하지만 아무리 그렇더라도 잦은 폭력 행사로 애인을 도망가게 한 유흥업소 청소부와 눈앞에 있는 이 중년 남성이 리호코는 도무지 하나로 연결되지 않았다.

"그런 나를 바꾼 건 료와 하나예요."

리호코가 당황스러워한다는 걸 눈치챘는지 테페이가 밝게 말했다.

"그 녀석들을 발견했을 때 가장 먼저 가나우치 씨에게 상담했어요. '무호적 남매가 문 앞에 버려져 있어요, 어떡하죠?' 그랬더니 가나우치 씨는 내 눈을 보고 이렇게 말했어요. '네 자식이라고 생각하고 키워라, 너라면 분명 잘할 수 있다. 하지만 손은 절대 들지 마라. 폭력은 증오밖에 낳지 않으니까.' 가나우치 씨의 말이 맞았어요. 아이들은 사랑스러웠어요. 배고픔이나 폭력을 모르는 아이는 더더욱 사랑스럽죠. 무슨 일이 있든 언제나 행복해 보이니까. 요시코랑 함께 두 아이를 키우는 동안 난 나를 '아버지'라고 생각했어요. 요시코가 어머니, 내가 아버지. 난 이 유토피아에서 난생처음으로 따뜻한 가족의 형태를 알게 되었어요. 여기는 마치 천국 같아요. 정말 그래."

어두워서 그의 표정이 잘 보이진 않았지만 목소리에서 기쁨이 흘러넘친다는 것을 알 수 있었다. 리호코는 어느새 테페이에 대한 동정과 공감이 싹트기 시작했다. 하지만 경찰관으로서의 이성이 가까스로 그것을 막았다. 형사인 리호코가 유토피아의 존재를 긍정할 수는 없다.

"실례지만…."

감정의 파도에 휩쓸리지 않으려고 리호코는 의도적으로 이야기의 방향을 틀었다.

"요시코 씨가 어머니, 테페이 씨가 아버지라고 하셨죠. 두 분 관계가?"

"아니, 요시코랑은 아니에요. 뭐 오래 봐왔고, 한때 그런 관계가 될 뻔한 적은 있었지만."

테페이가 수줍은 듯 말했다.

"아쓰시 씨와 루미카 씨 같은 관계는 아닌가 보네요."

"전혀요. 부부도 아니고 애인도 아니에요. 굳이 말하자면 동료 아니, 아담과 이브려나."

"아담과 이브?"

"그래요. 내가 여기 제일 먼저 왔고 요시코가 두 번째니까. 이 유토피아를 만든 사람은 나와 요시코예요. 그러니까 아담과 이브죠."

학교에 한 번도 다녀본 적 없는 테페이가 구약성경에 기록된 인류의 시조를 잘 알고 있었다. 테페이가 변명하듯 덧붙였다.

"료에게 들었어요. 그 녀석은 똑똑한 협상계라 책이나 신문도 많이 읽고 다양한 분야를 공부해요. 역사나 법률도 진짜 잘 알아. 그 녀석은 대단해요. 전 협상계인 나와는 비교도 안 될 만큼."

그 말을 들으니 리호코는 조금 전 표어 같은 글귀의 음독을 듣고 있을 때처럼 으스스한 한기가 되살아났다. 이 무호적자 공동체의 상징적 존재인 리더 료가 초기 거주자인 테페이와 요시코를 구약성경 창세기에 등장하는 아담과 이브를 빗대며 말했다. 그리고 이곳 멤버 중에는 이미 미라이라고 하는 순혈종이 있다.

료는 정말로 국가를 수립하고 유토피아를 오래도록 번영시키려는 생각인가.

"난 아담과 이브로서 요시코와 함께 만들어낸 이 유토피아를 자랑스럽게 생각해요. 어쨌든 우리를 위한 곳이니까 가장 안락해. 여기서는 호적이 없는 게 마이너리티가 아니에요. 메이저리티지. 아, 이것도 료한테서 배운 말이지만."

"무슨 얼빠진 소릴 하고 앉았어!"

밝게 웃는 테페이의 머리를 탁 때리듯 낮은 목소리가 날아들었다. 돌아보니 어두운 곳에 큰 실루엣이 보였다. 요시코가 뒤뚱뒤뚱 다가와 큰 한숨을 내쉬었다.

"왜 안 들어오나 싶어 나와봤더니 한가하게 형사랑 잡담이나 하고. 료가 알면 화낼 텐데."

"미, 미안해. 료는 벌써 돌아왔어?"

"공교롭게도 아직. 곧 저녁 먹을 거니 들어와. 뭐 형사님께 대접할 건 없지만."

"알겠습니다."

리호코가 동요하지 않고 짧게 대답했다.

요시코가 못마땅한 듯 콧방귀를 뀌었다. 요시코의 태도가 점점 딱딱해지고 있었다. 처음 만났을 때 유토피아의 속사정을 술술 이야기하던 일이 거짓말 같다. 료의 지시를 충실히 따르느라 그런 건지, 한결같이 건방진 하야마에게 반감을 느껴서인지 아니면 둘 다인지. 그녀도 마음을 열었으면 좋겠는데 돌파구는 아직 보이지 않는다.

리호코와 하야마는 요시코를 따라 손전등 불빛에 의지해 창고 입구로 돌아왔다.

안으로 들어서니 카레 냄새가 진동했다. 어제 만든 것을 다시 데운 모양이다. 벌써 젊은이 네 명과 미라이가 좌탁을 빙 둘러싸고, 요시코와 테페이가 앉기를 기다리고 있었다.

"잘 먹겠습니다!"

간단한 구호로 저녁 식사가 시작됐다. 모두 모여 식사 전 기도문이라도 외지 않을까 싶었는데 그런 습관은 없는 듯하다. 종교 집단과는 다르다. 묵묵히 숟가락을 입에 가져가는 무호적자들에게 리호코는 애써 아무렇지 않게 말을 걸었다.

"오늘 야근인 분들은 모두 출근하셨나 보네요."

"네!" 하고 밝은 목소리로 대답한 건 하나였다.

"할당량이 있을 때는 다 같이 작업해야 빨리 끝나니까요. 마침 한정판 초콜릿 제조가 시작돼서."

"아니지, 형사님이 꼬치꼬치 캐묻는 게 귀찮아서 나간 거잖아. 좀 더 쉬고 싶었을 텐데 딱하기도 하지."

요시코가 가시 돋친 어조로 말했다. 리호코는 아랑곳하지 않고 단서가 될 만한 것을 찾기 위해 질문을 거듭했다.

"야근인 분들도 다 호적이 없겠네요."

"당연한 거 아냐. 있으면 여기서 못 살지."

"무슨 사연으로 무호적자가 됐을까요?"

"가지각색이지. 그래도 거의 다 루미카랑 비슷비슷할걸."

민법 제772조의 경우다. 혼인 중이거나 이혼 후 300일 이내에 다른 남성과의 사이에서 자녀가 태어난 경우. 이혼이 성립해 전 남편이나 새 남편의 협조가 있으면 재판으로 제대로 된 호적을 얻어낼 수 있지만, 재판도 어려워 출생 신고를 하지 않으면 무호적자가 되는 것이다.

"지랄 같은 법이지. 예전 같으면 태어난 날짜를 속일 수도 있겠지만, 다들 병원에서 애를 낳는 지금은 그럴 수도 없잖아. 안 그래, 루미카?"

"아, 응…."

"아, 루미카는 그것도 아닌가. 어머니가 폭력 남편과 이혼하지 못했거든. 그건 그렇고, 옛날에 비해 무호적자가 늘어나는 것 같아. 이런 거짓말도 못 치는 세상에 형사님, 그쪽이 어떻게 좀 해봐요."

태도가 딱딱해졌다고는 해도 요시코의 수다쟁이 성미는 여전했다. 식사 시간 동안 어떻게든 요시코를 통해 거주민들과 교류를 해보고자 리호코는 적극적으로 이야기를 이어갔다. 오늘부터 제조가 시작된 한정 초콜릿, 공동체 내에서의 역할 부담. 그리고.

"그러고 보니 부모가 출산 비용을 못 대는 바람에 출생증명서를 못 받아서 무호적자가 된 사람도 있었죠?"

"다쿠로잖아. 왜?"

"갑자기 생각나서요. 다쿠로 씨가 태어난 산부인과 병원에 가서 어머니가 받지 않은 출생증명서가 보관되어 있는지 물어보면 어떨까요? 만약 출생증명서를 받을 수 있다면 일본인이라는 걸 증명할 수 있어요. 호적 취득할 길이 열릴지도 모릅니다."

"흠… 어때? 다쿠로."

요시코가 차분하게 물었다. 이미 카레 접시를 비운 다쿠로는 조금 흥미를 보이는가 싶더니, 리호코를 한번 쏘아보고 방석에서 일어났다.

"외부인이라고 너무 쉽게 말하는 거 아닌가."

"쉽게 말하는 거 아니에요. 잘 생각하고 말씀드리는 거예요."

"안 된다고 했던 거 같은데."

"마지막으로 구청에 간 게 언제죠? 최근 미디어에서 무호적자 문제도 많이 다루고 있고, 창구 담당자도 바뀌었을 테니 너무 겁낼 것 없을 것 같아요. 산부인과 병원의 협조만 얻어낸다면."

"안 된다고!"

다쿠로가 소리쳤다.

창고의 함석지붕이 떨리는 듯한 소리에 아쓰시와 하나가 "좀!", "조용해!"라며 놀란 표정을 지었다. 두 사람의 주의를 받아 목소리 크기는 줄였지만, 리호코를 쳐다보는 다쿠로의 까만 눈동자에는 여전히 분노의 빛이 서려 있었다.

"엄마는 사내놈만 보면 막 따라가서 우린 이집 저집을 전전했어. 열네 살 때 갑자기 날 버리고 엄마가 사라질 때까지 몇 놈들한테나 짐짝이니 쓰레기니 하는 욕을 얻어먹었을 것 같아? 내가 이 근처에 정착한 것도 마침 마지막 놈 집이 도쿄였기 때문이야. 그런 엄마가 나를 낳은 산부인과를 무슨 수로 찾겠다는 거지? 일본에 병원이란 병원마다 전화라도 걸라는 건가? 어?"

리호코는 반박할 수 없었다. 어머니의 소재지는커녕 자신의 출신지조차 모르다니. 아니, 모르는 게 아니라, 없다니.

"일반인이 끼어들 일이 아니야."

다쿠로는 침을 튀기며 내뱉고서, 싱크대에 접시를 내려놓고 안쪽의 커튼 너머로 사라졌다. 실패다.

식탁의 공기가 차가워졌다. 조금 전까지 대화에 응하던 요시코도 어이없다는 눈으로 리호코를 보았다.

“그런 걸 위선 떤다고 하는 거야.”

요시코가 심드렁하게 말하고는 접시를 들고 일어섰다. 테페이도 허둥지둥 일어나 요시코를 따라 좌탁을 떠났다.

좌탁을 둘러싼 사람은 이제 네 명뿐이다. 음식을 입가에 잔뜩 묻힌 채 어린이용 숟가락을 입으로 가져가는 미라이, 딸이 다 먹기를 끈기 있게 기다리는 아쓰시와 루미카, 그리고 어색한 듯 식사를 이어가고 있는 하나.

리호코의 눈은 자연스레 미라이에게로 향했다. 아이 입맛에도 맞게끔 달게 했는지 생글생글 웃으며 카레를 먹고 있다.

“어, 어, 카레, 안 먹어?”

미라이가 리호코를 보더니 불쑥 이상하다는 듯이 물었다. 그 더듬거리는 말투에 가슴이 찌르르했다. 크고 동그란 눈동자도 볼록한 뺨도 여느 두 살배기와 다르지 않다. 유나가 다니는 어린이집의 한 단계 윗반에 섞이면 평범한 아이처럼 보일 것이다. 하지만 이 아이는 어린이집에도 놀이방에도 또래 아이들이 모이는 공원에도 한 번도 가본 적이 없고 앞으로도 갈 수 없을 것이다.

‘그런 환경이지만 참 예쁘게도 자랐구나.’ 리호코는 코끝이 찡해졌다. 저절로 14개월 된 딸의 얼굴이 떠올랐다. 유나 역시 언젠가 이 아이처럼 귀엽게 말을 하겠구나 싶다. 이런저런 생각으로 리호코는 어린이용 의자에 앉은 미라이에게 몸을 기울였다.

"카레, 맛있겠다. 그런데 나는…."

"그만해요!"

옆에 앉아 있던 루미카가 리호코와 미라이 사이를 갈라놓았다. 조용한 인상의 그녀가 언성을 높이자 가슴이 철렁했다.

"뭐하는 건가요?"

미라이 맞은편에 앉은 아쓰시도 입술을 일그러뜨렸다.

"미라이에게 접근하지 마세요."

"접근하지 말라뇨. 난 그저 아이가 물어보니까."

"외부인과 교류시키고 싶지 않아요."

아쓰시가 딱 잘라 말했다.

"실은 여기 형사님이 오는 것만으로도 악영향인데 어쩔 수 없으니 참고 있는 거예요. 하지만 미라이랑 이야기할 필요는 없잖아요? 수사와 관계가 있나요?"

"아뇨, 없어요, 하지만."

"그럼 이 아이는 내버려 두세요. 미라이는 여기서 계속 살 거예요. 처음으로 이 유토피아에서 태어난 신성한 아이라고요. 지저분하고 불편한 바깥세상 따윈 몰라도 돼요."

"아쓰시 말이 맞아요. 그러니 그만 하세요."

미라이의 어깨를 끌어안은 루미카도 리호코에게 원망스러운 눈길을 보냈다.

젊은 무호적자 부부의 날카로운 시선에 리호코는 공포를 느꼈다. 외부와 격리된 이 공동체의 이상향에 가장 매몰된 건 이 두 사람 같았다. 리더인 료보다 나이가 어리기 때문에 숭배심이 생겨 유토피아의 위대함을 맹신하고 있는지도 모른다. 보아하니 유토피아에 대한 충성심이다.

하야마의 말처럼 여기가 하나의 국가라면 애국심의 정도는 주민마다 다를 것이다. 아쓰시와 루미카는 높고, 요시코와 테페이도 비교적 높은 편인 듯하다. 하나는 극단적으로 낮다. 외부인인 사이토 도시키와 교제하거나 통금시간 어기기를 밥 먹듯이 했다는 게 그 증거다. 하나는 자신이 료의 친동생이라는 위치에 있으니, 무슨 짓을 해도 내쳐지지 않으리라는 자신으로 대담하게 행동했던 건 아닐까?

하나는 방석에 앉은 채 고개를 푹 숙이고 있었다. 살인 미수 사건의 피의자로 체포된 것도 모자라, 미행이 따라붙은 것도 모르고 형사를 이곳으로 끌어들인 실수를 저지르고 만 것이다. 그 바람에 다른 주민들에 대한 발언권이 약해진 듯했다.

그렇다면 직접 아쓰시와 루미카를 회유해야 한다고 리호코는 생각했다.

"호적이 없어도 학교는 다닐 수 있을 것 같아요."

'엇' 하고 하나가 작게 소리를 냈다. 아쓰시는 한쪽 눈썹을 올렸고 루미카는 가느다란 눈을 한껏 크게 떴다.

리호코는 무호적 문제에 대해 인터넷으로 조사하다가 문부과

학성의 홈페이지에서 '호적이나 주민표가 없는 경우의 취학 절차 문제'라는 페이지를 보았다. '무호적인 경우는 보호자가 그 자녀를 취학시킬 수 없다고 오해하고 있는 부분이 있어 적극적으로 절차를 밟도록 촉구할 필요가 있다'라는 문장을 읽고 이걸 이용해 볼 수 있겠다 싶어 무릎을 쳤었다.

"무호적자는 학교에 다닐 수 없다는 말을 듣고 살아왔죠? 지자체에서 안내를 받은 것도 아니니, 부모 입장에서 그렇게 생각하는 것도 당연해요. 하지만 실제로는 학령기에 미라이를 구청 창구로 데려가면 최소한 의무교육은 받을 수 있어요."

리호코는 몸이 후끈해지면서 말을 이었다.

"아쓰시 씨, 루미카 씨, 미라이까지 유토피아에 갇혀 있게 할 필요는 없어요. 그러니까 용기를 내 미라이를 바깥세상과 접촉시켜 보세요. 저도 힘닿는 데까지 도울게요."

하지만 후끈했던 리호코의 몸은 급격히 식고 말았다.

"참나."

아쓰시의 입에서 냉소의 기운이 흘러나왔다. 그의 마음은 조금도 동요되지 않고 오히려 굳어버린 것 같다. 딸을 학교에 보낼 수 있다고 하면 조금은 관심을 보일 줄 알았는데….

"여기를 몇 번이나 와봤는데 아직도 모르겠어요? 우리는 이미 바깥세상과 연을 끊었습니다. 우린 계속 여기서 살 거고, 우리 아이는 유토피아를 지킬 거예요. 무호적자가 자유롭게 살 수 있는 새로운 사회를. 그게 가장 행복한 길입니다!"

"그럴 리가요."

"학교 같은 건 아무래도 상관없어요. 보내고 싶지도 않고요. 그쪽 세상의 가치관을 우리한테 강요하지 마세요."

"답답한 소리."

'드르륵' 하고 미닫이문 열리는 소리가 났다. 돌아보니 연한 회색 정장을 입은 하야마가 입구에 서 있었다.

"큰소리가 나서 무슨 일인가 싶었더니…."

하야마는 투덜대며 가죽구두를 벗었다. 하야마가 선 채로 아쓰시를 내려다보며 코웃음을 쳤다.

"학교에 다녀본 적이 없는 그쪽은 잘 모르겠지만 일본 헌법에는 3대 의무가 있어. 근로 의무, 납세 의무, 그리고 교육을 받게 할 의무. 뭐 납세는 그렇다고 쳐도 이 나라에 사는 당신네한테 딸을 학교에 보내지 않을 선택지는 없다는 말이야."

"그런 건 우리랑 상관없어. 나라가 우리한테 해준 게 없으니 의무도 없지. 아까도 말했지만 우린 바깥세상과는 연을 끊었다고."

"나라가 해준 게 없어? 과연 그럴까? 당신들이 나가서 걷는 도로는 누가 정비했나? 수도꼭지만 틀면 언제든 나오는 물은? 일반 사회와 연을 끊었다고 해도 당신들이 식품 공장에서 일해서 받는 돈은 어디서 오는데? 비축하고 있는 식량이나 생필품은? 가나우치 집안의 지원이 끊기면 당신들이 살 수 있을 것 같아?"

"그… 그건."

"이 고물창고가 독립된 하나의 사회라고 생각한다면, 그건 당신네 왕의 속임수다. 그런 얼토당토않은 생각은 당장 버려. 딸은 학교에 다니는 게 더 행복할걸."

하야마의 거침없는 말에 아쓰시는 어깨를 들썩이며 벌떡 일어섰다. 아직 미라이가 카레를 다 먹지도 않았는데, 아내와 함께 딸의 팔을 잡아끌어 억지로 안쪽 커튼 너머로 데려갔다.

"싫어, 더 먹을래." 하는 아이의 목소리가 창고에 울려 퍼졌다.

하나, 하야마, 리호코 세 사람만이 거실에 남겨졌다.

"저들은 왜 이런 곳에 틀어박혀 있고 싶어 하지? 호적이 없어도 학교에 갈 수 있다잖아? 이해가 안 가네."

어이없어하는 하야마의 목소리에 리호코는 정신을 차렸다. 그러고는 바닥에서 일어나 키가 큰 하야마 옆에 나란히 섰다.

"아쓰시 씨가 무호적 2세니까요."

"무호적 2세?"

"그러니까 그의 딸 미라이는 3세예요."

하야마는 말이 없었다. 몇 초 뒤 대답 대신 마뜩잖은 말이 돌아왔다.

"그건 그렇고, 모리가키. 먼저 왔으면 연락 한 통 정도는 해야지 않나."

"죄송합니다."

"수사를 먼저 진행하면 곤란하지. 새장 사건 담당은 나야."

"저도 살인 미수 사건을 맡고 있잖아요."

리호코가 하나를 가리키며 태연히 대답하자 하야마는 벌레 씹은 듯한 표정을 지었다.

"뭐 좀 건졌나?"

"그게 조금, 나중에 이야기할게요."

테페이가 꺼내 보인 아이 옷과 후미코와의 이별 이야기를 떠올리니 리호코는 가슴이 아팠다. 이것이 진짜 일본이란 한 공간에서 벌어지는 일인가? 어머니의 손에 이끌려 수많은 남자 집에 얹혀살다 결국 열네 살에 사회에 내던져진 다쿠로의 처지만 해도 그렇다.

자세히 물어볼 수는 없지만 다른 주민들도 다 비슷비슷한 상황일 것이다. 그들은 몰상식한 인간들 틈바구니에 둘러싸여 육체적으로 정신적으로 폭력이 당연시되는 환경에서 자랐다. 그 배경을 알고 나니 그들이 이곳을 천국 같은 곳이라고 말하는 것도 이해가 갔다.

진학. 취직. 남들처럼 딸의 장래를 걱정하는 중학교 교사인 아버지와 학교 사무직원인 어머니의 사소한 다툼. 지금까지 리호코가 겪은 고민은 얼마나 자질구레한 것이었는가?

육아도 그렇다. 유나가 언젠가 사춘기를 겪어도, 다치거나 병에 걸려도, 그저 사회에서 인정받는 존재라는 것만으로 큰 관문 하나를 돌파한 셈이다.

"그 녀석은? 아직 일하는 중인가?"

"료 씨요? 그런 것 같아요."

리호코가 재빨리 대답하자, 하야마는 시시하다는 듯 상의 주머니에 손을 집어넣었다. 혼자서 덩그러니 식사를 하던 하나가 '저기요' 하고 조심스레 말을 건넸다.

"형사님들이 아무리 뭐라 해도 료는 하지 않을 거예요."

"뭐, DNA 감정? 고집불통이군." 하나가 눈을 깜빡거렸다.

"물론 하나 씨 혼자라도 DNA 채취에 응한다면 빙빙 돌아가지 않아도 되겠지만. 어때, 아직도 생각 없어?"

"그래도, 그건…."

"자신이 누군지 궁금하지 않아?"

"궁금해요. 내가 만약 나토리 모모카라면 좋겠지만 그래도…."

미닫이문이 조용히 열리는 소리에 하야마와 하나의 대화가 중단됐다.

검은 손가방을 든 료가 무표정한 얼굴로 입구에 들어섰다. 그는 말없이 사람들이 없는 거실을 둘러보더니 키가 큰 하야마를 똑바로 올려다보았다. 하야마와 료의 날카로운 시선이 공중에서 맞부딪쳤다.

"오늘도 한바탕하셨나 보군요."

료가 낮은 목소리로 말하며 창고 구석으로 향했다. 손가방에서 흰옷을 꺼내 세탁기에 집어넣은 뒤 "차 좀 내드리라 했더니." 라고 말하며 찻주전자에 녹차 티백을 넣기 시작했다. 빨리 돌아가라는 비아냥이겠지만 오늘은 아직 물러설 수 없다.

아쓰시와 루미카는 미라이를 샤워실로 데려가겠다며 하야마와 리호코에게 눈길도 주지 않고 창고를 나갔다. 다쿠로는 3인용 소파를 차지한 채 뒹굴고, 요시코는 하나를 감시하듯 좌탁에 진을 쳤다. 무료한 듯 창고 안을 둘러보던 테페이는 주뼛주뼛하면서 요시코 옆에 앉았다.

료가 손수 찻잔을 두 개 가져다 탁자에 놓더니 드시라며 억양 없는 목소리로 권했다. 리호코는 거절하려 했으나 하야마가 거리낌 없이 방석에 앉는 바람에 나란히 앉을 수밖에 없었다.

료는 선 채로 있었다. 올려다보니 깔끔하게 손질된 턱수염이 눈에 들어왔다. 외모나 차림새를 보면 리호코보다 몇 살 어린 청년으로는 보이지 않는다. 사회에서 고립되어 자란 불우한 상황이다 보니 늘 강한 모습을 보여야 했기 때문일까? 반대로 그가 강인하기 때문에 여동생 하나는 천진난만하고 자유롭게 성장했을지도 모른다.

"하나를 흔들지 말아 주시겠어요?"

료가 리호코와 하야마를 내려다보며 담담히 말했다. 들어오기 직전에 하나와 나눈 대화를 들은 모양이다.

"우린 DNA 감정에 협조하지 않겠다고 누차 말씀드렸습니다. 아무리 찾아오셔도 답은 같아요."

"정말 끈질기다니까." 요시코가 화난 목소리로 툴툴댔다.

"어휴 경찰들만 아니었으면, 지금쯤."

"요시코 씨." 료가 요시코를 제지했다. 요시코가 하려던 말은 보나 마나 하야마와 리호코에 대한 협박이었을 것이다. 지금쯤 여기서 나가지 못하게 감금했다든가, 집단 폭행을 했다든가. 료는 좋을 게 없다고 판단해서 요시코의 막말을 멈추게 한 것이다. 그들 입장에서는 하야마나 리호코의 존재 자체가 협박일 텐데.

요시코도 얻을 게 없다고 생각했는지 입을 다물었다. 테페이는 눈을 이리저리 굴리고 하나는 점점 몸을 웅크렸다.

"나토리 쇼타."

하야마의 뜬금없는 호명에 료의 어깨가 움찔했다. 이름에 반응한 게 분명하다.

하야마가 짓궂게 웃으며 료를 향해 돌아섰다.

"당신 본명이지. 그렇지?"

"난 아무것도 기억 안 나요."

"진실을 알고 싶지 않아? 너희를 만나고 싶어 하는 사람이 있어."

갑자기 하야마가 오늘 여기 온 용건을 말했다.

"어릴 적 너희를 잘 아는 여성분이야. 기억에는 없겠지만 너희는 유괴되기 전 하치오지 소재 아동복지시설에서 살았다. 거기서 일하던 상담사가 너희를 범인 손에 넘겨버린 책임을 느끼고 지난 24년간 계속 괴로워하고 있어."

"하치오지 아동복지 시설?"

아마 유괴된 이후 한 번도 가보지 않았을 곳의 지명을 듣자 하나가 눈을 반짝였다. 료는 가만히 하야마의 태도를 살피듯 경계하는 눈빛으로 쳐다보았다. 하야마는 눈을 감고 고개를 약간 과장되게 천천히 좌우로 흔들었다.

"DNA 감정은 이제 됐어. 정작 피의자가 호적 회복이나 범인 체포를 원치 않는다는데, 이 사건은 미수로 끝나는 게 맞는 것 같다."

"포기해주실 수 있나요?"

"아, 정 그렇다면 어쩔 수 없지."

거짓말이다. 탐욕스럽게 승진이나 부서 이동을 꾀하며 한 달 안에 사건을 해결하겠다고 간부에게 호언장담했던 이 형사가, 무호적자 남매를 호락호락 놔줄 리가 없다. 밀어서 안 되면 일단 당기는 척한다. 상대방의 마음이 느슨해질 때까지 기다렸다가 틈을 타 덤벼든다.

"너희 일은 공개하지 않겠다. 이 유토피아라는 것도 계속 유지해. 단, 한 가지 조건이 있어. 그 상담사를 만나. 24년 전의 유괴 사건 때문에 자신을 책망하며 사는 여성이다. 너희들이 건강하게 사는 모습을 보면 마음이 편해지지 않겠어?"

생각지도 못한 말을 느긋하게 내뱉는 하야마의 어조는 무서울 정도로 가벼웠다.

"어때? 나쁜 제안은 아닌 것 같은데."

"료, 어떡하지?"

하나가 쭈뼛쭈뼛 물었다. 오빠를 자극하지 않으려고 애쓰는 건지는 모르겠지만 흥미를 감추진 못했다. 료는 여전히 묵묵부답이다. 하지만 조금 전까지만 해도 하야마를 주시하던 시선이 아래를 향하고 있다. 역시 료도 사람이다. 하야마의 제안에 마음이 움직여 어떻게 할지 망설이고 있는 것이다.

"자신의 과거가 궁금하지 않은 사람은 아무도 없어."라고 하야마가 했던 말이 리호코의 귀에 되살아났다.

"아미시라는 종교집단을 아십니까?"

료가 중얼거리듯 물었다. 목적을 알 수 없는 질문에 리호코는 당황하며 머리를 흔들었다. 옆에 있는 하야마는 아무런 반응 없이 료를 관찰했다.

"미국 펜실베이니아 주와 오하이오 주에 있는 기독교 일파입니다. 농경이나 목축을 통해 자급자족 생활을 해요. 전기도 사용하지 않죠. 정해진 색깔의 옷을 입고 마차를 타고 이동하며 폐쇄된 공동체 안에서 평생을 보냅니다. 성경 외의 책은 읽어서도 안 되고, 찬송가 외의 음악도 들을 수 없어요. 싸우거나 누군가에게 화를 내는 것조차 금지되어 있죠. 이런 엄격한 계율이 셀 수 없이 많지만, 그래도 그들은 평온하게 살고 있습니다. 미국이라는 나라 안에 있으면서 일반 사회와는 적당한 거리를 두고, 자신들의 신념과 동료 의식을 가슴에 품은 채로 말이죠. 궁극적으로는 우리도 그렇게 조용히 하루하루를 살아가고 싶을 뿐입니다."

료의 목소리는 단정했다.

"우리 같은 무호적자도 납세하라고 하면 회사를 통해서 하겠습니다. 자녀에게 교육을 시키라면 의무교육 수준은 여기서 가르치겠습니다. 그러니 저희 좀 내버려 두면 안 되겠습니까?"

"그건 내 제안에 대한 답변이 아니야."

하야마가 대번에 딱 잘라 말했다. 창고 안에 침묵이 내렸다. 료는 우수한 협상계로 책과 신문을 자주 읽고, 역사도 법률도 잘 안다고 했던 테페이의 말이 리호코의 머릿속에 떠올랐다. 아미시에 대해서도 젊은 리더로서 유토피아를 원활하게 운영하기 위해 유명한 종교집단의 사례를 공부했을까? 거북한 분위기 속에서 녹차가 든 찻잔에 손을 뻗었다.

그때 갑자기 옆에 있던 하나가 일어섰다. 리호코와 같은 거북함을 느꼈는지, 아니면 하야마의 제안을 승낙하지 않는 오빠에게 지쳤는지 안쪽의 누런 커튼 너머로 사라졌다고 생각한 순간 그녀가 아이처럼 요란한 발소리를 내며 달려왔다.

"저기, 모리가키 형사님, 이것 좀 봐요!"

긴박한 분위기를 바꾸고 싶어서인지 하나는 리호코에게 장난을 치듯 달라붙어 하야마와의 사이에 파고들었다. 손에 들고 있던 찻잔이 하나 팔에 부딪히면서 녹차가 쏟아졌다.

“앗, 죄송해요! 안 뜨거워요?”

“아니, 딱히.”

“하야마 형사님, 죄송해요. 아, 그래도 젖지는 않았네.”

하나가 미안한 듯 말하며 찻잔을 양손에 들고 싱크대로 달려갔다. 긴 갈색 머리가 흔들리는 그 등을 료가 탐탁지 않은 눈으로 바라봤다.

“하나. 뭐야 갑자기.”

“형사님들이 곤란해하잖아. 료가 갑자기 아무시 얘기를 하니까.”

“아무시가 아니고 아미시다. 나잇값 좀 해. 칠칠치 못하긴.”

하나가 료의 핀잔을 익숙하다는 듯 흘려들었다. 그녀가 행주를 들고 돌아왔을 때 그제야 좌탁 위에 알록달록한 그림엽서가 있다는 걸 알았다.

“모으고 있어요. 이게 이탈리아, 여긴 미국, 이건 프랑스. 그래 봤자 어디 있는 나라인지도 잘 모르지만.”

리호코의 젖은 정장 바지를 행주로 닦으며 ‘아하하하’ 하고 하나가 천진난만하게 웃었다.

“오늘 형사님들이 오면 이것저것 물어보려던 참이었어요. 여기 중에 가본 나라 있어요?"

"있어. 미국에 여행차 딱 한 번."

"하야마 형사님은요?"

"이탈리아랑 프랑스는 학창 시절에 갔었는데."

"부럽다. 난 여권이 없어서 평생 못 갈 텐데. 예쁜 사진이라도 가지고 있으려고 멋진 그림엽서를 보면 무조건 사요. 음, 외국에 갔던 이야기 좀 들려주세요."

리호코는 고등학교 때 가족과 해외여행 간 이야기를 했다. 하야마가 난처한 듯 입을 다물고 있으니 리호코만 하나의 질문에 답하는 모양새가 되었다.

"어이, 어디가?"

하야마의 날카로운 목소리에 리호코는 료가 자리를 일어섰다는 사실을 알았다. 황급히 돌아보니 료는 이미 신발을 신고 미닫이문에 손을 대고 있었다. 테페이가 방석에서 허리를 들썩거리며 불안한 듯 그를 바라보았다.

"걱정 마. 좀 걸으려는 것뿐이야."

료는 불쾌한 듯 말을 남기고 어둠 속으로 사라졌다.

하야마가 크게 한숨을 쉬며 하나를 돌아보았다. "너 때문에 협상 상대가 가버렸잖아." 하고 몰아붙이는 그에게 "지금은 무리라니까요."라며 하나가 정색했다.

"보니까 알겠죠? 료는 고집불통이에요. 무슨 말을 해도 당장은 허락하지 않을걸요. 저기 아까 우리 어릴 적을 알고 있다는 상담사님 이야기는 제가 료한테 다시 한번 말해볼게요."

"여동생 말이라면 들으려나?"

"그분이 유괴된 애들이 죽었을까 봐 계속 괴로워하고 있었댔잖아요. 나랑 오빠를 만나는 것만으로 괴로운 마음이 가신다면 그렇게 하는 게 좋겠죠. 오빠가 지금은 저렇게 화를 내고 있지만 솔직히 그분 이야기는 들어보고 싶을 거예요."

하나가 일부러 그림엽서를 들고 와 자연스럽게 화제를 바꾼 것은 하야마와의 언쟁이 뜨겁게 달아오르기 전에 오빠에게 머리를 식힐 시간을 주기 위해서였던 것 같다.

스물여섯이라는 추정 나이에 비해 말과 행동에서 아이 같다고 느끼긴 했지만, 사실 하나는 머리 회전이 빨랐다. 그렇지 않고서야 불평 한마디 없이 20일 이상의 조사를 견뎌내고 처분 보류긴 해도 석방을 쟁취하긴 힘들었을 것이다. 하나의 긴 진술에는 애매한 부분이 많았지만 모순점은 하나도 발견되지 않았다.

이런 점에선 료와 한 핏줄이라는 게 실감이 났다.

"유토피아에 대해서는 다른 사람에게 말하지 않겠다고 하야마 형사님도 약속했으니, 아마 료도 결국은 이해해주지 않을까? 안 그래, 여러분?"

하나가 기대에 찬 목소리로 한 공간에 있는 무호적자들에게 의견을 구했다. 그러자 소파에서 뒹굴던 다쿠로가 "맘대로 해!"

라고 퉁명스럽게 대답했다. 좌탁 구석에서 웅크리고 있던 테페이도 "료만 괜찮다면." 하고 작게 고개를 끄덕였다. 마지막으로 요시코가 의심 가득한 눈초리로 하나의 얼굴을 빤히 쳐다봤다.

"그런데 너 그 상담사와 이야기하다 슬깃해서 여기를 나가겠다고 하는 거 아냐? 안 그래도 넌 바깥세상에 대한 동경이 강하잖아."

"그럴 일은 없어. 나 반성 중이야. 계속 여기서 살기로 결정했으니까. 뭐 기소돼서 유죄를 받아 유토피아가 파괴되지만 않는다면."

뭔가 함축된 말이 마음에 걸려 무심코 하나를 바라봤다. 실언을 자각했는지 그녀는 리호코의 시선을 못 본 척 슬며시 외면했다.

'유죄를 받아 유토피아가 파괴되지만 않는다면?'이라는 의미심장한 이 발언은 무엇일까? 사이토 도시키에 대한 살인 미수 사건의 자백이라고 하기에는 너무 약하다.

하지만 하나의 말속에는 어딘지 모르게 죄의식이 묻어 있는 것 같다.

"하나 씨, 저기."

"형사님들, 그러니까 잘 부탁해요. 료를 설득해서 상담사를 만나게 할 테니 유토피아는 꼭 비밀로 해주세요!"

하나의 거듭된 부탁에 하야마가 '어어' 하고 가벼운 어조로 대답했다. 리호코가 고개를 끄덕이기까지는 몇 초의 시간이 필요했다.

이 공동체를 영원히 공개하지 않겠다는 건 하야마의 거짓말이다. 수사를 원활히 진행하기 위한 술수다. 따지고 보면 리호코가 하나에게 한 약속인 데다 어디까지나 미봉책에 불과하다. 영장 없이 사유지에 침입한 것을 무마할 수 있을 만큼의 큰 성과, 이를테면 새장 사건의 남매 발견이라든가 유괴범을 체포하게 되는 날에는 이 창고를 비밀로 두지 않을 것이다.

약속은 기한부다. 효력이 다하면, 리호코는 그들을 어떻게 할 것인가? 유토피아를 무너뜨려도 그들에게 미래가 있을까? 벌써 몇 번이나 자신의 가슴에 묻고 또 물었다. 하지만 아직 답은 찾지 못했다.

"자, 돌아가지. 용건 끝났으니."

하야마의 재촉에 리호코는 서둘러 일어났다. 외풍이 들어오는 입구에서 구두를 신고 창고 안을 돌아봤다.

"저… 신경 쓰이는 게 있으면 뭐라도 좋으니 말씀해주세요. 새장 사건과 관계있을 법한 일이나 일상적인 일도. 사소한 상담이라도 좋습니다."

조심조심 말을 건네자, 아니나 다를까 하야마가 옆에서 쏘아보았다. 수사와 관계없는 일에는 상관하지 말라는 뜻일 테다. 하야마와 함께 밖으로 나가려는데 "아, 형사님!" 하고 누군가 뒤에서 불러 세웠다. 망설이는 표정으로 다가온 건 테페이였다. "왜 그러시죠?" 리호코가 부드럽게 묻자 그는 안심한 듯 얼굴의 긴장을 풀었다.

"신경 쓰이는 거라 하시니 생각난 건데, 이 공장 주변을 맴도는 수상한 여자가 있어요. 해마다 5월이나 6월쯤… 그래, 이맘때에."

"여자? 몇 살 정도 돼 보였나요?"

"나랑 비슷하거나 조금 밑? 사오십대로 보이는 여자였어요. 더워지기 전이라는 게 마음에 걸려서. 우리가 료랑 하나를 발견했을 때니까. 그래서 그 둘을 버린 친모가 혹시 아이가 보고 싶어서 오는 게 아닐까 하고요."

"마지막으로 본 게 언제지? 올해도 봤나?"

하야마가 곧바로 물었다. 테페이는 눈을 희번덕거리면서 "아니, 올해는 아직…."이라며 고개를 내저었다. 작년엔 분명히 봤다고 했다.

리호코는 테페이에게 인사를 하고 창고를 나섰다. 아무도 없는 공장 뒤편의 어둠이 하야마와 리호코를 조용히 감쌌다. 옆에서 숨소리만 들어도 하야마가 흥분했다는 걸 알 수 있었다.

"나토리 히로코일까요?"

리호코가 작은 소리로 묻자 하야마가 "그럴지도."라고 즉답했다. 역시 리호코와 생각이 일치했다.

새장 사건으로 세상에 알려진 학대 사건의 가해자인 어머니 나토리 히로코.

그녀가 아이들이 이곳에 있다는 사실을 우연히 알게 되어 정기적으로 아이들을 찾아오는 건 아닐까? 하지만 만약 그게 사실이라면 이상한 일이다.

"수사상 나토리 히로코와 몇 번인가 만난 적이 있어. 유괴 사건에 대해서는 일단 '피해자 가족'이라는 입장이니까."

리호코는 그런 여자가 피해자 쪽에 선다고 생각하니 갑자기 메스꺼웠다.

"하지만 만일 그녀가 이곳을 안다면 사정이 달라져. 당시 나토리 히로코는 교도소에 수감 중이었기 때문에 유괴범일 가능성은 없는데, 어떻게 남매가 이곳에 있는 걸 알고 있지?"

유괴 사건의 진범이 유토피아 내부에 있다는 가설에 근거해 하야마와 리호코는 거주민들을 계속 탐문하고 있었다. 동기 면에서 보면 맞는 말이다. 하지만 두 사람의 친모인 나토리 히로코가 어떻게 얽혀 있는 걸까? 그런 학대 사건을 일으킨 어머니가 이제 와 어른이 된 아이들을 만나고 싶은 걸까?

"일단 내가 좀 알아볼게."

하야마가 미궁 속으로 빨려드는 상황을 정리했다. 두 사람의 구두 소리가 조용한 주택가에 울려 퍼졌다. 테페이가 중요한 증언을 한 건 창고 뒤에서 자신과 나눈 대화 때문이었을지도 모른다. 리호코도 나름대로 상황을 역추적하며 역으로 걸어갔다.

*

화창한 휴일이다. 상쾌함을 넘어 따스한 햇살이 쏟아져 내렸다. 리호코의 정수리가 따뜻해졌다.

역 앞에는 시부야와 신주쿠로 놀러 가려는 젊은이들이 모여들고 있었다. 코로나 유행 중에 더구나 비상사태 선포가 아직도 해제되지 않은 것을 생각하니 리호코는 눈살이 찌푸려졌다. 하지만 여름이 가까이 왔음을 예감케 하는 5월 하순의 청명한 하늘에 저도 모르게 들떠 버리는 마음은 이해되었다.

리호코도 이런 날만큼은 얇은 블라우스에 스커트 차림으로 돌아다니고 싶었다. 옆에 서 있는 짙은 감색 정장 차림의 하야마가 답답하게 느껴졌다. 오늘 하야마는 평소 근무 때처럼 입고 오라고 미리 지시했다. 오늘 만날 목적을 생각하면 오히려 평상복 차림이 그들에게 위압감을 덜 주지 않겠느냐고 되물었지만 리호코의 제안은 바로 묵살당했다.

"신문 투고 조사 건은 어떻게 됐어? 가나우치 조가 무호적자에 대한 지원을 표명했다는?"

"아직 못 찾았어요. 오늘 아침 국립국회도서관 데이터베이스에서 새장 사건이 발생한 1996년 5월부터 유괴 사건이 일어난

1997년 4월까지의 전국 신문 기사를 샅샅이 검색해 보았는데."

"그 사람들 기억이 정확하지 않을 수도 있으니까. 그 전후 시기도 알아봐. 가능한 한 지방지나 지역 신문도."

"알겠습니다. 시간을 좀 더 주세요."

간토의 지방지는 데이터베이스 상 1997년 이후의 기사만 열람할 수 있었다. 1996년 12월 이전의 기사는 국립국회도서관 신문자료실에 소장된 지면을 일일이 열람하는 수밖에 없다. 하야마가 도와주면 몇 배는 빠르게 확인할 수 있을 텐데, 그에게 그럴 마음은 전혀 없어 보였다. 가나우치 조의 신문 투고 건은 료와 하나가 버려진 아이였다는 주장을 보강하기 위해 요시코가 지어낸 이야기라 생각하는 듯했다. 괜한 헛수고를 할까 봐 일찌감치 발을 뺀 게 틀림없다.

말하자면 관할 형사에게 맡기기 좋은, 비용 대비 효과가 낮은 작업인 것이다.

"얼마 전 보내드린 아이 옷 사진은 어떻게 되었습니까?"

"안타깝게도 나토리 남매의 유괴 당시 복장과는 색깔도 무늬도 일치하지 않았어. 대체 무슨 생각으로 모리가키한테 보여줬을까."

하야마의 시들한 대답에 리호코는 낙담했다. 테페이가 창고 뒤 수납함에서 지저분한 아이 옷을 꺼낸 건 역시 리호코를 흔들기 위해서였나? 친부모가 돌아왔을 때 보여주려고 처음 입었던 옷을 소중히 간직하고 있다고 했다. 유괴범이라면 이런 짓은 하지 않는다. 그러니까 유기된 아이를 발견했다는 건 사실이다. 그런 허점투성이의 주장을 형사가 받아들일 리 만무한데, 테페이는 진심으로 리호코를 속이려 했다는 건가?

물론 테페이가 모든 것을 솔직하게 털어놨을 가능성도 없지 않다. 그럴 경우, 나토리 남매를 데려간 범인은 식품 공장 문 옆에 어린아이를 버리기 전에 두 사람의 옷을 다른 것으로 갈아 입혔다는 얘기가 된다. 납치 당시 입었던 복장은 뉴스에도 보도됐으니 용의주도한 범인이라면 당연히 그렇게 했을 것이다. 하지만 하야마의 말마따나 범인이 외부인이라면, 나토리 남매를 아동복지시설에서 유토피아로 왜 옮겼는지 동기가 불확실하다.

지난 3일간 하야마 쪽에서 별다른 말이 없어 짐작은 하고 있었지만 리호코는 역시 아쉬웠다. DNA 감정 따위 하지 않아도 혹시 그 아이 옷이 사건을 해결로 이끄는 돌파구가 되지 않을까 내심 기대했었는데….

"모리가키 형사님!"

가까이서 들리는 소리에 리호코는 고개를 들었다. 하나였다. 심플한 남색 원피스 차림으로 작은 하트 모양의 귀걸이가 빛난다. 평소 긴 앞머리가 싹둑 잘려나간 것을 보니 눈에 띄는 복장을 해서는 안 된다는 유토피아의 규칙이 허용하는 범위 내에서 한껏 멋을 부린 것 같다.

그 뒤에는 언짢은 표정의 료가 서 있었다. 료는 흰색 셔츠에 검정 팬츠로 평소와 다를 게 없는 모습이다. 창고 안에서 내뿜던 묘한 분위기는 환한 태양 아래서는 자취를 감춘 듯했다.

"에잇, 오늘은 하야마 형사님도 함께 가는구나."

이제 막 존재를 알아차렸는지 하나가 하야마를 보며 눈을 크게 떴다.

"상담사님과 만나서 식사만 하면 되죠? 그럼 모리가키 형사님만 가도 되지 않아요?"

"미안. 하야마 형사님이 새장 사건의 정식 담당자라서."

"모리가키, 뭘 사과까지 해."

"하나, 형사를 괜히 자극하지 마."

하야마가 리호코의 말에 눈을 흘기자, 료가 억양 없는 목소리로 하나를 나무랐다. 리호코가 가볍게 어깨를 으쓱하자 하나가 재밌다는 듯 그 몸짓을 따라 했다.

료를 설득했다고 하나가 숨 가쁜 목소리로 알린 것은 바로 어젯밤이었다. 팬케이크 카페에서 긴급 연락망으로 건넨 리호코의 휴대폰 번호로 역 앞 공중전화에서 연락한 것이다.

꼬박 이틀간 결단을 미루고 있던 료도 여동생의 거듭된 설득에 끝내 꺾여 이토 유우와의 만남을 승낙한 모양이다. 오빠가 허락해줘서 기쁜지 "내 어린 시절을 알고 있는 사람을 만날 수 있다니 꿈만 같아!"라며 하나는 계속 들떠 있었다.

전화를 끊자마자 리호코는 하야마에게 연락을 넣었다. 하야마는 곧바로 이토 유우와 약속을 정했고, 이렇게 오늘의 만남이 성사된 것이다. 약속 장소와 시간은 하나가 평소 사용하는 메일로 전철 환승 방법과 지도까지 첨부해 알려줬다.

패밀리 레스토랑에서 만나자고 제안한 건 이토였다. 적당한 소음이 있는 곳이라 다른 사람들한테 대화 내용이 들릴 염려도 없다. 료와 하나에게도 거부감이 들지 않을 것 같다는 게 이유인 듯했다. 패밀리 레스토랑 중에서는 어느 정도 가격대가 있는 곳으로 조명과 벽지 등의 인테리어 감각도 훌륭해 감동적인 재회의 무대로는 손색이 없어 보였다.

"우와, 너무 좋아! 이런 레스토랑 전부터 와보고 싶었거든."

하야마가 가게 유리문을 밀어젖히자 하나가 황홀한 목소리로 떠들어댔다. 료는 못 말리겠다는 듯 한숨을 내쉬었다. 패밀리 레스토랑이 이토록 감격스럽다면 이 세상은 하나에게 얼마나 자극적인 곳일까.

리호코 일행이 가게 안으로 들어서자마자 가까운 자리에 앉아 있던 중년 여성이 점원보다 먼저 알아차리고 벌떡 일어섰다. 이토 유우다. 눈을 한껏 크게 뜨고 리호코를 보더니 이내 하나와 료에게서 시선이 멈췄다.

"와, 두 사람 어엿한 어른이 됐구나!"

비틀비틀 달려오는 그녀의 눈에 굵은 눈물방울이 맺혀 있었다. 24년이라는 세월이 흘러 재회한 심리상담사와 새장 사건의 피해 아동. 그들은 지금 무슨 생각을 하고 있을까?

"어때요. 알아보시겠어요?"

결론을 재촉하듯 하야마가 이토에게 물었다. 남매를 돌아보며 마스크를 벗으라고 했다. 료는 싫은 표정을 지었지만 군말 없이 따랐다.

"글쎄요. 시간이 상당히 지나서 제가 아는 쇼타와 모모카랑은 다르지만 그래도 모습은 남아 있는 거 같아요. 여기 모모카의 긴 속눈썹도 그렇고. 앗, 쇼타의 눈썹은 똑같아요. 어릴 때도 짙었거든요."

이토가 료와 하나 앞으로 다가가 두 사람의 얼굴을 번갈아 들여다봤다. 초면에 그것도 코앞에서 뚫어져라 관찰하는 중년 여성의 시선을 견디지 못한 두 사람은 눈을 돌렸다. 료는 입술을 굳게 다물었고 하나는 부끄럽다는 듯 웃었다.

"틀림없어요. 그 아이들이에요, 쇼타와 모모카. 정말 고맙습니다, 이렇게 찾아주셔서. 무리한 부탁을 드렸는데도 이렇게 만나게 해주시다니…."

극도로 떨리는 목소리로 이토가 말했다. 눈가를 손끝으로 훔치며 하야마와 리호코를 향해 감사하다는 말을 거듭했다.

이토가 확신하자 리호코도 가슴을 쓸어내렸다. 역시 자신의 판단이 옳았다고 생각했다.

하나가 석방되던 날, 리호코는 징계를 각오하고 식품 공장 부지에 숨어들었다. 그곳에서 발견한 남매의 존재를 특명수사대책실 수사원에게 전한 자신의 행동은 무엇 하나 틀리지 않았다. 이토 유우의 눈물이 그 사실을 증명했다.

"두 사람에게 정말 미안해. 그때 유괴를 막지 못해서. 쇼타와 모모카를 범인한테서 지켜주지 못해서."

직접 사과하고 싶다는 지난번 말대로, 이토는 먼저 남매를 향해 깊이 고개를 숙였다. 료가 당황스럽다는 듯 이토의 검은색 짧은 단발을 내려다봤고, 하나는 정성스럽게 화장한 눈을 깜빡였다.

"아아, 미안해. 갑작스럽지? 쇼타와 모모카는 내가 기억나?"

료는 '아니오'라며 곧바로 고개를 저었고, 하나는 한 박자 늦게 '아뇨'라고 대답했다. 고개를 내젓는 두 사람을 보고 이토가 일순간 얼굴을 찡그렸지만, 이내 마음을 가다듬은 듯 미소를 지었다.

"그럴 만도 하지. 유괴 당시에 아직 네 살, 두 살밖에 안 됐으니까. 게다가 아직 둘 다 말도 제대로 못 했으니 기억이 자리 잡지 않은 것도 당연해."

"말을 못 하면 기억이 자리 잡지 않나요?"

리호코는 이토의 말에 궁금증이 생겨 반사적으로 끼어들었다.

"유아기 이전, 특히 세 살에서 세 살 반 이전의 일은 대부분의 사람이 기억하지 못해요. 언어를 통한 기억의 부호화가 어렵다는 것이 그 이유 중 하나로 여겨지고 있어요."

"부호화?"

"뇌에 집어넣는 이미지를 언어로 정리할 수 없고 체계화할 수 없기 때문에 그 기억을 잘 유지할 수 없다는 거죠."

이토가 천천히 알기 쉽게 설명했다. 리호코는 말속에 섞인 전문용어를 듣고서, 눈앞에서 눈물을 글썽이며 온화해 보이는 이 여성이 심리학을 연구한 재원임을 새삼 떠올렸다. 임상심리사는 대학원을 나와야만 응시 자격을 얻을 수 있다.

리호코의 질문에 대답하는 사이에 이토는 평정심을 되찾은 것 같았다. 부끄러운 듯 싱긋 웃으며 조금 전까지 앉아 있던 자리를 돌아봤다.

"어머, 이런 입구에서. 가게에 폐가 됐네요. 자리로 갈까요?"

료와 하나가 나란히 앉고 그 맞은편에 이토가 앉았다. 하야마는 이토 앞에, 리호코는 하나 앞에 최대한 간격을 두고 앉았다. 소파가 넉넉해서 세 사람이 나란히 앉아도 어깨가 서로 닿지 않았다.

리호코는 하나의 옆얼굴을 흘끗 봤다. 아무래도 긴장한 모습이다. 하긴 그럴 만도 하다. 아무리 유토피아의 규칙을 어기고 밖에서 남자친구를 만든 하나라지만, 이제껏 이토 유우와 같은 연배의 여성과는 한 번도 이야기를 나눠보지 못했을 것이다.

이토에게 메뉴판을 건네받아 각자 메뉴를 정했다. 이런 패밀리 레스토랑은 처음이라는 하나가 갈팡질팡하지 않을까 걱정했지만 쉽게 오므라이스로 결정했다. 이토와 리호코는 토스트 샌드위치, 료와 하야마는 파스타를 주문했다.

물잔을 입에 가져가려던 이토가 '아' 하고 멋쩍은 표정을 지으며 다른 손으로 마스크를 벗었다. 24년간 줄곧 안위를 걱정했던 료와 하나가 눈앞에 있는데도 여전히 마음이 동요하는 걸까?

"저기, 실은 쇼타와 모모카란 걸 알자마자 두 사람을 껴안을 뻔했어. 하지만 시국이 시국인 만큼 서로 접촉하면 안 될 것 같아서."

그런 이토의 발언을 계기로 자연스럽게 코로나19에 관한 이야기로 넘어갔다. 이토는 현재 아동복지시설의 심리 상담 외에도 학교 상담사로 일하고 있는데, 요즘 아이들은 놀이나 행사가 제한돼 가엾다며 눈살을 찌푸렸다.

"실은 오늘 약속도 어떻게 할까 망설였는데, 어젯밤에 형사님이 연락을 주셔서…."

"먹을 때 빼고는 되도록 마스크를 쓰고 있을까요?"

리호코가 제안하자 이토는 허둥지둥 마스크를 다시 썼다. 료와 하나 역시 따라 썼다.

"힘든 시대야. 세상이 이렇게 변하다니. 요 1년여 동안 평생 쓸 마스크를 다 쓴 것 같아. 쇼타와 모모카는 괜찮아? 생활에 영향을 준 건 없고?"

"네, 괜찮아요. 마스크야 원래 익숙하니까."

하나가 고개를 끄덕였다.

"우린 식품 공장에서 일하니까, 일하는 동안 계속 쓰고 있어야 해요. 그리고 2월부터 4월까진 꽃가루 알레르기 때문에 어차피 써야 하고요."

하나의 대답에 료가 살짝 얼굴을 찡그렸다. 식품 공장이라는 단어에 반응한 것 같다. 자신들의 신상은 절대로 밝히지 말라고 미리 못 박아두었는데 하나가 말실수를 해서일까?

하지만 이토는 남매의 일 얘기에 흥미를 보이는가 싶더니, 눈을 반짝이며 다른 부분을 덥석 물었다.

"그래그래, 모모카는 아직 어린애였는데도 시설에 왔을 때부터 꽃가루 알레르기가 심했어. 쇼타도?"

"네. 증상이 심하진 않지만."

"역시! 둘 다 코를 훌쩍거려서 남매가 다 비염인 줄 알았는데 계절이 바뀌니까 딱 그쳤어. 그래서 꽃가루 알레르기란 걸 알았지. 쇼타가 더 심했었나? 이제야 생각이 나네."

이토는 회상하듯 말하고는 "그래도 다행이야, 증상이 더 심해지지 않아서."라며 미소지었다.

하나가 활짝 웃는 얼굴로 고개를 끄덕이고는 "지금은 제가 더 심한 것 같아요."라며 옆에 있는 료를 쳐다봤다. 의외였던 건 료가 여동생의 말에 싫은 기색 없이 '그래' 하고 솔직하게 대답한 점이다. 하야마와 리호코에겐 적의를 숨기지 않던 료가 이토에게는 퉁명스럽게 대하기가 주저되는지 신사적인 태도를 고수했다.

그렇다고 해도 료가 화제를 돌릴 생각은 없는 듯했다. 하나는 조금 전의 실언을 자각했는지 주뼛대며 오빠의 표정을 살폈다. 곧이어 자연스럽게 이토가 두 사람이 시설에 있을 때의 추억담을 차례차례 꺼내놓았다. 꽃가루 알레르기 이야기를 들으니 모래 속에 묻힌 사슬을 꺼내듯 기억이 되살아난다며 이토는 기쁜 듯이 말했다.

두 사람의 성장 과정을 자세히 묻지 않았으면 한다고 하야마가 사전에 이토에게 전했었다. 유괴 사건으로 인한 트라우마를 헤집지 말라는 뜻으로 이해했는지, 이토는 그 약속을 성실히 지키며 료와 하나에게 질문 공세를 펼치진 않았다.

식사를 하는 동안에도 이토의 이야기는 끝이 없었다.

—쇼타는 찐빵을 좋아해서 처음 간식으로 나왔을 때 너무 맛있어서 식당 안을 헤집고 돌아다녔다. 모모카는 볼펜에 대한 집착이 심해서, 선생님의 볼펜을 만지려다가 못 만지게 하면 대성통곡을 했다. 같은 시설에 있던 초등학생 누나와 형들이 쇼타와 자주 공놀이를 했다. 모모카는 교육 방송의 노래 코너를 좋아해서 음악이 나오면 몸을 흔들며 리듬을 탔다.

계속 듣고만 있던 두 사람의 표정에 변화가 생긴 건 이토가 시설 아이들 사이에서 유행하던 인형 놀이를 언급했을 때였다. 하나가 '앗' 하고 소리 내며 이토의 말을 가로막았다.

"맞아, 오늘 물어보려고 했었어요. 실은 제가 어렸을 때, 신세를 지고 있던 가나 할아버지께 귀여운 여자 인형을 선물 받은 적이 있어요. 그때 오빠랑 둘이서 인형한테 이름을 지어주기로 했는데."

하나가 말실수를 하지 않으려 주의하면서 흥분된 목소리로 말했다.

"오빠가 서로 가장 마음에 드는 이름을 생각해서 그중 하나로 정하자고 했어요. 나도 그러자고 했고요. 그런데 그때 나랑 오빠랑 똑같은 이름을 생각해낸 거예요. '미사키'라고."

"미사키?" 이토가 눈을 깜빡였다.

"네! 이 이름이랑 우리가 시설에 있을 때의 일과 무슨 관계가 있을까요? 예를 들면 내가 잘 가지고 놀던 인형의 이름이 '미사키'였다든가."

하나가 기대에 찬 어투로 말하며 눈앞에 있는 임상심리사를 물끄러미 바라봤다. 이토는 테이블에 눈을 떨어뜨리고 잠시 생각에 잠긴 뒤, 이윽고 놀란 듯 손을 꽉 쥐었다.

"생각났다! 있었어, 미사키라는 아이가. 이타쿠라 미사키. 너희와 거의 같은 시기에 쇼타와 동갑이었고, 모모카와 같은 방을 썼었지!"

"정말요? 같이 살던 친구였구나. 우와!"

"착한 아이였으니까 너희한테도 잘해줬을 거야. 그러니까 이렇게 시설을 떠난 지 오래돼도 두 사람 머릿속에 그 이름이 남아 있는 거겠지."

"하아, 기억이란 정말 굉장한 거네요."

하나가 입을 벌린 채 다시 료의 얼굴을 봤다. 어린 시절 자신들의 에피소드나 인간관계에 대해 처음으로 알게 된 기쁨을 오빠와 공유하고 싶은 건 어쩔 수 없나 보다. 생각해보면 지금까지 하야마와 리호코가 이 남매의 관계성을 볼 기회가 별로 없었다. 이 두 사람은 원래부터 사이가 좋았던 게 분명하다.

"이제야 그 우연의 수수께끼가 풀렸군."

료가 쑥스럽다는 듯 무심히 말을 뱉었다. 문득 맞은편 자리에서 하야마가 리호코와 눈이 마주치자 일단 료를 한 번 쳐다보고, 곧바로 다시 리호코에게 시선을 돌렸다.

하야마가 하려는 말을 알 것 같았다. 다른 세 사람이 눈치채지 못하도록 작게 고개를 끄덕여 보였다. 료의 태도는 확실히 부드러워졌다. 리호코도 어렴풋이 느끼던 참이었다. 이토가 눈물을 흘리며 나토리 쇼타와 모모카의 추억담을 나누면서 극히 미묘한 변화이긴 해도 점점 그의 표정이 누그러지고 있었다. 아마 본인은 자각하지 못할 것이다.

어떤 거짓말을 해서라도 일단 이토를 만나게 하려던 하야마의 작전은 성공을 향해 가고 있었다. 과거 나토리 남매에게 많은 애정을 쏟았고, 납치된 두 사람을 24년간 그리워한 이토의 존재는 료와 하나의 심경에 확실히 극적인 변화를 주고 있었다.

한 시간 남짓한 식사 시간 동안 하나는 이토와 완벽히 친해졌다. 료는 여전히 무뚝뚝했지만 기분 탓인지 맞장구를 치는 횟수가 많아졌다. 토스트 샌드위치 접시를 간신히 비운 이토가 "디저트 먹을까?"라며 메뉴판에 손을 뻗자 하나가 환성을 질렀다.

"모모카, 이 베이크드 치즈 케이크는 어때? 아, 티라미수 좋아해? 여기 녹차 푸딩도 맛있어 보인다."

"전 이걸로 할게요. 아이스크림도 좀 먹고 싶고, 과일도 평소에는 잘 안 먹어서."

하나가 가리킨 건 크림 안미츠(삶은 팥과 한천, 각종 과일을 넣어 팥, 떡, 꿀, 아이스크림 등을 얹은 일본 음식)였다. 샌드위치로 배가 찬 리호코도 싱싱한 귤과 키위가 올려진 비주얼을 보니 단박에 식욕이 올라왔다. 젊은 사람이 전통 일본 디저트를 선택한 게 의외였는지 이토는 어리둥절한 표정이었다.

"아, 과일이 확실히 건강에도 좋고 미용에도 좋으니까. 그럼 나도 그걸로. 쇼타는?"

"전 괜찮습니다."

"두 분은?"

"우리도 괜찮습니다."

리호코가 입을 열기도 전에 하야마가 대답해 버렸다. 예상했던 전개지만 조금 초조해졌다. 크림 안미츠는 다음에 가족과 패밀리 레스토랑에 가서 먹으면 된다고 리호코는 애써 마음을 바꿔 먹었다. 추가 주문을 한 지 얼마 되지 않아 디저트가 나왔다.

"오빠, 한 입 먹을래?"

"아니, 안 먹어."

"멜론만이라도 먹지 그래."

"그건 너가 먹기 싫어서잖아." 료가 한숨을 내쉬며 끝에 올려져 있던 멜론을 손으로 집어 입에 쏙 넣었다. "가리지 말고 먹어야지.", "맛없어.", "그럼 시키지 말았어야지.", "그거 빼면 과일은 다 좋아!" 그렇게 티격태격하는 두 사람은 형사 앞이란 걸 잊었는지 묘하게 남매다운 분위기를 자아냈다. 어느 집에서나 볼 수 있는 평범하고 사이좋은 남매의 모습이다. 그 모습을 이토가 손을 멈추고 바라봤다.

리호코는 남매에게 시선을 돌리며 생각했다. 24년 전 누군가에게 잡혀가 행방불명된, 이미 죽었으리라 생각했던 두 사람이 눈앞에서 즐겁게 이야기를 나누고 있다. 게다가 이토랑 함께였던 무렵에는 말도 제대로 하지 못했던 두 사람이. 그 감동은 어느 정도일까.

새삼스레 리호코의 가슴속에 기쁨이 스멀스멀 차올랐다. 비공식이라고는 하지만 리호코는 하야마의 조수로서 이 새장 사건의 수사에 관여하고 있는 게 기뻤다.

"정말 감사합니다. 쇼타와 모모카를 만나서 정말 다행이에요. 24년간 마음에 걸렸던 게 겨우 사라졌어요."

"아닙니다, 저희가 해야 할 일인데요."

"솔직히 말하면 처음 두 아이를 맡았을 때를 떠올리면, 지금 뭔가 발달상의 문제가 남아 있지 않을까 생각했어요. 말을 어눌하게 한다든가, 몸이 약해서 병치레를 자주 한다든가. 그런데 오늘 두 사람의 건강한 모습을 본 것만으로 마음이 놓여요."

"아, 좀 남아 있는 거 같아요. 사실 나도 료도 말이죠. 계산을 심각할 정도로 못해요. 새장에서 길러져서 그런가. 후유증, 후유증."

하나가 장난스럽게 끼어들었다. 하나는 어느새 료와의 대화를 끝내고 리호코 쪽 이야기에 귀를 기울이고 있었다.

이토가 활짝 웃으며 말했다.

"그 정도는 아무래도 상관없어. 너희들이 건강히 하루하루를 즐겁게만 보낸다면. 오늘 나랑 만나줘서 정말 고맙다."

"그건 저희가 해야 할 대사죠."

이토에게 고개를 숙인 뒤 하나는 하야마와 리호코에게도 고개를 숙였다. "토요일인데 이렇게 시간 내주셔서 감사해요. 멋진 하루였어요."라며 웃는 하나의 얼굴에서, 이 가게에 오기 전까지 보였던 하야마에 대한 혐오감은 찾아볼 수 없었다.

하나는 이토와의 만남을 계기로 리호코뿐만 아니라 하야마에게도 마음을 열고 있었다.

그녀의 마음이 역시 바깥을 향해 있다는 확신이 더욱 강해진 건, 패밀리 레스토랑을 나와 집으로 향하는 이토의 뒷모습을 배웅할 때의 일이었다.

"있잖아, 오빠. 아까 상담사님이 말해준 거 진짜일까?"

중얼거리는 하나의 말에 료가 살짝 얼굴을 찡그렸다.

"뭐가."

"'괜찮다면 또 만나자. 난 너희들 편이니까'라고 했잖아. 저기 상담사님 같은 사람이 많이 있다면, 우리 바깥세상에서도 충분히 살아갈 수 있지 않을까?"

"바보 같은 소리 하지 마. 넌 이미 따끔하게 한 번 당해봤잖아."

"그렇지만…."

하나가 난처한 표정을 지었다. 말의 뜻은 부정적이었지만 첫 만남 때부터 줄곧 얼음벽처럼 방어하던 료의 목소리에 지금 처음으로 약간의 망설임이 배어 있었다.

"다행이군. 어릴 적 이야기를 많이 들을 수 있어서."

하야마가 사냥감을 노리는 맹금류 같은 눈빛으로 료의 어깨에 손을 얹었다.

"이토 유우 씨뿐만이 아니야. 24년 전 행방불명된 너희를 기다리고 있는 사람은 많아. 전담 수사원인 나도 그중 한 명이고. 어때, 나토리 쇼타란 걸 얼른 인정하고 함께 흉악한 유괴범을 찾는 게? 이 사회에서 너희가 살 곳과 호적을 빼앗은 범인 말이야."

"DNA 감정이라면 안 합니다. 이미 말했을 텐데요."

입으로는 단호히 거절했다. 하지만 료의 표정은 분명히 흔들리고 있었다. 이제 조금만 더 밀어붙이면 된다. 조금만 더 그를 흔들면 희망이 있다. 무슨 수가 없을까.

그때였다.

"히로, 이리 와! 밖은 안 돼! 돌아와!"

갑자기 근처에서 여자의 낮은 목소리가 울려 퍼졌다. 그러자 료가 움찔하며 눈이 휘둥그레졌다. 목소리의 주인공은 패밀리 레스토랑의 유리문으로 얼굴을 내밀고 있는 젊은 엄마였다. 몇 미터 앞 인도에 우뚝 서 있는 다섯 살가량의 사내아이를 무서운 얼굴로 꾸짖고 있었다. 아무래도 부모가 식사 중에 자리에서 이탈해 혼자 밖으로 나와버린 모양이다. 료는 허를 찔린 표정으로 아이와 엄마를 번갈아 봤다.

"나토리 히로코. 네 어머니 이름이잖아."

하야마 말에 료는 가만히 있었다. 유토피아의 리더를 향해 하야마는 위협적으로 말했다.

"기쁜 소식이다. 사실 나중에 한 명 더 만나게 해주고 싶은 사람이 있어. 대충 누군지 감이 오지?"

료가 숨을 삼켰다. 하나가 눈을 동그랗게 뜨고 하야마를 쳐다봤다. 리호코에게도 아닌 밤중에 홍두깨 같은 소리였다. 그저께 하야마가 조사 차 나토리 히로코가 사는 빌라를 방문했다가 별다른 단서를 얻지 못했다는 이야기는 들었지만, 오늘 당장 두 사람을 데려갈 계획이었다니. 평소 근무 복장으로 오라는 게 '그것 때문이구나'라고 짐작했다.

나토리 히로코와의 대면은 확실히 두 사람을 흔들 강력한 방법이다. 피붙이인 친모를 마주하면 자신이 누구인가 하는 궁극적인 물음에 필연적으로 마주칠 수밖에 없기 때문이다.

모 아니면 도지만 과거의 기억을 자극시키면 잊고 있던 무언가를 떠올릴지도 모른다.

또한, 과거에 자신이 학대한 아이들을 대면시킴으로써 나토리 히로코까지 흔들 수도 있다. 테페이가 증언한 매년 봄 식품 공장 주위를 맴돈다는 중년 여자는 과연 나토리 히로코일까? 하야마가 찾아갔을 때는 얼버무린 것 같지만, 료와 하나를 보면 평정심을 잃어 유괴 사건과 관련한 중요한 정보를 토해낼지도 모른다.

이 싸움에 과연 승산이 있을까?

"약속이 다르잖습니까. 내가 허락한 건 상담사와의 만남뿐입니다."

"나온 김에 한 사람만 더 만나봐."

"그러니까 약속이…."

"괜찮겠어? 내 요구를 거부해도?"

하야마가 속삭이듯 말하자, 료는 원망스러운 눈으로 장신의 하야마를 올려다보았다.

"협박인가요? 경찰 주제에."

"그건 생각하기 나름이다. 하지만 딱히 나쁠 건 없을 것 같은데. 너희를 이 세상에 낳아준 어머니를 보러 가는 거야. 인생에서 한 번은 겪어야 하지 않나? 아니면 학대의 기억이 아직 남아 있어서 만나는 게 두렵다든가. 그렇다면 그 일 년 후에 일어난 유괴 사건도 당연히 기억하고 있겠지. 네가 필사적으로 감싸고 있는 진범이 누군지 꼭 밝혔으면 좋겠군."

어머니를 만나든지 아니면 유괴 사건의 진상을 밝히든지 둘 중의 하나를 선택하라고 하야마가 료에게 강요하는 듯했다. 이렇듯 앞선 약속을 저버리고 멋대로 요구하는 것이 하야마의 수법일 것이다. 마치 반사회적 세력 같은 방식이지만 경찰들은 사시사철 범죄자를 상대하다 보니, 범죄 수법을 자신의 수사 기법으로 삼는 인간들이 꽤 있다.

"저기, 료. 난…."

고개를 숙이고 있던 하나가 당당하게 말했다.

"만나고 싶어. 엄마!"

거리는 꽉 막혀 있었다. 목적지에 가까워질수록 다른 거리에서는 쉽게 볼 수 없는 광경들이 펼쳐졌다. 길가에 앉아 담소를 나누는 노숙자. 간이 숙박업소의 낡은 간판. 공원 한쪽에 자리한 파란 천막. 다른 여러 지역에도 노숙자들의 터전이 있지만 유독 이 곳에는 시대의 흐름을 따라가지 못하고 홀로 덩그러니 남겨진 듯한 적막감이 감돌았다.

나토리 히로코가 사는 빌라는 다이토구 내의 이 거리에 있다. 새장 사건이 발생한 당시에는 신주쿠에서 물장사를 하고 있었기에 끗발이 좀 있었다고 한다. 그러다 감옥에 갔고 출소 후에는 알코올 의존증에 빠져 일을 할 수 없게 되었고, 현재는 기초생활수급자로 생활하고 있다. 월세 시세가 저렴한 쪽을 찾다가 결국 당도한 곳이 여기였다.

역에서 십오 분쯤 걸었을까? 거무튀튀한 벽을 집과 집 사이에 억지로 집어넣은 듯 서 있는 작은 목조 단층주택 앞에서 하야마가 걸음을 멈추었다.

"여기다."

오른쪽에 좁은 통로가 있었다. 조심스럽게 들여다보니 직사각형 건물에 썩어가는 나무문이 전부 네 개가 붙어 있었다.

"쪽방이네요."

"뭐. 이래 봬도 이름은 '빌라'야."

하야마가 주택의 벽면을 가리켰다. 못으로 박힌 흰색 플레이트에 손글씨로 '수 빌라'라고 희미하게 쓰여 있었다.

"우리가 이런 좁아터진 곳에 갇혀 지낸 거야? 새랑 같이?"

"새장 사건의 현장은 여기가 아니라 신주쿠다. 너희가 자란 곳은 꽤 괜찮은 빌라였어. 지금은 헐렸지만. 사건 현장이었으니까."

새장 사건이 터진 빌라는 새와 어린아이의 똥오줌으로 범벅이 된 데다, 텔레비전부터 주간지까지 모든 매체들이 앞다퉈 거론하는 바람에 부동산으로서의 가치가 제로는커녕 마이너스로 급락했다.

여섯 살 봄, 어린 리호코가 어두운 거실에서 본 텔레비전 뉴스와 그때 자신이 상상한 새장의 광경이 뇌리에 되살아나 반사적으로 팔을 감쌌다. 리호코는 갑작스럽게 드는 걱정으로 료와 하나에게 물었다.

"정말 아무것도 기억이 안 나는 거죠? 어머니도, '새장'이란 방도. 조금이라도 트라우마가 남아 있다면 무리하지 마요."

이제 와 무슨 소리냐는 듯 하야마가 쏘아봤다. 하지만 만약을 위해 확인해 두어야 한다. 아무리 20년 넘는 세월이 흘렀어도 과거 피학대아와 가해자와의 만남은 신중해야 한다. 학대나 폭력 피해자 중에는 외상후 스트레스 장애 같은 정신질환에 시달리는 사람도 많기 때문이다.

괜찮다고 씩씩하게 대답한 사람은 하나였다.

"엄마랑 살았을 때도, 시설에 있었을 때도, 아무것도 기억 안

나요. 테페이한테 발견된 것도 잊었으니까. 트라우마 같은 건 없어. 오빠도 그렇지?"

료가 언짢은 듯이 눈을 돌렸다. 결국 그를 떠민 건 여동생의 설득이었다고는 하지만, 하야마의 협박을 받고 여기까지 온 것이 탐탁지 않은 모양이다.

"그럼 문제없을 거야. 눈물겨운 상봉이라고는 할 수 없겠지만 기껏해야 상대방 얼굴을 확인하는 정도니까. 닮은 곳을 한두 군데만 발견해도 너흰 유전자의 신비에 매료될 거다."

더 이상 속내를 숨길 생각이 없는지 하야마가 뻔뻔하게 말하며 앞장서 걷기 시작했다.

낮이라고 할 수 없을 정도로 컴컴한 통로 가장 안쪽 문 앞까지 일렬로 걸어갔다. 하야마가 벽에서 달랑거리는 초인종 버튼을 눌렀다. 잠시 기다렸지만 아무도 나오지 않았다. "아무도 안 계십니까?"라고 리호코가 말을 하려는 순간 하야마가 이미 문손잡이를 잡고 돌렸다.

'끼이익' 하고 녹슨 경첩 소리가 울리며 나무문이 열렸다. '불법 침입을 할 셈인가.' 하고 리호코는 초조했지만, 하야마는 침착한 목소리로 방안을 향해 소리쳤다.

"나토리 씨, 실례합니다. 그저께 온 형사 하야마입니다. 기억하십니까?"

신음하는 듯한 소리가 들려왔다. 방금 일어난 듯한 졸음 섞인 목소리였다.

"오늘은 나 말고도 세 사람을 더 데려왔는데. 괜찮죠?"

"응, 들어 와."

그 쉰 목소리에 꺼림칙한 예감이 들었다. 뒤돌아보니 료와 하나 역시 얼굴이 굳어 있었다. 이토와의 만남과는 다르다. 친모 앞이니 긴장하지 않을 수 없을 것이다.

한 사람씩 신발을 벗고 집안으로 들어섰다. 화장실도 욕실도 부엌도 없는 3평 크기의 원룸. 요즘 시대에 아직도 이런 집이 있다는 게 놀랍기보다 처참한 집안 꼴에 경악했다. 빈 깡통과 빈 병, 편의점 비닐봉지, 국물이 남은 컵라면 용기 등이 방안에 널부러진 채 강한 알코올 냄새와 썩은 내가 진동했다. 그 쓰레기 더미 속에서 성가신 듯 몸을 일으킨 것은 눈이 탁한 중년 여성이었다. 그녀는 곁에 있는 술병을 손에 들고 마치 수분 보충이라도 하는 마냥 나발을 불었다.

중년 여자의 얼굴은 흉물스럽게 무너져 내리고 있었다. 거무죽죽한 피부에 주름이 자글자글했다. 표정은 공허하고 움직임도 둔했다. 과거에 성형 실패를 했는지 이상하게 부풀어 오른 애굣살이 무참히 처져 있다. 25년 전 텔레비전에 보도된 화려하게 화장한 용의자의 사진과는 조금도 닮지 않았다. 초췌한 노파의 모습이었다. 무절제한 생활과 술이 그녀를 이렇게까지 바꿔 놓았을까?

"이 녀석들이 누군지 알겠어요?"

하야마가 을씨년스러운 방 한구석에 서 있는 료와 하나를 가리켰다.

그녀의 공허한 눈이 남매를 발견했다. 료는 무표정하고 하나는 두려움 속에 일말의 기대가 섞인 표정으로 나토리 히로코를 바라보았다. 심리상담사 이토가 옛 모습을 찾아냈을 정도니 친어머니라면 한눈에 알아볼 수 있을 것이다. 설령 외모로는 판단하지 못한다 해도, 형사가 일부러 20대 남녀 두 명을 데려온 것을 보면 보통은 감이 올 것이다. 그러나 나토리 히로코는 히죽히죽 웃으며 '글쎄'라며 고개를 천천히 저었다.

"새로 온 사회복지사인가? 얼마 전에도 온 지 얼마 안 된 것 같은데."

"아뇨. 좀 더 생각해봐요."

"알코올 중독자한테서 생활 보조금을 빼앗으려고? 돈 못 줘."

말에 두서가 없다. 술에 빠져 고독한 생활을 하다 보니 정신병에라도 걸린 걸까? 어린 남매를 새장에 가둬 키우던 그때부터 이미 오락가락했던 걸까?

하나가 괴로운 얼굴로 한 걸음 나아갔다. 그 바람에 츄하이(소주에 약간의 탄산과 과즙을 넣은 일본의 주류 음료) 캔이 걸리는 소리가 났다. 그래도 나토리 히로코는 가만히 고개를 갸웃거리더니 벌그죽죽한 얼굴로 원피스 차림의 하나를 올려다봤다.

"당신 자식이잖아."

기다리다 지쳤는지 하야마가 단도직입적으로 말했다.

"쇼타와 모모카야. 알아보겠어?"

"아니, 아니야."

나토리 히로코가 느닷없이 배를 움켜쥐고 '낄낄낄' 웃어 제쳤다. "아니라니, 뭔 말이야?" 하고 핏대를 세우며 말하는 하야마에게 우습다는 듯 대꾸했다.

"왜냐면 나한테는 자식 따윈 없거든."

"무슨 소리. 25년 전까지 당신이 학대하던 아들딸이잖아. 봐, 얼굴을 잘 보라고."

"내가 키운 건 말이야, 새야. 좁은 새장 안에 새가 한 마리, 두 마리, 세 마리, 네 마리. 저런, 한 마리 더 있잖아. 한 마리, 두 마리, 세 마리, 네 마리, 다섯 마리. 어라, 너희들은 인간 아냐? 그러니까 아니야. 난 알아."

광기 돋친 말에 리호코는 온몸에 소름이 끼쳤다. 나토리 히로코에게 조금씩 다가가려던 하나가 그 자리에서 얼어붙었다.

"시치미 떼지 마. 당신은 본인 자식을 열악한 환경에 방치한 것도 모자라 굶겨 죽일 뻔했어. 과거의 죄에서 도망치려는 거 아니야?"

"난 말이야, 새 따윈 낳고 싶지 않았어. 먹이를 달라며 어찌나 성가시게 굴던지. 알에서 부화해서 어디론가 날아가 버렸으면 좋았을걸. 삐, 삐, 삐, 삐 거리면서 말이야."

리호코는 뱃속에서 혐오감이 뿜어져 나왔다.

"감방 따위에 갇혀서, 그 작은 새들 때문에 내 인생은 망했어. 죽인 것도 아닌데 느닷없이 체포라니, 너무 심하지 않나? 하긴 그 녀석들 얼굴도 잘 기억이 안 나. 이젠 아무래도 상관없지만."

또 나토리 히로코가 히죽 웃었다. 이 여자는 25년 동안 전혀 반성하지 않은 것이다. 오히려 자신이 한 짓을 계속 정당화하고 있다. 원하지 않은 아이를 낳았지만 최소한의 먹이는 줬다고. 경찰이 쳐들어올 때까지 두 사람을 살려뒀다고. 윤리관이 박살 난 상태다. 그렇기에 나토리 히로코의 짓이 온 전국을 들썩이게 한 것이다. 일상적인 폭력이나 욕설이면 몰라도 친자식을 짐승 취급하는 행위는 보통의 정신 상태로는 도저히 불가능하다.

료는 분노한 듯 눈썹을 찌푸렸고 하나는 새파랗게 질려 있었다. 이래서는 역효과가 아닌가 싶어 리호코는 옆에 선 하야마를 힐끔거렸지만, 그는 여전히 냉정한 얼굴이었다.

"소용없어. 엊그제 왔을 때도 말했지만 가마타의 한 식품 공장 부근에서 매년 특정 시기에 애들 친모로 보이는 여자가 나타난다는데, 그거 당신이지?"

"아니, 아니야."

"쇼타와 모모카가 어떻게 됐는지 궁금해서 찾은 거지? 그토록 당신이 찾던 두 사람을 설득해서 힘들게 여기로 데려온 거야. 언제까지 그딴 태도를 취할 건데?"

"난 그런 짓은 안 해!"

리호코는 그녀의 표정이나 행동을 가만히 관찰했다. 눈알 굴리기, 자꾸 코 긁기, 머리 만지기처럼 거짓말을 숨기려 할 때 나타나는 모습은 보이지 않았다. 시종일관 얼굴에 기괴한 웃음을 흘리고 있어서 오히려 무슨 생각을 하는지 파악하기 어려웠다.

나토리 히로코는 하야마의 엄격한 심문을 우물쭈물 피했다. 그러다가 "아, 피곤해. 돌아가."라고 나른한 듯 말하며 다시 쓰레기 더미에 뒹굴었다. 하야마는 초조한 얼굴로 몇 번이나 더 말을 걸었다. 하나도 딱 한 번 "저기….."라고 말을 붙였지만 쓰레기 더미에 파묻힌 나토리 히로코는 끝까지 눈을 뜨지 않았다.

모두 실의에 젖은 채 밖으로 나왔다. 빌라 옆 통로를 빠져나와 도로에 발을 내딛자 옆에서 석양이 내리쬐었다. 리호코는 숨을 크게 들이마셨다. 이상하게 공기가 맑게 느껴졌다. 이곳에 올 때는 어디선가 풍겨오는 악취에 계속 얼굴을 찌푸렸는데.

좁은 도로에 서 있는 료와 하나를 앞에 두고 하야마가 거들먹거리며 말했다.

"이토 유우와 나토리 히로코. 오늘 두 사람을 만나면서 뭔가 생각난 게 있나?"

나토리 히로코와의 만남은 하야마식 과격한 수사 방식이었다.

유토피아 내부에 있어야 할 범인이 모습을 드러내지 않는다면 피해자 측에서 정보를 빼내면 된다. 유괴되었을 때 일을 아무것도 기억하지 못한다면, 강한 자극을 주어 억지로라도 생각나게 해주겠다는 심산이다.

오늘 만난 이토 유우는 잃어버린 기억을 모래에 파묻힌 쇠사슬에 비유했다. 끝을 잡고 계속 잡아당기면 지난 일들이 하나씩 되살아난다. 기억은 그리 쉽게 지워지지 않는다. 뇌 속 뚜껑이 닫혀 있을 뿐.

"생각난 거? 아무것도 없습니다."

"그래? 여동생은 몰라도 넌 당시 네 살이었잖아. 유괴 사건에 대해 아무것도 생각나지 않는다는 게 말이 안 되지 않나?"

"없는 건 없는 거니까요."

"유토피아 내부에 있는 유괴범을 감싸는 거라면 쓸데없는 짓 하지 마."

하야마가 낮은 목소리로 말했다.

"스톡홀름 증후군이라는 말이 있다. 납치나 감금 사건의 피해자가 생존 가능성을 조금이라도 높이기 위해 자연스럽게 범인에게 호의를 품게 되는 현상이지."

"우리가 그렇다는 겁니까?"

"바로 그거야. 스톡홀름 증후군 그 자체지. 잘 들어라. 저런 어머니라도 나토리 히로코는 적어도 출생 신고는 했어. 고로 너희들은 무호적자가 아니란 얘기지. 창고에서 사는 사람들과는 근본부터 다르다고. 너한테는 유토피아를 지킬 의무가 없어. DNA 감정으로 본인임을 증명할 수만 있으면 당장 정상적인 생활을 할 수 있어."

"결국, 그건가요?"

료가 기가 막힌다는 눈으로 하야마를 쳐다봤다.

"우리가 상담사를 만나면 수사를 포기하겠다는 건 새빨간 거짓말이었네요. 처음부터 의심스럽긴 했습니다만. 이제 돌아가자, 하나."

료가 싸늘한 어조로 하나를 재촉했다. 그러나 하나는 오빠와 리호코의 얼굴을 번갈아 보며 힘없이 고개를 숙였다.

"뭐 해. 가자니까."

"하지만 형사님들이 없었다면 상담사님을 만날 수 없었을 거야. 엄마, 아까 그 여자도…."

"너도 형사 편이냐? 됐다. 맘대로 해."

료가 발끈하며 내뱉고는 역 쪽으로 걷기 시작했다.

"앗, 오빠!" 하나가 황급히 불렀지만 그는 돌아보지 않고 사거리 모퉁이를 돌았다.

"괜찮아?" 리호코가 묻자 하나는 눈을 동그랗게 떴다.

"뭐가요?"

"이토 씨는 좋은 사람이었지만 나토리 씨는 좀 무서웠잖아. 하야마 형사님과 내가 료 씨랑 하나 씨를 그들과 다시 만나게 해주려고 노력한 건 맞지만, 억지로 좋은 추억으로 끼워 맞추지 않아도 돼."

하나가 금방이라도 울 것처럼 얼굴을 일그러뜨렸다. 그러다 안심한 듯 미소 지었다.

"음, 상담사님을 만난 건 다행이에요. 나랑 오빠의 어린시절 얘기를 많이 들려줘서 정말 기뻤어요. 하지만 나토리 히로코 씨는 좀 싫었어요. 아니, 너무 싫었어. 너무하잖아요. 저런 사람이 있는 바깥세상으로 나가고 싶진 않아요. 저런 사람이 엄마라니 너무 충격이에요."

"역시, 그랬구나."

"그래도 없는 것보단 낫긴 해요."

하나가 리호코의 눈을 똑바로 쳐다보며 말했다.

"나는 아무것도 모르는 것보다 조금이라도 부모를 아는 게 좋다고 생각해요. 그래서 차라리 잘된 거라고 믿어요. 실은 아까 그 방에 있었을 때도 '난 아버지를 닮았을까?' 아니 '귀 모양은 어머니를 닮은 것 같은데?'라고 이런저런 생각을 하니까 즐거웠어요."

"그게 진심이라면 다행이지만."

"진심이에요!" 하나가 주저 없이 말했다. 지금 그녀의 머릿속이 얼마나 복잡할지 리호코로서는 상상도 할 수 없지만, 자신의 과거나 출신이 어떤 것이든 긍정적으로 받아들이려는 강한 의지는 느낄 수 있었다.

그녀의 갈색 머리가 햇빛을 받아 반짝였다.

"꼭 좀 알려줬으면 하는 게 있는데…."

하야마가 불쑥 말을 꺼내 하나의 시선을 리호코에게서 떼어냈다. 상의 주머니에서 수첩과 볼펜을 꺼내 빈 페이지를 펼쳤다.

"유토피아 주민의 풀네임과 출신지를 여기다 적어줘. 이름은 가능하면 한자로. 아, 학교에 다닌 적이 없으니 읽고 쓰는 건 어렵나?"

"아뇨. 한자는 어렸을 때 많이 써봐서 대충은 쓸 수 있을 것 같은데 왜요?"

"주민들 신상 좀 알아보려고. 모리가키한테 듣기로 하나 씨 동료들 중에 부모에 관한 정보가 부족해서 호적 신청을 못 하는 사람도 있다며? 그럼 내가 경찰 권한으로 알아봐 주지. 어쩌면 솔깃한 정보를 얻을 수 있을지도."

"음, 왜 이렇게까지 해주시죠?"

"단순한 협상이지. 너희들뿐만 아니라 동료들도 무사히 호적을 얻게 되면 네 오빠가 더 이상 유토피아를 고집할 필요가 없겠지?"

하야마가 회유로 전환하는 것은 의외였다. 하지만 어느 정도 이해가 됐다. 이토 유우나 나토리 히로코와의 재회에 대한 하나의 호의적인 반응을 보고, 순간적으로 생각해낸 것이 틀림없다.

이건 먹힐 거라고.

"어쩌지, 오빠한테 혼날지도 모르는데. 하지만 모두가 가족을 찾아서 제대로 된 호적을 얻을 수만 있다면, 그건 정말 좋은 일이잖아요. 분명 좋아할 텐데…."

하나가 망설인 건 고작 몇 초뿐이었다. 하야마가 건넨 볼펜을 들고 '전부는 모르지만' 하며 주민들의 이름과 출신지를 적어 나갔다.

리호코는 그녀의 여고생 같은 글씨체를 바라보다가 문득 테페이의 옛 애인 이름이 떠올랐다.

진노 후미코. 나중에 하야마에게 말하려고 리호코는 머리 한쪽에 메모를 해뒀었다. 흔치 않은 이름인 데다 주민등록도 있을 테니 무호적자들의 부모보다 쉽게 찾을 수 있을 것이다.

수첩을 주머니에 넣자 하야마는 말없이 원래 왔던 길을 되돌아가기 시작했다. 리호코와 하나가 나란히 그 뒤를 따랐다. 하나와는 도중에 환승역에서 헤어졌다. 리호코는 에스컬레이터로 사라지는 그녀의 뒷모습을 바라보며 다른 홈으로 향하려던 하야마를 불러세웠다. 의아한 얼굴로 돌아본 하야마 옆에서 같이 걸으며 그녀는 더욱 미간을 찌푸렸다.

"이제 어떡하시게요? 무호적자들의 부모 찾는 일이면 저도 도울까요?"

"아니, 괜찮아. 가마타 경찰서 직함으로는 대놓고 알아보기 힘들 거야. 난 내 할 일을 할 테니 모리가키는 모리가키식으로 단서를 찾아봐. 나랑은 다른 길을 찾아야지."

선뜻 이해하기 어려운 말을 했다. 리호코는 대답하지 않고 혼잡한 개찰구 안을 바라봤다. 하지만 나름대로 길을 찾고자 이미 어떤 약속을 해두었다. 단서가 되지 않을지도 모르고 사건 해결과 직접적인 관계가 없을지도 모르지만 유토피아 주민과 대화하면서 방법을 모색하고 싶었다. 그래서 토요일 저녁이지만 아직은 집에 돌아갈 수 없다.

리호코는 하야마와 함께 외선 순환홈으로 이어지는 계단을 올랐다.

사무실에 환하게 켜진 형광등 불빛이 인도로 새어 나와 밀려드는 땅거미에 맞서고 있다. 리호코는 곧 만날 예정인 여성이 현직 도의회 의원이라는 사실을 떠올렸다.

리호코는 건물 벽에 '소노무라 가쓰요'라고 큼지막하게 걸린 파란 간판을 올려다보았다. 이름 옆에는 본인의 사진도 인쇄돼 있었다. 굵게 웨이브 진 숏컷에 성실한 인상을 주는 은테 안경. 렌즈 속 눈은 일본의 미래를 바라보며 뜨겁게 타오르는 듯했다. 야무진 이목구비에 통통한 외모는 어딘가 동네 아주머니 같은 친근함이 느껴졌다. 그 균형 잡힌 풍모는 정치인 겸 무호적자 지원단체 대표라는 직함과 딱 맞아떨어졌다.

"아, 모리가키 씨?"

갑자기 문이 열리더니 간판 속 중년 여성이 문틈으로 얼굴을 내밀었다. 노란 블라우스에 베이지색 스커트 차림이다. 사진으로 상상한 것보다 키가 작다. 리호코가 당황해하며 고개를 숙이자 소노무라 가쓰요는 상냥한 미소를 지었다.

"미안해요. 굉장히 위압감이 드는 건물이죠? 1층이 정치 사무실이고, 연락 주신 NPO 법인은 2층이에요. 지금처럼 당황스러워하는 상담자가 많아서 약속 시간이면 꼭 내려와 보게 되더라고요."

그녀는 쓸데없는 말을 많이 보탠 다음에서야 들어오라고 안을 가리켰다. 발을 들여놓은 곳에는 사람은 없고 책상만 늘어서 있다. 리호코는 토요일 방문을 죄송하게 생각한다며 인사말을 건넸다. 소노무라 가쓰요는 괜찮다며 안쪽 계단을 통해 2층으로 안내했다.

포스터와 서류로 어수선한 1층 정치 사무실에 비하면 2층의 인테리어는 깔끔했다. 여느 집 거실처럼 텔레비전과 식탁이 놓여 있고 창문에는 레이스 커튼이 쳐져 있다. 벽면 선반 위에는 주전자며 찻주전자가 놓여 있다. 소노무라의 권유대로 격자무늬의 아기자기한 쿠션이 놓인 의자에 앉자 리호코는 긴장이 다소 풀렸다.

"퇴근길인가요?"

"아, 네. 그렇습니다."

"정장 바지가 잘 어울리는 여성이라니 멋지군요. 좋아요."

물론 경찰 신분을 밝히진 않았다. 아는 사람 문제로 상담하고 싶다고만 사전에 전화로 이야기해 뒀다. 직업을 물을 때를 대비해 부동산 회사 직원이라는 답변을 준비해 두었는데 꼬치꼬치 캐묻진 않았다.

주전자에 물을 끓이며 소노무라가 허브차 괜찮냐고 물었다. 사건 관계자 집에서 음료나 과자를 대할 때처럼 습관적으로 거절했다. 소노무라는 "싫지 않다면 얼마든지 드셔도 돼요."라며 리호코 앞으로 찻잔을 밀었다. 그녀는 부드러운 공기를 자아내는 데 능숙했다. 날마다 이렇게 무호적자나 그와 관계된 사람들의 상담을 받고 있어서일까? 아니면 수많은 도민과 관련된 정치인으로서의 자질인가? 의미 없는 잡담 끝에 본론으로 들어가면서 리호코의 마음은 의외로 편안했다.

"최근에 얼핏 들은 한 지인의 이야기인데요."

무호적자 중에 누구의 이야기를 할까 망설이다가 아쓰시를 택했다. 구속 직후 하나가 조사실에서 진술한 것과 같은 내용이다. 기억하기로 어머니와 단둘이 살고 있었다. 학교에는 한 번도 다녀 본 적이 없다. 열일곱 살에 어머니가 갑자기 사라졌다. 그 후로는 혼자서 살길을 찾아봤지만 신분증이 없어 술집에서만 일할 수 있었다. 어머니의 이름은 모른다. '우리는 존재하지 않는 인간이니까'라고 입버릇처럼 말했던 것으로 보아 어머니도 무호적자로 추측된다.

소노무라는 맞장구를 치며 열심히 리호코의 이야기를 들었다. 리호코가 거의 말을 마치자 그녀는 몇 가지 질문을 던졌다. 그 지인이란 사람은 관청에 가서 호적이나 주민표 취득 상담을 한 적이 있는가? 모자수첩은 있는가? 주변 사람들과의 관계는 있는가?

"구청을 몇 군데나 돌아다녔다는데, 다들 책임을 떠넘기는 바람에 결국엔 아무것도 얻지 못했나 봐요. 마지막엔 '일본인임을 증명'하라고 요구했대요. 그렇지 않으면 호적을 취득할 수 없다고."

첫 번째 질문에만 다쿠로의 경험담을 꺼내 대답했다. 나머지 질문에는 모두 고개를 저었다.

"어떤가요? 이 사람이 호적을 취득할 방법이 있을까요?"

소노무라는 테이블에 한쪽 팔꿈치를 괴고 비통하다는 듯 이마에 손을 얹었다.

"솔직히 그런 케이스는 어려울지도 몰라요."

리호코는 그 답변에 충격을 받았다.

"무호적자가 호적을 취득하려면 예전에는 굉장히 허들이 높았지만, 최근 15년 사이에는 새로운 방법이 인정받긴 했어요. 하지만 그 방법을 쓰려면 적어도 어머니나 어머니의 현재의 남편, 혹은 전남편의 신원을 알고 있어야 해요."

"민법 제772조의 경우군요."

리호코 말에 소노무라가 "공부 많이 하셨군요."라고 말하며 미소지었다.

"모리가키 씨 지인의 경우는 부모님의 존재가 확실치 않으니까. 이런 경우엔 '취적 허가 심판'을 제기해야 해요. 일본인임을 증명하라고 요구한 건 이를 염두에 둔 거예요."

취적이란 단독으로 완전히 새로운 호적을 작성하는 절차를 말한다. 취적을 인정받으려면 일본인임을 증명해야 한다. 증거의 일례로는 어릴 적 어머니와 둘이서 찍은 사진이나 모자수첩, 사정을 아는 제삼자의 증언 등을 들 수 있다. 소노무라는 그렇게 설명하고 작게 숨을 내쉬었다.

"난 벌써 20년 가까이 이 활동을 계속하고 있지만, 어머니에 대한 정보가 이렇게 적은 경우도 드물어요."

"그런가요?"

"5년 전쯤 비슷한 처지의 남성이 상담하러 온 적이 있어요. 살던 곳의 사진을 몽땅 찍어서 법원에 가져갔는데도 결과는 아쉽게 끝나고 말았죠. 그가 태어나고 자란 곳은 외국인들도 많이 사는 데여서 과연 어머니가 일본인이었는지 하는 점을 증명할 수 없었던 거예요. 당연히 태어난 병원의 이름이나 위치도 알 리가 없고."

아버지나 어머니가 일본인이고 자신이 그 자녀임을 증명하거나, 일본에서 태어났음을 확실히 증명하지 못하면 호적을 새로 만들 수 없다. 리호코는 실망감을 감추지 못했다. 전문가가 내린 결론이라 무거웠다. 부모의 행방을 알 수 없는 아쓰시와 다쿠로도, 유일한 피붙이인 어머니를 여의고 노숙자로 살았던 루미카도, 그 딸 미라이도, 만일 만난다고 해도 귀찮은 절차에 협조해줄 리 만무한 부모를 둔 요시코나 테페이도, 모두 호적 취득의 길이 끊긴 것이다.

"하지만 호적 취득에 연연하지 않으면 할 수 있는 건 많아요. 지자체의 방침에 따라 다르지만 주민표는 발급받을 수 있을 가능성이 커요."

희망을 북돋아주는 소노무라의 말이었다.

"그래요? 꼭 호적이 있어야 한다고."

"13년 전까지만 해도 분명 그랬어요. 총무성은 2008년에 무호적자라도 주민표 발행이 가능하다고 발표했어요. 여기에는 몇 가지 조건이 있는데, 호적 취득을 위한 조정이나 재판을 신청하고 있다는 것을 보여주는 '계속증명서' 제출이 최소한 충족시켜야 할 조건이에요. 재판하면 보통 30만 엔에서 50만 엔 정도 돈이 들어 비용이 부담된다는 무호적자도 꽤 있었는데. 그분은 괜찮나요?"

리호코는 자신의 뺨이 발그레 달아오르는 게 느껴졌다. 그렇다면 희망이 있을지도 모른다. 유토피아에 사는 그들에게는 현금 수입이 있다. 금고에 저금하고 있다고 요시코가 말했다. 액수는 얼마 안 될지 모르지만 가나우치 가에 부탁해보는 선택지도 있다. 무호적자들이 주민표를 받아 신분증을 갖추고 밖에서 일하게 되면 그 창고 생활을 유지할 필요가 없어지게 되니까, 길게 보면 경비를 절감할 수 있다. 그러니 거주자들에게 재판 비용을 빌려주는 것은 가네우치 가에도 이득이지 않을까? 리호코는 머릿속 계산기를 이리저리 눌러봤다.

"아마, 괜찮을 거예요. 시간이 조금 걸릴 수도 있지만."

"잘됐네요. 신분증 역할을 하니까 선거권도 얻을 수 있어요. 그분이 반드시 주민표를 받을 수 있게 힘써 볼게요. 총무성 발표에서는 대상자를 민법 제772조의 해당자로 한정하고 있으니, 취적 허가의 심판에서도 인정될지는 자치체의 재량이긴 하지만 안심해요. 사례가 있으니까. 여차하면 저도 동참할 테니."

가마타가 속한 오타구의 방침은 어떨까? "잘 풀리면 좋겠는데."라고 리호코가 중얼거리자 소노무라가 "잘될 거예요."라며 고개를 끄덕였다.

"최악의 경우, 인정해주는 동네로 일단 이사해 버리면 되니까."

"무호적자가 집을 빌리는 건 어렵잖아요?"

"그럴 때를 대비해서 우리를 이용하는 거죠."

그 이야기를 들으니 믿음직스러웠다. 주민표를 취득할 때까지는 이 NPO 법인이 집주인과의 사이에서 중재를 해주겠다는 뜻이다. 아니면 무호적자가 살 수 있는 시설이 도내 각처에 있을지도 모른다.

"그럼 주민표를 위한 준비는 그쪽에서 진행하는 걸로 하고. '계속증명서'를 받기까지 시간이 걸리니까 그 전에 국민건강보험에 들어 두는 게 좋아요. 나중에 가능하면 국민연금에도."

"주민표가 없어도 가입할 수 있나요?"

"네, 이것도 2007년에 후생노동성에서 통지한 내용이에요."

이것도 처음 듣는 이야기였다. 리호코는 자신의 초라한 리서치 능력이 부끄러웠다. 다만 한 가지 걸리는 점이 있었다. 다쿠로가 구청에 갔을 때 왜 창구 담당자는 그 사실을 알려주지 않았을까? 중앙성청에서 통지하기 전이었을지 모른다. 현재 서른 살인 다쿠로는 당시 열여섯 살. 어머니에게 버림받은 게 열네 살이라고 했으니까 그 2년 사이에 있었던 일이라면 그럴 가능성도 있다. 리호코가 그 말을 하자 소노무라는 화가 난 듯 입술을 일그러뜨렸다.

"유감스럽게도 창구 담당자가 통지 내용을 파악하지 못하는 경우가 많아요. 아동 수당도 모자수첩도 호적이나 주민표의 기재가 없어도 조건을 충족하면 받을 수 있죠. 그런데 그걸 모르는 직원이 많아요. 지금은 좀 나아졌지만 예전에는 더 심했어요. 무호적자가 혼자 구청을 방문했다가 거부당해서 내가 좇아가 시비를 따지니까 그제야 윗사람이 나온 경우도 수두룩했죠."

"힘드셨겠어요."

"협상하기에는 편리한 직함이죠. 의원이란."

그녀의 익살맞은 말투에 리호코도 덩달아 웃었다.

"다만, 국민건강보험이나 국민연금 신청에도 구멍이 있어요. 과거 2년 치의 미납분을 내라는 둥 뻔뻔하게 말하는 거예요. 무호적자에게도 가입할 권리가 있으니 그동안의 보험료를 전액 청구한다는 억지 논리죠. 믿어지나요? 전 이런 점도 반드시 개혁해 나가고 싶어요."

그래서 최소한 50만 엔 정도의 돈을 마련한 뒤에 신청하는 게 좋다고 소노무라는 미안해하며 말했다. 그것이 사회에서 고립되어 살아가는 무호적자에게 얼마나 큰 돈인지 그녀는 몇 번이나 실감해 왔을 것이다.

"그분은 일하고 계신가요? 생활보호는 필요 없어요?"

"호적이나 주민표가 없어도 생활보호 수급이 가능한가요?"

"오히려 절차가 제일 간단해요. 외국인한테도 지급되는 거니까. 이쪽에서 돈을 내는 게 아니라서 국민건강보험이나 국민연금처럼 귀찮지도 않아요."

소노무라와 이야기하니 금세 시야가 넓어진다. 주민표, 국민건강보험, 국민연금, 생활보호. 이 짧은 시간에 무수한 희망의 빛이 탄생했다. 리호코는 빨리 이 사실을 유토피아의 주민들에게 당장 전하고 싶었다. 허브차를 한 모금 마신 소노무라가 어깨 힘을 빼고 의자에 기대었다.

"그 지인분 나이가 어떻게 되죠?"

"음, 서른이요."

리호코는 다쿠로의 나이를 대답했다.

"성인이 된 지 한참 됐네요. 분명 그동안 상당히 고생하셨을 거예요. 호적이 없는 채로 성년을 맞은 성년 무호적자 문제가 가장 심각하거든요. 아직 아이라면 부모와 함께 살고 있을 테니 친자 증명이 쉽겠죠? 만약 부모의 존재가 불분명해도 취학 전 나이라면 국적 상관없이 '출생지주의'로 호적을 만들어 줄 수도 있고요."

"잠깐만요."

소노무라의 마지막 말에 리호코는 자기도 모르게 몸을 내밀며 말했다.

"지금 말씀하신 취학 전 나이라면 버려진 아이한테는 자동적으로 호적이 주어진다는 건가요?"

"맞아요. 법률상으로는 '기아棄兒'라고 해요. 버려진 아이가 발견되어 그 부모를 찾을 수 없을 때는 자치체의 장이 이름을 지어 호적을 부여하죠. 본적지는 보통 아동복지시설의 주소가 되고요. 구마모토의 베이비 박스에 버려진 아이들도 마찬가지예요."

리호코는 아랫입술을 깨물었다. 만약 료와 하나가 버려진 아이였다는 테페이의 주장이 진실이라면 그 남매가 호적 없는 아이로 살 이유는 어디에도 없었다는 말이다. 테페이가 그들을 숨기지 않고 아동상담소 앞에라도 두었다면 두 사람에게는 이름과 호적이 생길 수 있었다. 물론 새장 사건의 피해 아동이라는 사실이 먼저 밝혀졌겠지만. 좋은 마음으로 데려왔다는 테페이의 선의는 어쨌든 잘못된 행동이었다.

"모리가키 씨, 왜요? 뭐 짚이는 거라도 있어요?"

"아, 아뇨. 죄송합니다. 그냥 궁금했을 뿐이에요."

리호코는 황급히 둘러대며 허브차가 든 잔을 집어 들었다. 향긋한 찻잎 냄새와 따뜻함이 리호코의 마음을 아늑한 NPO 법인 사무실로 되돌려 놓았다. 소노무라 가쓰요는 자애로운 눈으로 가만히 리호코를 바라봤다. 리호코는 문득 묘한 기분이 들어 그녀에게 물었다.

"소노무라 씨는 어떻게 무호적자 지원을 시작하게 된 건지 여쭤봐도 될까요? 정치 활동만으로도 충분히 바쁘실 텐데."

소노무라가 아련한 눈빛으로 창문의 레이스 커튼을 바라보며 말했다.

"오래전 얘기네요. 고등학생 시절 호적이 없는 동급생 친구가 있었어요. 그 아이는 다행히 엄마가 제대로 된 사람이어서 초등학교 때부터 교육하고 예방주사 같은 것도 자비로 맞췄지요. 근데 그 아이가 수학여행을 갈 수 없다는 거예요."

소노무라가 약간 화난 목소리로 말했다. 그녀가 다녔던 곳은 도내의 사립 고등학교였다. 당시로서는 드물게 한국이나 대만 등 해외로 수학여행을 가는 학교였다. 여권을 만들지 못하는 무호적자 친구를 위해 소노무라는 몇몇 동급생을 데리고 교무실로 가 수학여행지를 국내로 변경해달라고 교사들에게 요구했다. 하지만 교장은 해외 수학여행을 즐기기 위해 입학한 학생들도 많다며 그 요구를 받아들일 수 없다고 했다.

"그 친구는 아무렇지 않게 웃었어요. '진짜 괜찮아. 못 갈 거라는 거 처음부터 알고 있었어'라면서. 충격이었어요. 여권을 만들 수 없다. 건강보험에 들지 못한다. 자기 명의로 된 휴대폰을 살 수 없고 자동차 면허도 딸 수 없다. 결혼도 출산도, 그 아이는 아직 고등학생이었지만 이미 여러 가지 것들을 포기했었죠."

"그래서 비슷한 처지의 사람들을 구하려고?"

"네. 정치인이 된 것도 같은 이유예요. 총무성이나 후생노동성에도 적극적으로 주장을 펼쳤어요. 그게 조금은 도움이 되지 않았을까요? 드디어 통지가 나왔을 때, 오랜만에 그 아이에게 연락했더니 굉장히 좋아하더라고요. 이제 집도 빌릴 수 있고 건강보험도 들 수 있으니 노후 걱정 없다고요. 그 친구와 함께 빵집을 운영하는 그녀의 어머니도 분명 가슴을 쓸어내렸을 거예요."

소노무라의 이야기는 놀랍기 그지없었다. 중앙성청이 통지를 발표한 것을 남 일처럼 얘기하더니, 그건 그녀가 정치인으로서 무호적자 지원 운동을 벌인 결과물이었다.

리호코는 이 사람은 신뢰할 수 있다고 판단했다. 소노무라라면 분명 유토피아의 주민들도 마음을 열지 않을까? 그녀만큼 강력한 지원군은 아마 일본 전역을 뒤져도 없을 것 같았다.

소노무라는 이곳을 찾아오는 다양한 무호적자와 그 가족 이야기를 한동안 들려주었다. 대부분 자녀의 출생 신고로 고민하는 엄마들이라고 했다. 성인 무호적자 중에는 학교에 다닌 적이 없어 히라가나밖에 쓰지 못하는 사람도 많다. 병원에 가지 못해 병을 방치하다가 위험해져서야 찾아오는 사람도 있다고 했다.

"정말 감사합니다. 오늘 말씀해주신 이야기 지인에게 꼭 전할게요. 허브차 맛있었어요."

리호코가 일어서자 소노무라도 허리를 들면서 "모리가키 씨."라며 이쪽을 올려다보았다.

"실례지만, 그 지인이라는 분이 실은 모리가키 씨 자신이라거나 혹은 가족처럼 아주 가까운 분이 아닌가요?"

리호코는 그 말에 깜짝 놀랐다. 리호코가 자신의 직업이나 지인과의 구체적인 관계를 밝히지 않아서 생긴 오해였다. 하지만 그것만이 이유는 아닐 것이다. 지금까지 이곳을 다녀간 상담자들이 바로 이런 모습을 보였기 때문일 것이다.

"호적 없는 게 죄가 되나요?"라고 경찰서 조사실에서 처음 들은 하나의 떨리는 소리가 리호코의 귀에 되살아났다. 이곳에 상담하러 오는 무호적자들은 앞에 나서지 못하고 세상의 눈을 피해 조용히 살고 있다. 딱히 잘못한 것도 없는데 늘 열등감과 죄책감을 안고 살아간다. 그러다 마음을 단단히 먹고 겨우 이 사무실을 찾아왔는데, 막상 자신의 문제를 꺼내놓자니 주눅이 들어 타인인 척 이야기하는 사람들이 많았던 거다.

리호코는 한 걸음 앞을 내다보는 소노무라의 모습에 깊은 감명을 받았다. 만약 소노무라의 짐작대로 리호코가 무호적자 본인이었다면 지금쯤 울음을 터뜨렸으리라.

"아니에요. 그 지인은 저도, 우리 가족도 아니에요."

"죄송합니다. 제가 너무 앞서갔네요. 내가 이렇다니까."

리호코는 가볍게 묵례를 하고 계단 쪽으로 걸어갔다. 그러다 벽에 걸린 커다란 달력에 눈이 멈췄다. 5월의 몇몇 날짜에는 빨간 펜으로 동그라미가 처져 있었는데 그 밑에 시각과 지명이 적혀 있었다. 그중 17일 일정에 시선이 머물렀다.

"17시부터 JR 가마타 역."

"아아, 그건 전단 배포 날짜 메모예요."

뒤따라온 소노무라가 달력을 손가락으로 가볍게 찔렀다.

"NPO 법인 활동은 지원이 절실하게 필요한 무호적자에게는 잘 닿지 않으니까. 번화가나 유흥가 쪽에서 정기적으로 전단을 배포하고 있어요. 신주쿠의 가부키초는 물론 시부야, 이케부쿠로, 롯폰기, 우에노, 긴시초, 고탄다 근처에서요. 가마타와 아카

바네는 이번 4월부터 가기 시작했어요."

"제 직장이 가마타예요. JR 가마타 역을 이용하고요."

"어머, 그랬구나! 그럼 혹시 마주쳤을지도 모르겠네. 그런데 이번 달은 사무실 직원이 열이 나서 PCR 검사를 하는 바람에 전단 배포를 못 했어요."

소노무라는 달력을 넘겼다. 다음 달도 똑같이 셋째 주 월요일에 가마타라고 적혀 있다. 지역마다 월에 한 번씩 전단 배포를 하는 모양이었다.

"그래 맞아, 가마타도 전단을 배포하자마자 반응이 있었어요. '호적이 없는 분을 아시나요?' 라는 전단 카피를 바라본 채 잠시 서 있던 젊은 남자가 있었죠. 그런데 말을 거니까 휙 달려가 버리더라고요. 어쩌면 무호적 문제로 고민하는 사람이었을지도 몰라요. 그래서 그 사람을 다시 만나길 기대하며 다음 달에도 가려고요."

역 앞에서 보면 말이라도 걸어주라고 소노무라가 미소지었다. 꼭 그러겠다고 리호코도 상냥하게 대답했다.

"오늘 시간 내주셔서 정말 감사했습니다."

"아니요. 별말씀을. 어려운 일 있으면 언제든지 또 상담 주세요. 난 항상 같은 편이니까. 아, 이거 명함. 급할 땐 이 번호로 연락 주세요."

명함을 받아들고 리호코는 꾸벅 고개를 숙였다.

"잘 부탁드립니다. 또 올게요."

반드시 가까운 시일 내에 가능하면 유토피아의 주민들을 모두 데리고. 그날을 기약하며 리호코는 소노무라 가쓰요의 사무실을 나왔다.

어두운 아스팔트에 백열등 노란 빛줄기가 뻗어 있다. 리호코는 눈앞의 녹슨 문을 빠르게 세 번 노크했다. 상대방의 반응을 기다리지도 않고 문을 열었다.

헐떡이는 리호코를 맞이한 주민들이 식사하다 놀란 눈으로 쳐다봤다. 요시코, 테페이, 다쿠로, 아쓰시, 미라이, 루미카, 그리고 료. 그런데 밝은 갈색 머리의 하나가 없다.

"안녕하세요. 갑자기 죄송합니다. 하나는요?"

"하나는 나갔어요."

료가 화난 듯 대답했다.

"저녁에 돌아왔다 다시? 지금쯤 좋아하는 PC방에 틀어박혀서 기분전환한답시고 만화나 보고 있겠지."

요시코가 살이 축 늘어진 어깨를 으쓱했다. 그러자 다쿠로가 들고 있던 젓가락을 움켜쥐고 "걔는 진짜 멍청하다니까."라며 화난 듯 말했다. 그래서 싫은 거라면서 오랫동안 쌓인 짜증이 밴 말투로 말했다. 나토리 히로코의 집 앞에서 하나와 대립했던 료는 그렇다 치고 왜 다쿠로까지 왜 하나에게 반감을 가지게 되었을까. 창고에 틀어박혀 있는 음침한 다쿠로와 바깥세상의 동경을 숨기지 않는 하나는 원래 앙숙인 듯했지만 조금 신경이 쓰였다.

"이렇게 늦게 하나한테 무슨 볼일? 설마 또 체포하러 온 건 아니겠지?"

요시코가 물었다. 오사키에 있는 소노무라 가쓰요의 사무실을 나와 곧장 집으로 가지 않고 일부러 가마타로 돌아온 이유를 떠올리며 리호코는 고개를 저었다.

"오늘은 여러분께 꼭 전해드리고 싶은 말이 있어서 왔어요. 특히 다쿠로 씨."

"나? 무슨 일로."

"예전에 호적 문제로 구청에서 상담하려고 했더니 다들 책임을 회피해서 결국엔 아무것도 얻지 못했다고 하셨죠. 그게 언제쯤인가요?"

"하아. 내가 왜 그걸 알려줘야 하지."

"부탁합니다."

리호코가 고개를 숙이자 다쿠로가 마지못해 대답했다. 이곳 주민이 되기 조금 전인 열여덟 살 무렵이었다고 했다. 2009년. 리호코는 입술을 깨물었다.

"실은 지금 막 무호적자 지원 전문가를 만나고 오는 길이에요. 호적 취득은 어려울지도 모르지만 다쿠로 씨 같은 경우도 주민표라면 발급받을 가능성이 크다고 들었습니다."

"이제 와 무슨. 호적이 안 되면 주민표라도 발급받을 수 있냐고 그때 물어봤다니까. 분명히 거절당했어. 일단 호적을 취득하고 다시 오라고."

"제도가 바뀌었어요. 2008년에 총무성이 각 지자체 앞으로 통지해서 무호적자도 주민등록을 할 수 있게 되었대요."

"2008년? 그럼 내가 간 건 그보다 나중인데."

"바로 직후라서 통지 내용이 제대로 전달되지 않았을 거예요. 사정을 잘 모르는 담당자가 실제로는 주민표를 취득할 수 있는데도 무호적자를 돌려보내는 일이 흔했나 봐요. 다쿠로 씨가 그 피해자가 된 셈이죠. 같은 공무원으로서 정말 죄송합니다. 대신 사과할게요."

리호코가 다시 고개를 숙이자 다쿠로는 당혹스러운 표정을 지었다. 전달한 내용에 충격을 단단히 받은 듯했다.

"하지만 주민표를 취득해도…."

"호적과 여권 외에는 대부분 취득할 수 있다고 들었어요. 국민건강보험도, 국민연금도, 생활보호도. 주민표와 건강보험증은 신분증명서인 셈이니까 집도 빌릴 수 있어요. 병원에서는 보험 적용으로 진료도 받을 수 있고요. 휴대전화도 계약할 수 있고, 자신의 은행 계좌도 만들 수 있어요. 물론 평범한 직업도 가질 수 있고요."

"설마!"

"이건 다쿠로 씨에게만 국한된 얘기가 아니에요. 여기 있는 여러분 모두에게 해당하는 이야기입니다. 돈은 어느 정도 들겠지만 일단 주민표를 취득하면 이런 창고에 숨어 살 필요가 없어요. 그러니 함께 전문가와 상담해보면 어떨까요?"

요시코와 테페이는 놀란 것 같았다. 아쓰시와 루미카는 얼굴이 굳어졌다. 다쿠로는 입술을 떨고 료는 가만히 탁자에 눈을 떨어뜨렸다. 유아용 밥그릇을 들고 있던 미라이는 그런 어른들을 신기한 듯 올려다봤다.

소노무라 가쓰요의 사무실을 나온 후 리호코가 이곳으로 달려온 건 도저히 가만있을 수 없었기 때문이다. 리호코는 금방 막 들은 얘기를 당장 그들에게 전하고 싶었다. 아무것도 모른 채 바깥세상과의 연을 끊고 살아온 그들을 직접 설득하고 싶었다.

"테페이 씨."

"아, 네?"

"테페이 씨도 오해한 부분이 있는 것 같아요. 료 씨와 하나 씨 말인데 부모가 없는 영유아가 일본 내에서 발견된 경우 그 아이에겐 자치제의 장이 이름과 호적을 부여한다고 해요. 여기는 오타구청장이 되겠죠."

리호코가 말을 마치자 테페이가 숨을 삼켰다. 그의 눈이 커질 대로 커졌다.

"형사님 말은 그러니까 버려진 아이는 우리처럼 무호적자가 아니라는 건가요?”

리호코가 수긍하자 테페이가 와들와들 뺨을 떨었다. 복받치는 무언가를 누르듯 양손으로 입을 누르며 등을 움츠렸다. ‘거짓말이었나?’라는 그의 쉰 목소리가 가까스로 들려왔다.

“내… 내가… 료와 하나의 인생을 빼앗아버렸단 말인가? 가여운 무호적자라고, 그렇게 편지에 쓰여 있어서… 난….”

어쩔 줄 몰라 하는 테페이를 바라보며 리호코는 그가 유괴범이 아닐 거라고 확신했다. 애인을 폭행한 과거가 있지만 본성은 선해 보이는 남자다. 하지만 그가 납치 사건과 무관하고 범인이 하야마의 추측대로 유토피아의 내부자라고 하자. 그럼 대체 누가 대리 상담사로 위장해 남매를 문 옆에 버리고 갔을까? 남장한 요시코? 당시 이곳에 살던 다른 무호적자? 아니면 하야마가 몇 번을 이야기해도 병세가 위중하다는 이유로 계속 면회를 거절하는 전 사장 가나우치 조?

테페이와 요시코는 료와 하나를 이곳에 데려올 당시, 새장 남매 유괴 사건을 몰랐다고 했다. 그 무렵 여기에는 텔레비전, 신문, 컴퓨터도 없어 거의 폐쇄된 생활을 했기에 거리에 붙은 포스터를 볼 기회가 없었다는 이들의 주장은 일단 이해했다. 부모의 태만으로 학교도 다녀본 적 없는 성장 환경에 비춰볼 때 일상적으로 뉴스를 체크하는 습관도 없었을 것이다.

하지만 가나우치 조는 어떤가? 그는 한 중소기업의 총수다. 가족이나 직원과 매일 부딪치며 텔레비전과 신문을 자유롭게 보는 환경에서 새장 피해 아동의 사진을 한 번도 보지 못했을 리가 없다. 물론 그와 유괴 사건 자체에 대한 관계 여부가 분명하지는 않다. 하지만 적어도 그는 료와 하나를 받아들인 시점에서 아니면 얼마 지나지 않아서 아이들의 정체를 눈치채지 않았을까? 리호코는 강한 의문이 일었다. 그러나 일단 의문은 접어 두고 눈앞의 주민들에게 말을 건넸다.

"부탁합니다. 제발 사회를 적대시하지 말아 주세요. 지금 말씀드렸듯이 구원의 길은 어딘가에 반드시 마련되어 있을 겁니다. 지금부터라도 늦지 않았어요. 용기를 내 여기서 나가면 어떨까요? 평범한 생활을 시작하시는 건…."

그때 '탁!' 하고 탁자를 두드리는 소리가 났다. 식기가 부딪치고 미라이가 어린이용 의자에 앉은 채 놀라 튀어 올랐다. 료가 이쪽을 노려보고 있었다. 리호코의 열변을 멈추게 한 료는 평소와 다르게 격정적인 어조를 내뱉었다.

"우린 다른 사람과 달라. 여기서 살다가 여기서 죽을 각오가 이미 돼 있다고. 당신 같은 사람이 이러고저러고 하지 않아도 우리는 우리가 알아서 행복을 찾겠다고. 우리가 믿고 사는 곳에 뼈를 묻겠다는데 뭐가 잘못됐지?"

"엄마, 무서워."

미라이는 손을 뻗어 루미카의 팔에 매달렸다. 료는 아이 목소리에 정신을 차렸는지 눈을 감고 숨을 가늘고 길게 내쉬었다.

"죄송합니다. 이만 가주시겠어요?"

료는 가까스로 화를 누르며 말했다. 그 배타적 울림이 리호코를 출구로 몰았다. 료가 이렇게까지 감정을 드러내는 건 처음이었다. 역시 나토리 히로코와의 만남에서 충격을 받은 건가? 이토 유우와의 식사 중에 흐트러져 있던 그의 표정은 완전히 원래대로 돌아와 있었다. 오히려 예전보다 단단해진 느낌마저 들었다. 리호코는 두 손을 뒤로 돌려 미닫이문을 열고 인사를 한 다음 밖으로 나왔다.

희미한 구름 사이로 별이 총총했다. 어떻게 하면 그들의 마음을 움직일 수 있을까? 료의 경계심을 풀어야 저 얼음벽을 무너뜨릴 수 있다. 리호코는 심호흡하며 캄캄한 공장 뒤를 걸었다.

"형사님!"

리호코가 뒤돌아보니 요시코가 문밖으로 나오고 있었다. "잠깐, 괜찮아?"라고 속삭이며 성큼성큼 다가왔다.

"사람들 앞에서는 말하기 힘들었는데. 애써 여기까지 왔는데. 좀 도와줬으면 싶어서."

"도와? 누구를요?"

"하나 말이야." 요시코가 퉁명스럽게 말했다.

"아까 료와 다쿠로랑 싸우고 나갔다고 했잖아? 그게 칼에 찔린 그 전 남자친구라는 남자랑 아직도 메일로 연락을 주고받는 모양이야. 그걸 들켰어.”

“사이토 도시키 씨요?”

리호코의 목소리가 커졌다. 요즘 새장 사건 수사에 내내 매달려 있느라, 사건의 발단이 된 자신의 담당 사건은 까맣게 잊고 있었다.

요시코가 집게손가락을 입술에 대고 ‘쉿’ 하고 소리를 냈다.

“나도 같이 컴퓨터 화면을 들여다봤는데. 보고 싶다는 둥 다시 시작하고 싶다는 둥 저쪽에서 집요하게 구는 것 같더라고. 아무래도 하나도 남자한테 미련이 있는 것 같아. 료랑 다쿠로가 얼른 연을 끊으라고 어찌나 화를 내던지. 료의 심기가 안 좋아서 금세 싸움이 커졌어.”

이해할 수 없는 소식에 머리가 지끈거렸다. 사이토 도시키는 하나에게 정이 떨어진 게 아니었나. 그래서 차인 하나가 원한을 품고 그를 찔러 죽이려 했을 가능성이 큰 사건이었다. 그런데 피해자가 피의자와 다시 시작하고 싶다니 이게 다 무슨 일인가?

“난 뭔가 함정이 아닐까 싶단 말이야. 만나면 분명 험한 꼴을 당할 거야. 그러니까 이제 그 남자가 하나한테 그만 연락했으면 싶은데? 가능할까?”

“그건 사이토 씨가 아직 하나 씨에게 아무런 잘못을 한 게 없는 이상은.”

“뭐야, 경찰씩이나 되면서 못 한다는 거야? 우리 생활을 있는 대로 휘젓고 다닐 땐 언제고, 중요할 땐 도움이 안 되네."

요시코가 돌아섰다. 리호코는 황급히 가방에서 명함 한 장을 꺼내 요시코에게 내밀었다.

"무슨 일 있으면 이 번호로 연락하세요."

"형사님하고 바로 연결되나? 경찰서에 전화하는 거, 난 싫은데."

"그럼 뒷면에 제 휴대전화 번호를 적어 줄게요. 근무 중이더라도 일 생기면 바로 나갈 수 있게 조치해 둘게요."

리호코는 상의 주머니에서 볼펜을 꺼내 "좀 비춰 주실래요?"라며 스마트폰 라이트를 켜서 요시코에게 건넸다. 흔들리는 불빛 아래서 명함 뒷면에 펜을 움직였다. 창고에 전화가 없는 것을 떠올리며 휴대전화 번호 외에 이메일 주소도 추가로 적었다.

'흠' 하고 요시코는 신기한 듯 명함을 받았다. 그녀는 스마트폰을 리호코에게 넘기고 간다는 인사도 없이 돌아갔다. 요시코가 창고 안으로 사라지자 리호코도 발을 옮겼다.

긴 하루가… 드디어 끝났다.

*

5월의 마지막 날 월요일에 리호코는 당직이었다. 저녁이 가까워지고, 창문으로 들어오는 빛이 점점 옅어질수록 다음 날 오전까지 계속될 근무 시간을 생각하니 우울해졌다.

"모리가키 부장님! 아까 검사한테 온 팩스 말인데요."

하야시베 가이토가 리호코의 얼굴을 들여다봤다. 서둘러 표정을 가다듬었지만 늦은 것 같다. 하야시베가 고개를 갸우뚱하며 걱정스럽게 물었다.

"괜찮으세요? 부장님, 굉장히 피곤해 보여요. 아, 혹시 아이가 밤새도록 죽어라 울어서 수면이 부족하신 거 아닙니까? 하필 당직까지 겹쳐서."

"단정 짓지 말아 줄래? 딸이 운 건 딱 한 번뿐이야. 딱히 피곤하지도 않고. 기분 탓이겠지."

"아, 그래요? 자세히 보니 괜찮아 보이시긴 하네요. 잘못 봤나 봅니다."

하야시베가 이 정도로 쉽게 속아 넘어가는 게 귀여웠지만 형사로서의 앞날이 조금 걱정됐다. 하야시베는 현장 출동을 대비해 아침부터 하늘색 셔츠에 베이지색 면바지로 갈아입어 여느 때보다 더 학생 같아 보였다. 리호코는 마시던 캔 커피에 입을 대고 다른 동료에게 들리지 않도록 살며시 한숨을 쉬었다.

하야시베가 정확히 짚었다. 리호코는 지금 피곤한 상태다. 지난 일주일 동안 모든 일이 잘 안 풀리는 탓에 스트레스가 점점 한계치에 이르고 있었다.

하나, 사이토 도시키가 습격당한 살인 미수 사건. 검찰 의뢰를 받은 추가 수사는 거의 마쳤지만 아직까지 하나 외에 혐의가 짙은 사람은 나타나지 않고 있다.

둘, 하야마의 조수로 수사에 참여하고 있는 나토리 남매 유괴사건. "너는 너대로 단서를 찾아."라고 하야마가 무리한 요구를 한 지 벌써 아홉 날이 지났다. 하지만 무호적자 공동체 주민들의 회유에 실패한 뒤로는 손을 놓은 상태다.

셋, 이럴 때 눈치도 없이 쌓이는 담당 사건 수.

넷, 밤에 한번 시작하면 좀처럼 그치지 않는 딸의 울음.

다섯, 날이 갈수록 줄어드는 남편과의 대화.

리호코는 캔 커피를 목구멍에 흘려 넣었다. 다행히 오늘 신고전화의 건수는 그리 많지 않다. 강력계가 메인으로 대응한 사건은 노숙자 간 싸움밖에 없다. 이대로 아침까지 큰 사건 없이 평화롭게 흘러갔으면 좋겠는데.

"앗, 그러고 보니 모리가키 부장님."

하야시베가 다시 말을 걸었다. 이번에는 눈이 마주치기 전 표정을 가다듬고 "왜?" 하고 대답했다.

"지난주에 말씀하신 그 무호적자 가해자 건 말인데요. 그 후에 어떻게 됐나요?"

"아. 그 후로 별다른 연락은 없었어. 두 번 다시 엮이지 말라고 충고해뒀으니 지켜주면 다행인데."

"흠, 그렇습니까. 피해자 쪽도 좀 짜증나요. 보고 싶다느니 다시 예전 관계로 돌아가고 싶다느니 할 땐 언제고, 빨리 치료비를 내라며 성질을 내지 않나. 아흐, 징글징글해."

하야시베가 물은 건 하나와 사이토 도시키 건이었다. 요시코에게 정보를 듣고 걱정이 되어 하나에게 메일을 보냈더니 사흘 뒤에 답장이 왔다. 사이토 도시키가 보낸 메일의 문구를 하나하나 복사해 붙인 놀라울 정도로 긴 메일이었다. 리호코는 사이토의 정신 상태가 불안해 보이니 만나지 말라고 충고했는데 그 뒤로 아직 답이 없다.

요시코에게 들은 여러 정보는 파트너인 하야시베와 공유한 상태였다.

"아니, 남녀란 게 원래 끼리끼리 만나는 건가. 모리가키 부장님은 결혼하셨잖아요. 짚이는 거 없으십니까?"

"그 이야기는 체포 보고서랑 상관없을 것 같은데?"

리호코가 노트북을 가리키며 대답했다. 하야시베는 얼굴을 찡그리더니 심드렁한 얼굴로 다시 화면을 쳐다봤다.

"모리가키, 하야시베. 지금 이야기하는 그 살인 미수 건, 슬슬 마무리해야 할 것 같은데. 그 무호적자 여자가 범인일 테지만 증거가 없으니. 일단 다른 사건에 집중해야겠어.

계장 노기 가즈히사였다.

"알겠습니다!" 하야시베가 시원스레 대답했다. 리호코도 알겠다는 의사 표시를 했다. 예상했지만 속은 복잡했다. 이로써 사이토 도시키 사건에 대한 경찰 측 수사는 사실상 종결된 셈이다. 이제 검찰이 하나에게 불기소 결정을 내리기를 기다리면 된다. 아마 한 달, 아무리 길어도 반 년 안에는 검사에게서 전화나 팩스로 연락이 올 것이다. 경찰서 관내에서는 매일 수많은 사건이 발생한다. 이런 사건은 보통 때라면 지금쯤이면 다들 잊어버리고도 남았다.

하지만 리호코는 하나가 자란 환경을 알아버렸다. 그녀가 어떤 마음으로 사이토를 찌르고 어떤 마음으로 조사를 받았는지 알 게 된 것이다. 하나의 외부인에 대한 사랑, 유토피아에 흔들리는 마음을 떠올리기만 해도 가슴을 바늘에 마구 찔린 것처럼 아파왔다.

"하나가 범인이 아닐 가능성은 없는가?"

리호코의 혼잣말을 듣고 하야시베가 서류를 작성하려다 말고 고개를 홱 돌렸다.

"부장님, 지금 그게 무슨 말씀이세요? 피해자 주위에 다른 수상한 사람은 없었잖습니까. 묻지 마 사건이라든지, 피해자의 헛소리라든지 모든 가능성은 다 살폈잖아요."

"그건 그렇지만."

"묻지 마 사건이라면 하나 씨가 상처의 위치나 흉기를 알고 있었던 일이 설명 안 되고, 여자를 골탕 먹이려고 한 헛소리치고는 상처가 너무 깊다고 결론 내렸죠. 또 어떤 가능성이 있다는 건가요?"

짚이는 게 없는 건 아니었다. 유토피아의 주민 중 누군가가 범인일 가능성도 있다. 규칙을 어기고 외부인과 교제하던 하나를 벌주기 위해 저지른 짓일 수도 있다. 하지만 마땅한 동기가 떠오르지 않았다. 평소 자전거조차 타지 않으려는 그들이 어떻게 상대 남성을 죽이려 했단 말인가? 또 규칙을 어긴 벌이라면 사이토 도시키를 공격할 게 아니라 하나를 창고에 감금하는 편이 훨씬 안전하다. 아니면 하나를 여자로서 열렬히 좋아하는 주민이 질투에 미쳐 연적을 찌른 거라면 동기가 성립할 수 있다. 하지만 유토피아에 그럴 만한 인물은 없어 보인다.

사건 당시, 공장에 근무 중이 아닌 거주자는 하나를 제외한 일곱 명. 그중 남자는 테페이, 다쿠로, 료, 아쓰시 이렇게 네 명이다. 나이 차가 많다, 원래 사이가 나쁘다, 친오빠다, 다른 여성과 부부관계에 있다는 이유로 모두 제외했다. 연애 상대가 이성이라는 선입관을 버리고 성인 여성 두 명을 피의자로 넣더라도 결론은 같다. 중년의 요시코와 배우자가 있는 루미카. 그들이 범인일 가능성도 제로에 가깝다.

"미안. 이상한 소리를 했네. 하나 씨 말고 누가 범인이겠어."

"그럼요! 부장님도 계속 말씀하셨잖아요. 자백 이외의 직접 증거가 없으니 이를 방패막이로 자백을 뒤집어 버티는 거라고요. 틀림없이 그 무호적자가 범인이었던 거예요. 증거를 잡지 못한 건 유감이지만 너무 깊게 가지 말자고요!"

하야시베의 열변에 리호코는 쓴웃음을 지었다. 그의 말이 옳다. 범인은 현행범으로 체포된 하나니까.

"하야시베. 의외로 좋은 형사가 될 것 같네."

"영광입니다. 그래도 의외라는 말은 너무하시네요."

"그럼 취소. 뜻밖에란 말로 정정할게."

"같은 말이잖습니까!"

하야시베가 기대를 저버리지 않는 반응을 보였다. 사실 리호코는 그의 논리정연한 주장을 듣고 속으로 깊이 반성했다. 아까 무심코 입에서 새어 나온 리호코의 말은 근거가 전혀 없는 희망사항이었다. 자신을 따르는 천진난만하고 사랑스러운 하나가 무사했으면 좋겠다고 바라고 있으니까.

신참만도 못하다. 의기소침해진 리호코는 그렇게 당직일 밤을 맞았다.

야간대는 당직 멤버가 두 조로 나뉘어 세 시간 간격으로 근무와 휴식을 반복한다. 리호코와 하야시베는 휴식으로 시작했다. 그렇다고 이른 시간부터 수면실에 틀어박힐 수도 없어 자연스럽게 담당 사건 수사보고서를 읽었다. 당직일은 신고 전화 대응 외에는 외부 활동이 제한된다. 하야시베가 서류 작성만 하는 게 질리는지 옆에서 몇 번이나 크게 기지개를 켰다.

리호코가 재킷 주머니에서 진동을 느낀 것은 창밖이 완전히 어두워진 오후 8시 전이었다.

리호코는 자리에서 일어나 여자 화장실로 들어갔다. 개인 칸이 열려 있는지 확인할 필요는 없었다. 이 시간대 형사과 층에 여성은 자신밖에 없다는 걸 알고 있으니까. 가장 안쪽 칸으로 들어가 주머니에서 스마트폰을 꺼냈다. 화면에 표시된 것은 03으로 시작하는 유선전화 번호였다. 도쿄도 오타구라는 작은 글씨를 본 순간 리호코는 어깨에 힘이 들어갔다. 짚이는 사람이 있었다.

"네, 모리가키입니다." 리호코는 입가를 한 손으로 가리고 목소리를 낮췄다. 그러자 거친 숨소리와 함께 낮은 여성의 목소리가 들려왔다.

"아아! 받았네. 큰일 났어! 그 남자가 여기 찾아왔는데. 어떡하지? 하나가, 하나가."

"요시코 씨? 무슨 일이에요?"

"그 남자가 쫓아왔다니까! 하나 위에 올라타서 마구 때렸어. 창고 바로 옆에서 하나를. 비명을 듣고 료랑 아쓰시가 달려가서 바로 떼어놓긴 했는데 도망쳐 버렸어."

요시코의 어쩔 줄 몰라 하는 목소리를 듣자 리호코는 등골이 서늘해졌다.

하나에게 다시 만나고 싶다며 질척거리던 그 기분 나쁜 메일 내용이 뇌리에 스쳤다. 리호코와 료의 충고를 무시하고 하나는 그를 만난 건가? 거기서 문제가 생긴 걸까? 아니면 처음부터 함정이었나? 길에서 일단 헤어진 하나를 몰래 뒤쫓았을까?

"그 남자란 사람, 하나 씨의 전 남자친구죠? 사이토 도시키 씨."

"응."

"하나 씨의 지금 상태는요?"

"얼굴이랑 손이랑 피투성이야. 그래도 아마 크게 다친 데는 없을 거야. 그보다 그 남자가 여기를 알아버렸어. 또 하나한테 복수하러 올지도 몰라. 어떡하지? 무슨 방법이 없을까? 당신 경찰이잖아."

지금 사장실 전화를 빌려 쓰고 있다며 요시코는 빠르게 말했다. 유토피아에 대한 지원을 아버지에게 인수받은 아들 가나우치 마사루가 회사에 있었던 모양이다. 사이토 도시키가 공장 부지에서 도망친 것은 5분쯤 전이고. 하나는 충격에 빠진 채 창고 입구 앞에 주저앉아 있다고 했다.

요시코의 당황한 목소리를 들으며 리호코는 두뇌를 빠르게 회전시켰다. 이건 사이토 도시키의 복수다. 칼로 습격당한 일에 대한 보복. 구애와 협박이 뒤섞인 이해할 수 없는 메일은 이런 일을 벌일 징조였던가.

살인 미수 사건의 피해자이지만, 명백히 상해 사건을 일으킨 사이토를 그냥 내버려 둘 수는 없다. 주거지가 알려진 이상 가만두면 몇 번이고 다시 찾아가 하나를 덮칠 위험이 있다. 그러나 여기서 경찰이 개입하게 되면 왜 현장이 공장 부지 내였느냐는 점에 초점이 맞춰지고, 유토피아의 존재와 그에 따른 수많은 법령 위반이 드러날 수밖에 없다는 문제가 생긴다. 그들은 그것을 원하지 않는다.

'어떡하지?'

고심 끝에 해결책이 떠올랐다. 그러나 입 밖으로 꺼내기 전에 그들을 위해 이렇게까지 해야 하는 이유가 자신에게 있는지 리호코는 잠시 망설였다. 하지만 그 망설임도 "형사인 당신도 우리를 도울 수 없다는 건가?"라는 요시코의 체념한 듯한 목소리에 날아가 버렸다.

"좋아요. 잘 들으세요. 하나 씨에게 지금 당장 공장 부지 밖으로 나가라고 전해 주세요. 거기에서 역으로 가는 길에 도보로 3분 정도 거리에 신호가 있는 사거리가 있죠? 그 신호가 보이는 곳에서 쭈그리고 앉아 있으라고 하세요. 사거리까지 가면 사람들이 다니니 그보다 훨씬 앞이어야 해요. 이동할 때는 아무한테도 들키지 않게 조심하고 코피는 가능하면 닦지 말라고 하세요. 빈손 말고 평소 사용하는 가방도 들라고 하세요."

"다른 데서 하나가 맞은 걸로 하려나 보네."

"맞아요. 지금 그쪽으로 가겠습니다. 저 말고 다른 경찰관이 먼저 도착해서 자초지종을 물으면 이렇게 대답하라고 하세요. '뒤따라온 전 남자친구한테 맞았다. 지나가던 사람의 핸드폰을 빌려서 모리가키 형사한테 직접 연락했다.'라고. 나머지는 제가 어떻게든 할게요. 이해하셨어요?"

요시코가 다 알아들었는지 걱정이 되었지만 리호코는 일단 전화를 끊었다. 그리고 화장실 벽에 기대어 '후우' 하고 크게 숨을 내쉬었다.

다행히 오늘은 리호코의 당직일이다. 가마타 경찰서 관내에서 일어난 강력범 사건은 모두 리호코와 하야시베의 담당이다. 피의자 조사, 피해자 사정 청취의 주도권을 쥔 사람은 리호코다. 코피가 난 정도의 상해 사건이라면 경위급이 조사에 개입할 염려도 없다.

지금 리호코는 형사가 넘지 말아야 할 선을 넘으려 하고 있다. 자신도 모르게 다리가 움츠러들었다. 그러나 우물쭈물할 수는 없었다. 이 순간에도 사이토 도시키는 현장에서 멀리 도망치고 있다. 리호코는 벽에서 튕기듯 몸을 일으켜 여자 화장실에서 뛰쳐나갔다.

상해 사건은 경찰서 직원의 신속한 대처로 순식간에 해결되었다. 사이토 도시키는 서에서 무선 요청을 받은 파출소 순경에게 체포됐다. 피가 묻은 티셔츠를 입은 채 만취한 듯 비틀비틀 걸어가고 있어서 행인들의 시선을 끈 모양이다.

리호코와 하야시베는 수사 차량에 하나를 태우고 서로 돌아가려던 참에 범인을 체포했다는 연락을 받았다. 뒷좌석에 앉아 있는 하나에게 무선 내용을 전하자 그녀는 괴로운 듯 눈을 내리깔고 '그래요.'라고 중얼거렸다.

최근 두 달 사이에 하야시베의 운전 실력은 조금 나아졌다. 저녁에 교육받은 영향도 있겠지만 나름대로 형사로서 착실히 성장 중이다. 리호코는 딱히 참견하지 않고 조수석 등받이에 몸을 묻고 현장에 달려가기까지의 경위를 되짚어봤다.

리호코가 여자 화장실을 나와 수사 차량에 탑승하기까지 5분도 채 걸리지 않았다. 리호코는 하야시베의 팔을 끌고 형사실을 나간 뒤, 무선사령실에 있는 경위에게 담당 사건 피의자에게 직접 연락이 왔다며 사건 내용을 보고했다. 그런 다음 1층 당직실에 알리고 그대로 밖으로 달려나갔다. 덕분에 사건 현장인 주택가 내 교차로 부근에는 지역과 경찰보다 먼저 도착할 수 있었다. 하나는 리호코의 지시대로 교차로의 신호가 겨우 보이는 주택가 한쪽의 어둠에 녹아들 듯 쭈그리고 있었다. 그때까지 하나는 피투성이 얼굴을 감싼 채 두려움에 떨면서 울고 있었다.

"죄송해요, 모리가키 형사님, 죄송해요."

달려온 모리가키의 모습을 확인하자 하나는 더욱더 심하게 흐느꼈다.

"도시와 다시 만나면 안 된다고 당부하셨는데 설마 이럴 줄은 몰랐어요."

피로 범벅이 된 모습을 보고 구급차 불러야 한다는 하야시베에게 "건강보험증이 없어요."라고 리호코가 속삭였다. 하야시베는 그제야 하나가 무호적자임을 떠올렸다.

이후 대화는 대부분 리호코에 의한 의도적인 유도 신문으로 진행됐다. 전 남자친구인 사이토 도시키에게 여기서 습격당한 거죠? 메일로 연락을 받고 만나러 간 건가요? 역 앞 번화가에서 헤어졌을 텐데 그가 몰래 뒤따라와 인적 없는 곳에서 갑자기 폭력을 휘둘렀나요? 나한테 연락했을 때 스마트폰을 빌려준 행인은 바로 가버렸나요?

사실을 의도적으로 왜곡하고 있다는 것을 다른 경찰관에게 들킬까 봐 조마조마했지만 다른 방법이 없었다.

서에 돌아와 사이토 도시키의 체포에 수반되는 수속 절차와 인계를 서둘렀다. 그런데도 끌려온 그를 유치장에 넣고 나니 밤 11시가 넘었다.

"미안, 너무 오래 기다리게 했죠."

리호코는 하얀 테이블 위에 자판기에서 뽑아온 아이스 코코아를 올려놨다. 젖은 손수건으로 코를 진정시키는 하나는 캔을 끌어당겨 뚜껑을 땄다. '푸쉬' 하고 듣기 좋은 소리가 났다.

"경찰서에서 이야기하자고 해서 또 그 이상한 방인 줄 알았어요."

"조사실 말하는구나. 종종 거기를 쓰기도 하지만 싫어할 것 같아서."

하나는 얼굴과 손에 묻은 피를 씻어냈지만, 흰색 블라우스에 붉은 얼룩이 점점이 튀어 있었다. 리호코의 시선을 눈치챘는지 "옷을 버렸네. 마음에 드는 옷인데."라며 하나가 옷자락을 잡고 어깨를 늘어뜨렸다. 리호코는 테이블에 몸을 내밀어 얼굴을 맞대고 속삭였다.

"자세한 조사는 아직이지만, 조금 캐보니까 사이토 씨가 창고 안까지는 보지 못한 모양이에요. 인적이 없어서 범행을 저질렀을 뿐 갑자기 공장 부지로 들어간 이유는 모르지 않을까요? 하나 씨가 사유지로 도망간 건 미행을 눈치채고 겁이 났기 때문이고 창고에서 뛰쳐나와 사이토 씨를 쫓아낸 건 아무 상관없는 공장 직원이었다고 슬쩍 거짓말을 해뒀어요."

"모리가키 형사님!" 하나가 감탄했다.

"최종 범행 현장이 다르다는 것에 의문이 들겠지만, 때린 곳이 어디냐는 건 큰 문제가 안 될 거예요. 그러니 조사에서는 우리가 준비한 이야기를 그대로 인정하도록 만들게요. 사이토 도시키도 공장 부지에 불법 침입한 셈이라서 그편이 자기한테도 더 유리할 테니까. 그러니 걱정하지 마요."

"와! 정말 감사합니다!"

리호코는 복도에서 들리는 소리에 빠르게 집게손가락을 입에 댔다. 하야시베가 노트북을 들고 상담실로 들어왔다.

"응? 뭐가 감사해?"라며 어리둥절한 표정을 짓는 그에게 "코코아 사줬거든." 하고 리호코가 얼버무렸다. 조사 전 느긋하게 화장실에 다녀온 해맑은 신참 형사는 "좋겠다. 나도 먹고 싶네."라며 순진한 표정을 지었다.

하야시베가 진술조서 파일을 열 때까지 기다렸다가 리호코는 조사를 시작했다. 주소, 직업, 성명, 전화번호, 생년월일, 나이는 모두 공란인 채 본론으로 들어갔다. 살인 미수 사건의 피의자 신분으로 체포됐을 때는 처음 본적 항목에서만 최소 한 시간이 걸렸는데 이번에는 리호코도 익숙했다.

사건의 경위를 물으며 리호코가 말한 내용에 하나는 순순히 고개를 끄덕였다. 하야시베는 그것을 그대로 문장으로 옮겼다. 조서 작성은 놀라우리만치 순조롭게 진행되었다. 시종 범행을 부인했던 구속 중 조사와는 사뭇 달랐다. 리호코가 뭔가 보충할 것이 있느냐고 마지막으로 묻자 하나는 부끄럽다는 듯 고개를 숙이고는 작은 소리로 대답했다.

"도시가 다시 만나고 싶다고 한 거 거짓말이었대요. 그 메일 내용은 전부 나를 불러내 보복하기 위한 미끼였어요."

"오늘 만났을 때 그렇게 말해요?"

"네. '너가 그딴 짓을 하는 바람에 고토네도 가버렸잖아.'라며 엄청 화를 냈어요. 도시는 나 말고도 사귀는 여자가 있었는데 그것도 모르고. 난 프러포즈도 받아서 도시가 나만 사랑한다고 계속 착각했어요."

리호코는 무심코 하야시베와 얼굴이 마주쳤다. 사이토 도시키가 양다리라는 걸 눈치채고 '고토네의 존재도 사이토를 죽이려 한 동기 중 하나가 아니었을까?'라는 의심도 했었다. 하지만 그것도 잘못 짚었단 결론이다.

"'칼로 찌른 범인은 내가 아니야, 그러니까 풀려났지.'라고 몇 번이나 말했는데도 전혀 믿질 않았어요. 도시는 낮부터 집에서 술을 많이 마셔서 좀 이상한 상태였어요. 그래서 무서워서 이제 가겠다고 나왔는데 그렇게 먼 곳까지 쫓아와서 놀랐어요."

"저기, 하나 씨. 사이토 씨와 진심으로 다시 만나고 싶었나요?"

리호코가 묻자 하나는 수줍은 소녀처럼 머뭇머뭇 어깨를 움직였다.

"네. 도시가 받아줬다면요. 바보죠. 좀 기대했거든요."

"고토네의 존재를 정말 몰랐어요? 바람 상대라는 걸 알고 질투해서 범행을 저지른 거 아니었나요?"

하나 눈 속에 깃든 빛과 미소가 순식간에 사라졌다. 리호코는 아차 싶었다. 그녀와 조사실의 회색 스틸 책상을 사이에 두고 마주 보고 있다고 착각할 만큼 공기가 갑자기 팽팽해졌다.

"형사님은 아직도 내가 범인이라고 생각하시나 봐요."

가냘프고 경계심이 잔뜩 묻어 있는 목소리. 리호코는 처음 만났을 때 그녀가 이런 말투였음을 떠올렸다. 초조해졌다. 하나와는 그동안 충분히 대화를 나누면서 서로 터놓고 마음을 주고받았다. 신뢰받는다는 자부심도 있었다. 슬슬 이 사건에 대한 자백을 끌어내도 좋지 않을까 생각했는데. 리호코는 숨을 깊이 들이마시고 "그게 말이죠." 하며 운을 뗐다.

"이번에 사이토 씨가 왜 이런 짓을 했는지 알아요? 하나 씨가 처음에는 죄를 인정해놓고선 중간에 모든 걸 부인하면서 처분 보류로 풀려났기 때문이에요. 진실을 말하고 제대로 죗값을 치렀더라면 오늘처럼 복수 당할 일도 없었을 거예요. 물론 사이토 씨가 폭력을 행사한 건 잘못이지만 갑자기 뒤에서 칼로 내리치는 게 더 위험한 행동이니까."

하나 마음에 가닿기를 바라며 리호코는 열심히 설명했다.

"초범에다 미수에 그쳤으니 중형이 선고되진 않을 거예요. 교도소에 갈 수는 있겠지만, 딱 거기까지예요. 그러니까 뭐든 좋으니 진실을 말해 줘요. 사이토 씨도 하나 씨도 각자 자신의 잘못을 뉘우쳤으면 해요. 네?"

리호코는 하나가 기소되어 실형을 받게 되더라도 유토피아에는 직접적인 피해를 주지 않겠다는 뜻을 넌지시 비쳤다. 하지만 그녀의 얼굴은 여전히 실망의 빛으로 가득했다. 가만히 입을 다문 채, 하얀 테이블 위에 시선을 떨구었다.

"슬프네요."

하나는 그렇게 한마디 중얼거렸다. 리호코는 그 말이 당혹스러웠다. 체포 당일, 파랗게 질린 얼굴로 사이토 도시키를 죽이려 했다고 범행을 시인했으면서 이제 와서 부인하는 이유가 무엇인지 알 수 없어 답답했다.

"하나 씨."

리호코는 겁내지 않도록 부드럽게 말했다. 하지만 그녀는 눈을 꼭 감은 채 계속해서 고개를 작게 내저었다. 리호코는 테이블 위에 둔 손끝까지 무력감이 퍼져나갔다. 무슨 말을 해도 하나는 진실을 털어놓지 않을 걸 알았다. 착잡한 마음으로 서명 날인한 진술조서 보고서를 하야시베에게 맡겼다. 리호코가 차로 식품 공장까지 데려다주는 동안에도 하나는 입을 굳게 다물고 있었다.

*

이젠 낯익은 풍경이다. 공장 뒤편 어둠에 가려진 네모난 창고. 귀를 기울이면 희미하게 들려오는 사람 목소리. 밥 짓는 냄새.

묵직한 미닫이문을 열고 따스한 빛에 둘러싸인 창고 안을 들여다본 적 없는 사람이라면 식품 공장의 부속 건물이라 생각할 것이다. 그만큼 자신의 필요 외에는 서로 관심 갖지 않는다. 리호코가 나고 자란 도쿄는 그런 곳이었다.

리호코는 오늘 아침 당직이 끝난 후 하야마와 통화했다.

"잘했어. 모리가키는 하나를 구하고 유토피아를 궁지에서 꺼낸 거야. 그러니 저들은 당신한테 빚을 졌어. 그 핑계로 밀고 나가자."

하야마는 리호코의 사정은 생각지도 않고 저녁에 공장 부지 앞에서 만나자고 했다. 그리하여 비번인 밤인데도 불구하고 이곳으로 오게 되었다. 리호코는 어제, 오늘 한숨도 자지 못한 탓에 머리가 지끈거리고 어지러웠다.

기회를 노리는 하야마는 흥분된 눈빛으로 두리번거렸다. 그는 거침없이 노크하고 문을 열었다.

"자기 애도 아닌데 고생이 많군."

하야마의 첫마디는 다쿠로를 향한 것이었다. 다쿠로는 기분이 상한 듯 외면했다. 인형을 놓고 벌떡 일어나 여느 때처럼 소파를 차지하고 누웠다.

"다쿠로는 아이를 참 좋아해. 앞으로 자격증만 딸 수 있다면 보육교사가 되고 싶다네."

좌탁에서 차를 홀짝거리던 요시코가 놀렸다. 그러자 쓸데없는 소리라고 다쿠로가 천장을 향해 불쾌한 듯 내뱉었다.

주민표나 건강보험증을 취득할 가능성이 크다고 했던 리호코의 열변이 조금은 통했던 걸까? 지쳐 있던 리호코의 마음에 어렴풋이 희망의 불이 켜졌다. 리더인 료는 강하게 거절했지만 소노무라에게 들은 이야기를 전달한 일이 헛되지 않았던 모양이다.

"저기, 다쿠로. 나도 앉고 싶은데."

식사 준비를 마치고 부엌에서 벗어난 하나가 다쿠로가 누워있는 소파 쪽으로 다가갔다.

"뭐? 넌 저기 앉아. 친한 형사랑 같이 앉아야지."

그렇잖아도 사이가 안 좋은 다쿠로한테 거절당하자 하나가 아랫입술을 깨물었다. 창고 안에는 평소의 멤버가 모두 모였다. 테페이는 요시코 옆에서 안절부절못하며 다리를 떨고 있었다. 역시나 좌탁에 앉아 있던 료는 이쪽을 쳐다보지도 않고 책장을 넘기고 있었다.

"어젠 고마웠어."

요시코가 리호코에게 한 손을 들었다.

"하나한테 얘기 들었어. 여기 일은 밝히지 않고 그 남자 무사히 잡았다면서?"

"네, 지금 유치장에 있어요."

"대단해. 솔직히 그쪽 다시 봤어."

요시코가 리호코를 인정하는 말을 쏟아냈다. 그러다 이내 료와 눈이 마주치자 입을 다물었다.

"그나저나 오늘 둘씩이나 행차하고 무슨 일이야?"

하야마는 그간의 조사 결과를 전하러 왔다고 거만한 어조로 대답했다.

"조사 결과? 뭐야 그건."

"듣자 하니 호적 취득이 어려운 게 다 가족에 대한 정보가 부족해서라던데. 내가 좀 도와줄까 해서. 한 가지 흥미로운 사실을 알았는데 알려주려고."

리호코는 처음 듣는 이야기였다. 주민들의 개인 정보를 하나한테서 알아내 조사를 진행하는 과정에서 뭐라도 알아낸 듯 싶었다.

"테페이 당신?"

지목된 테페이가 등을 꼿꼿이 폈다.

"조사 결과, 당신한테 아이가 있다는 걸 알았어."

뉴스를 전하듯 하야마가 무뚝뚝하게 말했다. 테페이 입이 쩍 벌어졌다. 요시코, 아쓰시, 루미카와 무료한 듯 서 있던 하나는 물론이고 리호코도 눈을 동그랗게 떴다. 무시하기로 마음먹은 료조차 어깨가 움찔거리는 모습을 감추지 못했다.

"진노 후미코. 젊었을 때 애인이지? 당신 폭력에 못 이겨 도망간 전 술집 여자. 가마타에서 일했다면 이 근처에 거주 이력이 있지 않을까 싶어서 인근 구청에 조회했더니 바로 나오더군. 흔하지 않은 이름이잖아. 아이를 낳고서도 쭉 미혼모로 살아온 모양이야. 지금도 성이 바뀌지 않은 덕분에 빨리 찾았지. 그리고 그녀에겐 올해 서른한 살 난 아들이 있어."

"서른한 살."

얼빠진 것처럼 테페이가 중얼거렸다. 먼저 빠르게 암산한 요시코가 테페이가 스물두 살 때 애라면서 흥분했다. 테페이가 눈에 경악의 빛을 띠었다.

“내가 후미코와 헤어진 건 스물두 살이었어. 그러니까 뭐야? 그러니까 내 아이란 건가? 하지만 임신이라니, 후미코는 한마디도.”

“그건 본인한테 물어볼 일이고. 분명 하라니시 테페이 아이라고 했어. 세 식구가 되는 걸 꿈꿨지만, 이대로 계속 폭력을 당하면 뱃속의 아이와 자기가 죽을 것 같아서 어쩔 수 없이 도망쳤다 했어. 그녀한테 테페이 씨가 옛날 일을 반성하고 있고 지금은 사람이 됐다고 하니까 만나고 싶다고 하던데.”

“저기 죄송하지만 그거 사실이죠?”

의심스럽다는 말투로 끼어든 사람은 아쓰시였다.

“물론 사실이지. 증거라면 얼마든지 들 수 있어. 처음 그녀에게 준 생일 선물이 장미꽃다발이었지? 당시 그녀가 일하던 술집 종업원 중에 깡패 같은 놈이 있었는데 그의 양아치 짓을 자주 화제로 삼았고. 그녀 집에서 가끔은 자기가 요리를 하겠다고 큰소리치고선 카레를 센 불에 끓여 몽땅 태워 먹은 일도.”

“아! 후미코다. 진짜 후미코야. 틀림없어!”

테페이가 가슴을 움켜쥐었다.

“후미코는 그쪽과 재회를 바라고 있어. 피붙이인 아들 얼굴도 볼 수 있지. 이젠 평생 고독하게 살지 않아도 돼. 새로운 가족과 함께 제2의 인생을 살 수 있겠어."

"세상에 이런 일이 꿈은 아니겠지."

테페이가 눈물을 훔치며 입술을 떨었다.

"후미코는 지금 어디에 있어요? 어디로 가면 만날 수 있어요?"

"그건 못 가르쳐 주지."

하야마가 표정을 싹 바꿨다. 상대를 밀쳐내는 듯한 낮고 차가운 기운을 뿜어냈다. 리호코는 하야마의 의중을 알아챘다.

"정확하게 다시 말하는 게 좋겠군. 진노 후미코의 거주지를 가르쳐 줄 순 있어. 단 조건부야. 그쪽이 옛 애인과 아들을 만나려면 유괴 사건의 진실부터 말해줘야 해."

테페이의 눈이 휘둥그레졌다.

"이를테면 이런 가설을 들 수 있겠지. 진노 후미코의 임신 사실을 그쪽은 알고 있었어. 그 여자가 도망가는 바람에 태어날 아이를 키우지 못하게 된 분풀이로, 뉴스에서 본 새장 사건의 남매를 유토피아로 데려와 자신의 아이로 키우기로 결심한 거야. 어차피 부모에게 심한 학대를 당했던 이들이라면 유괴해도 아무도 슬퍼하지 않을 거라고 생각한 거지. 어때, 아닌가?"

"장, 장난치지 마! 몇 번이나 유괴 아니라고 했잖아."

"겁낼 건 없어. 미성년자 약취도, 체포 감금도 공소시효는 범죄 행위로부터 5년이야. 진실이 밝혀진들 공소시효 완성으로 불구속 입건될 뿐 그쪽이 죄를 뒤집어쓰진 않아. 실토하면 후련할 텐데."

"안 한 건 안 한 거야!"

눈앞에서 먹이를 뺏긴 것처럼 테페이가 절망하며 외쳤다.

"물론 자백 대상은 그쪽한테만 국한되지 않아. 이 안에 유괴 사건의 진실을 아는 사람은 지금 당장 실토하시죠. 자신이 범인이거나 범인을 알고 있다거나 뭐라도 괜찮으니까. 아무나 한 사람이 자백하면 하라니시 테페이는 사랑했던 옛 애인을 무사히 다시 만날 수 있어. 아들도 만날 수 있고. 너무 짠하지 않나?"

하야마가 창고 안에 있는 한 사람 한 사람을 노려보았다.

"예를 들면 그렇지. 이곳 회장인 가나우치 조에 관한 증언은 반드시 있어야 해. 아무리 아들이나 병원에 접촉해도 본인과 가족의 의향을 이유로 면회를 계속 거절하고 있으니. 보나 마나 구린 구석이 있어서 피하고 있겠지. 말해보시지. 뒷배는 가나우치인가?"

"가나우치 씨는 그런 사람이 아니야! 정말 위중하다고. 만약 괜찮았다면 무리를 해서라도 이곳에 왔을 거야."

테페이가 좌탁을 주먹으로 내리쳤다.

"어쨌든 진실을 알고 있는 사람은 증언해. 전부를 알지 못한다면 알고 있는 부분만이라도 좋아. 소중한 동료를 위해 발 벗고 나서 주셔야지. 어서."

하야마의 고압적인 명령이 공기까지 떨게 했다. 모두 입을 다물고 있었다. 몇 초가 흘렀을까. 테페이는 기도하듯 두 손을 모았다. 요시코는 좌탁에 턱을 괸 채 천장을 올려다봤다. 료는 가만히 책장에 눈을 떨어뜨리고 있었다. 소파에 뒹굴던 다쿠로는 미동도 하지 않았다. 하나는 조심스레 동료들을 둘러보고 아쓰시와 루미카는 분노로 얼굴이 붉어졌다. 침묵을 깬 것은 아쓰시였다.

"단정 짓지 마세요. 유괴범이 유토피아 안에 있다는 증거가 없잖아요!"

"맞아!" 루미카가 어쩐 일로 언성을 높이며 남편을 편들었다.

"우리가 무호적자라고 협박하는 거야!"

"그건 아니지. 새장 사건의 피해 아동으로 지목된 남매가 이곳에 오랫동안 숨겨져 있던 이상, 함께 사는 사람을 의심하는 게 당연하지 않나?"

"말은 그렇게 해도 형사님은 처음부터 우리를 악인 취급했어요!"

"맞아! 테페이 씨랑 가나우치 씨가 무슨 죄예요."

아쓰시와 루미카가 분통을 터뜨렸다. 하야마가 몇 번인가 반박하려 했지만, 젊은 부부는 이를 무시하고 공격적인 말을 퍼부었다. 결국 하야마가 크게 한숨을 쉬며 몸을 돌렸다.

"아, 말귀 참 못 알아먹네. 오늘 한 말 잘 생각해봐. 난 그저 가족이 무사히 재회할 수 있기를 바랄 뿐이야."

하야마는 빈정거리며 미닫이문을 열고 나갔다. 리호코는 하야마를 쫓아가다 주민들을 향해 돌아섰다.

"단정 지어서 죄송합니다. 다만 전 어려운 분들께 힘이 되고 싶어요. 24년 전에 유괴된 새장 사건의 남매도 갑자기 칼로 습격당한 사이토 도시키 씨도, 어제 사이토 씨한테 보복당한 하나 씨도, 무호적자 여러분도 저에게는 모두 '어려운 분들'이에요. 그래서 수사를 통해 돕고 싶습니다. 제가 어떻게든 도울게요. 그러니 여러분도 혹시 뭔가 숨기고 있는 게 있다면 저와 하야마 형사에게 꼭 알려주셨으면 합니다. 물론 없다면 어쩔 수 없고요."

그때 '흥' 하고 코웃음 소리가 들렸다. 아쓰시였다. 루미카의 어깨를 감싼 그가 차갑게 쏘아붙였다.

"도움 따윈 필요 없어. 우리는 우리끼리 잘살 수 있다고. 다들 어떤지는 모르겠지만 적어도 나랑 루미카는 죽을 때까지 유토피아에 남을 거야. 미라이와 함께 여기서 행복하게 살 거라고."

처음엔 방관자의 모습을 보였던 젊은 부부의 거센 반발과 유토피아에 대한 열의에 리호코는 순식간에 자신감이 사그라들었다. 소노무라 가쓰요에게 무호적 문제를 둘러싼 최근 상황을 들었을 때는 모든 게 해결될 거라 믿었다. 지금부터라도 보육교사 준비해보고 싶다는 다쿠로의 꿈을 듣고 기뻤다. 그러나 유토피아의 가장 열렬한 신봉자의 마음은 움직일 수 없었다. 이곳을 마지막 종착지로 정한 아쓰시와 루미카는 바깥세상으로 나가기를 원치 않는다. 어떻게 해야 할까? 무엇이 이들에게 도움이 될까?

그러고 보니 료가 오늘 한마디도 하지 않았다는 것을 깨달았다.

"아쓰시. 그렇게 저돌적으로 굴지 마. 여자 형사님 쪽은 그리 나쁜 사람이 아니야. 어제 하나 일로 알지 않았어?"

요시코가 아쓰시를 다독였다. 그러고는 테페이의 등에 부드럽게 손을 얹고 리호코를 올려다봤다.

"테페이가 사랑했던 여자와 그 아들 알아봐 줘서 고마워. 비록 만날 수 없다 해도 피붙이 아들이 이 세상에 존재한다는 걸 알게 된 것만으로도 지금껏 고생한 이 사람에겐 굉장한 구원이야."

"그건 하야마 형사님이 조사한 거예요."

"뭐, 그야 그렇지만. 저 성격 더러운 형사가 우리를 협박할 속셈으로 찾아낸 거잖아. 하지만 '진노 후미코'라는 이름을 저 남자 형사한테 전해 준 건 당신이잖아. 이 사람이 소중한 후미코와의 추억을 이야기한 건 당신뿐이니까."

리호코는 어두컴컴한 창고 뒤에서 애틋한 옛이야기에 귀 기울였던 일을 떠올렸다.

"당신이 그렇게 한 건 테페이라는 '어려운 사람'을 돕기 위해서였겠지. 그 마음 고맙게 생각해. 우리가 료와 하나를 시설에서 유괴했다든지, 가나우치 씨가 배후라든지 뭐 그런 말도 안 되는 소리를 인정할 생각은 털끝만치도 없지만 말이야. 그렇지?"

요시코가 테페이의 얼굴을 들여다봤다. 그는 좌탁에 이마가 닿을 정도로 깊이 고개를 숙이며 울먹이면서 연신 고맙다고 말했다. 일이 잘 풀리지 않아 황폐했던 리호코의 마음에 다시 작은 불씨가 살아났다. 어깨를 맞대고 있는 두 사람을 리호코는 물끄러미 바라보았다.

이 창고에서 어찌어찌 30년을 함께 살아온 유토피아의 아담과 이브. 성별을 넘어 불우한 삶을 함께 극복하고자 했던 친구이자 동료. 리호코는 둘의 유대에 가볍게 인사하고 창고를 떠났다.

기다리고 있던 하야마가 말없이 엄지손가락으로 정문 반대편을 가리켰다. 리호코는 키가 큰 하야마 옆에서 최대한 시선을 맞춰보려고 몸을 길게 뺐다. 주택가를 살피는 순간, 도로를 사이에 두고 맞은편 전봇대 그늘에 긴 머리의 여자가 있었다. 전봇대에 기대듯 서서 스마트폰을 만지고 있다. 마스크를 쓰고 있어서 인상은 잘 모르겠지만 젊지는 않았다. 사오십 대 정도쯤으로 보였다. 가까이서 차가 지나가자 그녀는 시선을 올렸다가 다시 스마트폰 화면으로 눈을 떨어뜨렸다.

"이 공장 주변을 맴도는 이상한 여자가 있어요. 해마다 5월이나 6월쯤 그래, 이맘때에."

테페이의 말이 떠올랐다. 올해도 봤느냐는 리호코의 질문에 아직 아니라고 대답했었다. 새장 사건의 친엄마가 혹시 아이가 보고 싶어서 오는 게 아닐까 하는 추측으로 나토리 히로코를 찾아간 건데.

"저 사람이 나토리 히로코로 보이나?"

하야마가 속삭였다. 그도 같은 생각을 한 모양이다.

"사실 여기 올 때도 가까이서 봤어. 그땐 별생각 없었는데 지금까지 서 있다니. 수상해."

이미 리호코의 발은 움직이고 있었다. 제멋대로 굴어서 한 소리 들을 수도 있지만 가만히 있을 수 없었다. 리호코가 다가오는 기척에 여자가 고개를 들었다. 깜짝 놀란 듯이 숨을 삼키고 리호코를 뚫어지게 봤다. 그녀는 나토리 히로코가 아니었다.

"안녕하세요. 잠깐 실례 좀 하겠습니다."

상의 안주머니에서 수사 수첩을 꺼내 가로등의 어스름한 불빛에 비췄다. 그녀는 검은 수첩을 응시한 뒤 "아아, 네." 하고 대답했다. 식품 공장에서 형사가 나올 줄은 몰랐을 것이다. 그렇지 않아도 리호코는 지극히 평균 체격의 여성이라, 정장을 입고 있어도 좀처럼 형사 티가 나지 않는다.

"아까부터 쭉 이 근처를 맴돌고 계셨죠? 여기서 뭐 하시는 겁니까?"

"여기 근무하는 사람한테 볼일이 있어서요."

"이맘때쯤 매년 오시죠?"

그녀의 표정이 얼어붙었다. 테페이가 목격했다던 중년 여성과 동일 인물인 듯하다. 안절부절못하는 그녀를 바라보며 해마다 나타난다는 이 중년 여자가 료와 하나의 친모가 아니라면 유토피아에 사는 다른 거주민의 혈육일지 모른다. 나이로 치면 다쿠로나 아쓰시의 사라진 어머니, 혹은 테페이나 요시코의 형제일 것이다. 리호코의 머리에서는 본능적으로 추리 회로가 작동했다.

—그녀는 우연히 행방불명됐던 자신의 혈육이 이곳에 살고 있다는 사실을 알게 됐다. 단지 확증이 없어서 공장 부지에 발을 들여놓기를 망설인다. 그래서 일 년에 한 번씩 일정한 시기에 자신이 찾는 사람이 모습을 드러내는지 문 앞에서 기다린다. 그러다 올해는 수사 명목으로 자주 드나드는 하야마와 리호코에게 들켜버렸다.

"찾으시는 분 성함은요?"

"스즈키였나? 나머지 이름은 잘 기억이 안 나요. 옛날에 일 때문에 신세 진 적이 있어서요."

거짓말이다. 좀 더 캐묻고 싶었지만 애매한 답변만 반복될 게 뻔했다.

"신분증 좀 확인하겠습니다."

신분증을 요구하자 그녀는 체념한 듯 핸드백에서 지갑을 꺼냈다. 리호코는 그녀가 내민 면허증을 하야마와 둘이서 유심히 봤다. 성명란에는 누마타 가나에라고 적혀 있었다.

1972년 4월생, 주소는 가나가와현 아시가라시모군 유가와라정이다. 창고 안 사람들과 어떤 연관성도 없는 이름이다. 하야마가 하나에게서 알아낸 주민들의 본명은 파악했지만, 누마타라는 성을 가진 사람은 없었다. 결혼하고 성이 바뀌었는지도 모른다. 그녀가 곧바로 면허증을 제시한 것으로 봐선 무호적 2세인 아쓰시의 어머니라는 추측은 제거되었다.

리호코는 만약을 위해 수사 수첩에 이름과 주소, 면허증 번호를 베껴 적었다. 으레 불심검문 때면 하는 것처럼 소지품 검사도 했다. 스마트폰과 지갑 외의 소지품은 휴대용 티슈와 보조배터리뿐이다. 직업은 식품 마켓의 점원이라고 했다. 리호코가 핸드백을 돌려주자 누마타 가나에는 긴 앞머리로 얼굴을 가리듯 고개를 숙였다.

"죄송합니다. 저 스토커 같았지요? 이만 돌아갈게요."

"앞으로는 숨어서 엿보지 마세요. 공장 직원이나 이웃들도 수상하게 생각하고, 상대방도 좋게 보지 않을 겁니다."

"알겠습니다. 어쨌든 죄송해요."

누마타 가나에는 몇 번이고 고개를 숙이며 말하더니 주택가의 좁은 길을 서둘러 떠났다. 어딘가 멀리서 구급차 사이렌이 울렸다. 점점 멀어져가던 그 소리가 완전히 사라지자 하야마가 불쑥 중얼거렸다.

"누마타 가나에?" 하야마는 연신 고개를 갸웃하며 가지런한 눈썹을 찌푸렸다.

"새장 사건 참고인? 아니면 수사하면서 이야기를 나눠본 사람

아닌가요?"

"무슨 소리. 난 한 번 본 사람 얼굴은 절대로 안 잊어먹어."

리호코의 말은 맥없이 일축당했다. 하야마의 말투에서 상당한 자신감이 느껴졌기 때문이다.

"수사 자료에서 이름을 봤을 수도 있잖아요. 사건 발생 후 당시 수사본부가 만든 피의자 명단과 아동복지시설 관계자 명부도 있을 테고."

"전과자일 수도 있겠네. 과거에 범죄자 데이터베이스, 신문이나 텔레비전 보도에서 이름을 봤을지도 모르지. 아니면 강력범 수사 시절에 옆 팀이 조사했다던가. 아무튼 내가 알아보지."

그의 눈에 비장함이 서렸다.

*

점심시간에 리호코는 하야마에게 전화를 걸었다.

"어제 미처 말씀드리지 못한 게 있어서요. 가나우치 조의 신문 투고 건 말인데요."

"찾았어?"

"네, 도쿄 신문이었어요. 1996년 12월 10일 지면에 가나우치 조의 투고가 분명 실려 있었어요. 그해 봄에 발각된 새장 사건에 대해 마음이 아프다는 취지와 함께 무호적이어서 곤란한 분은 언제든 상담 달라는 내용이었습니다."

어제 오후 내내 국립국회도서관에서 보낸 결과였다. 코로나19 사태로 입장이 추첨제로 제한돼 있어 포기하고 있었는데 신청하니 의외로 쉽게 당첨되었다. 대신 관동의 지방지인 도쿄 신문은 1997년 이후의 기사만 데이터베이스에 정리되어 있어서 자료실의 종이 신문을 읽어야 했다.

"그래. 그 여자 말이 거짓이 아니었단 거네."

하야마는 가나우치 조가 신문에 투고했다는 요시코의 말을 의심하고 있었다. 그에게는 리호코의 보고로 유토피아의 주민을 흔들어 놓을 거리가 하나 사라졌다. 하야마는 다소 짜증스러운 투로 말을 이었다.

"알아봤는데 누마타 가나에는 전과가 없어. 수사본부에서 넘겨받은 20여 년 전의 자료도 뒤져 봤지만 피의자 명단, 참고인 명단 모두 오르지 않았어. 혹시 몰라 이토 유우 씨한테도 전화해 물어봤는데 처음 듣는 이름이라 하더라고."

더구나 남매가 살던 아동복지시설 관계자도 아니었다. 대체 누마타 가나에라는 이름을 어디서 들었는지 모르겠다면서 이 건은 계속 파봐야겠다고 강조했다. 그는 24년 치 수사 자료가 너무 방대해서 우울하기도 하고 찜찜한 기분을 털어버릴 수가 없다며 인사도 없이 전화를 끊었다. 살가운 구석이라곤 전혀 없는 사람이다.

리호코는 하루 24시간도 부족했다. 특히 외부 활동이 있는 날이면 담당 미수 사건의 현장 주변에서 CCTV 확인과 탐문으로 시간이 쏜살같이 흘러 간다. 더 바쁜 형사도 있고 여기보다 규모가 큰 경찰서나 본청에는 일이 산더미처럼 쌓여 있겠지만 리호코의 일 더미도 만만찮다. 오늘도 일에 파묻혔다가 오후 아홉 시 전에 노트북을 닫고 자리를 떴다. 신참이라 야간사건 처리에 동원되는 하야시베가 눈치채지 못하게 형사실을 빠져나왔다.

오늘은 유토피아에 가지 않기로 했다. 인형을 가지고 놀던 미라이의 귀여운 미소를 떠올리며 JR 가마타 역으로 향했다.

딸 유나는 이미 잠들었을 것이다. 요스케와 단둘이 밤을 맞을 걸 생각하니 마음이 무거워졌다. 안 그래도 요즘 들어 남편의 말수가 부쩍 줄었다. 독박 가사와 육아, 리호코의 늦은 귀가에 신경이 곤두선 걸까. 요스케陽介는 그 이름만큼이나 밝고 따스한 사람이다. 친구들과 주변 사람이 모두 인정하는 부분이기도 하다. 그러나 가족 간의 소통 부족은 불안감을 낳는다. 요즘 자신이 새장 사건 수사를 우선시한 탓이다. 내가 담당 사건이 아닌 일에 매달리고 있다는 사실을 요스케가 알게 되면 화를 낼까? 아니면 기가 막혀 할까?

이런저런 생각을 하느라 리호코는 게이힌 도호쿠선을 탄 뒤에야 스마트폰을 확인했다. 인터넷 판매 사이트와 신용카드 회사에서 온 메일들 사이로 'hana'라는 심플한 영문자가 보였다. 술렁

이는 마음으로 메일을 클릭했다.

"모리가키 형사님, 부탁이에요. 혹시 따님 보험증 좀 빌려주실 수 있나요? 기다리겠습니다."

내용은 그게 다였다. 서둘러 발신 시각을 확인했다. 오후 7시 10분. 벌써 두 시간이 지났다.

'따님? 유나?' 리호코는 혼란스러웠다. 예전에 팬케이크 카페에서 경계심을 풀고자 한 살배기 딸이 있음을 언급했었다. 하나는 "그렇구나. 형사님도 보통 사람이네요."라고 당연한 사실을 이제야 깨달았다는 듯 웃었다. 그런데 딸의 보험증을 빌리고 싶다는 건?

비슷한 또래의 미라이를 병원에 데려가려고? 리호코는 스마트폰을 움켜쥐었다. 그들은 보험증이 없어서 다치거나 아프면 시판 약으로 어떻게든 버틴다고 했다. 심각한 경우는 협상계인 료가 가나우치 집안에 얘기해 누군가의 보험증을 빌린다. 하지만 미라이는 아직 두 살이다.

어른과 달리 몇 살쯤 속이는 게 불가능해서 마땅한 보험증을 구하지 못한 게 아닐까? 아무리 리호코가 주민들에게 협조적이라고는 해도 웬만해서는 형사에게 이런 부탁을 하진 않을 것이다. 그런데도 연락했다면?

차내의 승객들은 일 년 반 가까이 기승을 부리는 코로나19 바이러스 때문에 모두 마스크를 쓰고 있었다. 전차가 오이마치 역으로 미끄러져 들어갔다. 승객을 뚫고 열린 문으로 망설임 없이 달려나갔다. 끝나가는 출발음을 들으며 맞은편 전철에 가까스로 뛰어들었다. 그 순간 등 뒤에서 문이 닫히는 소리가 났다.

미닫이문을 힘껏 열어젖혔다. 그 소리에 주민들이 하얀 커튼 안쪽에서 허겁지겁 얼굴을 내밀었다. 하나가 달려 나왔다.

"메일 보셨구나, 고맙습니다."

그녀는 리호코의 손을 잡고 침실로 끌고 갔다. 분리된 안쪽 공간에 발을 들인 건 처음이었다. 천장에 커튼을 매달아 여러 방으로 나눈 각 공간에 각자의 옷과 짐이 놓여 있다. 하나의 손에 끌려간 곳은 그중에서도 가장 넓은 공간이었다. 세 사람분의 이불이 깔려 있고 가운데에 미라이가 누워 있다. 머리맡에는 부모인 아쓰시와 루미카가 하얗게 질린 얼굴로 앉아 딸의 손을 잡고 있었다.

"열이 펄펄 끓어. 아침까지만 해도 괜찮았는데 퇴근하고 오니 이 지경이 돼 있더라고. 야근조 동료들이 돌봐주긴 했는데 몇 번이나 토했대."

뒤쫓아온 요시코가 리호코의 등에 대고 말했다.

"아까는 악몽이라도 꿨는지 귀신이 있다느니 난리도 아니었다니까. 루미카가 아무리 달래도 어찌나 무서워하는지. 지금은 그럴 기운도 없나 봐. 한 번씩 기침만 할 뿐 이렇게 축 늘어져 있어.

아무래도 이상해."

리호코는 미라이의 옆에 앉았다. 잔머리가 붙어 있는 이마에 조심스럽게 손을 갖다 댄 순간 열이 확 느껴졌다. 땀을 비 오듯 흘리고 호흡도 빠르다. 무엇보다 무서운 건 반쯤 뜬 눈에 초점이 없다는 것이다. 몸의 반응도 전혀 없었다. 의학지식이 없는 비전문가의 눈에도 심상치 않아 보였다. 유나도 감기에 여러 번 걸렸었다. 38도로 열이 오른 적도 있지만 움직임만 약간 둔하지 평소처럼 바닥에 앉아 텔레비전도 보곤 했다. 열이 있어도 아이들은 의외로 건강하다. 일반적으로는.

미라이도 어제는 그러지 않았을까? 열이 나도 상태가 안 좋다는 자각 없이 평소처럼 인형 놀이를 하며 지냈을 것이다. 그러다가 오늘 증상이 악화되어 어른이 봐도 한눈에 알 수 있을 만큼 상태가 안 좋아진 건지 모른다. 그런데 귀신이 있다며 난리를 피운 것은 신경이 쓰인다. 고열에 의한 섬망 증세일 것이다.

리호코도 초등학교 저학년 때 독감에 걸려 환각을 본 적이 있다. 눈앞에 벌레가 날아다니는 듯한 착각에 빠져 몇 시간을 내리 울었다. 그때의 공포가 아직도 선명하다. 더구나 2021년 가장 의심이 가는 건 밀접접촉자의 집단감염이다.

뉴스에서 들은 말이 리호코의 머리를 스쳤다. 자신과 하야마 때문인가. 자각 증상은 없었지만 알게 모르게 어느 한쪽이 바이러스를 반입했을지도 모른다. 만약 미라이가 코로나 바이러스에 감염됐다면 어떻게 되는가. 일단 병원에 가더라도 미라이의 증상은 보건소에 보고된다. 보호자인 아쓰시와 루미카도 조사 대상이 될 것이다. 이곳 주민들은 창고 내에서 마스크를 쓰고 있지 않기 때문에 모두 밀접접촉자다. 확진자가 잇따라 집단감염으로 인정된다면 이 식품 공장의 존재는 도지사에게 알려지게 된다. 절대 안 될 일이다. 이런 식으로 유토피아가 끝을 맺는 건. 적어도 그들이 납득한 뒤가 아니면.

납득? 나는 그들을 '납득'시키려 하고 있는가?

리호코는 피어오른 질문을 깊이 밀어 넣었다. 지금은 눈앞의 미라이부터 구하고 봐야 한다. 해결책을 생각해야만 한다.

"형사님, 제발요!"

옆에 서 있던 하나가 리호코의 팔을 세게 잡았다.

"료가 마사루 사장에게도 물어봤는데 가나우치 집안에도 두 살 정도 나이대의 아이는 없대요. 우리가 아는 사람 중에 미라이와 나이가 비슷한 여자아이는 형사님 딸밖에 없어요. 제발 미라이를 병원에 데려가 주세요!"

그게 가능할까? 근처 병원으로 달려가 미라이를 자신의 딸로 속이고 유나의 보험증으로 치료받게 한다? 아니, 그건 무리다. 애초에 유나와 미라이는 한 살 이상이나 나이 차이가 난다. 의사가 의심하지 않을 리 없다. 무엇보다 리호코는 경찰이다. 병원이나 건강보험조합을 속여 돈을 빼갈 순 없는 노릇이다.

"그러니까 말했잖아."

어느새 나타난 료가 리호코 뒤에서 쏘아붙였다.

"형사한테 의지해도 소용없다고. 무사히 누군가의 보험증을 빌린다 해도 사기죄로 잡혀 들어갈걸. 연락 따위 하지 말았어야 했어."

"이제 와 그게 다 무슨 소용이야. 그럼 어떡하라고? 여기서 그냥 미라이를 지켜보기만 해? 이렇게 힘들어하는데?"

"최악의 경우 보험을 쓰지 않고 진찰받으면 돼."

"만약 몇 주, 몇 개월씩 입원하게 되면? 여기 그럴 돈 있어? 병원에서도 거절할 텐데. 가나우치 씨가 건강했다면 도와줬을지도 모르지만, 마사루 사장은 그러지 않을 거야!"

하나가 눈물을 글썽이며 대들었다. 료도 더 이상은 대꾸하지 못했다. 주민들의 지지를 받는 총명한 료조차 뾰족한 수가 없는 듯했다.

리호코는 괴로워하는 미라이를 내려다보며 머리를 쥐어짜다 번뜩이는 게 있었다. 리호코는 어깨에 메고 있던 가방에서 명함 지갑을 꺼냈다.

"누구한테 연락하려고요?"

료가 한쪽 눈썹을 치켜올렸지만 리호코가 전화 거는 것을 막지는 않았다.

"네, 소노무라입니다."

"밤중에 실례합니다. 일전에 방문했던 모리가키라고 합니다만."

소노무라 가쓰오는 리호코를 기억하는 듯했다. 벌써 밤 열 시가 되어가는 데도 불쾌감을 드러내긴커녕 따듯한 목소리로 리호코의 전화를 받아주었다. 리호코는 사정을 전부 다 털어놓았다.

—열다섯 명의 무호적자가 아무도 모르게 집단생활을 하는 곳이 있다. 그곳에 사는 무호적 3세 유아가 열이 심하다. 상태가 심각해 보여서 지금 당장 병원에 가고 싶은데 어떻게 하면 좋을까.

상담 중에 료가 얼굴빛을 바꾸며 다가왔다. 그런 리더를 테페이와 다쿠로가 팔을 잡고 말렸다.

소노무라가 진지한 목소리로 말했다.

"가마타 근처에 노숙인 같은 응급환자도 적극적으로 받아주는 병원이 있어요. 그리로 가세요. 예전에 상담받았던 무호적자를 구급차로 옮길 때 동행한 적이 있어요."

그 말에 어둠이 걷혔다.

"나도 당장 갈게요. 그래야 창구에서 이야기가 잘 통할 테니까. 돈은 일단 이쪽에서 마련할 테니 안심하고 아이를 데려오라고 부모님께 전해 주세요. 괜찮지요?"

일을 척척 진행하는 소노무라의 말에 리호코는 전율을 느꼈다. 몇 번이고 감사 인사를 하며 병원 이름과 위치를 물은 다음 전화를 끊었다. 이어서 택시 회사에 전화해 배차를 의뢰했다.

“자세한 건 나중에 얘기할게요. 아쓰시 씨는 미라이를 안으세요. 루미카 씨는 필요한 물품 챙기고요. 나머지 분들은 여기서 기다려 주세요. 뭐 더 필요한 거 있으면 하나 씨에게 메일 보낼 테니까 컴퓨터는 켜놓고.”

리호코가 빠르게 지시하자 아쓰시와 루미카가 불안한 표정을 지었다. 진찰 비용은 무호적자를 지원하는 NPO 법인이 대신한다고 하자 두 사람은 부둥켜안았다. 그 반응에서 소노무라가 안심하고 아이를 데려오라고 강조했던 이유를 이해했다. 그녀는 돈이 없어 진료를 미루다 목숨이 위태로워진 무호적자를 지금까지 숱하게 봐온 것이다.

택시가 도착하는 시간을 가늠해 축 늘어진 딸을 안은 아쓰시와 가방을 안은 루미카와 함께 창고를 나섰다.

“부탁해요, 형사님.”

하나의 간곡한 목소리가 뒤에서 들렸다.

초조하게 바라보는 테페이와 요시코. ‘힘내, 미라이!’라고 중얼거리는 다쿠로. 입술을 깨물고 있는 료. 다들 간절한 마음으로 배웅을 했다.

리호코는 그들을 향해 가볍게 손을 든 뒤 앞서가는 젊은 부부를 쫓아갔다. 주위에 누가 없는지 조심조심 살피면서 부지를 나와 십여 미터 앞에 있는 택시로 달려갔다. 뒷좌석 문을 열어 아이를 안은 아쓰시와 루미카를 밀어 넣었다. 조수석에 올라타고 병원 이름을 대자 백미러를 멍하니 바라보던 운전자가 힘차게 차를 몰았다.

어두컴컴한 병원 복도에서 아쓰시와 루미카는 서로 손을 맞잡은 채 눈물을 흘렸다. 그 옆에는 하나와 다쿠로가 조금 떨어져 앉았다. 두 사람은 30분쯤 전에 입원에 필요한 미라이의 짐을 안고 도착했다.

"왜 진작 알려주지 않았어요. 이렇게 어려운 사람들이 있었다면 당장이라도 협조했죠. 우선 건강보험 가입 절차부터 밟았을 거예요. 그랬다면 열이 난 걸 알았을 때 바로 병원에 갔을 텐데."

리호코는 허리에 양손을 얹고 우뚝 서 있는 소노무라 가쓰요를 향해 죄송하다고 고개를 숙였다. 무호적자 지원 전문가인 소노무라에게는 노하우가 있었다. 도의회 의원이라는 어디서나 통용되는 직함도 있다. 미라이가 이 지경이 될 때까지 유토피아의 존재를 밝히지 않은 리호코에게 소노무라가 화를 내는 것은 당연하다.

세균성 수막염. 방금 당직 의사가 입에 올린 병명은 코로나 바이러스 폐렴보다도 훨씬 더 무서운 것이었다.

—아이의 목숨을 위협하는 감염병이다. 뇌와 척수를 감싸는 수막 속까지 세균이 침투해 발병한다. 최근 일본에서의 사망률이 5%를 넘었고, 20% 이상의 환아에게서 지능 장애나 난청 등의 후유증이 남는다. 원인을 일으키는 세균은 몇 가지 종류가 있다.

하지만 보통은 나라에서 비용을 부담하는 히브 백신이나 폐렴구균 백신을 생후 바로 접종해야 예방할 수 있다.

이를 의사에게 설명 듣고 울음을 터트린 건 루미카였다. 그 후 소노무라 가쓰요에게 호되게 야단맞고 사태의 심각성을 깨달았는지 아쓰시도 고개를 숙인 채 어깨를 들썩이며 흐느꼈다.

"몰랐다면 어쩔 수 없지만, 모리가키 씨한테 주민표나 국민건강보험에 대해 뻔히 듣고도 취득을 거부했다니. 아주 옛날엔 영유아 사망률이 얼마나 높았는지 알아요? 아니, 아주 옛날도 아니지. 내가 태어나기 얼마 전까지만 해도 스물다섯 명 중 한 아이는 죽었어요. 당신들이 지금까지 예방접종을 일절 하지 않고도 건강히 살 수 있었던 건 그저 운이 좋았던 것뿐이에요."

소노무라가 다시 아쓰시와 루미카를 향해 따끔하게 말했다.

"그런 당신들한테 딸이 태어난 건 기적이에요. 의사나 조산사의 도움도 없이 정말 애썼어. 하지만 그렇게 태어난 딸에게 당신들과 같은 운명을 지게 해선 안 돼요. 미라이가 제대로 성장하고 교육받고 자유를 얻을 수 있도록 당신들은 부모로서 각오를 다져야 합니다. 설령 그것이 당신들의 신념과 부딪친다 해도 일단은 미라이의 행복이 우선 아니겠어요?"

젊은 두 사람은 급기야 오열했다. 자신들의 잘못으로 손에서 떨어뜨릴 뻔한 딸의 목숨을 생각하니 쏟아지는 감정이 멈추지 않는 것이다.

미라이는 지금 심전도 모니터를 달고 혼자 병실에 누워 있다. 응급실에서 진료를 받자마자 의사의 안색이 변하며 당장 입원이 필요하다는 통보를 받았다. 검사와 처치가 이뤄지는 동안에는 부모도 함께 있을 수 없다. 병실로 옮겨진 뒤에는 15분 정도 면회가 허용되지만, 코로나19 방침에 따라 병실 밖에서 기다리라는 지시를 받았다. 항균제 치료가 필요하기에 최소한 열흘 정도는 입원이 필요하다고 했다.

새벽 3시가 넘어서고 있었다. 소노무라가 리호코와 젊은 부부를 꾸짖은 것도 의사의 말에 안도한 후였다. 그때까지 몇 시간 동안은 말을 나눌 여유조차 없었다. 하나와 다쿠로가 미라이의 짐을 챙겨 달려온 지금 무거운 침묵이 겨우 깨졌다.

"소노무라 씨, 감사합니다. 정말 감사해요. 정말로."

아쓰시와 루미카 대신 하나가 고개를 숙였다. 갈색 머리가 흐트러질 정도로 격하게 머리를 숙이는 모습에 엄한 표정을 짓던 소노무라의 얼굴이 어느새 풀렸다. 큰일이 아니라서 다행이라는 소노무라 씨의 다정한 말에 하나가 "네!"라면서 눈물로 범벅된 얼굴을 들었다.

"이렇게 친절한 사람도 있구나."

잠자코 있던 다쿠로가 나직이 중얼거렸다.

"이렇게 다를 수가 있나. 우리를 끌어내 경찰에 팔아넘기려는 작자들도 있었는데."

"경찰에 팔아넘겨? 누가요?"

다쿠로의 말에 리호코가 따지듯 물었다. 다쿠로는 불쾌한 기억을 떠올리며 말했다.

"전단을 받은 적이 있어요. 가볍게 산책을 나갔다가 가나타 역 앞에서. '호적이 없는 분을 아시나요?'라고 크게 적힌 종이였는데."

소노무라가 눈을 크게 뜨고 다쿠로를 내려다봤다. 그 시선을 눈치채지 못했는지 다쿠로는 계속해서 말을 이었다.

"놀라서 멈춰 서니까 바로 말을 걸더라고. 그래서 죽기 살기로 도망쳤지. 저런 식으로 동네 사람들에게 말을 걸어 숨어 사는 무호적자를 찾아내려 하는구나. 난 세금 한 번 낸 적이 없고 유토피아에서 살기 전까지는 도둑질도 밥 먹듯이 했으니, 잡히면 바로 끝장이다 싶었죠."

리호코가 소노무라의 사무실에서 들은 내용과 일치했다. 가마타 역 앞에서 전단을 배부하다 만난 젊은 남자 이야기.

"다쿠로 씨가 받은 건 소노무라 씨가 대표로 있는 NPO 법인의 전단이에요. 지원 활동을 널리 알리고자 정기적으로 배부하고 있었대요."

리호코가 설명하자 다쿠로 눈빛이 흔들렸다.

"당신이었군요."

소노무라가 긴 의자에 앉은 다쿠로 쪽으로 한발 다가섰다.

"호적 문제로 어려운 처지에 있는 분일지도 모른다고, 계속 마음에 걸리던 참이었어요. 그땐 갑자기 말을 거는 바람에 놀랐죠? 미안해요."

"아니, 저는 분명 우리 삶을 무너뜨리려 한다고 생각했어요."

"지금 당신 이야기를 들으니 알겠어요. 저희는 가능한 한 많은 무호적자와 닿고 싶어요. 그래서 전단을 돌렸는데 정작 호적 문제로 어려움을 겪고 있는 사람한테는 전혀 와닿지 않는 전단이었나 보네요. 설마 정반대의 의미로 받아들여질 줄은 몰랐어요. 반성해야겠네요."

소노무라가 어깨를 축 늘어뜨렸다. 다쿠로가 당황한 듯 "그건, 제가."라며 일어서려 했다. 하나는 "다쿠로가 바보라서 그러니 신경 쓰지 마세요!"라며 노골적으로 말했다. 그러자 소노무라는 마음을 가다듬고 미소를 지어 보였다.

"어찌 됐건 이렇게 무사히 다시 만나 다행이에요. 힘들어하는 미라이에게는 미안하지만 오늘 여기까지 온 게 큰 의미가 있었네요. 모리가키 씨, 저한테 연락 주셔서 정말 고마워요."

감사의 뜻은 리호코 쪽에서 전하고 싶었다. 소노무라가 재빨리 움직여 주지 않았다면 미라이는 목숨을 잃었을지도 모른다. 아니면 리호코가 딸의 보험증을 타인에게 빌려주는 사기 행각을 벌였을지도 모를 일이다.

"아쓰시 씨와 루미카 씨도 연립 주택으로 이사하는 거 생각해

둬요. 미라이에게 예방접종을 시키려면 주민표가 있어야 해요. 그러려면 어딘가에 거주 실태가 있어야 하니까."

아쓰시와 루미카가 어찌해야 할지 모르겠다는 의미로 서로를 바라봤다.

"물론 지금 사는 곳을 당장 나오라는 뜻은 아니에요. 다만 공장 부지를 주소로 할 순 없잖아요. 우선 갖춰둘 건 제대로 갖춰두고, 그런 다음 천천히 정리해 나가도록 하죠."

소노무라의 따뜻한 말에 아쓰시와 루미카가 눈가를 훔치며 몇 번이나 고개를 끄덕였다. 하나는 장난스럽게 엄지를 치켜세웠다. 다쿠로는 잘됐다며 아쓰시의 어깨를 다독였다.

리호코는 지금까지 유토피아 주민들과의 대화에 심혈을 기울여 왔다. 처음엔 새장 사건 수사에 도움을 받을 수 있을지도 모른다는 계산이 있었다. 그러다 무호적 문제에 시달리는 그들을 돕고 싶다는 순수한 마음으로 바뀌었다. 그런데도 일부 거주민에게는 거절만 당해서 몇 번이나 마음이 꺾였다. 하지만 반성하고 울음을 터뜨리는 이 젊은 부부를 앞에 둔 지금, 그들 중 누구도 미워할 수 없음을 실감했다. 그들은 단지 살아가는 방법을 몰랐을 뿐이다. 그뿐이다.

"그럼 난 이만 가볼게요. 어차피 내일이나 돼야 면회가 가능하니까. 다들 일찍 들어가서 푹 쉬어요. 미라이도 씩씩한 엄마 아빠가 보고 싶을 테니까."

소노무라는 병원 복도를 떠났다. 그녀의 하얀 블라우스와 남색 치마가 모퉁이를 돌아 보이지 않자 누군가 조심스레 리호코의 어깨를 감쌌다. 돌아보니 하나가 쭈뼛쭈뼛 죄송하다고 말하며 어색한 듯 눈을 내리깔았다.

"죄송하다니. 뭐가?"

"저번에 형사님이 도시 일 때문에 도와줬는데. 인사도 제대로 못 했어요. 너무 심했죠."

"그건 신경 쓰지 마요. 나도 혼자 멋대로 단정 지었는데 뭘."

"아니에요. 형사님은 어쩔 수 없죠. 그게 일이잖아요. 다 내 잘못이에요. 그런데도 오늘 제 메일을 보고 바로 달려와 주셔서 감사해요."

리호코는 괜찮다는 말 대신 하나의 어깨에 살며시 손을 얹었다. 가냘픈 어깨에 힘이 잔뜩 들어갔지만, 잠시 후 안심한 듯 스르르 힘을 뺐다.

리호코는 아쓰시와 루미카가 진정되기를 기다렸다가 오전 네 시가 넘어서야 병원을 떠났다. 첫 전차를 탔다. 집에서 가장 가까운 고마고메 역에 도착할 무렵에는 하늘이 완전히 밝아 있었다.

요 사흘 동안 이런 식으로 이른 아침을 맞은 게 두 번째다. 하늘이 자신을 시험하는 건지도 모른다. 그만큼 이런저런 일들이 많았다. 머릿속에 걸려 있는 무언가가 점점 무시할 수 없는 크기가 되었다. 그게 뭔지 생각하려면 일단 한숨 자야 할 것 같다.

*

리호코는 샤워를 하고 조심조심 침실 문을 열었다. 침대에 이불을 걷어차고 대자로 누워 있는 작은 실루엣이 보인다. 이불을 다시 덮어주며 잠에 빠진 통통한 딸의 얼굴을 잠시 바라봤다. 그러고는 남편 옆으로 슬그머니 기어들었다.

"수고했어." 남편이 비몽사몽 웅얼거렸다. 깜짝 놀란 리호코가 다녀왔다며 낮게 속삭이자 저음의 코 고는 소리가 대답으로 들려왔다.

죽은 듯이 잠에 빠진 건 겨우 50분 정도였다. '아—', '우아아—' 하고 유나만의 표현으로 엄마 아빠를 부르기 시작했다.

육아의 아침은 날마다 어김없이 찾아온다. 납덩이처럼 무거운 몸을 힘들게 일으켜 아기 침대로 갔다. 이불 위에 오도카니 앉아 있던 유나가 리호코를 보더니 함박웃음을 짓고 손발을 바둥거렸다. 사흘 동안 이틀 밤이나 집을 비운 나를 엄마로 인식해주는 딸이 고마울 뿐이다. 리호코는 가슴 높이의 안전바를 내리고 달려드는 딸을 끌어안았다.

거실 매트 위에 딸을 내려놓자 쌓기 놀이 장난감으로 혼자 놀기 시작했다. 리호코는 그 사이에 부엌으로 가서 냉동실에서 이유식을 꺼내 전자레인지에 돌렸다. 요스케가 만들어 둔 것이다. 싱겁게 조리한 생선과 육수에 익힌 채소가 육아서에서 추천하는 분량만큼 작은 조각으로 정성스럽게 담겨 있다. 이유식을 식히는 동안 인스턴트 커피 한 잔을 내렸다.

숟가락을 직접 입으로 가져가려는 유나를 도와 아침 이유식을 먹이자 다시 매트에서 놀기 시작했다. 쌓기 놀이를 하는 유나를 멍하니 바라보며 리호코는 식은 커피를 마셨다. 아이 기저귀 갈기, 옷 갈아입히기, 어린이집 등원 준비는 물론 자신도 씻고 챙겨야 하는데 몸이 마음대로 움직이지 않는다.

눈이 저절로 유나를 쫓았다. 좋아하는 곰 인형을 방에서 끌고 와 양손으로 끌어안은 채 거실 매트에서 뒹굴고 있다. 땀을 비 오듯 흘리며 괴로운 듯 숨을 쉬던 미라이의 모습이 뇌리에 되살아났다. 작은 몸집, 금방 엉켜버리는 가느다란 머리카락, 보드라운 피부, 부들부들한 볼. 두 여자아이의 공통점이 많다. 무엇이 두 아이를 나누었을까?

리호코는 유나를 낳던 순간을 떠올렸다. 밝은 조명이 켜진 분만실에서 여러 명의 의사와 조산사가 웃는 얼굴로 말했다.

—건강한 여자아이네요. 귀여워라. 체중도 좋아 보이네요. 자, 안아보실래요? 괜찮아요. 천천히.

"좋은 아침." 느지막하게 일어난 요스케가 잔뜩 뻗친 머리를 하고 웃으며 다가왔다.

"그런데 왜 울어?"

리호코는 눈 밑을 만지고서야 눈물이 뺨을 타고 흘렀다는 걸 알았다. 유나가 남편 곁으로 아장아장 걸어가는 모습을 바라보며 서둘러 눈물을 닦았다.

"피곤해? 아침에 들어왔잖아."

요스케가 유나를 안아 올리더니 뺨을 갖다 댔다. 이내 구석에 있는 옷장에서 작은 티셔츠와 레깅스를 꺼내 신이 난 유나를 바닥에 내려놓고 능숙하게 갈아입히기 시작했다.

"근데 무슨 일이야?"

요스케가 걱정이 가득 담긴 목소리로 물었다.

평일에는 밤늦게까지 노트북과 씨름하고 아침에는 리호코와 유나가 집을 나설 시간이 되어도 일어나지 않던 요스케가 오랜만에 말을 걸어왔다.

"내 문제로 운 건 아니야. 자세한 건 말할 수 없지만, 어젯밤에 아픈 애를 병원에 데려다줬어. 다행히 생명엔 지장이 없는데 그 애가 유나보다 한 살 위 여자애라 생각이 좀 많아지는 바람에."

"경찰은 역시 힘든 직업이네. 당직도 아닌데 안 들어오니까 큰 사건이라도 났나 싶었거든. 그런데 그런 일이 있었구나."

유나의 포동포동한 팔을 티셔츠 소매에 넣으면서 요스케가 얼굴을 찡그렸다. 리호코는 자신이 연락도 없이 아침에 들어온 걸 아직 사과하지 않았다는 것을 깨닫고 황급히 입을 열었다.

"미안해, 저녁밥 내 것도 남겨 놨던데."

"괜찮아. 내가 점심때 먹으면 돼."

"아까 많이 아픈 애를 생각하니까 유나는 건강하게 자라줘서 다행이다 싶더라. 이것도 다 요스케 당신 덕분이야. 난 아무것도 한 게 없는데…."

요스케가 가만히 리호코를 바라봤다. 리호코는 서둘러 말을 이었다.

"요새 기분이 좀 그랬지? 내가 평일 밤에도 늦게 들어오고 주말에도 나가니까. 형사과에 복귀하기로 결정했을 때 당신도 각오를 다지긴 했겠지만, 이 정도로 가정을 소홀히 하게 될 줄은 몰랐어. 엄마로서 실격이야. 아무래도 일에 대해서 다시 생각해 봐야겠어."

최근 리호코의 마음에 걸려 있던 속마음이 툭 튀어나왔다. 유괴된 새장 사건 남매를 찾고 싶다, 담당 사건의 진범을 잡고 싶다, 그런 생각들로 요스케에게 부담을 떠안겼다는 것을 알고 있었다. 지금은 응석을 부리는 유나지만 언제 엄마를 외면해도 이상하지 않다. 하지만 그만둘 수는 없다. '어려운 사람'들이 눈앞에 있는 이상 멈출 수 없다.

리호코는 살며시 고개를 숙였다. 요스케는 좀처럼 답이 없었다. 역시 화가 많이 났다는 생각에 우울해지려는데 갑자기 유나의 유쾌한 웃음소리가 들렸다. 보니까 요스케가 매트 위에 네 발로 엎드려 등에 유나를 태우고 돌아다니고 있었다. 그의 커다란 왼손이 딸아이의 등에 올려져 있다.

유나가 재밌다는 듯이 몸을 앞뒤로 흔들었다. "요즘 이거에 재미 들린 것 같아."라며 딸이 예뻐 죽겠다는 표정이다. 리호코와 눈이 마주치자 안쓰러운 듯 말했다.

"자기는 잠이 많이 부족한 것 같아. 오늘은 내가 어린이집에 보낼게. 지금 하는 일이 좀 마무리되면 몰아서 자. 가능하면 12시간 정도. 그동안은 내가 유나를 볼 테니까."

육아에 지쳤을 법한데 요스케의 목소리는 쾌활했다.

"자기 쉬는 날 푹 자고 쇼핑몰에 가자. 나랑 유나랑 셋이서. 가끔은 가족 서비스를 요구해도 괜찮지?"

요스케가 자세를 바꿔 유나를 목말을 태웠다. 키 큰 요스케가 일어서자 천장 근처까지 올려진 한 살배기 아이가 환한 미소를 지었다. 유나 손이 머리를 움켜쥐자 "아얏!" 하고 요스케가 펄쩍 뛰어올랐다. 유나가 또다시 까르르 웃는다. 서로 장난치는 아빠와 딸을 바라보며 그제서야 깨달았다. 리호코를 가장 잘 이해해주는 건 남편 유스케라고.

세상에 완벽이란 없다. 마찬가지로 완벽한 인간도 없다. 불완전한 인간끼리 부족하더라도 서로 보듬어주며 겨우 그럴듯한 형태를 유지하며 산다.

그러나 태어난 순간, 한 사회의 그물망에서 빠져나온 사람도 있다. 자신이 사는 곳이나 직업을 자기 의지로 선택하지 못하는 사람들이다. 그들의 고통에 비하면 일에서도 가정에서도 완벽을 추구하려는 자신이 얼마나 오만하고 사치스러웠는지 돌아보게 된다. 삶은 '완벽'이 아니라 '충분'을 지향하면 되는 것이었다. 사소한 부분은 눈감아주고 나를 있는 그대로 인정해주는 따뜻한 사람들과 함께.

유나를 어깨에서 내린 요스케가 "아, 기저귀 아직 안 갈았구나."라면서 일어섰다. 능숙한 동작으로 유나를 안고 방으로 가려는 요스케에게 외쳤다.

"고마워. 지금 맡은 사건이 해결되면 조금이라도 빚 갚을게."

"급할 거 없어. 나중에 노후에나."

"그러면 이자가 비쌀 것 같은데."

"빚이 아니야." 요스케가 유나의 등을 쓰다듬으며 말했다.

"괴롭겠지만, 힘내. 단, 죽지 않을 만큼만 말이야."

"그때는 내 사망 보험금을 쓰면 되겠다. 순직이면 특별위로금도 나올 거고. 꽤 짭짤할 거야. 유나랑 맛있는 거라도 먹으러 가."

"그런 무서운 농담은 그만두시지!"

요스케가 환한 목소리로 말하며 방으로 들어갔다. 아기 침대에서 기저귀를 가는 동안 아빠빠빠 부르는 유나의 목소리가 기분 좋게 들려왔다.

리호코는 옛날부터 줄곧 아이 갖는 걸 동경했다. 동시에 형사가 되겠다는 꿈도 포기할 수 없었다. 요스케를 만나기 전까지는 자신의 요구를 다 받아주는 남자가 있을까 고민했었다. 남편 없이도 아이만이라도 가질 수 있는지 검색한 적도 있다. 싱글맘 형사라니. 그럼 남편이 있는 지금보다 훨씬 힘들었을 텐데 대체 무슨 생각이었지. 생각해 보니 우스웠다.

리호코는 아무렇지 않다는 요스케의 말에 힘을 얻어 자신감을 되찾았다. 온 힘을 다해 눈앞의 사건을 해결해야 한다! 그것이 형사인 리호코의 정의이자 사명이다.

리호코는 레이스 커튼에 비치는 아침 햇살을 바라보며 커피를 한 모금 마셨다. 마음이 안정되자 다시 머릿속에 걸렸던 게 떠올랐다. 잠들기 전보다 더 또렷해졌다.

아늑했던 2층 공간. 하야마의 생각에 잠긴 얼굴. 최근 3주 동안 본 갖가지 광경이 눈꺼풀 뒤를 스쳤다. 머그컵을 움켜쥔 채 두통이 올 때까지 계속 생각했다. 혼란에 휩싸였던 상념들이 서서히 정리되어 간다. 안개가 걷히고 시야가 트였다.

'탁' 하는 의자 소리에 정신을 차려 보니 리호코는 혼자 거실 한가운데 서 있었다. 얼른 식탁 위에 놓인 스마트폰에 손을 뻗었다. 통화 기록에서 '하야마 게이지'란 이름을 터치해 귀를 갖다 댔다.

신호음이 세 번 울리다 뚝 끊겼다.

"어쩐 일이야, 이 시간에. 아직 여섯 시."

"물어보고 싶은 게 있어요. 누마타 가나에 건 말인데요. 그녀를 불심검문 한 직후에 한 번 만난 사람의 얼굴은 절대 잊지 않는다고 하셨지요. 그거 진짜예요?"

"실례 아닌가. 진짜지 그럼. 자신 없으면 그렇게 말하지도 않지."

"그렇다면 또 하나 중요한 질문을 할게요."

하야마가 뭔가 알아차린 듯 숨을 멈췄다.

리호코는 차분하게 자기 생각을 말했다. 의외로 하야마는 조용히 들었다. 이윽고 하야마가 몇 가지 의문을 던졌다. 리호코가 간결하게 대답하자 '과연' 하고 신음하는 소리를 냈다.

"리호코 말은 알겠어. 지난 수사 자료를 다시 봐야겠군. 오늘 움직일 수 있나?"

"죄송하지만 오늘은 서에서 범인 체포가 예상되는 사안이 있어서요. 밤늦게야 끝날 거예요. 끝나면 연락드리겠습니다."

말을 마치기도 전에 하야마가 전화를 끊었다. 한결같이 무례한 남자다. 그렇다고 비공식적으로 수사에 참여하고 있는 이상 불평은 할 수 없다. 새장 사건은 일단 그에게 맡기기로 했다. 리호코에게는 먼저 정리해야 할 일이 있었다.

지난 4월의 밤을 떠올렸다. 그때는 아직 공기가 싸늘했다.

아파트 앞 담벼락에 기대어 있던 경박해 보이는 젊은 남자와 전봇대 그늘에서 겁먹은 얼굴로 이쪽을 살피던 조그만 몸집의 여자. 그녀가 입고 있던 밝은 하늘색 상의. 바람에 흔들리던 흰색 스커트.

요즘 새장 사건에만 정신이 팔려있었다. 하지만 잊어서는 안 될 사건이 있다.

유토피아에 이끌리게 된 그 최초의 사건을. 우선 그것부터 매듭을 지어야 한다.

#3

모두의 유토피아를 위하여

어슴푸레한 하늘에 낮의 잔향이 감돌고 있다. 막 접어든 여름과 도시의 불빛이 어우러져 밤의 시작을 늦추고 있다.

리호코와 하야시베가 창고 문을 연 것은 6월 3일 오후 7시 30분. 공장 건물이 막 어둠에 뒤섞일 무렵이었다. 거실에 모여 있던 주민들이 일제히 미닫이문 쪽을 돌아보았다.

이번 달 취사 당번인 하나는 부엌에 있는 기다란 탁자 앞에, 요시코와 테페이는 좌탁에, 다쿠로는 소파에 앉아 만화책을 보고 있고 방금 공장에서 돌아온 료는 세탁기 앞에 서 있었다.

아쓰시와 루미카는 없다. 아마도 입원 중인 미라이에게 갔을 것이다. 하나가 프라이팬을 휴대용 가스레인지에 올려놓으면서 큰 소리가 났다.

"잠깐, 이 사람은 또 누구?"

테페이가 손가락으로 하야시베를 가리켰다. 요시코도 기가 막힌다는 눈으로 리호코와 하야시베를 봤다.

"왜 또 다른 형사를 데려와? 이곳에 대해 아무에게도 말하지 않겠다고 처음에 하나한테 분명히 약속한 걸로 아는데. 어제 같은 긴급 상황이라면 몰라도 이렇게 쉽게 어기다니. 생각이 바뀌었나?"

"죄송합니다. 오늘은 다른 일로 찾아왔어요. 이 사람을 데려온 건 수사상 필요해서입니다."

리호코는 겉옷 안주머니에서 종이 한 장을 꺼내 보였다.

"수색 영장이 나왔습니다. 사이토 도시키에 대한 살인 미수 건으로 하나 씨한테요. 사건과 관련된 증거품이 없는지 창고 안을 좀 살펴봐야 할 것 같습니다."

"그게 무슨 말입니까?"

창고 구석에 있던 료가 따지듯 성큼성큼 다가왔다.

"또 하나를 체포하려는 건가요? 하나는 혐의가 없어서 풀려난 거 아니었나요?"

"아니오."

리호코는 부정하며 신발을 벗고 거실에 발을 디뎠다. 황급히 뒤따르는 하야시베의 발소리를 들으며 리호코는 천천히 3인용 소파 쪽으로 다가갔다.

"편의상 수색 영장은 하나 씨 앞으로 돼 있습니다. 하지만 딱히 하나 씨의 소지품을 뒤지려는 건 아니에요. 뭔가 하실 말씀 없으십니까? 다쿠로 씨."

"뭐, 뭐요."

다쿠로가 퉁명스럽게 받아쳤다. 그러고는 입을 꾹 다물어버렸다. 그가 대답할 생각이 없음을 안 리호코는 다시 입을 열었다.

"그럼 저부터 말하겠습니다. 사이토 도시키 씨를 찌른 범인은 당신이죠?"

요시코와 테페이가 '흡' 하고 숨을 삼켰다. 료는 다쿠로에게 고개를 홱 돌렸다. 하나는 눈을 감았다. 그녀의 복잡한 표정을 보고 리호코는 자신의 추리가 맞았다고 직감했다. 다쿠로는 만화 페이지에 눈을 꽂은 채 그대로 있었다.

"예전에 하나 씨가 피의자로 몰렸을 때, 다쿠로 씨는 '그날 일 끝나고 계속 이불에서 뒹굴었더니 밤에 잠이 안 오는 거야.'라고 했어요. 하지만 그건 사실이 아니죠. 사건이 일어난 4월 19일 밤에 당신은 분명히 외출했어요."

"그걸 당신이 어떻게 알아."

다쿠로가 목소리를 쥐어짜듯 말했다.

"소노무라 가쓰요 씨가 나눠준 전단을 당신이 받았으니까요. 소노무라 씨의 사무실에 방문했을 때 NPO 법인의 활동 일정이 적힌 달력을 봤어요. 가마타에서의 전단 배부는 매월 셋째 주 월요일에 실시하죠. 올해 4월의 셋째 주 월요일은 19일이에요. 사건이 발생한 날짜와 일치합니다."

리호코는 신고 전화를 받고 서에서 뛰쳐나온 그날 밤 일을 똑똑히 기억하고 있었다. 우울한 월요일에서 한층 더 피로가 몰아닥치는 화요일로 날짜가 바뀐 직후였다. 4월 중순까지만 해도 해가 지면 아직 선선한 바람이 불었던 기억이 있다.

오늘 새벽 소노무라 가쓰요와 다쿠로의 재회를 병원에서 지켜봤을 때 혹시 그날이 4월 셋째 주 월요일은 아니었을까 번뜩 생각이 났다.

"왜 4월이라고 단정 짓지? 내가 전단을 받은 게 5월일 수도 있고 3월일 수도 있잖아."

"소노무라 씨가 그러더군요. 가마타 전단 배부는 올해 4월부터 시작했다고. 그런데 사무실 직원이 열이나 PCR 검사를 받게 되는 바람에 5월 전단 배부는 불가피하게 중단됐다고요. 그렇다면 당신이 역 앞에서 소노무라 씨의 전단을 받을 기회는 4월 셋째 주 월요일밖에 없었던 셈이죠."

다쿠로가 입술을 일그러뜨렸다. 아늑했던 NPO 법인 사무실에서 본 5월 달력에는 '19시부터 가마타'라고 적혀 있었다. 소노무라가 일부러 번화가나 유흥가 근처에서 활동하는 이유는 밤업소로 출근하는 종업원을 타깃으로 하기 때문이다. 그런 목적이라면, 전단 배포를 시작한 시각은 4월에도 같았으리라. 그러니 다쿠로가 퇴근 후에 아무 데도 가지 않았다는 건 거짓말이다.

다쿠로가 "일 끝나고 계속 이불에서 뒹굴거렸다."라고 굳이 이야기한 건 자기방어다. 그는 그날 밤 저지른 짓을 누구에게도 알리고 싶지 않았다. 공장 부지에서 한 발짝도 나가지 않은 것으로 하는 게 최선이었다. 리호코가 질문했을 때는 이미 한 달이 지난 시점이니 자신이 그날 무엇을 했는지 기억하는 주민은 없을 거라 믿고 대담하게 거짓말을 했다.

"다쿠로 씨는 오후 7시 식품 공장 일을 마친 뒤 역 앞까지 걸어갔어요. 유토피아 통금시간을 어기면 사람들 눈에 띄니까 10시까지는 일단 여기로 돌아왔어야 했죠. 그리고 소등 시각인 11시가 넘어서 흉기인 과도를 들고 몰래 창고를 빠져나와 사이토 도시키 씨의 아파트로 향했어요."

"당신 말이 진짜라면 다쿠로는 분명 뭔가를 숨기고 있는 거겠지. 하지만 그렇다고 해서 다쿠로가 범인이라고 단정 짓는 건 비약이 심하지 않나? 처음에 다쿠로뿐만 아니라 아쓰시와 루미카도 말했잖아. 그날 새벽에 하나가 일단 여기 왔다가 다시 나갔다고. 하나가 과도를 다시 가지러 온 거 아니었어?"

의문을 던진 사람은 요시코였다.

"저도 그렇게 생각했어요. 하지만 귀가한 하나 씨와 직접 마주쳤다고 명확하게 증언한 사람은 다쿠로 씨 한 사람뿐이에요. 아쓰시 씨와 루미카 씨는 미닫이문이 두 번 여닫히는 소리만 들었을 뿐이고요.”

테페이가 “아….” 신음을 내뱉으며 다급하게 눈을 깜빡였다.

“그땐 저도 다쿠로 씨의 증언을 믿고 미닫이문이 두 번 여닫혔다는 게 하나 씨가 흉기를 가지러 돌아왔다가 나갔다는 의미인 줄 알았어요. 하지만 만약 다쿠로 씨가 거짓 증언을 했다면 다른 진실이 있을 수 있겠죠. 아쓰시 씨와 루미카 씨가 들은 소리는 사건 직전에 다쿠로 씨가 나간 소리와 사건 직후 돌아온 소리. 그 두 번이 아니었을까요?”

하나가 흉기를 가지러 들어온 경우와 흉기를 소지한 다쿠로가 몰래 외출한 경우는 미닫이문이 여닫히는 시각에 큰 차이가 난다. 소리의 정체가 하나였다면 23시 30분 전후에 문이 잇따라 두 번 여닫혔을 것이고 다쿠로였다면 23시 30분경과 0시 30분경. 즉, 시간 차이를 두고 문이 여닫혔을 것이다. 이 사실만 따져 봐도 진실은 후자다.

아쓰시는 그때 “그것 때문에 미라이가 깨서 한동안 보챘다.”, “두 번이나 깼다.”라고 말했다. 그 말은 두 번의 미닫이문 소리가 시간 차이를 두고 났다는 뜻이다. 리호코도 경험이 있어 잘 안다. 밤에 울기 시작한 아이를 5분여 만에 재우는 것은 역부족이다. 어떤 아이는 한 번 깨면 한 시간이고 두 시간이고 계속 우는 아이도 있다. 미라이가 한동안 보챘다면 아쓰시가 딸을 달래고 다시 잠들기까지 족히 15분은 걸렸을 것이다.

다쿠로는 하나가 돌아와 다시 나가기까지 5분 정도 걸렸다고 했다. 하지만 만약 그랬다면 아쓰시가 '두 번이나 깼다'라고 하지는 않았을 것이다. 이렇게 리호코가 하나하나 되짚자 다쿠로는 고개를 푹 숙였다.

"야, 다쿠로. 형사 말이 틀렸으면 당장 아니라고 해. 아니면 감옥에 처박힐 거야. 넌 범인이 아니야. 그렇지? 그렇잖아?"

하얗게 질린 료가 다그쳤다. 그러고는 간절한 눈빛으로 부엌에 서 있는 여동생을 돌아봤다. 하나는 바닥에 깔린 회색 카펫을 멍하니 바라보고 있었다. 이 공동체의 절대 권력자인 료의 재촉에도 다쿠로는 입을 열지 않았다. 침묵을 긍정으로 여긴 리호코는 계속해서 말을 이었다.

"이야기를 되돌려 보죠. 다쿠로 씨는 왜 4월 19일 퇴근 후에 역 앞까지 걸어갔다는 사실을 숨기려 했을까요. 저는 그 이유가 살인 미수 사건과 연속성이 있어서라고 생각합니다. 이런 건 아니었을까요?"

리호코는 자신의 추측을 이야기해나갔다.

―다쿠로는 예전부터 하나가 밖에서 남자친구를 만들고 있는 건 아닌지 의심했다. 그날도 일이 끝나자마자 하나가 밖으로 나가는 것을 보고 몰래 뒤를 밟았다. 그는 미행 과정에서 하나가 역 앞에서 사이토 도시키와 만나 번화가에 있는 선술집으로 들어가는 모습을 목격하고 분노했다. 다쿠로는 유토피아 주민들이 자

신이 장시간 밖에 나갔다 온 사실을 수상히 여기지 않도록 미행을 끝내고 귀가했다. 그러나 하나는 통금시간인 밤 10시가 넘고 소등 시각인 11시가 넘어도 돌아오지 않았다. 주민들이 각자의 침실에서 모두 잠들어 조용해졌을 무렵, 다쿠로는 기다리다 지쳐 밖으로 뛰쳐나왔다. 다쿠로는 하나의 늦은 귀가가 전 남자친구와의 이별 이야기가 길어지고 있어서라는 걸 알지 못했다. 어쩌면 미행은 그날이 처음이 아니었을 것이다. 다쿠로는 사이토 도시키가 사는 아파트의 위치를 이미 알고 있었으니까. 주택가의 어둠에 숨어 있다가 자정 즈음 사이토가 돌아오는 모습을 보고 창고에서 가져온 과도로 찔렀다.

—뭔가 낌새를 알아차린 사이토가 몸을 피하는 바람에 목이 아닌 어깨를 찌르게 됐고 설상가상으로 흉기까지 떨어뜨리고 말았다. 다쿠로는 실패를 깨닫고 즉시 도망쳤다. 그가 창고까지 30분 거리를 무사히 뛸 수 있었던 건 잠옷으로 입는 운동복 차림이 러너처럼 보였기 때문이다. 돌아가는 도중에 하나와 우연히 마주쳤다.

—사이토에게 이별 통보를 받은 하나는 터벅터벅 걸어가고 있었다. 그 길에 범행을 저지른 다쿠로와 만났다. 그는 하나에게 그동안 쌓였던 울분을 터뜨렸다. 사이토에 대한 살의가 싹튼 경위부터 어깨를 찌르는 데 그치고 만 데 대한 분노까지 흥분하며 몽땅 털어놨다. 다쿠로의 입으로 범행 내용을 직접 듣게 된 하나는

헤어진 지 얼마 안 된 전 남자친구의 상태가 걱정되어 곧장 사이토의 아파트로 향했다. 그리고 거기서부터는 리호코와 하야시베가 목격한 대로다.

—허둥지둥 사건 현장을 찾은 하나는 경찰을 보고 깜짝 놀랐다. 사이토의 욕설을 듣고서 자신이 의심받고 있는 걸 알게 된다. 순간적으로 도망쳤지만 하나는 하야시베에게 붙잡히면서 자신이 죄를 뒤집어쓸 수밖에 없었다. 경찰에게 다쿠로가 진범이라고 진술하면 결국 자신의 존재가 밝혀지고 유토피아의 존속이 위태로워지리라 예상했기 때문이다. 사이토 도시키에게 차인 지 얼마 되지 않아 실의에 잠긴 하나는 이 일 때문에 인생의 대부분을 보내온 곳이자 유일한 삶의 터전을 잃을 수는 없었다. 그래서 자신이 사랑한 남자를 칼로 상해한 범인이 되어야 했다.

"어때요, 다쿠로 씨?"

다쿠로는 고집스럽게 입을 꾹 다물었다.

"아직도 인정하지 못하겠다면, 제 추리의 다른 근거를 말씀드리죠. 하나 씨의 알리바이에 대해 저와 여러분이 의견을 나눌 때 다쿠로 씨는 분명 하나 씨가 그날 구두를 신었기 때문에 장거리는 달리기 힘들었을 거라고 했죠? 유토피아 규칙에 따르면 화려한 옷차림이나 굽 높은 신발이 금지되어 있다고 들었어요. 그래도 멋을 내고 싶었던 하나 씨는 데이트 옷과 구두를 가방에 담아 들고나와 일부러 역 건물 화장실에서 갈아입는 번거로운 일을 매번 했다고 했어요.”

하나가 팬케이크 카페에서 했던 얘기다. 그녀의 못마땅한 표정이 지금도 리호코의 머릿속에 달라붙어 있다.

“만약 다쿠로 씨가 사건 당일 이 창고에서 한 발짝도 나가지 않았다면, 하나 씨가 구두를 신고 있었다는 걸 알 리 없잖아요? 여기서는 운동화를 신고 나갔을 테니까요. 참고로 석방 후에 하나 씨가 처음 여기로 돌아왔을 때도 저를 따돌리려고 들른 PC방 입구에서 구두를 운동화로 갈아 신었어요.”

다쿠로가 체념한 듯 어깨를 축 늘어뜨렸다. 리호코는 문득 하야시베가 이곳을 예리하게 둘러보고 있다는 사실을 알았다. 천장에 매달린 커튼. 그 틈으로 언뜻 들여다보이는 이불. 손때 탄 낡은 가전과 가구. 실내에 널어놓은 식품 공장의 작업복. 방 한구석에 쌓여 있는 인형과 장난감. 보통은 이런 곳에 존재할 리 없는 인간의 거주 공간. 그는 눈을 번득였다. ‘이질적인 것’에 대한 거부 반응이다. 리호코는 숨을 삼켰다.

리호코는 오늘 아침 출근하자마자 유토피아의 개요와 진범으로 의심되는 남자를 발견했다고 보고했다. 상사인 노기에게 일부러 보고를 늦게 한 일에 책임지라는 주의를 받았지만, 그건 관리직으로서의 반사적인 발언에 지나지 않았다. 오히려 열다섯 명의 무호적자들이 모여 사는 비밀 공동체의 존재에 할 말을 잃은 듯했다.

책임이고 권리이고 아무것도 없는 사람들.

하야시베가 유토피아 주민들을 두려워하는 것은 당연한 반응이다. 리호코와 눈이 마주치자 마법이라도 풀린 걸까? 그는 뭔가 걸린다는 듯이 리호코에게 물었다.

"치정에 얽힌 사건이라고 이해해도 될까요? 하나 씨를 좋아하는데 밖에 남자가 있다는 것을 알고 격분한 나머지 살의를 저질렀다?"

"말도 안 돼! 다쿠로가 하나를? 그럴 리 없어. 평소 하나한테 맨날 화만 냈는데."

느닷없이 소리친 건 테페이였다.

"맞아, 다쿠로가 그럴 이유가 없지."

요시코도 눈살을 찌푸리며 동조했다.

"형사님들은 모르겠지만 다쿠로와 하나는 오랫동안 서로 앙숙이었어. 둘 중 하나를 야근조로 옮겨버릴까 하는 이야기가 몇 번이나 나왔는지 몰라. 결국 다쿠로랑 아쓰시가 워낙 친하고 루미카도 하나를 좋아하니까 그 이야기는 없던 일이 됐지만. 그런 다쿠로가 왜 하나의 남자친구를 질투하겠어?"

하야시베는 고개를 갸우뚱거렸다.

"그렇다면… 규칙 위반에 대한 처벌인가요? 외부 남자와의 교제가 이곳 교의를 저버리는 행위였다든가."

"교의? 뭔가 착각하나 본데. 하나가 외부 남자와 사귀는 건 규칙 위반이지만, 폭력을 행사한다든지 끼니를 거른다든지 하는 인간의 존엄에 관계된 처벌은 여기서 금지되어 있어. 급료를 일정 기간 받지 못할 뿐이지. 상대 남자를 죽이려 했다니 말도 안 돼."

요시코의 말에 테페이가 격하게 수긍했다.

하나가 없는 데서 "걘는 진짜 멍청하다니까", "그래서 싫은 거야."라며 기분 나쁜 듯이 내뱉던 다쿠로의 말을 리호코도 들었었다. 하나와 대화를 나눌 때도 다쿠로는 초조함을 감추지 못했다.

그가 아무런 개인적 감정 없이 독단적으로 규칙 위반에 대한 제재를 가했다는 점도 이상하다. 왜 다쿠로는 리더인 료에게 상의하지 않았을까? 왜 하나 본인이 아닌 상대 남자를 공격했을까? 경찰에 붙잡혀 공동체의 존재가 드러날 위험을 고려하지 않았단 말인가? 애초에 유토피아는 외부인에 대한 살해 행위를 긍정할 정도로 급진적 사상을 가진 집단인가?

언뜻 보기에는 동기가 없어 보인다.

하지만 확실한 건 다쿠로는 하나를 인간으로서 좋아하는 게 아니었다는 것이다.

"동기가 있어요."

리호코가 말을 내뱉은 순간 료가 신음하며 머리를 감싸는 모습이 시야 끝에 비쳤다.

더 말을 잇기도 전에 료는 이미 진실을 깨달은 듯했다. 누구보다도 유토피아에 마음을 쏟으며, 책임감을 지고 주민들을 통솔해온 리더가 다쿠로라는 한 청년이 안고 있는 갈등을 간파하지 못했을 리 없다.

인형 놀이.

앞으로 취득하고 싶은 자격증.

오늘 새벽 병원으로 달려간 그의 불안한 옆모습.

힌트는 얼마든지 있다.

"다쿠로 씨는 아이를 갖고 싶었던 거예요."

리호코는 자신이 말해 놓고도 소름이 끼쳤다.

"그러려면 하나 씨를 잃어선 안 됐겠죠. 그녀의 신체를 상하게 할 수도 없었을 테고요. 평생을 유토피아에서 나오지 않겠다고 다짐한 다쿠로 씨가 자기 아이를 가지려면 하나 씨와 생식행위를 할 수밖에 없었을 거예요."

서 있던 하나가 그 자리에 주저앉았다. 두 팔로 무릎을 끌어안고 흐느꼈다. 다쿠로는 여전히 입을 굳게 다물고 있었다. 리호코가 이 사실을 깨달은 건 오늘 아침 남편 요스케와 대화를 나눈 직후였다.

리호코는 옛날부터 아이를 갖고 싶었다. 하지만 혼자서 아이를 만들 순 없다. 형사 생활로 바쁜 자신과 함께 가정을 꾸려갈 동반자로 받아줄 남자가 있을까? 고등학교를 졸업하자마자 취업한 리호코는 열여덟 살 때부터 이런 고민을 했다.

다행히 요스케를 만났다. 많고 많은 사람 중에서 둘은 서로를 선택했고 연애 감정을 키워 마침내 부부가 됐다. 그 결실로 딸 유나를 얻었다.

하지만 유토피아에서는 이게 가능하지 않다. 이 창고에 사는 열다섯 명의 무호적자 중 애초에 여성은 네 명뿐이다. 쉰이 넘은 요시코. 이미 아쓰시와 연을 맺은 루미카. 아직 두 살배기 미라이. 그리고 하나. 현재 유토피아에 사는 생식 가능한 연령의 남성이 아이 갖기를 원한다면 선택지는 하나밖에 없다. 더군다나 미라이와 피가 섞이지 않은 두 번째 아이가 태어난다는 건 유토피아 전체의 희망이자 이상이 아닌가.

누군가 하나와 결혼해 사내아이를 낳고 그 아이가 언젠가 미라이와 짝을 맺어 아이를 갖게 된다면 아담과 이브의 신화처럼 유토피아는 독립된 하나의 사회로서 번영할 가능성이 있다. 그러려면 하나의 협력이 필수다. 그로 인해 하나는 언제나 무언의 압력을 항상 느끼고 있었다. 그래서 유토피아에서 도망치고 싶어 외부세상을 갈망한 것일지도 모른다.

다쿠로는 그것을 막으려 했다. 자신과 공동체의 기대를 한 몸에 짊어진 하나를 외부 남자에게 빼앗기지 않으려 애썼다. 언젠가 아이를 갖고 싶다는 본능적이고 제멋대로 품은 바람을 눈앞에서 물거품이 되지 않게 하려고. 거기에는 사랑이 필요 없다. 사회에서 고립된 이 공동체에는 단지 같은 세대의 남녀라는 이유만으로 성립된다. 이것이 사이토 도시키의 살해 동기가 된 다쿠로의 개인적 감정이었다.

"하나 씨에겐 자유가 있어요. 유토피아 안에서든 밖에서든 마음대로 남자를 선택할 수도, 선택하지 않을 수도 있어요. 그러니까 당신 생각은 틀렸어요. 하나 씨를 유토피아에 계속 가둬놓기 위해 하나 씨의 남자친구를 배척하려 한 당신의 행동은 결코 용납될 수 없어요."

리호코가 조곤조곤 다쿠로의 잘못을 지적했다. 그의 짙은 속눈썹이 바르르 떨리며 칠흑 같은 눈동자가 리호코를 증오하듯 쳐다봤다. 그러고는 자신의 머리카락을 양손으로 쥐어뜯었다.

"그래. 범인은 나야."

체념한 듯한 목소리가 다쿠로의 목구멍에서 터져 나왔다.

"내가 있을 곳은 여기밖에 없거든. 바깥세상으로 다시 돌아가고 싶지 않아. 장래의 유토피아를 생각하면 하나와 나는 아쓰시와 루미카처럼, 친오빠인 료와는 안 되니까, 기회가 된다면 다음으로 젊은 내가 하나랑."

"뭐어!"

료가 휘청휘청 소파로 다가가 다짜고짜 다쿠로의 멱살을 잡았다. 다쿠로의 몸이 앞뒤로 마구 왔다 갔다 하며 목이 위태롭게 흔들렸다.

"료, 그만해!"

요시코가 말리고 나섰다. 하지만 그의 분노는 쉽게 사그라들지 않았다.

"장래의 유토피아? 무슨 말이지. 유토피아를 자손 대대로 존속시키고 싶다고 단 한 번이라도 내가 말한 적이 있었나? 너희한테 명령한 적이 있어? 하물며 뭐? 하나를 억지로 임신시켜?"

"억지로가 아니야. 내가 안 된다면 야근조 놈들한테 시키려고."

"미쳤냐!"

료가 격앙했다. 다쿠로의 몸은 아무런 저항 없이 료의 손에 흔들렸다.

"12년 전, 네가 처음 이 창고에 왔을 때 테페이가 일렀을 거다. 유토피아 탈퇴는 자유라고. 하나가 나가길 원한다면 우리 중 누구도 하나를 여기에 묶어둘 권리가 없어. 여기는 유토피아다. 한 사람이라도 괴로운 일이 있어선 안 돼. 근데 대체 넌 언제부터 그런 말도 안 되는!"

다쿠로가 료를 노려봤다.

"우리에게 이곳은 말 그대로 이상향이었어. 무호적이라는 처지가 같은 사람들끼리 평화롭게 살 수 있는 멋진 곳. 누구에게도 차별받지 않고, 사기당할 일 없는 걱정 없는 삶. 이런 유토피아를 앞으로도 계속 지켜나갈 미라이에게 동료를 만들어주고 싶은 건 당연하잖아? 아쓰시도 루미카도 아이를 좋아하는 내가 아버지가 되는 일에 찬성했어."

"그런 생각 자체가 이상하다고!"

"그리고 여기엔 료 네가 있어."

"…나?"

"학교도 안 다녔는데 책도 많이 읽고 공부도 열심히 하고. 나이가 어린 데도 냉철하고 다들 편안히 살 수 있는 평등한 규칙도 만들어주고. 그래서 우리는 료라는 리더가 있는 이곳에서 영원히 살고 싶었어. 아이를 만들면 진짜 가족이 돼."

"그런 짓 안 해도…."

료의 말소리가 흐려졌다. 그가 입속에서 웅얼거린 말은 리호코가 잘못 들은 게 아니라면 "우린 이미 가족인데."였다.

"그 사이토라는 남자를 찌르면 하나가 의심받을 거란 생각 못 했어?"

"피해자랑 관련 있는 사람이 먼저 의심받을 줄은 몰랐지. 하나가 체포됐다는 뉴스를 보고 나도 놀랐어."

사건이 터졌을 때 가장 먼저 피해자 주변 인물을 의심하는 건 철칙이다. 경찰들한테는 상식 중의 상식이지만 세상사를 잘 모르는 다쿠로는 알지 못했을 것이다. 묻지 마 사건으로 넘어갈 줄 알고 그런 짓을 저질렀는데, 뜻밖에 하나를 경찰 손에 넘긴 꼴이 된 것이다.

"…너 때문이야."

료가 입술을 떨며 다쿠로의 멱살을 잡은 두 손을 번쩍 들어 올렸다. 다쿠로는 소파에서 떨어져 볼품없이 매달리는 꼴이 됐다.

"네가 체포되면 우리 생활은 끝이다. 이곳은 산산조각이 날 거야. 가나우치 씨와 마사루 씨도 처벌받게 될지 몰라. 네가 유토피아를 파괴한 거야. 가나우치 씨와 테페이, 요시코가 30년 넘게 죽기 살기로 지켜온 이 유토피아를 네 손으로!"

"료 씨."

보다 못한 리호코가 두 사람 사이에 파고들었다. 하야시베가 료의 팔을 잡고 떼어놓자 다쿠로가 바닥에 엉덩방아를 찧었다.

정신을 차린 듯 숨을 깊게 들이마시는 료의 얼굴이 파랗게 질려 있었다. 선 채로 거칠게 숨을 몰아쉬는 료를 테페이와 요시코가 걱정스럽게 바라보았고, 바닥에 주저앉아 있던 하나는 오빠를 올려다본 채 눈물을 흘리고 있었다.

그녀는 지금 무슨 생각을 하고 있을까?

자신을 감싸준 오빠에 대한 감사인가? 다쿠로와 아쓰시에게 아이를 낳는 기구처럼 취급된 것에 대한 공포인가? 아니면 이제야 혐의가 풀린 것에 대한 안도인가?

얼마 전, 하나가 다쿠로와 싸웠을 때 리호코에게 도움을 청하는 듯한 눈빛이 생각났다. 역시나 기분 탓이 아니었던 것이다. 진실과 유토피아 사이에서 그녀는 꼼짝없이 끼어 있었다. 주민들을 도저히 배신할 수 없었던 하나는 리호코에게 무언의 도움을 청했던 것이다. 호적이 없어도 사회에서 살 방법이 있다는 사실을 알게 된 시점에서, 차라리 다쿠로가 체포되어 유토피아가 깨졌으면 좋겠다고, 하나는 언제부턴가 생각을 바꾸기 시작했을 것이다.

"미안하다, 료. 미안해."

다쿠로가 울먹였다. 연신 고개를 숙이더니 갑자기 절망에 찬 눈으로 리호코를 쏘아봤다.

"좀 더, 빨리 알아냈으면 좋았잖아. 주민표라든지, 생활보호라든지. 도와달라고 관청을 몇 번이나 돌았는데. 그래도 안 되니까 유토피아에서 다시는 세상 밖으로 나가지 않겠다고 결심한 거야. 그랬는데…."

그의 눈이 새빨개졌다. 분출되는 눈빛이 분노의 빛인지 후회의 빛인지 몰라 리호코는 얼떨결에 시선을 돌렸다.

"료, 하나. 그리고 형사님. 이것만은 믿어줘. 난 이제 억지로 하나한테 아이를 낳게 하고 싶은 생각은 조금도 없어. 하나는 자유롭게 살면 돼. 아무 데나 가도 돼. 나도 그러고 싶었어. 지금이라도 평범한 직업을 갖고, 평범한 집에 살고, 평범하게 누군가와 함께할 수 있다는 걸 처음부터 알았다면 그 남자를 죽일 생각 따위 안 했어!"

리호코는 그의 단단한 어깨에 살짝 손을 얹었다. 그리고 힘 있게 말했다.

"지금이라도 늦지 않았어요. 죄를 뉘우치면 다시 돌아올 수 있어요. 당신이 노력하면 사회에서 제대로 살아갈 수 있어요. 게다가 오랜 세월을 함께 산 동료들과의 유대는 그리 쉽게 끊어지지 않아요. 이미 가족이니까."

다쿠로가 아니었더라도 언젠가는 누군가 부딪칠 문제였다. 무호적자 공동체의 폐쇄성과 리더가 모르는 사이에 커져 버린 기이한 충성심, 그리고 세상의 무관심이 야기한 비극이었다.

하야시베가 눈짓을 보내왔다. 리호코가 고개를 끄덕이자 그는 창고 입구로 달려가 미닫이문을 열고 밖을 향해 외쳤다.

"자백했습니다. 부탁드립니다!"

부산한 구둣발 소리와 함께 입구에 그림자가 여럿 나타났다. 노기를 선두로 나머지 네 명의 강력계 형사들이 창고에 발을 들였다. 진범인 다쿠로, 그를 두둔하던 하나가 만에 하나 도망칠 경우를 대비해 밖에서 대기 중이었다. 노기의 지시하에 수색이 진행되었다. 다쿠로의 팔을 잡아당겨 세운 다음 개인 공간인 침실로 데리고 갔다. 다른 주민에게도 일일이 확인 질문을 던지며 다쿠로의 것으로 보이는 옷가지와 기타 물건을 압수했다.

"그럼 이야기는 서에서 듣겠습니다. 이의 없으시죠?"

노기가 마지막으로 임의동행을 권했다. 다쿠로는 힘없이 고개를 끄덕이며 두 형사의 팔에 붙들린 채 공장 밖 수사 차량으로 걸어갔다.

"하나 씨도."

하나는 놀라 눈을 깜빡였다. '범인은닉죄'라는 말을 그녀는 모를 것이다. 초범인 데다 자라온 환경 등 특수한 사정이 있으니 기소되더라도 집행유예나 벌금으로 끝날 가능성이 크다. 하지만 눈감아줄 수는 없다.

"다쿠로 씨를 두둔한 이유를 서에 가서 자세히 얘기해 주세요. 허위 진술에 따라 죄가 될 수 있어요. 그러니 이제 거짓말하지 말고 진실을 말해요."

리호코의 예상과 달리 하나는 무언가에서 족쇄에서 풀려난 사람처럼 환하게 웃었다.

"도시가 아니었다면 다쿠로가 저렇게까진 안 했을지도 몰라요."

"무슨 말이에요?"

"다쿠로가 어디까지 알고 있는지는 모르겠지만 도시는 굉장히 질 나쁜 사람이었어요. 취하면 입이 거칠어지고 사소한 일로 날 때렸어요. 지갑을 마음대로 빼앗아 돈을 가져간 적도 있었고요. 지난번에도 보복한다고 쫓아와서 어두운 곳에서 날 마구 때렸고."

하나의 고백에 료가 괴로운 듯 입술을 깨물었다.

"지금 생각해 보면 내가 도시를 좋아한 건 단지 외부인이라서 그랬어요. 그냥 좋았어요. 나를 잠자리 목적이 아니라 진지하게 대해주는 외부인은 도시가 처음이었으니까. 그런데 다른 여자도 사귀고 있었는데 내가 속은 거예요. 다쿠로도 아마 거기에 화가 났을지도 몰라요."

"만약 그가 제대로 된 남자였다면 그런 짓을 하지 않았을지도 모른다는 얘기인가요?"

"네, 비록 나랑은 맨날 싸웠지만 다쿠로는 다정한 사람이에요. 안 그랬으면 미라이가 그렇게 따르지도 않았을 거예요."

테페이도 동감한다는 듯 고개를 연신 끄덕였다. 요시코는 가만히 료의 등을 다독였다. 견디기 힘든 정신적 고통을 받으면서도 하나는 동료를 믿고 있었다. 다쿠로의 본심은 알 수 없다. 하지만 이들을 연결하는 실을 쉽게 끊어버리면 안 된다.

리호코와 하야시베는 하나를 데리고 창고에서 나왔다. 지금부터 서의 상부 지시에 따라 본청 부서와 행정청에 연락을 넣어 가나우치 식품의 위법 실태에 대처해야 한다.

어두운 밤하늘 무수한 별들이 세 사람을 내려다보고 있었다.

압수한 검은색 운동복 소매에서 도시키의 혈흔이 발견되어 다쿠로에게 체포영장이 떨어진 건 그날 밤 늦은 시간이었다.

*

"늦었군."

심리치료실 미닫이문을 열자 날카로운 목소리가 날아들었다.

창가에 놓인 하얀 나무 테이블을 사이에 두고 흰색 블라우스 차림의 이토 유우와 연한 회색 정장을 입은 하야마가 마주 보고 있었다. 앞 의자에 앉아 있던 하야마가 미간을 찌푸리며 리호코를 쳐다봤다.

"죄송합니다. 사건 처리가 길어져서요."

"그냥 우리끼리 본론으로 들어가려던 참이었어."

혼자 일하는 하야마와 달리 신참을 파트너로 두고 함께 일하는 리호코가 낮 근무 시간을 빼기란 매우 어려운 일이다. 게다가 살인 미수 사건의 진범을 체포한 다음 날이다. 이것도 상당히 무리해서 시간을 낸 것이라고 변명하고 싶었다. 하지만 관할서의 일이 아무리 바빠도 봐주지 않겠다고 을러대던 모습이 떠올라 리호코는 입을 다물었다. 대신 어제 하야마가 남긴 음성메시지를 떠올렸다.

"내일 12시 30분, 세타가야 육영원의 심리치료실로 오도록. 관심 보였잖아. 전화는 다시 걸 필요 없다."

고압적이고 밉살스러운 메시지만 예상한 호출이었다. 세타가야 육영원은 이토 유우가 비상근으로 상담 업무를 하는 아동복지시설 중 하나다. 그러니까 진범을 잡고 숨 돌릴 새도 없이 다른 하나의 사건이 태동하고 있었다.

새장 남매 유괴 사건.

"어서 와 앉으세요."

이토가 부드러운 말투로 의자를 권했다. 리호코는 가볍게 목례하고 하야마 옆에 앉았다. 하야마가 단도직입적으로 말을 꺼냈다.

"저번에 만난 그 두 사람이 정말로 새장 사건의 피해 아동이라고 생각하세요?"

리호코는 침을 꿀꺽 삼키고 임상심리사를 응시했다. 이토는 도움을 구하듯 위를 우러러보며 곧바로 테이블로 시선을 떨어뜨렸다. 블라인드 틈으로 비치는 햇빛이 만든 하얀 줄을 가만히 바라보고 있다. 대답이 없었다. 그녀의 얼굴에 짙게 떠오른 죄책감을 발견하고 하야마가 도움의 손길을 내밀었다.

"비난할 마음은 추호도 없습니다. 우리의 사전 정보 전달 방식도 서툴렀으니까요. 오늘 다시 한번 자리를 만든 건 이번엔 진짜 이토 씨의 냉정한 분석을 듣기 위해서입니다."

"맞아요. 그땐 너무 기쁜 감정이 앞섰을지도 몰라요."

"알레르기."

하야마가 문제의 핵심을 짚어주듯 냉정하게 말했고, 리호코는 반사적으로 몸을 움츠렸다.

"아닌가요?"

이토의 눈이 조금 커지더니 작게 한숨을 내쉬었다. "알고 계셨군요."라며 어깨를 내리뜨렸다. 자신만만하게 팔짱을 낀 하야마와 대조적이었다.

“남매와의 식사 모임에서 마지막 이토 씨의 언행이 수상했어요. 구체적으로 말하자면 디저트를 시킬 때 이토 씨는 굳이 몇 가지 디저트의 종류를 들며 그중에서 고르게 했죠. 베이크드 치즈케이크, 티라미수, 녹차 푸딩.”

“그게 그렇게 수상해 보였나요?”

“음식의 기호를 파악하고 있는 가족이나 친구 사이라면 그렇게 친절하게 제안할 수 있어요. 하지만 이토 씨와 그들은 무려 24년 만의 만남이에요. 유아에서 성인이 된 그들이 어떤 디저트를 좋아할지 이토 씨가 알 수는 없지요. 심지어 하나가 안미츠를 선택하자 당신은 놀란 표정을 지었어요. 그녀가 뭘 좋아하는지 알 리가 없는데도 이토 씨는 그 선택을 의아하게 느낀 거죠.”

“그 근거로 알레르기라고 생각하신 모양이네요.”

“네, 안미츠에는 나토리 모모카라면 못 먹는 재료가 들어 있었던 거겠죠. 케이크나 푸딩은 괜찮다면 역시 과일인가요?”

안미츠에 들어간 싱싱한 귤과 키위가 리호코의 뇌리에 되살아났다. 이토는 눈을 내리깔고 “네.”라고 힘없이 대답했다.

“쇼타와 모모카는 둘 다 같은 알레르기를 가지고 있었어요. 멜론과 수박은 물론 키위, 오렌지 같은 과일 외에 토마토 같은 것도 조금만 먹어도 입술이나 입안이 빨갛게 부어올랐어요. 촉탁 의사에게 진찰을 받았는데 꽃가루 알레르기와 관련 있는 구강 알레르기일 거라고 들은 기억이 있습니다."

이토는 구강 알레르기가 없는 남매를 보며 이상한 낌새를 차렸다. 그런데 어젯밤 하야마의 전화를 받고 더는 외면할 수 없었던 것이다.

"두 사람이 꽃가루 알레르기가 있다고 들었을 때 역시 쇼타와 모모카가 무사히 어른이 되었구나 싶어 기뻤어요. 그래서 디저트 메뉴를 봤을 때 과일 알레르기가 기억 나서 타이밍을 보고 이야기를 꺼내려 했어요. 하지만 제가 그걸 말하기도 전에 여동생 쪽이 안미츠를 시키겠다고 했어요. 이상하다 싶으면서도 어쩌면 성장 과정에서 알레르기 증상이 나았을지도 모른다, 아니면 멜론이나 키위를 빼고 먹으려는지도 모른다는 생각에 일단 넘어갔어요."

"이해합니다. 그렇게 쉽게 번복할 수 있는 상황이 아니었으니까요. 그때까지만 해도 그 두 사람이 나토리 남매라고 확신하고 재회를 진심으로 기뻐했으니까요."

이해를 표한 하야마에게 이토가 가볍게 고개를 숙였다.

"모모카만 그랬다면 지금도 납득할 수 있을 거예요. 실제로도 안미츠가 나온 뒤에 키위를 거리낌 없이 먹는 그녀를 보고 구강 알레르기가 나을 수도 있구나 했으니까요. 그런데 중간에 그녀가 멜론을 안 먹겠다며 오빠한테 먹였어요. 아무렇지 않은 얼굴로요. 모모카보다 증상이 심했던 쇼타까지? 의사가 밀접한 관련이 있다고 했는데 둘 다 꽃가루 알레르기만 남고 음식 알레르기만 완치됐다고? 저는 갑자기 불안해졌어요."

리호코는 두 사람이 멜론을 먹으면서 "가리지 말고 먹어야지.", "그럼 시키지 말았어야지."라며 하나를 나무라던 료의 모습이 떠올랐다. 리호코가 흐뭇하게 지켜본 모습이었다. 하지만 이토는 아니었다. 그러고 보니 그녀는 디저트를 먹던 손을 멈추고 대화를 주고받는 두 사람을 물끄러미 쳐다봤었다. 리호코가 "왜 그러세요?"라고 말을 건네자 "죄송해요. 가슴이 벅차서."라고 했었다. 그러니까 그 대답은 거짓말이었다.

"그래도 어제 하야마 형사님의 전화를 받기 전까지는 그 애들이 쇼타와 모모카였다고 믿으려 했어요. 내가 괜히 의문을 제기하고 싶지 않았거든요."

"그래서 꽃가루가 날리는 시기를 다시 한번 알아보셨군요."라고 하야마가 단정지었다.

"맞아요."

모든 게 통했다는 듯 두 사람은 침묵했다. 리호코는 자세한 설명을 구하기 위해 하야마의 옆얼굴을 쳐다봤다. 리호코의 SOS를 겨우 알아차렸는지 하야마가 성가시다는 듯 입을 열었다.

"모리가키 부장은 꽃가루 알레르기가 있나?"

"아뇨."

"일본인에게 흔히 나타나는 꽃가루 알레르기는 삼나무야. 대량으로 날리는 시기는 2월부터 4월. 식사 모임 때 하나는 2월부터 4월까진 어차피 마스크를 써야 한다고 했어. 이걸 그대로 받아들이면 하나가 삼나무 꽃가루에 반응한다는 얘기겠지. 여기까진 이해했나?"

"삼나무 꽃가루는 과일 알레르기와 연관성이 없으니까, 저 두 사람이랑 나토리 남매는 다른 사람이라는 건가요?"

하야마의 말뜻을 읽으려고 리호코는 고개를 갸웃했다.

"하지만 여러 꽃가루에 반응하는 사람도 있겠죠? 볏과 꽃가루 알레르기도 있지만, 삼나무에 비해 증상이 극히 가벼워서 본인이나 주변 사람이 눈치채지 못할 수 있지 않을까요? 그러면 하나 씨의 그 말만으로는 나토리 남매가 아니라고까지는 할 수 없잖아요."

"아니. 기억 안 나? 그때 이토 씨는 이렇게 말했어. '시설에 왔을 때부터 꽃가루 알레르기가 심했다. 남매 모두 비염인 줄 알았는데 계절이 바뀌자 딱 멈추었다.'라고. 자네 말처럼 나토리 남매가 볏과 꽃가루를 포함한 몇 가지 꽃가루 알레르기가 동시에 발생하지만, 꽃가루를 가장 많이 날리는 삼나무에서만 눈에 띄는 증상이 나타난다면 큰 모순이 생기는 거지."

"모순이요?"

"새장 사건이 발생한 게 몇 월이지? 그리고 이듬해 그들이 유괴된 건?"

리호코는 비로소 그가 무슨 말을 하는지 이해했다.

나토리 쇼타와 모모카가 신주쿠구의 빌라에서 구출된 건 1996년 5월.

어린 두 사람이 아동복지시설에서 유괴된 건 1997년 4월.

임시 보호를 거쳐 하치오지 시설로 옮겨졌다면 이토와 만난 기간은 6월이나 7월경부터 이듬해 4월까지 길게 봐도 10개월 정도이다.

"나토리 남매의 비염 같은 증상의 원인 물질이 삼나무 꽃가루라면 '시설에 왔을 때부터 꽃가루 알레르기가 심했다.'라는 건 성립할 수 없죠. 마찬가지로 '계절이 바뀌었을 때 딱 멈췄다.'라면 제대로 지켜볼 기회도 없었다는 말이겠군요."

"빙고."

그러고 나서 이토가 침착한 어투로 보충했다. 볏과 오리새나 큰조아재비 꽃가루의 비산 시기는 5월부터 8월. 여름철 꽃가루 알레르기의 대표주자지.

"25년 가까이나 지난 일이라 구체적인 시기까지는 기억이 나지 않았어요. 둘 다 아직 어린데 꽃가루 알레르기가 심해서 안타까웠다는 정도밖에는요. 그래서 식사 모임 때는 감이 오지 않았어요. 어젯밤 음식 알레르기 관련해서 조사해보고 충격을 받았죠. 볏과 꽃가루 알레르기랑 그에 따른 음식 알레르기만 나았을지도 모른다고요. 그런데 꽃가루 알레르기는 한 번 발병하면 젊을 때는 잘 낫지 않는 것 같더라고요."

이토는 깊게 숨을 내쉬었다.

"수사를 교란시키는 증언을 해서 죄송합니다. 하지만 그때는 정말 그 두 사람한테 쇼타와 모모카의 모습이 남아 있다고 생각했어요. 24년이 지나면 이런 얼굴로 성장할 수도 있지 않을까 합리화했죠. 심리 전문직인데도 선입견에 빠지다니 너무 부끄럽네요."

"아닙니다. 그런 선입견에 빠지게 한 건 우리입니다.

하야마가 깍듯하게 말했다.

"쇼타와 모모카가 살아 있을 가능성이 크다는 소식을 듣고 하야마 씨의 도움으로 그 둘을 다시 만나게 돼 너무 기뻤어요. 사실 집에선 많이 울었죠. 제가 오랫동안 마음에 걸려 했다는 걸 알고 있는 남편과 아들도 잘됐다고 몇 번이나 위로해 줬어요. 그래서 인정하고 싶지 않더라고요. 그 아이들을 두 번 잃는 건 정말 싫었으니까요."

이토가 테이블 위에서 두 손을 꽉 움켜쥐었다. 뼈마디가 노래지고 푸른 혈관이 손등에 튀어나왔다.

"그 애들은 역시 이제 이 세상에 없어요. 그런 거죠?"

하야마는 대답하지 않았다. 블라인드가 처진 창문만 감정 없는 눈으로 바라보았다.

리호코가 "이토 씨, 아직 분명하게 말씀드리기가…." 하고 덧붙이는데 괜찮다는 의연한 대답만 돌아왔다.

"전 괜찮아요. 20여 년 전부터 예상한 일이니까요. 처음부터 모든 각오가 돼 있었어요. 이렇게 오랫동안 돌아오지 않는 쇼타와 모모카가 살아있을 리 없죠. 이제 와 그 아이들이 어엿한 어른이 되어 나타나길 바라다니, 어떻게 그런 꿈같은 일이 가능하다고 믿은 건지…."

냉정을 되찾으려는 그녀의 뺨에 눈물이 주르륵 흘러내렸다. 리호코는 자신들이 골짜기 밑바닥에 있던 이토에게 밧줄을 내던져 절벽 위까지 끌어올린 다음 곧바로 다시 밀어버린 것이라고 생각했다. 그런 잔혹함을 당했는데도 이토는 하야마와 리호코를 원망하려 들지 않았다.

"저, 하나만 부탁할게요."

오랜 침묵 끝에 이토가 목소리를 냈다. 온화하고 차분한 말투였다.

"그 애들이 누구한테 유괴돼 어디서 짧은 생을 마쳤는지 그것만 밝혀주세요. 그 아이들의 건강한 성장을 바랐던 사람으로서 그것만은 알아야 한다고 생각해요."

"네, 반드시!"라고 하야마가 짧게 대답했다.

평일 낮의 아동복지시설은 한산했다. 창문에서 새어 나오는 아이들 웃음소리를 들으며 리호코와 하야마는 세타가야 육영원을 떠났다.

"결국, 이런 거였나?"

하야마는 불쾌한 감정을 숨기지 않고 물었다. 이토와의 약속을 일부러 일을 빼기 쉬운 낮으로 정하고 자동응답기에 메시지를 남겨 리호코를 부른 건, 나름 빚을 갚는 방식이었다. 그 표정이 그걸 말하고 있었다.

"자네는 전부 알고 있었지?"

"전부는 아니에요. 음식 알레르기와 꽃가루 알레르기는 생각하지 못했어요. 좀 더 주의 깊게 이토 씨를 관찰했어야 했다고 반성하고 있습니다."

"그게 문제가 아니야. 어쨌든 그 녀석들이 새장 사건의 피해아동은 아닌 것 같다고 어렴풋이 느끼고 있었지?"

"네, 어렴풋이요."

생각해보면 확신 아래 늘 불안이 감돌았었다. 대략적인 나이, 성별, 거주지, 유토피아에서 살기 시작한 시기는 유괴된 나토리 남매와 딱 들어맞는다. 그러나 두 사람을 동일인으로 확정할 만한 증거는 좀처럼 나오지 않았다. DNA 감정은 거부됐고 유아 때 사진도 없다. 어머니 나토리 히로코도 아무런 감회를 보이지 않았다. 얼굴이 어딘가 닮았다고 느낀 건 맞지만 점이나 멍 등 결정적인 신체적 특징이 일치한 것도 아니고, 피부색이나 눈매 등 대략적인 인상만 비교할 뿐이었다.

결정타는 가나우치 조에 관한 어떤 깨달음이었다.

"처음부터 궁금했어요. 창고 생활을 했던 유토피아 주민들이 뉴스를 보지 않아 유괴 사건을 몰랐다는 건 일단 알겠어요. 하지만 그들의 지원자인 가나우치 조에게는 이 논리가 적용되지 않아요. 그래서 가나우치는 적어도 료와 하나의 정체를 눈치채고 있지 않았을까? 유괴 행위를 묵인하고 있는 건 아닐까? 그렇게 생각했죠."

이 시점에서 발상의 전환이 필요했다고 설명했다.

"문득 의문이 들었어요. 나토리 남매를 숨김으로써 가나우치 조가 얻는 건 과연 뭘까? 그 애들은 애초에 무호적자가 아니니 가나우치의 지원 대상이 아니었어요. 설령 유토피아 안에서 유괴를 긍정하는 광신적인 사상이 만연했다 해도 공동체 바깥에 있는 가나우치 씨까지 거기에 동참했을 것 같진 않고요. 범죄를 저지른 무호적자를 감싸려 해도 세간의 집중을 받는 나토리 남매를 수중에 두는 건 굉장히 위험한 일이니까. 그렇게 생각하니 어떤 가능성을 깨달았어요."

"가나우치 조는 료와 하나의 얼굴을 보고도 아무런 감흥을 못 느꼈다?"

리호코는 고개를 끄덕였다. 가나우치는 료와 하나를 보고 새장 사건을 떠올리지 못했다. 전국에 큰 파문을 일으킨 사건이었고 그는 신문에 무호적자를 위한 투고까지 했다. 그러면 분명 알아봤을 것이다.

"흠, 그런 도출법도 있나?"라며 하야마가 숨을 가늘게 내쉬며 말했다.

"유토피아에서 자란 남매는 새장 사건 피해 아동과는 다른 사람. 이건 이제 확정이다. 하지만 여기에는 큰 문제가 남게 돼. 료와 하나는 누구인가? 유괴된 나토리 쇼타와 모모카는 어디로 사라진 걸까?"

"아까 이토 씨도 말씀하셨듯이 저도 나토리 남매는 이미 죽었을 가능성이 크다고 생각해요. 그럼 언제 어디서 목숨을 잃었는가? 그러자 떠오른 사람이 있어요."

"누마타 가나에?"

하야마의 날카로운 물음에 리호코는 천천히 고개를 끄덕였다.

리호코는 어제 아침 하야마와 통화했던 기억이 되살아났다.

"물어보고 싶은 게 있어요. 누마타 가나에 건 말인데요. 그녀에게 불심검문 직후 '난 한 번 만난 사람의 얼굴은 절대 잊지 않는다.'라고 했던 거 진짜예요?"

"실례 아닌가. 진짜지 그럼. 자신 없으면 그렇게 말하지도 않지."

"그렇다면 제가 알고 있는 범위에서 말씀드리면 피의자 명단에도 없고 시설 관계자도 아니고, 하야마 씨가 한 차례 수사 대상으로 삼았는데도 끝내 만나지 못한 인물이 한 명 있습니다."

시나가와의 카페 레스토랑에서 처음 만난 날, 하야마는 허탕만 치는 미제 사건 수사에 대해 장황하게 속마음을 토해냈었다.

—아이가 죽은 사고 기록을 닥치는 대로 조사한 적도 있다. 경시청뿐만 아니라 전국의 경찰 본부에도 협조를 요청해서 10년 전부터 20여 년 전까지 일어난 사고 정보를 최대한 긁어모았다. 24년 동안이나 감감무소식이다. 피해자를 이미 사망한 것으로 가정하는 게 자연스럽다. 눈에 보이는 살인이 아니라면 사고로 위장해 살해했을 수도 있다. 아이 사망 사고는 의외로 흔해. 가장 흔한 건 교통사고. 자전거로 횡단보도를 건너다 넘어져서 숨진 일도 있고, 고령자가 운전하는 차가 인도로 돌진한 일도 있어. 가족끼리 드라이브를 하던 중에 신호를 무시한 차량이 뒷좌석을 들이받은 사고도 있고. 뭐 그것뿐이게. 음식을 잘못 삼키거나 비닐봉지에 의한 질식사. 의료 사고. 사고라기보다는 사건이지만 학대로 인한 사망도 무시할 수 없다. 초등학생 이상이 되면 자살도 있다.

—남매가 한꺼번에 죽은 케이스도 있다. 이바라키에 사는 여섯 살 누나와 네 살 동생이 집에서 목욕 놀이를 하다 물에 빠져 숨진 사고. 초등학교 6학년과 3학년 남매가 태풍이 오기 직전에 교토의 강에서 물놀이를 하다 떠내려간 사고. 엄마는 밤에 일 나가고 없는데 새벽에 불이 나서 초등학교 1학년 쌍둥이 남매가 불에 타 숨진 사고. 대여섯 살배기 남매가 손을 잡은 채 아파트 베

란다를 기어 올라가 7층에서 추락한 시즈오카 사고. 이런 수사가 의미 없다는 건 알고 있다. 그래도 겨우 몇 점 몇 퍼센트의 가능성에 희망을 거는 게 미제 사건 수사다.

허탈한 표정으로 말하던 하야마의 모습을 리호코는 잊을 수 없었다. 그때 하야마가 말했다.

—그 후, 아이의 사망 사고를 쫓는 일은 완전히 그만두었다고. 욕조와 강에서의 익사, 화재로 인한 사망, 남매가 동시에 사망한 사고의 유족을 차례로 만난 다음, 마지막으로 아파트 추락 사고의 유족에게 연락한 것이 직접적인 계기가 되었다고.

전화 너머로 띄엄띄엄 쉰 목소리로 "이제 와 뭐요."라는 말에 정신이 번쩍 들었다고 했다.

—특명수사대책실이니 미제 사건 전담이니 그런 직함으로 정의의 영웅 행세하면서 불필요하게 남의 삶을 휘젓고 다녔다고.

"시즈오카에서 발생한 아파트 추락 사고. 그때 숨진 남매의 어머니가 누마타 가나에 아닌가요?"

결정적인 질문을 던지자 하야마는 뭔가를 눈치챈 듯 숨을 멈추었다. 리호코가 그렇게 단언한 이유를 그는 곧바로 알아차렸다. 헛수고로 끝난 수사의 전말을 이야기한 사람은 바로 자신이었으니까.

"수사 대상으로 삼았지만, 만나서 얼굴을 보진 않았다는 이야기가 하고 싶은 건가? 하긴 그 어머니 이름이 지금 확 떠오르진 않아. 다만 내 과거 수사의 모든 걸 알고 있는 건 아니잖아. 단편적인 정보로 추리를 끼워 맞추는 건 위험하지 않나."

"그건 알고 있습니다. 하지만 우리 형사 수사의 기본은 발로 움직이는 겁니다. 참고인의 시선이나 표정 같은 비언어 정보도 중요한 단서가 되죠. 전화로만 해결한 경우가 그렇게 많을 것 같지는 않습니다만."

"리호코가 불심검문을 했을 때 면허증에 적혀 있던 주소는 시즈오카가 아닌 걸로 기억하는데, 사건 후 먼 곳으로 이사했단 말인가?"

"그리 멀진 않습니다. 가나가와현의 유가와라정은 시즈오카현 아타미시에 인접해 있어요."

"근데 잠깐, 가나우치 조의 투고가 실린 게 관동의 지방지였지? 그럼 시즈오카에 살면서 정보를 얻을 순 없어."

"투고가 게재된 건 교토 신문이었습니다. 배포 지역은 간토의 7개 도현과 시즈오카현의 동부와 중부였어요."

하야마의 질문은 모두 예상 범위 내였다. 리호코가 쉽게 대답하자 하야마는 포기한 듯 신음했다. 그러고선 수사 자료를 다시 살펴보겠다는 말을 남기고 전화를 끊었다. 동기를 설명할 필요도 없었던 건 그의 빠른 이해 속도 때문이었다.

지금, 자신의 손으로 진실을 끌어냈을 하야마가 분한 듯 이를 악물고 서 있었다.

"예상대로 그녀가 누마타 가나야였지요?"

리호코가 확인 질문을 던졌다. 패배를 인정하듯 하야마는 "맞아."라고 짧게 답했다. 누마타 가나에는 당시 미혼모로 숨진 두 아이를 혼자서 키우고 있었다.

"내가 어리석었어. 진실을 눈앞에 두고 보기 좋게 속아 넘어간 거지. 그 여자가 경찰이라고 밝힌 내게 '이제 와 뭐요?'라며 목소리를 부르르 떤 건 아이를 잃은 불행한 사고를 떠올리기 힘들어서가 아니라 옛 범행이 밝혀질까 봐 두려웠기 때문이야. 만나기만 했다면 표정에서 단번에 거짓말을 알아챘을 텐데. 왜 그때 난 돌진하지 않았을까?"

하야마가 이마에 손을 얹고 고개를 좌우로 흔들었다. 오늘은 날이 덥다. 그의 단정한 얼굴에 드물게 땀이 배어 있다.

료와 하나는 새장 사건의 피해 아동이 아니었다. 두 사람의 친모는 나토리 히로코가 아니라 22년 전에 일어난 아파트 추락 사고 유족인 누마타 가나에였다. 그녀가 새장 남매 유괴 사건의 진범이었다.

"누마타 가나에가 아이들을 바꿔치기한 거야. 새장 사건의 피해 아동을 시설에서 데려와 집에 감금하고 친자식은 가나우치에 버린 거지. 수사본부가 해체되고 경찰 수사가 흐지부지해질 때까지 2년을 계획하고 실행한 거야. 남매를 아파트 베란다에서 떨어뜨려 죽이고 친자식이 죽은 것처럼 사고로 위장했어. 누마타는 감쪽같이 경찰을 속이고 그 계획을 성공시켰지."

따라서 료와 하나가 무호적이라는 게 애초에 틀린 말은 아니었다. 두 사람은 이미 호적상 오래전에 사망한 것으로 처리되었기 때문이다.

"이 범행에는 두 가지 동기가 존재해."라고 말하며 하야마는 눈을 가늘게 떴다.

"첫 번째는 왜 번거롭게 굳이 아이들을 바꿔치기했느냐고, 두 번째는 왜 사고로 가장해 죽였느냐야. 리호코 생각은 어때?"

"확증은 없지만 짐작은 갑니다."

"말해 봐. 먼저 전자에 대해서."

"사람을 죽일 용기가 없었기 때문이죠"

스스로 말하면서도 끔찍한 비열함과 잔혹함에 구역질이 날 지경이었다. 잠시 틈을 두고 자신도 같은 의견이라며 하야마가 씁쓸하게 중얼거렸다. 인간이 인간을 죽인다. 그 행위에는 엄청난 심리적 부담이 따른다. 전쟁에서 돌아온 병사의 자살률이 높다는 게 그 예다. 살인을 저지른 피고인이 사건 당시 심신미약 상태에 있었다는 이유로 감형되는 경우는 흔히 있는 일이다.

강력범 사건을 담당하고 있으니 리호코는 잘 안다. 살인은 대부분 충동적으로 벌어진다. 범죄자 중 통상적인 정신 상태에서 계획하고 사람을 죽이는 사람은 많지 않다.

하지만 상대가 인간이 아니라면 이야기는 달라진다. 동물은 죽여도 형법상 기물파손죄밖에 적용되지 않는다. 인간이 고기나 생선을 먹고 살아가는 이상, 축산업이나 어업 등 정당한 이유로 생물의 생명을 앗아가는 일은 무수히 존재한다.

인간이 아닌 것을 죽이는 행위는 인간을 죽이는 것보다 훨씬 더 문턱이 낮다.

"누마타 가나에는 어떤 이유로 친자식이 죽은 것처럼 보여야 했어요. 다만 인간, 하물며 피를 나눈 아들과 딸을 죽이는 짓은 도저히 할 수 없었겠죠. 그런 그녀의 눈에 띈 게…."

"새장 사건에 대해 떠들어댔던 주간지 보도였지."

리호코는 25년 전 어느 봄날, 어두컴컴한 거실에서 엄마가 뉴스를 듣고 했던 말을 떠올렸다.

—오늘 낮에도 와이드 쇼에 나왔어. 이웃들 말에 따르면 애들이 새 울음소리나 날갯짓 흉내 내는 게 고작이었대. 걸음걸이도 이상하고. 옛날에 러시아인지 인도인지 그런 야생아가 발견된 적은 있지만 일본에선 처음이래.

"누마타에게는 절호의 기회였던 거지. 형체는 사람이지만, 속은 동물로밖에 생각할 수 없는 아이들이 발견됐다는 보도. 남매의 성별도 자신의 자녀와 같고 나이 차이도 속일 수 있는 범위 내. 결정적으로 아이를 등 떠민 건 신문 투고였어. 아이들을 몰래 버릴 수 있는 곳을 알게 된 거지."

친자식을 죽이는 건 끔찍한 일이다. 하지만 사람 말을 할 줄 모르고 동물이나 다름없는 아이라면 죽일 수 있었을지도 모른다. 누마타 가나에의 입장에서 생각하려니 리호코는 온몸에 한기가 들었다. 6월 초 대낮에 정장 상의까지 껴입었음에도 태양의 온기를 전혀 느낄 수 없었다.

"첫 번째 동기는 이걸로 설명할 수 있겠군. 그럼 두 번째는?"

"사고로 가장해 죽인 이유 말이죠? 우선 친자식과 남매를 바꿔치기한 것부터가 아이에 대한 원한은 없었던 거예요. 누군가에게 아이를 죽이라는 엽기적인 협박을 받아서 이에 따르려 했다는 해석도 가능하지만, 유괴에서 살해 행각까지 2년이나 걸린 점을 생각해 보면 그럴 가능성은 적어요. 그렇다면 생각해 볼 수 있는 동기는 하나겠죠. 금전 목적. 보험금 사기."

리호코가 딱 잘라 말하자 하야마는 "또 의견이 일치했네."라며 피식 웃었다.

"역시 모리가키 부장이야. 과연 현재 정세에 현혹되지 않았군."

"법률 개정이 시행된 2009년에 경시청에 입사했으니까요. 보험사 측의 대응 등이 이후에도 신문에서 거론되었던 게 어렴풋이 기억나요."

하야마가 말하는 건 어린이 사망 보험 상한 금액이다. 지금은 부모가 15세 미만의 자녀에게 들 수 있는 보험금은 최대 천만 엔으로 제한되어 있다. 대기업 외에는 채산이 맞지 않는다며 어린이 사망 보험 자체를 취급하지 않는 보험사도 많다. 하지만 2009년의 보험업법 개정까지 내각부는 보험사에 대해 인수한도액의 정비 등을 특별히 요구하지 않았다.

법 개정의 직접적인 계기가 된 것은 2007년에 일어난 살인사건 때문이었다. 아내에 대한 보험금 살인 혐의로 체포된 남자가 3년 전 아내가 데려온 일곱 살배기 아이가 사고사했다며 생명 보험금과 공제금을 합쳐 8천만 엔을 받은 것으로 드러났다. 그때 피의자가 경찰서 면회실에서 자살하는 바람에 진상은 밝혀지지 않았지만, 만약 남자가 아내를 죽이지 않았다면 분명 의붓자식 사망 건은 어둠에 묻혔을 것이다.

누마타 가나에의 두 아이가 아파트 베란다에서 떨어졌다고 보도된 것은 법이 개정되기 10년 전이다. 수천만 엔이나 되는 사망 보험금은 충분히 살인의 동기가 될 수 있다. 그때는 현재와는 전혀 다른 기준이 적용되었으니까.

"자, 모리가키 부장 의견은 잘 알겠어. 이제부턴 잠시 중간보고다."

하야마가 한 손을 허리에 대고 반짝이는 눈으로 리호코를 내려다보았다.

"어제 아침에 모리가키 부장의 전화를 받고서 3년 전 수사 수첩을 꺼내 아파트 추락 사고의 어머니 이름이 누마타 가나에라는 걸 확인했지. 그 길로 신칸센을 타고 시즈오카까지 다녀왔어. 갑자기 본청 형사가 사전 연락도 없이 방문했더니 관할서 사람들이 당황하긴 했지. 거기서 당시 수사보고서를 샅샅이 뒤졌어."

"수사보고서? 20년이 넘었으니 이미 폐기된 거 아닌가요?"

"아, 3, 4년 전에 내가 독자적으로 수사하려고 전화했을 때도 그렇게 오래된 자료는 남아 있지 않다고 성가시다는 듯 말했지. 하지만 그땐 상대 쪽도 진지하게 찾아본 게 아니었어. 이런 엄청난 사고보고서, 그것도 손글씨를 폐기하면 영원히 정보가 사라지는 시대의 자료는 혹시 몰라 남겨둘 수도 있지. 무리해서 서고를 뒤졌어. 아, 정말 까마득했지. 마시지도 않고 먹지도 않고 결국 신칸센 막차 시간까지 버티는 신세란."

"설마?"

"내 짐작이 맞았어."

하야마가 어깨에서 내린 검은 비즈니스 가방에 힐끗 시선을 던졌다. 거기에 보고서 사본이 들어 있다는 뜻이다. 리호코는 참다못해 물었다.

"당시 수사관들은 왜 사고의 진상을 간파해내지 못했을까요? 검시 때 DNA 감정이 이루어지는 건 시신의 신원을 확인할 수 없는 경우뿐이니까, 이 경우는 어머니 누마타 가나에의 증언이 그대로 받아들여졌을 것 같긴 한데. 아무리 유괴 사건에서 2년이

지났다고는 하지만 시신을 볼 기회가 있었던 수사원 모두 두 사람이 새장 사건의 피해 아동이라고 왜 생각지 못했을까요?"

"당연한 의문이야. 그 수수께끼를 풀 열쇠는 수사보고서와 함께 나온 검시 조서에 있었어."

하야마가 비즈니스 가방의 측면을 가볍게 두드렸다.

"다섯 살 오빠가 21kg. 네 살 여동생이 19kg."

"네?"

"사망 시 몸무게다. 키는 둘 다 100cm 안팎. 계산 방법은 여러 가지가 있는 것 같은데 그 나이치고는 확실히 비만에 속해. 다만 유괴 사건 이후 공개된 남매 사진은 시설에서 생활할 때 촬영된 거라 발육이 지연된 마른 모습이었지."

리호코는 갑자기 머리를 철판으로 얻어맞은 것 같았다. 동시에 '사육'이라는 말이 떠올라 황급히 고개를 흔들며 물었다.

"누마타 가나에는 유괴한 두 아이를 일부러 살찌운 건가요? 외모를 바꾸기 위해서?"

"검시 조서를 보니 유감스럽게도 그런 것 같아. 또 친족 등의 증언은 특별히 실려 있지 않았어. 입회해서 신원 확인을 한 사람은 역시나 누마타 가나에 혼자였어. 뭐 이런 계획을 세울 정도니 원래부터 고립된 모자가정이었겠지."

수사보고서에는 방에 장식돼 있던 아이들의 사진과 시신의 인상을 대조했다는 기재가 있었다고 하야마가 말했다. 그런 건 사전에 얼마든지 준비할 수 있다. 리호코는 마음 깊은 곳에서 분노가 치밀어 올랐다. 자신이 직접 담당한 사건도 아니고 자신이 소속된 현경 관내에서 발생한 사건도 아닌데 2년 전 하치오지에서 발생한 유괴 사건의 피해 아동과 눈앞의 추락 시체가 동일 인물이라는 걸 눈치챌 수 있을까?

—어머니라고 밝힌 인물이 있다. 시신이 된 아이는 통통하고 머리가 길다. 호적에도 이상이 없다. 방에는 애정 어린 사진이 장식되어 있다. 2년 전 보도의 기억은 점점 희미해져 가고 있다.

이런 상황에서 이미 머릿속에 심어진 선입견을 뒤집고 진상을 간파할 수 있었을까? 뼛속 깊이 느꼈던 분노가 순식간에 무력감으로 돌아섰다.

"생명보험 가입 상황은요? 설마 담당 수사원이 파악하지 못했을 리는 없겠죠?"

"당연히 검시 조서에 기재돼 있었지. 여러 회사에 가입했고 아이 둘 몫을 다해서 총 일억 엔."

상상을 뛰어넘는 숫자에 리호코는 어지러웠다.

"그런데도 아이들이 놀다가 떨어졌다는 어머니의 증언을 담당 수사원은 곧이곧대로 받아들인 건가요?"

"확실히 수상하긴 했지. 하지만 최종적으로 사고라고 결론지은 데는 몇 가지 근거가 있었던 모양이야. 첫째, 두 사람에 대한 학대나 방치의 흔적이 보이지 않았다는 점. 식사도 충분히 아니넘칠 정도로 줬고 상처나 멍도 찾아볼 수 없었고. 유일하게 충치가 너무 많았던 게 좀 걸렸던 것 같은데 아이가 귀여워서 원하는 대로 단 것을 주다 보니 그렇게 됐다는 누마타의 진술로 일단락된 것 같아."

새장 사건의 남매는 태어나서 부모한테 양치질을 받아본 적이 없어 충치투성이였다고 시나가와의 카페 레스토랑에서 하야마가 해준 이야기가 떠올랐다.

"둘째, 생명보험 가입일이 사건 직전이 아니었다는 점. 셋째, 목격자의 증언이 있었다는 점."

"네? 목격자요?"

"조서에 기재가 없었던 건 어디까지나 친족의 증언이야. 추락 현장엔 목격자가 있었어. 집 안에 있던 어머니와 거의 동시에 경찰에 신고한 근처에 사는 40대 남성이지. 걸어가다가 남매로 보이는 유아가 아파트 베란다에 손을 잡고 기어오르다 추락하는 순간을 목격했다고 증언했지. 그가 '위험해!'라고 도로에서 크게 외치는 소리를 많은 이웃이 들었어. 게다가 두 사람이 연두색 발판 같은 것을 에어컨 실외기 앞에 놓고, 계단처럼 올라가 있었다는 그의 목격담도 현장 상황과 일치했지."

하야마가 말을 멈추고 허공을 노려봤다. 그러더니 빛나는 눈으로 리호코에게 질문했다.

"만약 그 목격자 남성이 어머니 누마타 가나에와 공범이었다면?"

리호코의 막혀 있던 시야가 순식간에 트였다. 누마타 가나에를 도와준 사람이 분명 있었을 것이다. 대리 상담사로 가장해 하치오지 아동복지시설에서 나토리 남매를 교묘하게 데리고 나온 이는 중년 남성이었다. 20대 어머니와 근처에 사는 40대 남자. 나이 차이는 나지만 당시 애인 관계였을 가능성을 부정할 정도는 아니다.

"어제 시점에서 추측할 수 있었던 건 여기까지야. 이토 유우의 이야기나 자네 견해를 들어보려고 일단 도쿄로 돌아왔지만 곧 시즈오카로 다시 가야 해. 도치자키라는 목격자 남성의 소재지를 확인하고 당시 담당 수사원과 장의사도 만나볼 생각이야. 나머지는 누마타와 도치자키 계좌 간 돈의 이동을 확인할 거야. 20년 이상 된 데이터를 은행에서 빼낼 수 있을지는 해봐야 알겠지만."

"드디어 본격적인 수사가 시작되는군요."

"아. 기쁘군. 이건 행운이다."

리호코는 불쑥 화가 치밀어 올랐다.

"행운이라니! 그게 말이 돼요? 새장 사건의 피해 아동이 둘 다 죽었다고요!"

"나도 알아. 이건 누가 봐도 최악의 결말이야. 하지만."

하야마가 리호코 눈을 똑바로 응시했다.

"우리는 형사야. 법률에 얽매인 경찰이라는 조직의 한 부분이란 말이지. 아무리 범인을 벌주고 싶어도 할 수 있는 일은 한정돼 있어. 게다가 사건은 미성년자 약취가 아니라 유괴 살인이야."

"공소시효가 없다?"

"그래. 그 무호적자 남매가 새장 사건의 피해 아동이었다면 시효의 벽에 부딪혀 범인을 찾아도 죄를 묻지 못할 가능성이 컸어. 하지만 진실이 유괴 살인이라면 우리는 형사로서 사명을 다할 수 있어. 유아 네 명의 미래와 호적을 빼앗은 범인을 24년이 흘러 이 손으로 체포할 수 있게 된 거야. 죗값을 치르게 할 수 있다고! 범죄자를 범죄자로 처벌할 수 있어!"

하야마는 이미 증오와 흥분에 불타고 있었다.

꼬박 4년 동안 그는 오로지 새장 사건의 진상만을 좇아왔다. 리호코는 그 세월을 그려보았다.

그는 진정한 형사였다. 본청 승진이나 부서 이동만을 노리는 교활한 엘리트가 아니었다. 자신이 맡은 사건은 범인을 본인 손으로 붙잡아 사법의 장에 끌어내고 싶은 것이다. 괴로운 일을 겪은 피해자나 그 관계자를 향해 고개를 숙이게 하고 싶다는 일념으로 풀리지 않던 수사를 끝까지 붙잡고 있었던 것이다.

"이제부터가 승부야. 누마타와 도치자키를 심판대 위에 세우는 것. 4년간의 수사도 모리가키 부장의 협조와 날카로운 추리도 절대로 헛되이 하지 않겠다!"

리호코도 흥분으로 몸이 부르르 떨렸다. 경찰로서 희열을 느꼈다.

"실은 말이지. 이토 유우 씨 반응이 이상한 건 그 식사 모임 때 나도 이미 눈치챘어. 하지만 곧바로 그럴 리 없다고, 그 직감을 나도 모르게 부정해 버렸지. 선입견에 저항하지 않고 내 생각만을 믿으려 했던 거야. 이토 유우 씨도, 나도."

하야마가 자신의 잘못을 인정했다.

"썩 내키진 않지만 누마타 가나에의 정체를 간파하지 않았으면 수사의 진전은 없었을 거야. 그러니까 이번 일은 다 그쪽 공이야. 하하하!"

"그래도 공은 전부 하야마 형사님에게로 돌아가겠죠. 제 협조는 비공식이라고 처음부터 그러셨잖아요."

"당연하지. 이건 내 사건이고 지금부터 누마타와 도치자키를 족쳐서 사건을 해결할 사람도 나야. 약속대로 공은 내 차지야."

하야마다운 억지 주장이다. 그래서 안심이 된다. 나머지는 매사에 확실한 이 사람에게 맡기면 단서를 찾는 대로 특명수사대책실 간부에게 상황을 보고하고 단숨에 범인을 체포할 것이다. 여기서부턴 리호코가 나설 자리가 아니다. 그런데도 사건 현장과의 거리가 멀다는 건 안타깝다. 가능하다면 자신도 현장에 있고 싶다. 하지만 관할 형사라는 입장에서 이 사건 수사에 관여했다는 것만으로도 행운이었다. 리호코야말로 하야마에게 진심으로 감사했다.

“그런데 제 추리가 완전히 빗나간 거면 어떡하죠? 누마타 가나에가 공장 근처에 온 걸 보고 료 씨와 하나 씨의 친어머니가 아닐까 하고 마음대로 상상을 펼쳤을 뿐이라서요.”

리호코의 말에 “아니.”라는 대답이 곧바로 돌아왔다.

“자네 추리가 맞아.”

“어떻게 아세요?”

“그건, 아파트 추락 사고로 숨겼다는 누마타 가나에의 두 아이 이름 때문이지.”

*

다마가와 강둑에 오르자 푸른 하늘과 길게 뻗은 구름이 시야 가득 나타났다. 깔끔하게 포장된 1차선 도로를 오토바이가 유유히 달리고 있다. 햇빛을 받은 강물은 눈이 부시게 반짝거린다.

강둑을 따라 멀리 키 큰 아파트들이 드문드문 들어서 있다. 건너편과 잇는 다리에는 콩알만 한 차량과 트럭이 오가고 있다. 멀리 끝에 이어지는 푸른 그림자는 오쿠타마의 산이다. 그러니까 이곳에서 보이는 풍경은 인공구조물, 하늘, 강과 산이 가나가와 강의 경계선에 뒤섞여 있다.

리호코가 차가 거의 다니지 않는 도로를 가로질러 강둑에 다

다르자 강물에 반사된 빛이 눈을 찔렀다.

"아, 강이 이렇게 가까이 있었구나."

리호코가 감탄하자 옆에 있던 하나가 "그럼요, 좋은 곳이죠." 라며 자랑스럽다는 듯 가슴을 젖혔다. 폐쇄적인 식품 공장 부지를 나온 지 불과 5분 남짓 걸었을 뿐이다. 집들이 즐비한 좁은 길을 빠져나가니 노란 풀이 무성한 둑이 눈앞에 나타났다. 계단을 오르자 한숨 돌리고 싶어지는 편안한 공기가 감돌았다.

하나는 자기도 이곳에 오랜만에 왔다며 이를 드러내고 웃었다. 밤마다 번화가로 나갔기에 강변에는 올 일이 없었다고 했다. 어릴 때는 야근을 마친 요시코, 테페이와 함께 둑에서 놀았다고 한다. 그 시절이 그리운 듯 하나는 눈을 가늘게 떴다.

"누마타 미사키."

정처 없이 둑 위를 천천히 걷고 있는데 하나가 불쑥 큰소리로 말했다.

"내 진짜 이름. 맞죠? 그 인형, 지금은 미라이의 장난감이 됐어요. 내 이름이 실은 미사키였다고 하면 미라이가 깜짝 놀라겠죠? 신기해요."

하나의 갈색 앞머리가 바람에 날렸다.

"유토피아에 오기 전의 일은 하나도 기억이 안 나는데 그때 엄마가 나를 부르던 이름이 료랑 내 머릿속에 남아 있었다는 얘기잖아요. 료랑 나랑 인형에 같은 이름을 붙인 게 바로 그래서였구나."

"료도 히로라는 이름에 반응했었죠. 이토 씨와 식사 모임 가졌을 때."

리호코는 료를 바라보며 2주 전 세타가야의 공원에서 들은 하야마의 말을 되새겼다.

"왜냐하면 아파트 추락 사고로 숨졌다는 누마타 가나에의 두 아이 이름은 히로키와 미사키거든."

하야마에 따르면 모두 1990년대에 유행했던 이름이라고 한다. '히로키'의 한자 이름은 원래 히로키라고 읽기보다는 다이키로 읽는다. 그런 점에서 보면 흔치 않은 이름이었다. 한편 '미사키'는 1991년부터 1996년까지 여자아이 이름 랭킹에서 6연승을 차지할 정도로 인기 있는 이름이었다. 그러니 아동복지시설에 한두 명 있어도 이상하지 않았다.

"아아, 이상해요. 하나로 자랐지만, 사실은 모나카이고 싶었는데 결국은 미사키였다니. 료도 쇼타가 아니라 다이키? 뭐가 뭔지 모르겠어요."

그녀의 눈이 웃는 걸 보아 진심으로 리호코를 탓하는 건 아니었다. 2주 전부터 지금까지 격동 속에 요동치는 자신의 정체성이 재미있으면서도 혼란스러운 것 같다.

살인 미수 사건의 범인 은닉 혐의로 임의동행 후, 리호코는 어쩔 수 없이 하나를 다시 체포할 수밖에 없었다. 그러나 이번에는 검찰 송치 직후에 바로 풀려났다. 이제는 주소 불특정이라고 할 수 없는 점, 다쿠로 대신 죄를 뒤집어쓰려고 한 건 체포 직후의 조사였다는 점, 송치 후에는 일관되게 범행을 부인했던 점이 검사가 구류 청구를 피한 이유였다. 그래서 조만간 불기소 결정이 나지 않을까 리호코는 은근히 기대하고 있다.

석방되었을 때 이번에는 본청의 특명수사대책실 수사원이 료와 하나에게 몰려왔다.

누마타 가나에와 도치자키 마사유키가 22년 전에 사고로 가장해 아이를 살해한 혐의로 체포되었다는 첫 보도가 뉴스에서 나왔다. 처음부터 시즈오카 현경이 아닌 경시청 특명수사대책실이 체포에 나선 것에 언론과 세상의 이목이 쏠렸다. 경시청에서 내놓는 정보가 언론을 누볐다.

사망한 아이의 어머니인 누마타 가나에와 경찰이 사고라고 판단할 결정적인 거짓 증언을 한 목격자인 도치자키 마사유키. 둘은 당시 애인 사이였다. 몇 년 후, 약혼까지 했지만 관계가 악화되어 결혼에는 이르지 못했다. 아이들이 숨진 뒤 누마타가 두 사람 몫의 생명보험금과 공제금 총 일억 엔을 받았다. 그녀의 옛 통장에 남아 있던 출금 기록과 갑자기 떵떵거리며 살던 시기가 있었다는 도치자키의 지인이 한 증언으로 미뤄 대략 절반 금액이 도치자키에게 흘러갔을 것으로 추정된다. 이 모든 수수께끼를 밝히는 경시청의 발표가 이틀 전에 있었다.

나토리 남매 유괴 사건의 범인은 누마타 가나에와 도치자키 마사유키다.

—이미 사망신고가 되어 있던 누마타 다이키와 미사키는 도내에서 생존이 확인되었다. 22년 전 빌라에서 밀어뜨려 살해된 아이는 유괴 후 실종된 나토리 남매인 것으로 보인다. 미성년자 약취와 체포 감금, 보호책임자 유기 등의 죄는 이미 공소시효가 지났기 때문에 살인 혐의로 수사한다.

일본 전역, 특히 새장 사건을 아는 30대부터 그 윗세대에 격진이 일어났다.

그날 밤 리호코에게 전화 한 통이 걸려 왔다.

"미안, 너무 바빠서 연락을 못 했네."

하야마의 목소리에는 피로가 배어 있었다. 하지만 그 이상으로 흥분의 빛이 강했다.

"뉴스 봤지? 증거가 끝도 없이 나와. 생명보험과 공제 가입 시기가 가나우치 조의 투고가 신문에 게재되고 나서 유괴 사건이 일어나기까지 불과 3개월 사이였더라고. 당시 도치자키가 도쿄 신문을 구독했다는 사실도 밝혀졌어. 그리고 누마타가 유괴 사건부터 추락 사고까지 2년 동안 친척 누구와도 만나지 않았다는군."

결정타는 하야마를 비롯한 특명수사대책실 형사의 설득으로 료와 하나가 드디어 DNA 감정에 응한 것이다. 감정은 당일 바로 실시되었다. 예상대로 누마타 가나에와의 친자관계가 증명됐다. 당연하게 도치자키는 그들의 아버지가 아니었다.

"진범들 의외로 끈질겨. 증거가 떡하니 있는데도 죽은 게 새장 남매인지 몰랐다느니, 유괴는 안 했다느니, 진짜 사고였다느니 말도 안 되는 소리만 해. 내일은 겁을 좀 줘야겠어. 누마타 다이키와 미사키의 무덤을 파헤쳐 유골 DNA 감정이라도 해본다고 말이야."

어제 마침내 누마타와 도치자키가 모든 범행을 시인했다는 속보가 나왔다. 아마 하야마가 선언한 대로 두 사람에게 겁을 줘 실토하게 했을 것이다. 사실 화장된 유골에서는 DNA를 채취할 수 없다. 하야마답게 억지스럽고 무리한 수법이다.

"일억 엔이랬나."

옆에서 천천히 걷던 하나가 중얼거렸다.

"료랑 제가 오천만 엔씩이겠죠. 옛날에는 그런 식으로 돈을 손에 넣는 방법이 있었나 봐요. 난 보험이 뭔지 이번에 처음 알았는데. 뭔가 이상한 구조 아닌가요? 인간의 생명에 값을 매기다니 이상해요."

리호코는 하나를 보며 누마타 가나에와 도치자키 마사유키를 떠올렸다. 연행되는 누마타는 공장 앞에서 말을 걸었을 때와 마찬가지로 겁에 질린 인상이었다. 반면 도치자키는 벌써 칠십 가까이 되었는데도 살집 있는 몸이 수갑과 허리 줄에 묶여 끌려갈 때도 안경 속 교활한 눈으로 TV 카메라를 노려보고 있었다.

이들의 자백 내용은 이랬다.

누마타와 도치자키는 술집 호스티스와 단골손님이라는 관계에서 애인으로 발전했다. 누마타는 평소 어린아이들을 어린이집에 맡기지 않고, 아이들만 두고 밤새 집을 비웠다. 아이들을 때리고 밥을 안 주는 등의 학대는 늘 있는 일이었다. 도치자키도 아내와 자식에게 폭력을 휘둘러 이혼한 과거가 있었으며 종종 누타마 자녀의 훈육에도 가담했다.

누마타는 낭비벽이 심해 신용카드로 5백만 엔 이상의 빚을 져 옴짝달싹할 수 없는 지경이었다. 도치자키 역시 소규모 운송회사의 계약사원으로 낮은 임금에 허덕이고 있었다. 보험금 살인을 누마타에게 제안한 건 도치자키였다. 하지만 누마타는 아이들을 시설에다 버리고 싶다고 생각은 몇 번 했어도 죽일 마음은 없었다.

그러다 날아든 것이 새장 사건이었다. 나토리 남매는 누마타의 아이들보다 나이가 조금 많지만 학대로 인해 발육이 더딘 것을 생각하면 오히려 딱 좋았다. 이런 마음을 품고 있던 차에 도치자키가 가나우치 조의 신문 투고를 발견하고, 누마타를 설득해

본격적으로 계획을 실행했다. 도치자키보다 스무 살 가까이 어린 누마타는 당시 정신적으로 지배당했거나 완전히 마음을 뺏긴 연인에게 항거할 길이 없었다.

그다음은 리호코의 추측대로다. 생명보험과 공제 가입. 도치자키의 주도에 의한 유괴.

시즈오카의 자택 아파트로 돌아와 납치해 온 새장 사건 피해 아동을 창고로 쓰는 좁은 방에 가뒀다. 그 후 한 달 반 정도 경찰의 동태를 살핀 뒤, 다이키와 미사키에게 수면제를 먹이고 차에 태워 가마타로 데려가 식품 공장 부지에 버렸다.

나토리 남매는 친모에게 방치당한 영향이 아직 남아 있어, 폭력으로 위협하자 입도 벙긋하지 않았다. 살을 찌우기 위해 밥과 과자를 원하는 만큼 주자 금세 순종했다. 그런 남매를 이웃 몰래 사육하는 것은 매우 쉬웠다.

그리고 그들은 계획의 마지막 날을 맞았다. 용의주도한 준비 덕분에 일은 뜻대로 진행되었다. 누마타 다이키와 미사키라는 이름이 그날 뉴스에 보도되었고 무사히 두 아이를 불의의 사고로 잃은 비극의 주인공이 되었다. 그렇게 해서 손에 일억 엔을 넣었다.

“너무해!” 하나가 슬픈 얼굴로 발밑 돌멩이를 가볍게 걷어차며 말했다.

"뉴스에서 봤어요. 그 도치자키라는 사람. 직장 동료에게 '난 옛날에 들개를 죽인 적이 있어. 하지만 잘못된 일이라고 생각하지 않아. 그런 건 없어져야 해. 보호하고 키우려면 세금 나가잖아. 어차피 주인도 없고. 난 옳은 일을 했어.'라고 해괴망측한 말을 했대요."

그 증언은 리호코도 뉴스에서 봤다. 무용담처럼 말하는 도치자키의 모습을 상상하는 것만으로도 심장이 욱신거렸다.

"죽은 쇼타와 모모카. 아직 말도 못 했을 거고 행동도 좀 이상했겠지만 그래도 분명 행복하게 살고 싶었을 거예요. 그런데 들개라니, 용서 못 해! 그런 사람은 용서 못 해!"

하나는 몇 번이나 용서 못 한다는 말을 되풀이했다. 나토리 모모카가 자신을 대신해서 죽었다는 진상을 알게 되어 몹시 괴로운 듯했다. 힐끗 옆얼굴을 보니 그녀의 눈 가장자리가 붉어져 있었다. 그건 리호코도 마찬가지였다.

나토리 쇼타와 모모카는 태어난 지 얼마 되지 않아 부모의 사랑도 받지 못한 채 새장에서 자랐다. 한 해 동안만 넓은 하늘에 풀려났다가 다시 붙잡혀 새장에 갇혀 죽었다. 그런 짓은 용서받아선 안 된다. 비도덕적 우생사상에서 살인을 계획한 도치자키 마사유키도, 별다른 저항 없이 순순히 따랐던 누마타 가나에도 극형에 처해야 한다.

다만, 새장 사건 보도를 눈으로 직접 본 기억이 있는 리호코는 하나와 같은 순도 100%의 정의감만으로 두 범인을 책망할 수는 없었다.

새장 사건 뉴스를 보고 속이 울렁거려 펑펑 울던 25년 전 그날, 부모님은 흥미진진하게 사건을 재미 삼아 말했다. 텔레비전 뉴스와 주간지, 호들갑을 떨며 소문을 내는 어른들, 이를 지켜보던 리호코 같은 아이들.

그들은 과연 구출된 나토리 남매를 자신과 같은 인간으로 여겼을까? 한번 어긋나면 누구나 도치자키나 누마타가 될 수 있지 않을까? 그렇게 생각되는 것이 두려웠다. 발견된 어린 남매를 '일본 최초의 야생아'로 자극적으로 써낸 일부 주간지도, 동정을 표하는 척하면서 내심 흥미를 보인 사람들 모두 결과적으로 도치자키나 누마타의 등을 떠민 것이다.

그로부터 25년이 흘렀다. 세상은 좀 더 나아졌을까? 나토리 쇼타와 모모카 같은 아이가 다시는 나오지 않는다고 당당하게 말할 수 있는가! 아니다. 절대 그렇게 말할 수 있는 사회가 아니다!

"아! 미라이가 돌아왔다는 이야기 제가 했었나요?

하나가 갈색 머리카락을 손으로 빗으며 리호코를 돌아보았다.

그저께 낮에 아쓰시와 루미카의 보살핌을 받고 미라이가 무사히 돌아왔다고 한다. 항균 치료가 빨리 완료되어 입원한 지 2주도 지나지 않아 병원에서 벗어났다. 순조롭게 회복되고 있다는 이야기는 들었지만 리호코는 새삼 가슴을 쓸어내렸다.

아쓰시와 루미카는 닷새 전 창고에서 만났다. 마침 병원으로 면회 가던 젊은 부부는 다소 어색한 듯하면서도 리호코를 향해 꾸벅 인사했다. "저 두 사람, 수줍음이 많아요. 전에 심하게 군 것도 있고 해서 당장은 좀 솔직해지기 어려울 거예요. 용서해 줘요."라는 하나의 말로 보아 유토피아의 열렬한 신봉자였던 이들을 더는 걱정하지 않아도 될 듯했다.

"미라이가 같이 놀아주던 다쿠로 씨를 찾진 않았나요? 병원에서 돌아왔는데 그가 없어졌으니."

"놀란 것 같았어요. '어디 갔어?'라고 몇 번이나 물었거든요. 그래서 다쿠로 아저씨는 이사갔다고 했어요. 그리고 이제는 다른 사람들도 모두 이사를 가게 됐다고 아쓰시가 이해를 시킨 것 같아요."

하나의 말에 쓸쓸함이 묻어 있었다.

누마타 가나에와 도치자키 마사유키가 나토리 남매 유괴 사건의 범인이었다는 뉴스가 대서특필되었다. 더불어 사건의 결말은 필연적으로 바꿔치기한 아이들 료와 하나에게 집중되었다.

두 사람이 24년 동안 살았던 알려지지 않은 무호적자 공동체 유토피아에도 스포트라이트가 쏟아졌다. 조금 전 하나를 데리러 공장 문 앞에 들렀을 때도 기자 같은 사람이 몇몇 다가왔다. 취재는 무조건 거부했지만 유토피아는 더 이상 주민들이 안심하고 살 수 없게 됐다. 언론이 아니더라도 가나우치 식품에는 조만간 행정지도가 들어간다. 그러면 유토피아 주민들은 새로운 보금자리를 찾아 떠나야 한다. 그 전에 리호코에게는 할 일이 한 가지 있었다.

도로를 낀 오른쪽 앞으로 키 큰 아파트에 낀 작은 공원이 보였다. 입구 옆 벤치에서 독서를 하던 검은색 폴로셔츠 차림의 청년이 벌떡 일어나 리호코와 하나 쪽으로 다가왔다.

"오빠!" 하나가 명랑하게 손을 흔들었다.

꼭 한 번만 천천히 이야기할 기회를 달라고 리호코가 료에게 메일을 보낸 건 어젯밤 일이다. 뜻밖에도 곧바로 알겠다는 회신이 왔다.

과거 만날 때마다 느꼈던 냉담함은 어느덧 료의 얼굴에서 사라지고 없었다. 다쿠로의 범행을 밝혀낸 날부터 리호코에게 보였던 적의는 이제 더 이상 느낄 수 없다.

붉게 녹슨 창고는 변함이 없고 나머지 주민들도 그대로였다. 커튼이나 가전제품 정리도 아직 끝나지 않았다. 하지만 료의 유토피아는 그날 틀림없이 무너졌다. 공동체 수호신으로까지 불리던 그였다. 한 나라의 왕의 지위를 내려놓은 지금 기분은 어떨까 짐작도 되지 않는다.

"잘 지냈죠?" 하고 리호코가 료를 보며 웃었다. 하나는 "이야기

끝나면 불러줘요."라며 둑 아래로 뛰어 내려갔다. 그녀의 뒷모습이 금세 강물 빛에 녹아들어 멀어져 갔다. 리호코는 묵묵히 흘러가는 다미가와 강을 내려다보며 입을 열었다.

"유토피아 주민들을 처음부터 의심해서 죄송했어요. 결국 유괴범은 전혀 다른 곳에 있었네요. 주민들의 호소에 좀 더 진지하게 귀를 기울였어야 했는데…."

"사과라면 남자 형사 쪽이 해야죠."

"그의 몫까지 사과하겠습니다. 이미 아시겠지만 경찰 조직이라는 게 굉장히 오만해요."

료가 '흠' 하고 콧소리를 냈다. 마스크를 쓰고 있어서 입가의 움직임은 읽을 수 없었지만 희미하게 웃고 있는 것 같았다.

"하야마 형사한테 들었어요. DNA 감정에 협조해 주셨다고. 솔직히 의외였어요. 저희가 아무리 설득해도 계속 거부하셨었는데."

"여러 가지로 상황이 달라졌으니까요."

"유토피아가 해체되기 때문인가요?"

"그것도 있고 DNA 감정 자체의 목적도 있습니다. 전 제가 누구인지 아무래도 상관없어요. 다만 나나 여동생이 누군가의 목숨을 밟고 살아남았다면, 그 정도는 해야 성의가 아닌가 싶어서요."

감정에 협력한 건 나름대로 새장 남매를 생각해서였다는 말이다. 리호코는 22년 전 세상에서 사라진 어린 남매의 목숨을 생각하며 먼 하늘과 산의 경계를 바라봤다.

료에게 재차 감사를 표하자 그는 "그게 오늘 용건입니까?"라며 말을 마무리하려고 했다.

리호코는 당황하며 본론으로 들어갔다.

"식품 공장 문 옆에 버려졌을 때, 료 씨와 하나 씨는 각각 세 살과 두 살이었어요. '당시에 큰 애가 자신은 물론 여동생의 이름을 몰랐나.'라고 세간에서 한창 말이 많았지요. 하지만 세 살이 된 지 얼마 되지 않아 부모가 적극적으로 가르치지 않았다면, 물어도 대답하기 어려울 것이라는 전문가들의 의견이 나오고 있어요. 그래서 범행이 가능했던 것이라고."

"그렇군요. 저는 기억도 안 날뿐더러 관심도 없습니다."

"아니요."

리호코가 단호하게 부정했다.

"당신은 기억하고 있었어요. 유토피아에서 처음 눈을 떴을 때 눈앞에 벌어진 일과 진짜 엄마의 얼굴을. 자신의 이름을 분명 말할 수 있었어요. 하지만 아무에게도 말하지 않고 잠자코 있었죠. 아닌가요?"

료가 입을 꾹 다물었다. 리호코는 증거들을 하나하나 대기 시작했다.

—먼저, 료가 '히로'라는 이름에 반응한 것. 오래 가지고 놀게

될 인형에 '미사키'라는 이름을 붙인 것. 기억의 환기를 돕는 당시 사진이나 영상이 없는데도 24년간 료의 뇌에는 본명을 기억했다. 표면적이든 잠재적이든 스스로 말할 수 없는 이름이 그렇게 오랫동안 기억에 남아 있을 수 없다. 세 살 때 자신의 이름이 히로키라는 것을 분명히 알고 있었다. 부르지 못하는 그 이름이기에 더욱 강하게 기억해야 했을 것이다.

—다음은 임상심리사인 이토 유우와의 만남 중에는 료의 태도가 점점 부드러워진 모습을 보였는데, 나토리 히로코와 만난 후 갑자기 딱딱해진 것도 증거 중 하나이다. 료는 이토 유우와 이야기하는 동안에는 자신이 나토리 쇼타라고 믿기도 했다. 자기 기억에 낯선 이름과 시설에 대한 일들이 쏙 빠져 있는 건 신경 쓰였지만, 틀림없이 어린 자신에 관한 이야기라고 생각해서 그녀의 추억담을 흥미롭게 들었다. 그러나 나토리 히로코와 마주친 순간, 형사가 세운 가설이 뿌리부터 잘못됐다는 것을 깨달았다. 왜냐하면 료는 세 살이 될 때까지 자신을 키우던 친모 누마타 가나에의 얼굴을 기억하고 있었기 때문이다. 그래서 배신감에 갑자기 태도를 바꿨다.

—마지막으로, 자백한 다쿠로의 멱살을 잡은 후에 료가 멍하니 선 채로 새파랗게 질려 있었던 것. 료가 리더인 유토피아에서는 규칙에 따라 폭력을 행사하거나 식사를 거르는 등 인간의 존엄과 관련된 처벌이 엄격히 금지되어 있다. 그건 누마타 가나에

나 도치자키 마사유키에게 당한 학대 트라우마로 철저하게 지키려고 했다. 그런데 자신이 다쿠로에게 폭력을 행사하고 있으니 스스로 소름 끼치게 싫었던 것이다.

"패밀리 레스토랑에서 만났을 때 이토 씨가 그러더군요. 유아기 이전, 특히 세 살에서 세 살 반 이전의 일은 사람들이 기억하지 못한다고. 언어로 기억의 부호화가 어렵다는 것이 그 이유죠. 뇌에 넣은 이미지를 말로 정리하지 못하면 기억을 유지할 수 없다고요. 거꾸로 말하면, 자신의 이름을 오랫동안 기억할 수 있었던 료 씨는 막 세 살이 된 시점에 언어 능력이 어느 정도 발달했었어요. 그래서 사실은 자신의 이름이 히로키라고 말할 수 있었죠. 하지만 테페이 씨나 요시코 씨가 이름을 물었을 땐, 낯선 곳에서 낯선 어른들에게 둘러싸인 채 눈을 뜬 게 너무 충격적이어서 울기만 했겠지요. 그래서 자신의 이름을 말하지 않는 편이 좋겠다고 판단해서 새로운 이름을 받게 된 거예요. 실제로 테페이 씨도 친해지니 말을 많이 했고 얌전했던 건 처음뿐이라고 하셨고요."

"듣자 하니, 형사님의 억측이나 단정이 대부분인 것 같은데요?"

"그럴까요? 아니면 아니라고 말해줘요."

"상상에 맡기겠습니다."라며 료는 강으로 눈을 돌렸다.

"어머니에게 버려진 료 씨는 새 '부모'에게 외면당하지 않으려고 안간힘을 썼던 거예요. 그래서 주어진 이름을 받아들이고 과거를 숨긴 채 무호적자들의 삶에 녹아들려고 열심히 노력했어요. 그들에게 이상적인 아이가 되려고 했죠. 그러는 동안 유토피아는 당신에게 원래 가족보다 훨씬 더 소중한 존재가 되었어요. 그러다 보니 자신의 신원이 밝혀져 일상적으로 학대가 자행되던 그 집으로 돌아가기가 두려워진 거죠. 그래서 당신은 자신의 본명과 어머니의 얼굴을 기억하고 있다는 사실을 부모 대신인 테페이 씨와 요시코 씨에게는 물론, 여동생 하나 씨에게도 밝히지 않았어요. 원치 않게 이별할지도 모르는 비밀을 가슴속에 간직한 채."

"마음대로 비극을 만들어내지 마시죠." 료가 리호코의 말을 가로막았다.

"이제 와 그것이 무슨 의미가 있나요?"

"사건과는 상관없어요. 그동안 사건 수사에 관여한 한 사람으로서 알고 싶었을 뿐입니다."

료가 고개를 돌려 리호코와 눈을 맞췄다.

"만일 형사님 말이 맞는다 해도… 단순한 판단에 불과해요. 기억하고 있어도 어쩔 수 없는 일은 지워 버린다. 말해도 소용없는 이야기는 꺼내지 않는다. 하지만 잊으려고 하면 할수록 그 정보를 의식하게 되니까, 내 안에 과거가 계속 둥지를 틀고 있는… 그런 것도 있죠."

그렇게 말하고 료는 시선을 강둑 아래로 돌렸다. 두 손을 높이 들고 기지개를 켜고 있는 하나의 뒷모습을 바라보면서 료가 리호코에게 물었다.

"훌륭한 조직의 조건이 무엇이라고 생각하세요?"

리호코는 그가 무슨 이야기를 하려는지 예상할 수 없었다.

"소통이라고 해야 할까요. 나머지는 멤버의 목적이 같거나, 합리적인 규율이라거나?"

"저는 리더의 카리스마라고 생각했어요."

료는 유토피아의 이야기를 하고 있었다.

"4년 전 테페이 씨에게 협상계를 이어받았을 때 많은 생각을 했습니다. 어떻게 하면 모두에게 유토피아가 살기 좋은 곳이 될 수 있을까? 어떻게 해야 싸우지 않고 사이좋게 지낼 수 있을까? 무호적자들은 '조직'을 모릅니다. 학교에 다녀본 적도 없고, 대부분 폭력과 갈취가 당연한 환경에서 살아온 사람들이죠. 그래서 전 뛰어난 조직을 만들려면 강한 리더가 필요하다는 결론에 도달했어요. 물리적인 힘으로 복종시키는 게 아니라 자연스럽게 모두의 신뢰와 존경, 사랑을 모으는 통치자의 존재가. 그래서 매일 암송할 수 있는 교의 같은 문장을 만들고 통금 등 엄격한 규칙을 만들었지요. 그리고 나 자신부터 모두에게 모범이 되도록 노력했어요. 처음에는 반발도 있었지만, 멤버 간의 형평성이 보장되니 갈등은 점차 줄어들었습니다. 지난 4년간 유토피아는 '조직'

으로서 분명 긍정적으로 변화했다고 느낍니다."

료는 잠시 말을 끊었다. 마음이 복잡한 듯 한동안 뜸을 들이던 료가 얼굴을 일그러뜨리며 말했다.

"그런데 제가 만들어낸 조직을 잘 이끌어 보려고 공부할수록 무리라는 걸 깨달았어요. 유토피아를 영원히 유지하는 건 불가능하다. 우리는 머지않아 해체될 수밖에 없다고."

리더인 료가 진심으로 유토피아의 반영구적 존속을 바랐던 것을 생각하니 리호코는 마음이 아팠다.

"우리가 사는 땅과 건물, 식품 공장 라인 일, 그 대가로 받는 임금과 생필품도 결국 일반 사회에 사는 사람들이 나눠준 거잖아요. 그런 온정이 없다면 우리의 삶은 성립되지 않아요. 우리의 삶은 우리를 도우려는 그들의 법을 어기지 않으면 성립되지 않는 거죠. 그들에게 버려지면 모든 것이 거품처럼 사라져요. 살신성인해서 만든 '조직'은 언제 뒤집힐지 모를 뗏목에 불과했어요."

예전에 하야마가 아쓰시에게 비슷한 말을 했었다. 가나우치 집안의 지원이 끊기면 당신들이 살 수 있을 것 같냐고.

"그래서 각오는 하고 있었어요. 몇 달 후일지, 몇 년 후일지, 아니면 수십 년 후일지는 알 수 없지만, 그때가 되면 담담하게 받아들이자고. 하지만 이렇게 끝날 줄은 몰랐어요. 호적이 없어도 바깥세상에서 살길이 있다? 평범한 직장에서 일할 수 있고 집도 빌릴 수 있다? 그렇다면 지난 4년 동안 조직을 더 잘 이끌어 보고자 내가 몸부림쳐 온 의미가 전혀 없잖아요. 오히려 내가 동료를 불행하게 한 거잖아요. 본인의 사고 외에는 시야를 넓히려고도 하지 않고 무호적자의 유토피아 실현에만 집착하는 바람에 나를 지지해준 다쿠로, 아쓰시, 루미카가 저런 이상한 사상에 빠지게 된 건 아닐까? 급기야 범죄로 치닫게 한 건 아닐까?"

"그렇지 않아요."

"위로는 필요 없습니다."

료가 딱 잘라 말했다. 그러고는 먼 하늘을 보며 길게 숨을 내쉬었다.

"이젠 알아요. 제 선택이 어디에서 잘못됐는지. 나보다 뛰어난 사람이 리더 자리에 있었다면 이렇게 무너지진 않았을 거예요. 더 빨리 적절한 판단을 내려 유토피아가 스스로 해산할 수 있게끔 했을지도 몰라요."

학교에 다녀 본 적조차 없는 사람들이 모인 유토피아라는 공동체에서 료보다 더 공부를 열심히 하고 뛰어난 리더는 나오기란 어려웠을 것이다. 위로 따윈 필요 없다고 단호하게 말하는 료에게 이 말이 들리지 않겠다 싶어 리호코는 말을 삼켰다.

"전 무지했어요. 무지한 카리스마만큼 무서운 건 없는데…."

리호코를 묵직하게 울리는 말이었다. 리더를 해본 적이 없는 리호코로서는 도저히 가늠할 수 없는 후회와 아쉬움이 담겨 있었다.

"물러날 때를 정확히 판단해 동료들을 무사히 바깥세상으로 내보내려 했어요. 그게 안 된다면 전 그 공동체의 리더로서 적어도 은인인 가나우치 씨가 살아있는 동안은 무슨 일이 있어도 유토피아를 사라지게 해선 안 됐어요. 그런데 전 결국 우리 열다섯 명의 생활을 지지해준 가나우치 씨에게 터무니없는 폐를 끼치고 말았습니다."

"그럴까요. 가나우치 씨도 무호적자 지원을 스스로 나섰기에 법령 위반이 탄로 날 위험은 각오하고 있었으리라 생각합니다. 이번 일로 여러분을 원망하진 않을 거예요."

"지금 생각하면 주민표나 국민건강보험을 알게 됐을 때 바로 형사님의 제안을 따라야 했어요. 그러면 미라이의 병에도 대처할 수 있었어요. 다쿠로 일도 어찌 보면 전부 제 책임입니다. 리더로서의 판단력이 제겐 없었어요."

리호코는 그의 말 속에 담긴 반성과 사죄의 뜻을 헤아렸다.

"그건 결과론이니까요. 언제 큰 파도가 덮쳐 뗏목이 전복될지 알 수 없잖아요. 유토피아가 평화를 유지한 채 존속하는 게 나았을지, 이번처럼 소멸하는 게 나을지. 저도 결국 답을 찾지 못했어요. 유토피아와 일반 사회, 어느 쪽이 선이고 어느 쪽이 악인지 그런 것을 결정할 권리는 없어요. 누구에게도!"

료는 저 높은 곳에서 신민을 굽어보는 국왕도 광신적인 종교 지도자도 아니었다. 타인을 위해 애쓰고, 실패를 인정하고, 자신들의 앞날을 이성적으로 걱정할 줄 아는 평범한 사람이었다.

"저번에 두 형사님이 창고에 왔을 때 제가 차를 내간 적이 있었죠. 그걸 형사님이 마시려는데 하나가 그림엽서를 들고 달려와 억지로 옆에 끼어들어 차가 쏟아졌던 날."

리호코는 하나가 외국 경치가 담긴 그림엽서를 보여줬던 게 생각났다.

"그 차에 뭔가 들어 있을지도 모른다는 생각은 해보지 않았나요?"

그의 말에 사고가 멈췄다.

"설마…." 리호코가 말을 간신히 쥐어 짜내자 료가 조용히 웃었다.

"식품 공장에는 위험한 화학 약품이 많아요. 예를 들면 살충제나 쥐약, 손 씻을 때 쓰는 소독액, 살균 염소. 무호적자 공동체를 지켜내는 역할이었던 협상계인 제가 유토피아의 위험 분자를 제거하려고 형사를 죽일 그럴 가능성도 다분했잖아요?"

"살충제나 소독액으로요?"

"살해 목적은 아니었을지도 모르죠. 수사에 대한 분노로 위해를 가하려 했다든가."

"그래서 넣었어요?" 그는 우스운 듯 "상상에 맡기겠습니다."라고 아까와 같은 대사를 했다.

"형사들에게 이 유토피아의 존재를 들키면 어떻게 해야 하나

고민했죠. 은인이 살아있는 동안은 어떻게든 이 공동체를 지키고 싶다. 그렇다면 대놓고 설득하든지, 강경수단으로 나가든지 둘 중 하나다. 그러던 어느 날, 일하다가 문득 화학 약품 선반 앞에서 멈춰 섰어요. 아, 이걸로 단숨에 형사를…. 물끄러미 바라보고 있는데 동생이 말을 걸었어요. 뭘 멍하니 보고 있느냐고."

그 광경이 리호코의 머릿속에 그려졌다.

"형사님도 형사라면 좀 더 조심성 있게 행동하는 게 좋지 않겠어요? 정체불명의 무호적자들이 모인 아지트에서 내다 준 차를 덜컥 입에 대려고 하다니, 너무 위기의식이 없어요. 서툰 연극을 한 하나에게 고마워해야 할 것 같네요."

차분한 료의 목소리를 들으며 리호코는 확신했다. 이건 그만의 친해지려는 방식이라고. 자신과 동생이 가슴에 품고 있던 비밀을 밝힘으로써 리호코와의 거리를 좁히려 한다고.

"형사님이 그런 분이었으니 하나가 그렇게 마음을 열었겠지만요."

그 말이 들렸을 리 없는데 강 쪽을 보고 있던 하나가 몸을 돌렸다. "다 된 거죠?"라는 물음에 "어어."라고 대답해주었다. 료가 하나를 향해 오른손을 크게 위아래로 흔들었다. 하나는 태어나 처음으로 태양 아래로 뛰어나온 작은 사슴처럼 가뿐히 둑으로 뛰어 올라왔다.

"오래 걸렸네."

"미안해, 오빠를 독차지해서."

"그건 괜찮은데, 무슨 얘기였는지 궁금하다. 내 욕한 거 아냐?"

료가 "글세…."라며 시치미 떼는 표정을 지었다. "엇, 진짜야? 거짓말이지?"라며 하나가 얼굴을 가까이 들이밀자 료가 참지 못하고 웃음을 터뜨렸다.

리호코는 문득 '이 두 사람을 연결하는 건 뭘까?' 하고 생각했다. 핏줄? 그것만은 아닐 것이다. 태어날 때부터 함께해 온 시간의 길이와 그 안에 함축된 삶의 밀도가 같았다.

"있잖아." 장난스럽게 오빠 주위를 뛰어다니던 하나가 강가로 시선을 돌리며 진지하게 입을 뗐다.

"걸으면서 생각했어. 난 누굴까, 하고. 어릴 때부터 신기했어. 나는 어떻게 이 세상에 태어났을까. 아무것도 없는 곳에서 '펑' 하고 마법처럼 나타났다고 상상했던 때도 있어. 누군가의 뱃속에서 나왔다는 건 분명하지만 그게 누군가를 모르니까. 생각하면 할수록 혼란스러웠어. 그런데 이번에 여러 사건을 겪다 보니 지금은 세상과 연결된 것 같은 느낌이 들어."

텔레비전에 비친 누마타 가나에의 모습이 생각났다. 하나는 이제 겨우 자신이 통과한 과거 세계의 입구를 알게 된 것이다.

"단지 그뿐이야. 나라는 인간의 시작 방법을 알았을 뿐. 내가 누군지는 DNA 감정으로 엄마를 찾았다고 해서 완전히 답이 나온 건 아니야. 그야 그렇겠지. 내가 어떤 사람인지 결정할 수 있는 건 나쁜이니까."

눈앞에 펼쳐진 반짝이는 수면이 그녀의 마음속 외침을 받아들였다.

"나토리 히로코였든, 누마타 가나에였든, 설령 다른 누군가였다고 해도 그런 건 상관없어. 부모님이 누구여도 나는 나. 오빠는 오빠. 우린 나와 내 주변에 있는 사람들로 형성되어 있으니까. 가령 테페이라든가 요시코라든가."

"가나우치 씨도. 아쓰시와 루미카도."

"맞아. 마라이도, 다쿠로도 모두."

료의 말에 하나가 고개를 끄덕였다. 핏줄보다 더 끈끈한 무언가로 연결된 남매가 맞바람 속에 강하게 서 있었다.

하나가 유토피아 분위기를 알려주었다. 료와 하나의 부모가 등장하자 테페이를 비롯해 모두 풀이 죽었다. 당연한 건데 그들에겐 전혀 당연한 게 아니었다. 하나는 부모를 알게 되었다고 자신이나 오빠가 달라지는 건 아니니 테페이도 후미코 씨와 잘 되더라도 지금과 같은 마음이어야 한다고 약속받았다고 했다.

리호코는 반가운 마음에 질문을 던졌다.

"테페이 씨는 후미코 씨와 아드님을 벌써 만났나요?"

"네, 어제 아들과 만나 식사도 했다고 하는데 아들이 눈이랑 코가 자신과 똑같다며 좋아했어요. 아아, 테페이 씨의 서른한 살 아들 나도 보고 싶다. 후미코 씨가 미인이었다는데 코가 테페이 씨를 닮았다니 어떻게 생겼을까?"

하나의 어조는 호기심에 가득 차 있었다. 질투나 열등감 같은 감정은 어디에서도 찾아볼 수 없었다. 자신을 키워준 부모 테페이와의 끈끈한 관계가 평생 유지되리라는 것을 확신하기에 가능했다.

"이제 당분간은 소노무라 씨가 소개한 연립 주택에서 살면서 계속 가나우치 식품에서 일하는 거죠?"

"네! 창고에서 더는 살 수 없으니 빨리 이사해야죠. 솔직히 일도 못 할 줄 알았는데, 열네 명이나 한꺼번에 그만두면 곤란하니까 사장님이 잠시 있어 달라고 했어요."

경영자로서 어려운 판단이었을 것이다. 수사 중이지만 직원에게 최저임금 이상을 주고 국가에 원천징수를 성실히 납부했다면, 당장 법률 위반으로 걸리지는 않는다. 그 밖의 장애는 폭넓은 지식과 인맥을 가진 소노무라 가쓰요가 틀림없이 힘을 보탤 것이다. 게다가 이 상태가 오래 갈 리도 없다.

"일단 아르바이트처럼 일하고 주민표나 보험증을 받는 대로 사원으로 정식 채용되든 다른 직업을 갖든 자기 길을 찾겠다는 거군요."

"네, 난 신분증이 생기면 가게 점원이 되고 싶어요. 레스토랑이라든가, 옷가게라든가, 편의점이라든가. 중고등학교는커녕 초등학교도 졸업하지 않아서 어려울지도 모르겠지만. 솔직하게 사정을 털어놓고 받아줄 가게를 열심히 찾아볼 생각이에요."

"하나 씨라면 분명 잘할 거예요."

"아쓰시와 루미카도 나랑 똑같이 다른 일을 찾아보고 싶다고 했어요. 아, 요시코 씨는 공장에 남고 싶다고 했고요. 초코나 쿠키 포장보다 더 나은 천직은 절대 못 찾겠대요. 요시코는 정말 빠르거든요. 마법사처럼요."

하나는 요시코의 작업 동작을 흉내 냈다.

"테페이도 이제 나이가 많으니 마지막까지 공장에서 일하고 싶다나. 그리고 오빠도요."

"료 씨도?"

뜻밖의 말에 리호코는 그를 봤다. 료는 눈을 내리깔고 "그렇다고 평생 남고 싶은 건 아니고요."라며 멋쩍어했다.

"일하면서 우선 고등학교와 대학교 졸업 자격을 얻고 싶어요."

리호코는 얼른 이해가 갔다.

"검정고시나 사이버 대학 입학을 목표로 하는가 보네요. 공부랑 병행하려면 확실히 익숙한 일이 부담이 적을 것 같아요."

"초등학교와 중학교에 다닌 적도 없어 가능할까 싶지만, 조사해본 바로는 중졸 인정 시험이라는 것도 있는 것 같고, 어떻게든 되지 않을까 하고요."

"꼭 잘될 거예요. 총명한 료 씨니까 대학 같은 건 한 번에 졸업

할 수 있어요. 응원할게요."

리호코는 양손으로 주먹을 쥐어 보였다.

"감사합니다." 료가 살짝 고개를 숙였다.

"그리고 다쿠로가 돌아왔을 때 공장에서 다시 일할 수 있도록 자리를 비워두고 싶어요. 보육 교사가 되고 싶다고 했던 것 같은데 역시 국가자격증은 호적이 없으면 취득이 어려울 것 같아서요."

"다쿠로 생각을 엄청 하시는군요. 그도 좋아할 거예요."

"쓸데없는 참견일지도 모르지만, 전과가 있는 사람을 고용하게 되면 사장님이 꽁무니를 뺄 수도 있는데 그때는 제가 협상하겠습니다. 이래 봬도 전 협상계니까요."

역시나 료는 듬직한 리더였다.

"제가 한 가지 더 말해도 될까요?"

리호코가 조심스레 말을 건넸다. 오늘 두 사람에게 꼭 전하고 싶은 말을 아직 못했다. 솔직히 생각이 아직도 정리되진 않았다. 그래서 계속 돌아다니는 생각을 주워 담아 말했다.

"전 지금까지 경찰로서 일반 사회에서 여러 가지 규칙을 따르며 살아왔어요. 규칙을 지키는 사람들이 안전하게 살 수 있도록, 법이나 조례에 근거해 범죄자를 잡는 게 제 일이자 사명이었죠. 하지만 이번 일로 뼈저리게 느낀 게 있어요. 제가 믿었던 일반 사회는 전혀 완벽하지 않았구나, 나는 수많은 법률과 규칙을 만들어낸 사회 자체를 의심했어야 했다고요."

하나를 체포한 그 날부터 두 달 동안 몇 번이나 리호코가 자문자답해 왔던 말이다.

'자신에게 유토피아를 무너뜨릴 자격이 있는가? 유토피아가 사라지면 그들은 어떻게 살까? 도대체 자신이 무엇을 할 수 있을까?' 하고….

결국, 다쿠로를 체포해 유토피아를 해산시키는 쪽을 택했다. 남겨진 료와 하나를 비롯한 유토피아 주민들이 소노무라의 지원을 받아 세상으로 나가게 하고 싶었다.

하지만 지금도 이게 잘한 일인가 하는 의문이 든다.

"우리 사회의 규칙은 이 나라에 사는 모든 사람이 혜택을 볼 수 있게 되어 있지 않아요. 그래서 법률과 제도의 구멍에서 벗어난 여러분 같은 무호적자들이 자신들의 이상향을 만들고자 한 건 당연한 흐름이었다고 생각해요. 사회에서 설 자리를 마련해주지 않았으니까요. 당신이 뭘 안다고 하는 소리냐고 생각할 수도 있겠지만, 전 여러분에게 소중한 장소였을 유토피아를 부정하고 싶지 않아요."

하나가 운동화 끝으로 아스팔트의 갈라진 틈에 돋아난 잡초를 가볍게 걷어차면서 말했다.

"유토피아는 우리의 집이었어요. '공장 창고에서 생활한다는 게 말이 안 된다든가, 남녀가 열다섯 명이 같이 산다는 게 이상한 종교 같다든가.'라고 말이 많지만요. 제게는 고향이에요. 물론 불만도 많았죠. 집과 가족은 그런 게 아닐까요? 아무것도 모르면서 이러쿵저러쿵하지 않았으면 좋겠어요."

세상의 눈. 차별. 편견. 억측. 그들은 이미 사회의 불합리에 부딪히고 있었다. 껍데기 속에 그대로 파묻혀 있었으면 일정한 행복과 안녕을 얻을 수 있었을 그들을, 아주 작은 무기를 들고 거친 파도에 내던져지도록 결단을 내린 사람은 다름 아닌 리호코 자신이었다.

주민표나 보험증을 취득하더라도 그들의 미래가 밝다고는 할 수 없다. 분명 많은 어려움이 그들을 계속해서 덮칠 것이다. 주위의 호기심 어린 눈. 세상의 상식과의 차이. 학력이 없는데 따른 취업난. 저임금에 의한 빈곤. 호적이 없으면 결혼이나 해외여행, 국가자격증 취득도 어렵다. 유토피아에 계속 살았다면 피할 수 있었을 격차와 편견에 이제 그들은 정면으로 맞서야 한다. 그것 자체가 이미 불합리하다.

어째서 이 사회의 인간은 태어난 순간부터 '가진 자'와 '못 가진 자'로 나뉘어 버리는 걸까?

비단 무호적자 문제뿐만이 아니다. '일본 최초의 야생아'로 떠들어댄 무책임한 흥미 위주의 보도도, 동물보다 인간이 우위에 있다는 우생사상도, 특정 보호자나 회사만 이득을 볼뿐인 사망보험도, 좀 더 말하자면 단순한 유괴였으면 공소시효가 다 되어 처벌할 수 없었다. 그러니 지금 존재하는 법이 정말 옳은 건지 한 번 생각해봐야 하지 않을까?

사회는 아직 미숙하다. 언제나 무조건 예외 없이 규칙이나 상식을 따르려는 건 생각을 정지한 것과 다름없다. 리호코는 이번에 처음 그것을 깨달았다.

"전 제 나름대로 생각한 끝에 유토피아를 깨뜨렸어요. 이유는 세 가지가 있습니다. 첫 번째는 미라이나 다쿠로 씨 일에서도 알 수 있었듯이 유토피아도 결코 완벽한 이상향이라고 할 수 없었다는 것. 두 번째는 예전엔 몰라도 지금 사회라면 우리도 남들처럼 평범하게 살아갈 수 있을 가능성이 크다는 것. 세 번째는 아직은 불완전한 사회지만 머지않아 바뀌리라는 것이었어요."

리호코는 괜찮다고 몇 번이나 자신을 다독이며 말을 이었다.

"마음대로 그렇게 결정을 내린 저는 여러분 곁에 있을 책임이 있어요. 이 사회를 살기 좋다고 느낄 수 있도록 앞으로도 계속 노력하겠습니다. 그게 기득권을 '가진 자'의 임무라고 생각하니까요."

"형사님, 너무 길고 어렵네요. 간단히 말해줄래요?"

하나가 재촉했다. 리호코가 빙긋 웃었다. 자신이 소노무라 가쓰요 같은 훌륭한 인물도 아니고 별 힘도 없는 일개 관할 형사라 조금 쑥스러웠다.

"좋아요. 간단하게. 여러분이 사는 게 힘들어지면 적극적으로 돕겠습니다!"

"약속!"

하나가 새끼손가락을 쭉 내밀었다. 리호코는 하나와 새끼손가락을 걸었다.

료가 무덤덤하게 그 장면을 바라봤다. 리호코는 왠지 뿌듯하면서도 하나와 료의 미래를 그려봤다. 누마타 다이키와 미사키. 24년 만에 이름을 되찾게 된 두 사람은 어떤 내일을 걸어갈까? 하나가 난생처음 이야기한 바깥 여성이 자신이었는데 그녀를 넓은 세계로 이끄는 문 역할을 잘해냈을까?

하나가 갈색 머리를 쓸어 올리며 말했다.

"실은 너무 불안해요. 매일 밤 울 정도로. 그래도 괜찮아요. 난 잘살 거예요. 나와 오빠를 어두운 곳에서 구해준 쇼타와 모모카를 위해서라도. 다정한 이토 씨 못지않게 나와 오빠도 언제까지나 두 사람을 생각할 거예요."

리호코는 하나의 등을 토닥여주었다.

새장에서 자라 새장에서 목숨을 잃은 어린 남매. 말도 못 하고 인간다운 삶을 제대로 누리지 못하고 마지막까지 어른들에게 이용만 당한 두 아이의 인생에는 무슨 의미가 있을까 하고 생각했다. 이것을 의미라고 하기엔 너무 잔인할지도 모른다. 하지만 그들의 희생으로 공교롭게도 새장 밖으로 날아갈 이 아이들이 지금 리호코 앞에 분명히 존재하고 있다. 이들은 죽은 어린 남매를 위한 진혼가를 지저귀며 접었던 날개를 활짝 펴고 내일을 살아갈 것이다.

24년 동안 스스로 가뒀던 새장을 뒤로하고.

"유토피아는 하나 씨에게 밝은 곳이었군요."

"당연하죠. 24년 동안 애정을 듬뿍 받아서 행복했거든요. 그래서 앞으로도 쇼타와 모모카에게 부끄럽지 않도록 하루하루를 행복하게 살아갈 거예요."

"지금 하는 말, 테페이 씨나 요시코 씨가 들으면 울겠는데요."

"이미 들려줬죠. 그랬더니 테페이가 펑펑 울었어요. 요시코는 역시 조금만."

"요시코가 우는 모습은 처음이었어." 료가 불쑥 끼어들었다.

"그랬나. 그럼 테페이의 통곡보다 요시코의 눈물 한 방울이 더 값지다는 거야?"

"적어도 난 그렇게 생각해."

"에잇, 그럼 더 자세히 볼걸!"

억울해하는 하나를 보며 료가 피식 웃었다. 그리고 리호코를 돌아보며 말했다.

"여러 가지로 감사했습니다. 하지만 걱정은 안 하셔도 돼요. 사회에 내던져져 봤자 우리한테는 동료가 있으니까요. 집단 내 다수가 아니라 소수가 되겠지만, 이해해주는 사람들이 있고 없고는 많이 다르니까요. 그리고 지난 몇 주 동안 깨달았습니다. 내가 적대시하던 바깥세상에는 나쁜 사람들만 있는 게 아니구나. 모리가키 형사님, 상담사 이토 씨, 소노무라 씨 같은 이들도 있구나 하는…."

"하야마 형사는요?"

"언어도단입니다."

하나가 웃음을 터뜨리고 리호코도 덩달아 입을 틀어막았다. 료가 "이제 돌아갈까요." 하고 웃음을 참는 듯 말하며 앞장서 걷기 시작했다.

세 사람의 짧은 그림자가 세로로 이어졌다. 차가 옆을 지나갔다. 선글라스를 낀 러너가 리호코와 료, 하나를 앞질러 갔다. 하나가 료에게 달려가 손을 뻗어 어깨를 툭 쳤다. 료는 잠깐 하나가 다가오기를 기다렸다가 자신의 넓은 등과 하나의 가녀린 등을 나란히 하고 걸었다.

하얀 새 두 마리가 그들을 앞질러 다마가와강을 내려다보는 푸른 하늘로 날아갔다.

새장 문이 열린 후

유토피아가 해체되고 약 한 달 반 뒤, 22년 전 사망신고가 철회되고 호적이 회복됐다고 하나가 알려왔다. 여름이 한창일 무렵이었다.

중졸 인정 시험의 접수 기간이 임박해 아슬아슬하게 접수한 료는 당장 이번 10월에 시험을 치를 생각이라고 한다. 응시료가 무료이니 하나도 같이 일단 보는 게 좋겠다며 강하게 권유해 자기 것도 마음대로 신청해 버렸다는 푸념이 담긴 장문이 메일 첫머리에 쓰여 있었다.

'합격 목표는 내년!'

하나의 소극적인 결의를 표명한 문장에서 기쁨이 보였다.

유토피아 전 주민들의 근황도 적혀 있었다. 소노무라 가쓰요를 비롯한 NPO 법인 직원의 막대한 노력으로 국민건강보험과 국민연금 가입은 순조롭게 진행되고, 남은 건 주민등록 절차뿐이라고 했다. 료가 모두의 현금 수입을 계획적으로 저축하고 관리한 데다 그의 협상으로 사장 가나우치 마사루가 월급 가불을 허락해줘 다행히 비용면에서 차질을 빚지는 않을 것이다. 또한 법원에 취적허가 심판을 신청하는 대로 증명서를 발급하면 그토록 바라던 주민등록이 가능해진다. 그뿐만이 아니다. 일부 멤버에게는 호적 취득의 희망도 보이기 시작했다.

하야마는 테페이의 전 애인인 진노 후미코의 소재뿐 아니라 루미카의 죽은 어머니와 그의 전남편으로 추정되는 인물의 신원, 요시코의 어머니로 추정되는 고령 여성이 입소해 있다는 요양원 주소 등 몇 가지 유력한 정보를 찾아냈다. 경찰 권한을 행사해 각 방면으로 알아보겠다는 그의 말은 결코 거짓말이 아니었던 모양이다. 새장 사건이 해결되면서 주민들의 자백을 끌어내기 위한 협상 재료로써의 의미를 상실하게 된 정보들을 하야마는 괜한 헛수고였다며 손을 뗐다. 그 정보들을 리호코는 지체 없이 주민들에게 전달했고, 지금은 소노무라가 조정 제기를 위해 증거 수집을 진행하고 있다.

현직 도의회 의원이기도 한 소노무라는 이 일을 계기로 홈페이지와 블로그 등에서 무호적 문제를 열정적으로 호소하고 있다. 최근에는 무호적자 지원의 일인자로 텔레비전이나 신문에서도 자주 이름이 거론된다.

그리고 세상의 주목을 받는 또 한 사람은 31년 동안 유토피아를 지원한 가나우치 조였다. 가나우치 식품은 원래대로라면 근로기준법, 소득세법 등 각 법률 위반으로 행정지도와 처벌을 받게 된다. 그러나 가나우치는 오히려 무호적자를 구한 일등 공신으로 대우받는 듯했다. 두 살 아이를 포함한 열다섯 명을 창고에서 생활하게 한 점에 대해서는 비판의 소리도 많았지만, 가벼운 처분을 내려달라고 탄원하는 서명 운동도 전개되고 있다.

하나 역시 그것을 실감하는 듯했다. 그녀는 "이런 힘든 일은 우리가 마지막이었으면 좋겠다."라는 희망찬 한 문장으로 메일을 마무리했다.

리호코가 그 메일을 받은 지도 벌써 한 달이 지났다.

전철에서 내리자 초가을 선선한 바람이 불어왔다. 사람이 적은 홈을 걸어 개찰구로 향했다. 목적지 병원까지는 이 작은 역에서 도보로 15분 정도다. 오래된 가게부터 새로운 분양주택까지 시대가 뒤엉킨 거리를 누비듯 걸어가니, 유난히 큰 하얀 건물이 눈앞에 나타났다. 이곳의 완화 케어 병동이 리호코의 방문지였다. 면회 약속을 받아낸 날에 하야마에게도 연락을 했다.

아니나 다를까 그는 같이 가자는 권유를 거절했다. 하야마는 "갈 필요 있나? 이미 끝난 사건인데."라고 말했다. 그러고는 죽을 날을 받아둔 노친네 추궁하지 말라며 굳이 단단히 일렀다. 역시 그는 입이 거칠 뿐 나쁜 사람은 아니었다.

접수대에서 면회 수속을 밟았다. 안내받은 곳은 복도 끄트머리에 있는 개인실이었다. 리호코는 문 옆 흰색 플레이트에 적힌 이름을 확인하고 조용히 노크한 다음 문을 열었다.

병실에는 커다란 창문이 있었다. 햇빛이 찬란하게 쏟아지고 있는 가운데 하얀 병상에 누워 있는 앙상한 노인이 천천히 눈을 떴다.

"처음 뵙겠습니다. 가마타 경찰서의 모리가키라고 합니다. 아드님을 통해 약속 잡은…."

그의 코에는 산소 호흡줄이 끼워져 있었다. 왼팔에는 링거 바늘이 꽂혀 있고 줄 안에 투명한 액체가 들어 있었다. 말이 잘 전달되고 있는지 불안해질 무렵, 멍하니 리호코의 얼굴을 바라보던 가나우치 조가 '아' 하며 신음소리를 냈다.

"마사루한테서 들었어요. 어서 와요."

가나우치 조가 오른손을 들어 창가의 소파를 가리켰다.

"몇 번이나 전화를 주셨는데 마사루가 거절했죠? 최근 항암제 치료를 그만두고 이쪽으로 옮긴 뒤에야 그 사실을 알게 됐어요."

리호코는 안다는 의미로 고개를 끄덕였다.

"몸도 안 좋고 감염이 무서우니 가족 외에는 아무도 만나지 않았지요. 이제 남은 건 죽음을 기다리는 일뿐이니 면회 정도는 하게 해달라고 했어요. 의사가 반대하면 병원을 바꿔 달라고 마사루에게 이야기했지요. 그때 당신에 대해 들었어요."

"유토피아 분들과는 만나셨나요?"

"어제 테페이와 요시코가 왔어요. 료와 하나도 찾아주었죠."

어쩌면 하나가 리호코에 대해 이야기해 주었는지도 모른다.

"이런 날이 언젠가 올 거라 각오하고 있었어요. 마사루를 생각하면 오히려 내가 살아있는 동안이었으면 좋겠다고 생각했지요. 책임을 아들에게 다 뒤집어씌우지 않아도 되니까."

가나우치 조가 뜨문뜨문 말했다. 그는 희미하게 미소를 지으면서 하얀 천장을 올려다보았다.

"궁금한 거 있으면 다 물어봐요."

"아닙니다. 오늘은 수사하려고 온 게 아니에요."

그렇게 말하자 가나우치는 입을 반쯤 벌렸다. 리호코가 가져온 종이봉투에서 작은 꽃바구니를 꺼내자 가나우치의 얼굴에 놀람의 빛이 한층 짙어졌다.

"아니, 그럼 왜?"

"한 가지 여쭤볼 게 있어서요."

리호코에게는 가나우치가 세상을 떠나기 전에 꼭 알고 싶은 것이 있었다. 료와 하나를 비롯해 유토피아 출신 주민들에게 물어도 아무도 답을 몰랐다. 가나우치 씨는 따뜻한 사람이니까. 착한 사람이니까. 그들은 그렇게 이야기했지만 단순히 그런 이유였을 리가 없다.

"가나우치 씨는 어쩌다 무호적자 지원을 시작하셨나요?"

리호코가 말하자 가나우치는 입가를 느슨하게 풀고 과거를 그리워하듯 눈을 감았다.

"테페이가 면접을 보러 와서 그러더군요. 신분증은 없지만 일하게 해달라고."

"그게 아니라 좀 더 근본적인 부분을 이야기해주세요. 31년에 걸쳐 열다섯 명이나 되는 무호적자 지원을 계속할 수 있었던 이유 말이에요. 법을 어길 각오도 그렇지만 그들에 대한 깊은 공감 없이는 발 디딜 수 없는 영역이라고 생각합니다."

그와 다른 각도에서 무호적자 지원을 계속해 온 소노무라 가쓰요는 고등학교 시절에 무호적 친구가 있었던 게 계기였다고 했다. 혼자 해외로 수학여행을 가지 못했던 친구를 돕기 위해 정치인이 돼 지원 활동을 시작했다고.

가나우치 조에게도 뭔가 이유가 있으리라고 리호코는 확신했다. 그렇지 않고서야 이렇게 오랫동안 위험을 무릅쓰고 무호적자들을 계속 지원해줄 수는 없다. 오늘 이곳에 온 건 앞으로 리호코가 료와 하나, 유토피아 주민들과 교류를 이어가면서 가나우치 조라는 선인을 진정으로 이해하기 위해서였다.

"그걸 물어볼 줄은 몰랐네."

가나우치가 중얼거렸다. 입술을 달싹이며 주저하다가 말을 꺼냈다.

"난… 전쟁고아예요."

리호코는 숨을 삼키며 가나우치를 바라보았다.

"전후에 한때 무호적이었던 적이 있어요. 공습으로 부모와 생이별해 영문도 모른 채 다른 부랑아와 함께 역에 정착했죠. 먹을 것이 없어서 죽을 뻔했는데 어떤 친절한 남자가 날 고아원에 데려다줬어요. 아버지는 누구냐, 어머니 이름은 뭐냐고 자꾸 물어보는데 아직 세 살이었으니까 아무런 대답을 못 했어요. 그 후 호적은 받았지만, 그 호적엔 나 혼자였어요. 부모 이름은 공란. 사별한 아내와 결혼할 때까지는 줄곧 외로웠어요."

"자신이 무호적이었던 경험으로 다른 무호적자들을 그냥 지나칠 수 없었다는 말인가요?"

"겨우 몇 달이었지만 몇 번을 떠올려도 무서운 기억이에요. 내가 한때라도 '누구도 아닌 인간'이었다는 게 말이에요. 그래서 내가 할 수 있는 일이 있다면 도와주고 싶었어요. 살림살이나 먹거리를 마련해 우리 공장에서 일할 수 있게 하고, 월급도 주고."

가나우치가 잔기침을 했다.

"죄송해요. 제가 너무 말을 시켰죠"

리호코가 당황해하자 "오늘은 그럴 생각이었어요."라며 가나우치가 힘없이 미소 지었다.

"하지만 내 방식은 낡았어요. 이렇게 시대가 달라졌는데 난 아직도 전후 때만 생각하고."

가나우치는 요즘 TV를 보고 알았다고 한다. 낡고 허름한 창고에서 아이들을 살게 하다니 너무했다고 말하는 사람들을 보니 맞는 말이었단다. 진정한 독지가라면 집을 빌려주거나 사원 기숙사 정도는 지어줬을 텐데 자신의 방식이 어설펐다고 했다.

엄청난 부호가 아닌 이상 그럴 순 없다. 그 이전에 타인을 위해 자기 돈을 쓰려고 하지 않는 부자들도 많다. 가나우치 조는 자신이 할 수 있는 범위에서 무호적자의 생활을 지탱하기 위해 안간힘을 썼던 것이다.

"내가 전쟁고아였을 때 간절히 원했던 것, 먹을 것과 옷과 돈을 잘 챙겨주기만 하면 된다고 생각했어요. 그렇게 그 사람들을 구했다고 착각한 게 부끄럽군요. 텔레비전에서 봤는데 요즘은 호적이 없어도 주민표나 보험증을 받을 수 있다면서요? 료와 하나도 학교에 갈 수 있었는데. 그런 줄도 모르고 잘 알아보지도 않고, 난 대체 뭘 한 건지…."

"가나우치 씨, 그건."

"처음에 내게 찾아온 테페이와 요시코가 좋아하는 모습을 보고 자신감이 넘쳐서 신문에 투고까지 했지요. 그 일 때문에 새장 사건 아이들은 목숨을 잃었고 료와 하나는 우리 공장에 버려졌어요. 언론의 취재를 받을 기력은 없으니 정말 미안하게 생각하고 있다고 형사님이 좀 전해주세요."

"그건 아닙니다."

리호코가 일부러 강한 어투로 딱 잘라 말하자 가나우치가 놀란 듯 고개를 들었다.

"모든 책임은 남의 선의를 악용한 범인에게 있어요. 가나우치 씨가 죄책감을 느낄 필요는 어디에도 없습니다. 유토피아 사람들은 가나우치 씨를 진심으로 존경하고 또 감사하게 생각하고 있어요. 만약에 유토피아에서 살지 못했다면 지금쯤 객사했을지도 몰라요. 하나 씨가 그러더군요. 24년 동안 애정을 듬뿍 받아 행복했다고."

"감사는 내가 해야지요."

가나우치의 눈에 눈물이 반짝였다.

"단순 작업만 해서 힘든 노동이었을 텐데 우리 공장에서 오래 일해 줘서 얼마나 고마운지."

가나우치가 눈을 감고 그들의 이름을 부르기 시작했다.

"테페이. 요시코. 하지메. 요이치. 미치오."

쉰 목소리와 함께 리호코의 눈꺼풀 뒤편으로 일주일 전쯤 만나러 온 그들의 모습이 떠올랐다 사라졌다.

후미코랑 아들과 셋이서 처음으로 사진을 찍었다고 수줍어하던 테페이.

요즘 처음 장만한 스마트폰을 들고, 사진을 전송하려면 어떻게 해야 하느냐고 묻는 요시코.

미노루. 다카히로. 마사토. 료. 하나.

일인용 고타쓰 테이블 위에 이력서를 펼쳐놓고 쓸 게 너무 적은 것 같다며 뾰로통해진 하나.

그런 그녀의 옆에 앉아 괜찮으니까 이리 줘 봐, 아아 여기 한자가 틀렸다고 가르쳐주는 료.

가즈야. 다쿠로. 아쓰시. 루미카. 미라이.

"지난달부터 공사장 아르바이트도 시작했어요." 하고 수줍은 얼굴로 알통을 뽐내던 아쓰시.

슬슬 놀이방에 가야 할 시간이라며 앞치마를 벗으며 즐겁게 말하는 루미카.

새 캐릭터 가방을 부랴부랴 메고 활짝 웃으며 아파트를 뛰쳐나가는 미라이.

열다섯 명 전원의 이름을 중얼거리자 가나우치는 만족스럽게 '후우' 하고 크게 숨을 내쉬었다.

"이건 오늘 형사님을 만나면 꼭 말하려고 한 건데…."

그가 느닷없이 자백하는 피의자 같은 말을 했다.

"난 계속 무서웠던 것 같아요."

"무서웠다고요?"

"이 많은 사람의 목숨이 내 손에 달려 있다는 게. 그리고 우리 공장이 그들 세계의 전부가 되어 가는 게. 내 뜻대로 시작해놓고 유토피아가 커질수록 난 점점 움츠러들었어요. 그래서 그 사람들한테는 도저히 말할 수 없었지만 죽기 전에 어깨에 짐을 내려놓을 수 있어서 다행이에요. 이제 나나 아들이 도와주지 않아도 그들은 분명 자기 힘으로 살아갈 수 있을 거예요. 나도 이제 마음 놓고 갈 수 있겠어요."

지친 듯 가나우치가 눈을 감았다. 리호코는 그의 마음이 이해되었다.

'쌕쌕' 하고 잠든 가나우치의 숨소리를 듣고서 리호코는 조심스럽게 가을 햇살에 잠긴 병실을 떠났다.

*

쇼핑몰 에스컬레이터를 타고 내려가자 지하로 이어지는 역 입구가 보였다. 산 지 얼마 안 된 신발을 신고 기분 좋게 걷던 유나가 갑자기 멈춰 서서 울음을 터뜨렸다.

"아, 힘들구나?"

"오늘 너무 많이 걸었어."

"내가 유나를 안을까?"

"그래, 짐은 이리 줘."

만세 포즈로 안아 달라고 조르는 유나를 리호코가 번쩍 안아 올렸다. "다행이다. 유나야 체력 약한 엄마였으면 이렇게 못 해." 라며 요스케가 뺨을 문지르려고 하자 울상을 짓던 유나가 보란 듯이 외면했다.

"벌써 사춘기인가. 상처받겠는데,", "유나는 얼굴 만지는 걸 싫어해.", "아, 적당히 해야겠네."라는 잡담을 나누며 역으로 들어가려 할 때 문득 한 시선을 느꼈다.

리호코는 그 정체를 알아보기 전부터 묘한 그리움이 가슴에 스쳤다. 앞쪽 계단에 검은 코트를 걸친 장신의 남자가 서 있었다.

걸음을 멈추고 이쪽을 바라보고 있다.

"하야마 형사님."

얼떨결에 부르자 하야마가 가볍게 고개를 숙이고 다가왔다. 그는 입을 열자마자 "휴일도 있고 팔자 좋네."라고 빈정거렸다.

"형사님도 쇼핑하는 거 아닌가요?"

"개뿔, 수사 중이야."

9월 인사이동으로 하야마가 수사1과의 강력범 수사에 복귀한 건 알고 있었다. 비록 주변과 갈등을 빚기 쉽고, 승진이나 부서 이동에 지나치게 집착하는 경향이 있지만, 형사로서는 우수한 편이다. 그렇지 않았다면 그렇게 빨리 누마타와 도치자키를 궁지로 몰아넣어 체포할 수는 없었을 것이다.

"복귀 축하드립니다. 이번 일로 미제 사건의 전문가로 거론돼서 오히려 손을 떼지 못할 것 같았는데…."

"그럴 순 없지. 그런 보람 없는 부서는 딱 질색이야."

"보람이 없어요? 24년 전 유괴 사건을 화려하게 해결해 경시청에 큰 공을 세웠는데?"

"그건 어쩌다 얻어걸린 거지. 다시는 겪고 싶지 않아. 한탕 크게 했다가 다음에도 똑같이 노름하는 걸 악수라고 하는 거야."

하야마가 코트 주머니에 손을 넣은 채 리호코를 내려다보았다. 품속에 있는 유나가 재밌다는 듯 쳐다보고 있는데도 눈을 마주치려 하지 않는 게 이 남자답다. 하지만 뭐, 하야마는 재미없다는 듯 다시 입을 열었다.

"고맙다는 말을 해두지. 나도 창가를 벗어났고 본청 추천 정도라면 언제든지 해줄게. 가마타 경찰서에 그럭저럭 쓸 만한 여형사가 있다고."

리호코가 피식 웃었다.

"촉이 좋은 건 아주 훌륭해. 체력이나 근성도 있고. 피의자나 참고인을 너무 편들어 수사 효율이 떨어지는 건 다소 걱정이지만, 그만큼 발로 뛰면 낙오되진 않을 거야. 물론 그쪽 뜻에 달렸지만."

"감사합니다. 천천히 생각해볼게요."

리호코가 고개를 숙이자 하야마가 의외라는 듯 눈썹을 치켜들었다.

"두 팔 벌리고 환영할 줄 알았는데?"

"물론 좋죠. 다만 제가 이동하면 관할 형사과 업무에 큰 펑크가 날 것 같아서요."

"그거 리호코가 상대방 사정을 너무 깊이 파고들기 때문이야."

하야마가 어이없어하며 덧붙였다.

"리코호가 하던 대로 해. 결과적으로 사건이 해결됐다면 그 방식은 틀리지 않았다는 거니까. 마음 내키는 대로 해. 그땐 바로 연락주고."

하야마는 바쁘게 떠났다.

겨울이 느껴지는 바람이 불자 유나가 리호코의 가슴에 뺨을 댔다.

"대단해! 리호코, 난 응원할게."라고 요스케가 기분 좋은 듯 귓가에 속삭여주었다.

리호코는 한발 앞서가는 요스케를 보며 아내의 직업을 이해해 주는 좋은 남편이 있고, 나날이 성장해 가는 딸이 있다. 이것밖에 없다고 믿고 몰두할 수 있는 일이 있어 행복하다고 느꼈다.

어떤 형태든 좋다. 바라건대 사람들이 어울려 살아가는 이곳이 누구에게나 무엇과도 바꿀 수 없는 유토피아였으면 좋겠다. 리호코는 딸을 꼭 껴안으며 뒤를 돌아봤다.

멀리 보이던 검은 코트가 강한 바람에 펄럭이며 건물 그늘로 사라졌다.

표지 그림 강혜정

에스키스 없이 그리는 일필화가이다. 초대개인전 7회, 단독부스전 9회, 미국·스페인·중국·서울 등 10여 개국의 그룹전 및 아트페어에 100회 이상 참여했다. 현재 갤러리 차만 전속작가이며, 한국전쟁 정전 70주년-2023 베를린 평화 프로젝트, 독일 포츠담미술관, 송파미협 등의 초대작가이다. KPAM 대한민국 미술제 대상, 대한민국미술대전 특선 및 입선, 현대여성작가 공모전 최우수상 등을 수상했다.

그림자 인간

펴낸날 2023년 8월 30일 1판 1쇄

지은이 츠지도 유메
옮긴이 장하나
펴낸이 강유균
편집위원 이라야 남은영
기획·홍보 김아름 김혜림
교정·교열 이교숙 정아영 나지원
경영지원 이안순
디자인 바이텍스트
마케팅 신용천

펴낸곳 리드리드출판(주)
출판등록 1978년 5월 15일(제 13-19호)
주소 경기도 고양시 덕양구 청초로 66 덕은리버워크지산 B동 2007호~2009호
전화 (02)719-1424
팩스 (02)719-1404
이메일 gangibook@naver.com
홈페이지 www.readlead.kr

ISBN 978-89-7277-380-1 (03830)